HEYNE BÜCHER

Von John Saul
sind als Heyne-Taschenbücher erschienen:

Blinde Rache · Band 01/6636
Wehe, wenn sie wiederkehren · Band 01/8437
Das Kind der Rache · Band 01/6963
Höllenfeuer · Band 01/7659
Wehe, wenn der Wind weht · Band 01/7755
Im Banne des Bösen · Band 01/7873
Zeit des Grauens · Band 01/7944
Bestien · Band 01/8035
Das Zeichen Kains/Das Gott-Projekt · Band 23/50
Teuflische Schwester · Band 01/8203
Prophet des Unheils · Band 01/8336
Die Wächter · Band 01/9092
In den Klauen · Band 01/8673
Schule des Schreckens · Band 01/8762

JOHN SAUL

AM STRAND DES TODES

Roman

Aus dem Englischen
von D. D. Melur

WILHELM HEYNE VERLAG
MÜNCHEN

HEYNE ALLGEMEINE REIHE
Nr. 01/9459

Titel der Originalausgabe
CRY FOR THE STRANGERS

5. Auflage

Printed in Germany 1997
Umschlaggestaltung: Atelier Ingrid Schütz, München
Satz (2187) IBV Satz- und Datentechnik GmbH, Berlin
Druck und Bindung: Elsnerdruck, Berlin

ISBN 3-453-08285-0

Prolog

Ein Donnerschlag weckte den Jungen. Lange Zeit lag er ganz still in seinem Bett und wünschte, der Sturm möge vorüberziehn, doch gleichzeitig genoß er die von ihm ausgehende Erregung. Wenn ein Blitz kurz sein Zimmer aufleuchten ließ, zählte er die Sekunden bis zum nachfolgenden Donnerschlag. Der Sturm fegte die Küste herab; die Abstände zwischen Blitz und Donner wurden kürzer.

Als nur noch Sekunden zwischen Blitz und Donner lagen, wußte der Junge, daß der Sturm den eine Meile entfernten Strand erreicht hatte. Er stand auf und zog sich an.

Einige Minuten später öffnete er die Haustür und trat in den strömenden Regen hinaus. Er drang durch seine Kleidung, aber der Junge schien es nicht zu merken. Langsam entfernte er sich vom Haus, hinein in das Toben des Sturms.

Er hörte das Brüllen der Brandung schon aus einer Viertelmeile Entfernung. Die sonst sanft und leise gegen den Strand schlagenden Wellen waren aufgepeitscht vom Sturm, und ihr Tosen übertönte sogar den Wind. Der Junge begann darauf zuzulaufen.

Als er vom Weg abbog, zerriß ein Blitzbündel den Himmel. Der Pfad führte durch ein kleines Waldstück, hinter dem der Strand begann. Kaum war das grelle Weiß erloschen, dröhnte der Donner in seinen Ohren: jetzt war er im Auge des Sturms.

Langsam näherte er sich dem Strand, fast ehrfürchtig. Unmittelbar hinter dem Gehölz lag ein wirrer Haufen Treibholz und versperrte ihm den Weg. Vorsichtig, aber stetig kletterte er darüber hinweg. Seine Füße fanden die vertrauten Trittstellen fast ohne Hilfe der Augen.

Er wollte gerade über einen besonders mächtigen Stamm hinwegklettern, als der Sturm plötzlich abflaute und ein voller Mond den Strand überstrahlte. Instinktiv ließ sich der

Junge auf die Knie fallen und duckte sich, während er den Sandstreifen und die Felsbrocken vor sich überblickte.

Er war nicht allein am Strand.

Direkt vor sich konnte er Schatten erkennen, die dunklen Gestalten von Tänzern, die im Schein des Mondes eine Zeremonie abzuhalten schienen. Fasziniert beobachtete er sie.

Dann spürte er, daß da noch etwas anderes war. Etwas, das ihn beunruhigte. In der Nähe der Tänzer bewegte sich etwas. Noch zwei weitere Schatten wanden und krümmten sich im Mondlicht. Nicht so anmutig und feierlich wie die Tänzer, sondern angestrengt und verzweifelt kämpften sie gegen die Stricke, mit denen sie an Händen und Füßen gefesselt waren.

Der Junge erinnerte sich an die Legenden und Geschichten, die ihm seine Großmutter über den Strand erzählt hatte, und mit den Erinnerungen durchzuckte ihn die Angst. Er beobachtete einen Sturmtanz; und er wußte, was geschehen würde. Er duckte sich noch tiefer, so daß er ganz hinter dem Treibholz verborgen war.

Die Tänzer setzten ihre seltsamen rhythmischen Bewegungen noch eine Zeitlang fort und hielten dann plötzlich inne.

Der Junge sah, wie sie die gefesselten Gestalten umringten, die sich zu ihren Füßen wanden – ein Mann und eine Frau, wie er jetzt erkennen konnte.

Zuerst senkten sie den Mann in die Grube, dann neben ihn die Frau. Die beiden schienen erschöpft zu sein, denn sie bewegten sich nur noch schwach, und auch ihre Stimmen konnten die Brandung nicht übertönen.

Die Tänzer hatten sie mit dem Gesicht zur See in die Grube gesenkt.

Und dann begannen die Tänzer die Grube mit Sand zu füllen. Sie taten es mit größter Vorsicht und ohne jedes Erbarmen. Kein Sandkorn fiel den Opfern ins Gesicht, und keine Schaufel berührte sie. Nach einigen Minuten war die Grube aufgefüllt, und man konnte nur noch die Silhouetten der Köpfe vor der schäumenden Brandung erkennen.

Die Tänzer besahen sich kurz ihr Werk und brachen dann

in lautes Gelächter aus – ein Lachen, das die Brandung übertönte und in den Ohren des Jungen widerhallte; es löschte jede Erinnerung an den Donner oder das Tosen der See aus.

Als die Flut zu steigen begann, wandten sich die Tänzer ab und kamen auf das Gehölz zu – und auf den Jungen.

Der Mond verschwand so schnell, wie er durch die Wolken gebrochen war, und der Regen begann erneut zu strömen. Die schreckliche Szene am Strand versank in Düsternis, doch in der Erinnerung des Jungen blieb sie haften, für immer.

Im Schutz des dichten Regens verließ der Junge sein Versteck und hastete durch das Gehölz zurück. Als die Tänzer das Treibholz hinter sich hatten, war er fast schon zu Hause.

Die Flut stieg weiter.

Der Junge wachte schon früh am nächsten Morgen auf und streckte sich zufrieden in der gemütlichen Wärme seines Bettes. Die Sonne strahlte durchs Fenster, als ob es nie einen Sturm gegeben hätte, und das Kind lächelte glücklich in den klaren, blauen Tag hinaus. Heute würde es schön sein am Strand.

Der Strand.

Die Erinnerung an die Nacht stieg in ihm auf als wirres Durcheinander von Schatten und Lauten. Er erinnerte sich an den Sturm und sein Aufwachen. Und er erinnerte sich, wie er die Sekunden zählte zwischen dem Aufflammen der Blitze und den Donnerschlägen. Aber alles andere war völlig verschwommen – wie ein Traum.

Er meinte sich undeutlich erinnern zu können, daß er an den Strand gegangen war und dort irgend etwas beobachtet hatte. Tänzer, die zwei Menschen im Sand begruben.

Und dann stieg die Flut.

Der Junge schüttelte sich. Es mußte ein Traum gewesen sein. Ja, ein Traum.

Er lauschte auf die gewohnten Morgengeräusche. Sein Vater hatte sicher bereits das Haus zur Arbeit verlassen. Die Großmutter aber war um diese Zeit in der Küche beschäftigt, wo auch sein Großvater am Tisch saß, Kaffee trank und laut aus der Zeitung vorlas.

Aber heute morgen war alles still.

Er lag lange Zeit angestrengt lauschend im Bett. Wenn er lange genug lauschte, würden die vertrauten Geräusche bestimmt einsetzen und den nächtlichen Alptraum vertreiben.

Die Stille versetzte ihn in Panik.

Schließlich stand er auf, um sich anzuziehen. Aber seine Kleider, die er gestern abend sauber auf dem Stuhl zusammengelegt hatte, lagen heute morgen unordentlich verstreut und naß auf dem Boden.

Es war also doch kein Traum.

Er zog saubere Kleidung an und hoffte noch immer, daß jeden Augenblick die vertrauten Geräusche an sein Ohr schlagen würden; das Klappern der Töpfe im Ausguß und der Baß des Großvaters im Hintergrund. Doch als er angezogen war, war noch immer alles totenstill.

Er ging in die Küche. Die Überbleibsel vom Frühstück des Vaters lagen noch auf dem Tisch. Soweit war alles in Ordnung. Aber wo waren die Großeltern?

Er stieg ins Obergeschoß hinauf, wobei er laut ihre Namen rief. Sie mußten verschlafen haben. Das war es – sie lagen noch im Bett und schliefen.

Das Bett war leer.

Der Traum nahm wieder von ihm Besitz.

Er stürzte aus dem Haus und lief in Richtung Strand.

Am Rande des Wäldchens blieb er kurz stehen und starrte in die Bäume hinauf, als ob er von ihnen erfahren könnte, was ihn am Strand erwartete.

Seine Miene verfinsterte sich in banger Vorahnung. Als er an die Treibholzbarriere kam, wäre er fast wieder umgekehrt. Aber er mußte es wissen.

Noch vorsichtiger und bedächtiger als sonst suchte er sich seinen Weg durch das Gewirr der Stämme und Äste. Er wollte den Zeitpunkt hinausschieben, an dem er den Halbmond aus Sand erreichte.

Schließlich hatte er den letzten Stamm überklettert und stand am Strand.

Der Sturm hatte ihn mit Abfällen übersät: überall lagen Haufen von Seetang, und auch neues Treibholz war überall auf dem Sand und den Felsbrocken verstreut.

Der Junge sah sich prüfend um. Nichts Außergewöhnliches. Sein Herz tat einen Freudensprung, und sein angespanntes Gesicht verzog sich zu einem Grinsen. Dieser Morgen war wie geschaffen zum Strandgutsammeln. Mit ein bißchen Glück konnte er vielleicht sogar im Tang ein paar Glasschwimmer finden.

Nahe am Wasser sah er einen großen Haufen davon und ging darauf zu. Als er näherkam, verlangsamte er seine Schritte. Wieder beschlich ihn diese Vorahnung.

Er begann an einzelnen Tangstücken zu ziehen.

Entweder waren sie tief im Sand vergraben oder sie hatten sich irgendwo festgehakt. Er zog stärker.

Das Tangbüschel gab den Blick frei.

Es war kein Traum gewesen. Unter dem Tang hervor starrten ihn zwei Gesichter an. Grotesk verzerrte Mienen und vor Angst weit aufgerissene Augen.

Seine Großeltern.

Der Junge stand wie erstarrt, während ihm die Gedanken durch den Kopf schossen.

Er konnte ihren Gesichtern ansehen, wie sie gestorben sein mußten. Das hilflose Warten, während die Flut unerbittlich immer höher stieg. Dann erreichten erste Ausläufer ihre Gesichter, zogen sich wieder zurück und begannen einen neuen Angriff. Es mußte ein langsamer, schrecklicher Tod gewesen sein. Sie hatten gewürgt und gekeucht, versucht den Atem anzuhalten und das Salzwasser auszuspucken, gefleht und geschrien – und keiner hatte sie durch Wind und Regen hindurch gehört.

Der Junge beugte sich noch einmal über die Augen des Großvaters und dann der Großmutter. Als er schmerzerfüllt in das fein geschnittene, dunkle Gesicht der alten Dame starrte, meinte er ihre Stimme zu hören.

Leise zuerst, dann lauter.

»Weine...«, klagte die Stimme, »weine für sie... und für mich.«

Es war die Stimme seiner Großmutter, aber sie war tot. Der Junge schluchzte auf und wandte sich ab.

Aber er vergaß nie.

BUCH I

Clark's Harbor

1

Pete Shelling starrte auf die See hinaus; er las die Wellen wie eine Karte. Weit im Süden bewegte sich die übrige Flotte langsam auf den Hafen zu, ihre Fahrtlichter blinzelten freundlich durch die Nacht herüber. Pete war kurz versucht, sich ihnen anzuschließen. Doch er schüttelte den Gedanken sofort wieder ab.

Es war noch nie seine Art gewesen, mit der Flotte zu fahren; warum also heute?

Der Wind frischte auf, und Pete ging nach achtern, um die Netze einzuholen. Selbst mit der elektrischen Winde war das Knochenarbeit. Die Anstrengung verzerrte sein Gesicht, wieder einmal wünschte er, einen Helfer zu haben. Er wurde einfach zu alt, die Jahre begannen ihren Tribut zu fordern.

Die Netze kamen quälend langsam herein, und er ließ die zappelnde Beute in den Laderaum fallen, wobei er das Netz sauber faltete, um es erneut ausbringen zu können. Als der Fang sicher im Bauch des Bootes verstaut war, befand sich Pete Shelling allein auf dem Meer.

Die Flotte war verschwunden.

Wieder dachte er kurz daran, ebenfalls den Hafen anzulaufen. Sein Blick schweifte prüfend über die See, während er an all die Geschichten dachte, die man sich über diese Ecke des Pazifik erzählte – die plötzlichen Stürme, die diesen Teil der Küste des Staates Washington heimsuchten, Stürme, die aus dem Nichts zu kommen schienen und das Meer in einen Hexenkessel verwandelten, in dem ein Boot von der Größe der »Sea Spray« wie ein Kreisel über die Wellen getrieben wurde. Aber er hatte noch nie einen dieser Stürme erlebt – sie schienen der Vergangenheit anzugehören, wahrscheinlich waren diese Erzählungen übertrieben, Legenden, die mehr der lebhaften Einbildungskraft der hiesigen Fischer als wirklichen Naturereignissen zuzuschreiben waren.

Pete Shellings Augen schweiften über den Horizont, und seine Entscheidung stand fest. Er würde die Netze noch einmal auswerfen, bevor er zurückfuhr. Die Flut würde dann ihren Höchststand erreicht haben, und er mußte auf dem Weg in den Hafen gegen die einsetzende Ebbe ankämpfen. Aber das ging in Ordnung. Pete Shelling war ans Kämpfen gewöhnt.

Nicht daß er es darauf abgesehen gehabt hätte. Als er sich vor Jahren entschloß in Clark's Harbor vor Anker zu gehen, wollte er es sich eigentlich gutgehen lassen. Er hatte vorgehabt, sich den einheimischen Fischern anzuschließen und den Rest seiner Jahre in angenehmer Gesellschaft zu verbringen.

Aber es war ganz anders gekommen.

Clark's Harbor hatte ihn nicht willkommen geheißen, und er hatte fünfzehn Jahre lang wie ein Fremder gelebt. Er war Fischer geworden, aber kein Teil der Flotte. Nie erfuhr er, wo die Schwärme standen, nie bezog man ihn in das Geplänkel in der Harbor Inn ein. Die einheimischen Fischer tolerierten Pete Shelling im besten Fall, und er lernte, damit zu leben. Aber es hatte ihn hart gemacht, ebenso starrsinnig wie sie. Deshalb blieb er draußen, wenn die Flotte heimfuhr und wartete auf den letzten Fang, der ihnen, gleichgültig was sie sonst über ihn denken mochten, bewies, daß er besser war als sie.

Er steuerte das Boot nordwärts und ließ die Netze langsam wieder ins Wasser sinken. Der Trawler beschrieb dabei einen weiten Bogen, so daß die Strömung eine besonders reiche Ernte in die Maschen treiben konnte. Als die Netze draußen waren, ließ er den Anker fallen und zündete seine Pfeife an. Ein, zwei kleine Pfeifchen, und dann würde er den letzten Fang dieser Nacht einholen. Den letzten und den langwierigsten.

Er klopfte seine Pfeife aus, bevor er die Position der Netze überprüfte. Irgend etwas war nicht in Ordnung. Der Wind hatte umgeschlagen und warf die Wellen gegen das Boot. Die Wasseroberfläche hatte sich ebenfalls verändert. Bis jetzt waren die Wellen regelmäßig Richtung Küste gelaufen, doch jetzt wurden sie von Böen aufgepeitscht und wuchsen von Augenblick zu Augenblick.

Pete ging wieder nach achtern, um die Netze einzuholen. Er legte einen Hebel um, und die Winde begann stetig zu summen. Langsam kamen die Netze herein. Er arbeitete mit raschen Bewegungen, zog das Netz über die Reling und dirigierte seinen Inhalt in die Ladeluke.

Der Seegang verstärkte sich, und der Wind zerrte an seinem Ölzeug. Er beschleunigte die Winde und machte sich nicht mehr die Mühe, das Netz sauber zu verstauen. Am Morgen war genug Zeit, es wieder ordentlich zu falten. Jetzt kam es nur noch darauf an, den Fang hereinzubringen und den Hafen zu erreichen, bevor der Sturm voll losbrach. Pete Shelling arbeitete wie besessen. Er zerrte das Netz herein, stieß herausfallende Fische mit den Füßen in die Ladeluke – ein Wettlauf mit den Elementen.

Gleich darauf brach der Sturm mit voller Wucht los. Ein blendender Blitzstrahl, gefolgt vom Donner, ließ die wilde Küstensilhouette für einen Augenblick gleißend weiß aufleuchten.

Das Unheil kam mit dem Abebben des Donners. Die Winde blieb plötzlich stehen, und die Netze begannen immer schneller ins Meer zurückzugleiten. Pete Shelling erkannte die Gefahr und versuchte fluchend zur Seite zu springen.

Aber es war zu spät. Eine Netzrolle schnellte hoch, wikkelte sich um seinen Fuß und verdrehte ihn schmerzhaft. Der Fischer verlor den Halt, knallte aufs Deck und spürte, wie er Richtung Reling gezogen wurde. Einen Augenblick konnte er sich noch daran festklammern, aber dann wurde er von der unerbittlich am Netz zerrenden See über Bord gezogen. Bevor er schreien konnte, schlug das kalte Wasser über ihm zusammen.

Die Zeit schien sich zu verlangsamen; er kämpfte gegen den verzweifelten Impuls an, wild um sich schlagend sofort wieder an die Wasseroberfläche zu kommen. Vielmehr zwang er sich, noch tiefer hinabzutauchen, um den gefangenen Fuß zu erreichen. Er riß kurz die Augen auf, schloß sie aber sofort wieder, da in der Dunkelheit der aufgewühlten See nichts zu erkennen war. Schließlich fand er die Schlinge um seinen Knöchel und sich windend und verrenkend gelang es ihm tatsächlich, ihn zu befreien. Jetzt begann der Kampf zurück an die Oberfläche. Auch seine Arme hatten sich inzwischen im Netz verfangen. Er strampelte mit aller Kraft, und plötzlich stieß sein Kopf ins Freie. Verzweifelt zog er die eisige Luft in die Lungen, bevor ihn das Netz wieder hinabzwang.

Er versuchte die Arme freizubekommen, mußte das aber sofort wieder aufgeben, um erneut Luft holen zu können. Diesmal öffnete er die Augen und sah über sich sein Boot. Das Netz rutschte noch immer rasch über die Bordwand, während die Winde sich abspulte.

Shelling sank erneut ins Meer zurück. Das Netz hatte sich jetzt eng um seinen Leib gelegt, so daß er seine Arme und Beine kaum noch bewegen konnte.

Pete Shelling wußte, daß er sterben würde.

Angst zog ihm die Kehle zusammen. Er versuchte dagegen anzukämpfen. Langsam und gleichmäßig ließ er die Luft aus seinen schmerzenden Lungen. Er fühlte, wie sein Auftrieb nachließ, und einen Augenblick lang verließ ihn die Angst. Sobald er wieder einatmete, würde er auch wieder Auftrieb haben. Doch dann erinnerte er sich, daß es hier unten keine Luft zum Atmen gab. Nur Seewasser.

Er zwang sich mit aller Kraft, die See in seine Lungen zu saugen, stellte aber überrascht fest, daß sein Körper seinen Befehlen nicht mehr gehorchte. Seine Kehle schloß sich. Er fühlte, daß er sterben würde.

Als er sich schließlich entspannte und die See den Weg in seinen Körper fand, änderte Pete Shelling noch einmal seine Meinung. Er wollte nicht einfach sterben. Er würde sich wehren. Die See sollte ihn nicht haben.

Er versuchte noch einmal mit aller Kraft sich zu befreien,

doch seine geschwächten Arme wehrten sich vergeblich gegen das Netzwerk.

Doch dann, ganz plötzlich und wie durch ein Wunder, stieß sein Kopf noch einmal durch die Wasseroberfläche. Aber es war zu spät. Seine Augen suchten verzweifelt nach Hilfe, aber da war niemand. Er wollte schreien, doch sofort drang das Salzwasser in seine Kehle und nahm ihm den letzten Atem. Endgültig sank er zurück in die See.

Als Pete Shelling starb, kreisten seine Gedanken um die seltsame Vision, die er mit seinem letzten Blick auf diese Welt erhascht hatte. Ein Boot. Es war ein Boot gewesen. Aber nicht die »Sea Spray«. Ein kleineres Boot. Und ein Gesicht. Ein dunkles Gesicht, fast wie das eines Indianers. Aber das konnte nicht stimmen. Er war allein auf der See, allein in diesem Sturm, der aus dem Nirgendwo gekommen war. Er starb allein. Da war nichts – außer der letzten, verzweifelten Hoffnung eines ertrinkenden Mannes.

Die See ertränkte den Mann und die Hoffnung.

Als einige Stunden später die Sonne aufging, dümpelte die »Sea Spray« friedlich in der ruhigen See. Ihre Netze umgaben sie wie die beim Heimkommen einfach hingeworfenen Kleider einer lebenslustigen Frau, die zu lange getanzt hatte. Von Pete Shelling war schon lange nichts mehr zu sehen. Nur die einsam treibende »Sea Spray« schien ihn zu betrauern.

2

Brad Randall warf einen Blick auf seine Uhr und sah, daß sein Magen und das Instrument an seinem Handgelenk wie üblich perfekt synchron waren.

»Mittagessen?« fragte seine Frau, die seine Gedanken erraten hatte.

»Ich kann's noch eine halbe Stunde aushalten, aber dann werde ich miesepetrig«, meinte Brad. »Irgend etwas in der Nähe, was sich gut anhört?«

Elaine griff nach der Karte, die sauber gefaltet auf dem Armaturenbrett lag. »Leider schreiben sie nur die Namen der Orte in die Karten«, erwiderte sie trocken, »keine Beurteilungen.« Sie warf einen kurzen Blick auf die Karte und schaute dann aus dem Fenster. »Gott, Brad, wie wunderschön es da draußen ist!«

Sie fuhren auf der Route 101 entlang der Westküste der Olympic Peninsula Richtung Süden. Während der letzten halben Stunde, seit sie den Crescent Lake hinter sich gelassen hatten, führte die Straße durch üppige grüne Wälder mit so dichtem Unterholz, daß Elaine sich gefragt hatte, wie es wohl gelungen war, Schneisen hineinzuschlagen. Dann waren die Bäume zurückgewichen und der Strand war breiter geworden. Gerade als sie die Küste erreichten, war die Wolkendecke aufgerissen. Zu ihrer Rechten lag der Pazifik glitzernd unter der späten Morgensonne; eine steife Brise setzte den Wellen Schaumkronen auf. Zu ihrer Linken stiegen dichte Wälder die steilen Flanken des Olympic Range hinauf, der als mächtige Barriere zwischen dem Ozean im Westen und dem Puget Sound im Osten stand.

»Laß uns anhalten«, sagte Elaine plötzlich. »Ja? Nur für ein paar Minuten.«

Brad überlegte und warf erneut einen Blick auf seine Uhr. »Okay, aber wirklich nur ein paar Minuten. Und denk dran, wir haben keinen Platz mehr für Treibgut im Kofferraum.«

Er bog von der Straße ab und hielt. Die Aussicht war wirklich atemberaubend. Zwischen Straße und Strand versprach das allgegenwärtige, silbrig schimmernde Treibholz dem eifrigen Strandgutsammler verborgene Schätze. Und Elaine Randall war mehr als eifrig. Bevor Brad auch nur um den Wagen herumgekommen war, kletterte sie bereits zwischen den angeschwemmten Stämmen herum, griff sich einzelne Stücke heraus und verglich sie im Geiste mit den Schätzen, die sie bereits gehortet hatte. Dann warf sie sie wieder weg in der Hoffnung, zwei Schritte weiter noch etwas Besseres zu finden. Brad beobachtete sie amüsiert. Während ihrer zwei Wochen auf der Halbinsel hatte Elaine den Kofferraum ihres

Wagens mindestens dreimal randvoll gefüllt – um dann die gestern noch absolut perfekten Stücke gegen neue auszutauschen, die morgen bestimmt wieder weggeworfen wurden. Er näherte sich ihr, da er aus Erfahrung wußte, daß seine Hilfe beim Bergen der Schätze unbedingt erforderlich war. Als er nur noch wenige Meter von ihr entfernt war, stieß Elaine einen Triumphschrei aus.

»Ich hab' einen!« rief sie. »Endlich hab' ich einen gefunden!« Sie hielt ein blauschimmerndes Objekt in die Höhe, und Brad wußte sofort, daß es einer dieser japanischen Schwimmer war, von denen sie unbedingt einen mit nach Hause bringen wollte. »Großartig«, meinte er, »dann können wir jetzt also Mittag essen?«

Es war nicht auszumachen, ob sie ihn gehört hatte. So sehr war sie mit der Untersuchung ihres Fundes beschäftigt. Sie konnte einfach nicht glauben, daß er völlig fehlerlos sein sollte. So viel Glück gab es doch gar nicht! Aber er war einfach makellos. Elaine blickte glücklich zu Brad auf, als sich dieser neben sie auf einen der Stämme setzte.

»Er hat noch nicht einmal einen Kratzer«, sagte sie leise. Sie hielt den Schwimmer gegen die Sonne und beobachtete, wie sich die Strahlen zitternd in dem blauen Glas brachen. »Das ist ein gutes Omen«, sagte sie.

»Ein Omen?«

Sie lächelte verschmitzt. »Natürlich. Es bedeutet, daß wir noch heute den richtigen Ort finden werden.«

»Wäre auch angebracht«, meinte Brad finster. »Wenn nicht, kommen wir langsam in Schwierigkeiten. Schließlich gibt es kaum noch einen, den wir nicht besichtigt haben.«

Elaine stand entschlossen auf. »Komm schon«, sagte sie, »zurück in den Wagen mit dir. Ich schau' in die Karte und ich wette, daß der erste Ort, auf den mein Blick fällt, alles haben wird, wonach wir suchen.«

Im Wagen steckte Elaine die glänzende blaue Kugel sorgfältig in ihre Handtasche, bevor sie nach der Karte griff.

»Clark's Harbor«, verkündete sie.

»Clark's Harbor?« wiederholte Brad. »Wo liegt das?«

»Ungefähr zwanzig Meilen weiter südlich.«

Brad zuckte mit den Schultern. »Fürs Mittagessen gerade richtig.« Er startete den Motor, legte den Gang ein und gab Gas. Neben ihm setzte sich Elaine zuversichtlich zurecht.

»Du scheinst recht sicher zu sein«, sagte Brad. »Und du denkst an mehr als nur ein Mittagessen.«

»Das tu' ich.«

»Würdest du mir sagen, warum?«

»Ich hab's doch schon gesagt – der Schwimmer ist ein Omen. Außerdem klingt's einfach gut. ›Ich schreibe in Clark's Harbor ein Buch.‹ Klingt sehr professionell. Und du wirst natürlich ein sehr professionelles Buch schreiben.«

»Ich frag' mich«, äußerte Brad plötzlich laut seine Bedenken, »ob ich nicht einen großen Fehler mache. Ich meine, ein ganzes Jahr frei nehmen, lediglich um ein Buch zu schreiben, das sich vielleicht gar nicht verkaufen läßt...«

»Natürlich wird es sich verkaufen«, erklärte Elaine. »Millionen von Menschen werden es verschlingen.«

»Ein Buch über Biorhythmus?«

»Also gut«, erwiderte sie, »dann eben nur Hunderttausende.«

»Zehntausend wären wahrscheinlicher«, meinte Brad keineswegs überzeugt.

Elaine lachte und tätschelte sein Knie. »Selbst wenn es sich nicht verkauft, was macht das schon? Wir können uns das freie Jahr leisten, und ich kann mir für diese Zeit kaum etwas Schöneres als das hier draußen vorstellen. Selbst wenn das Buch also nur eine Entschuldigung für ein paar Monate am Meer sein sollte – was es natürlich nicht ist«, fügte sie rasch hinzu, »dann ist es das wert.«

»Und was ist mit meinen Patienten?«

»Was soll mit ihnen sein?« sagte Elaine leichthin. »Ihre Neurosen blühen weiter, während Bill Carpenter sich um sie kümmert. Er mag kein so guter Psychiater wie du sein, aber töten wird er deine Patienten wohl kaum.«

Brad verfiel in Schweigen. Elaine hatte recht. Es war ein angenehmes Schweigen, wie es nur zwischen Menschen möglich ist, die sich lieben und verstehen. Ein Schweigen, das nicht daraus erwuchs, daß man sich nichts zu sagen hatte, sondern aus der fehlenden Notwendigkeit, sich mit Worten zu äußern.

Sie hatten die Halbinsel zwei Wochen lang nach dem richtigen Ort durchkämmt, wo sie das Jahr verbringen wollten, das Brad zur Fertigstellung seines Buchs benötigen würde. Aber irgend etwas hatte immer nicht gestimmt – eine Stadt war zu kommerziell, die andere zu schäbig, eine zu selbstgefällig idyllisch, eine andere zu arrogant. Entweder sie fanden heute, was sie suchten, oder sie mußten die Suche abbrechen, da sie sonst nach einer vollen Runde um die Halbinsel wieder in der unveränderten Langeweile von Aberdeen und Hoquiam landen würden. Vielleicht hatte Elaine recht, dachte Brad. Vielleicht war Clark's Harbor der richtige Ort. Er rollte den Namen auf der Zunge. Clark's Harbor. Clark's Harbor. Hatte einen anheimelnden Klang. Wie ein Fischerdorf in Neuengland.

»Es ist dort drüben«, sagte Elaine leise, und brach damit das Schweigen.

Brad merkte, daß er der Straße kaum noch Beachtung geschenkt und den Wagen eher automatisch als konzentriert gesteuert hatte. Er sah, daß sie durch die Ausläufer einer kleinen Stadt fuhren.

Daß sie klein war, fand er schön. Außerdem schien sie sauber und gepflegt zu sein – ein weiterer Pluspunkt. Die Häuser, die locker entlang der Straße standen, waren aus Holz; einige trugen einen hübschen Anstrich, andere hatte der Seewind mit einer silbernen Patina versehen. Aber auch die älteren waren solide gebaut und behaupteten sich noch immer im Kampf gegen die Elemente.

Zuerst fuhren sie einen kleinen Hügel hinab. Eine Seitenstraße ging rechtwinklig von dem Highway ab, und Brad bog auf sie ein. Das Gefälle wurde steiler, und gleich darauf befanden sie sich im Herzen des Ortes, der kaum mehr als ein großes Dorf war. Die Straße endete an einem Kai. Brad stoppte den Wagen, und er und Elaine sahen sich neugierig um.

»Sieht aus wie in Neuengland«, meinte Elaine leise und wie als Echo auf Brads Gedanken. »Ich finde es schön.«

Es sah wirklich wie die Bildpostkarte eines Neuenglandortes aus. Die entlang dem Wasser stehenden Häuser waren sich alle ähnlich: hübsche Schindeldächer, strahlende Farben, ordentlich gepflegte Gärten, die in der Frühlingsluft blühten. Deutlich abgesetzt vom übrigen stand ein altes viktorianisches Gebäude, dessen Rasen und Garten von einem weißen Lattenzaun umgrenzt waren. Ein handgeschriebenes Schild wies es als Harbor Inn aus.

Auf den Straßen sah man einige Leute, genug, um die Stadt geschäftig, aber nicht hektisch erscheinen zu lassen. Ein oder zwei warfen einen Blick auf den Wagen der Randalls, ohne jedoch besonders interessiert zu wirken. Niemand blieb stehen, um ihnen nachzustarren oder sich gar gestikulierend mit einem Nachbarn über die Fremden auszulassen. Brad berührte dieser offensichtliche Mangel an Neugier etwas seltsam. Elaine, die ein feines Gespür für den Gatten besaß, warf ihm einen raschen, besorgten Blick zu.

»Stimmt etwas nicht?« fragte sie.

»Ich weiß nicht«, sagte Brad. Dann lächelte er sie an. »Wie wär's jetzt mit Essen?«

Rebecca Palmer hatte auf ihrem Weg zu Blake's Textilien- und Haushaltswarengeschäft den fremden Wagen vorbeifahren sehen. Aber im Augenblick waren ihr ihre Einkäufe wichtiger als irgendwelche Fremde, die Clark's Harper besuchten. Allerdings war ihr der dunkelgrüne Volvo irgendwie bekannt erschienen. Doch das wäre zu schön, um wahr zu sein... Energisch schob sie den Gedanken von sich.

Sie nahm sich einen Einkaufswagen aus der Reihe neben dem Eingang und ging mit ihm langsam durch die Gänge. Vor einem Porzellangeschirr blieb sie stehen. Selbst für einen Billigladen war es faszinierend in seiner Geschmacklosigkeit. Das knallige Rosa und die irgendwie hilflos rund um den Rand paradierenden blauen Stiefmütterchen ließen sie den Kopf schütteln. Beim Weitergehen griff sie sich einige

Artikel aus den Regalen und legte sie in den Korb des Wägelchens.

Als sie gerade vor einem Ständer mit billigen Kleidern stand, klirrte und schepperte es hinter ihr. Sie wirbelte herum und sah George Blake auf den Stand mit dem Porzellan zueilen. Zufrieden, daß die Sache nichts mit ihr zu tun hatte, setzte sie ihre Suche nach einem Kleid fort, das zu ihrer zerbrechlichen Schönheit passen würde. Sie hatte immer Schwierigkeiten, etwas zu finden, das sie nicht erdrückte. Doch nichts gefiel ihr so richtig. Sie wollte sich gerade abwenden, als Mr. Blake hinter ihr auftauchte.

»Dafür werden Sie bezahlen müssen.« Seine Stimme klang schroff, als ob er Widerspruch erwartete. Rebecca wandte sich erschrocken um.

»Wie bitte?«

»Das Porzellan«, sagte Blake mit Nachdruck. »Sie werden bezahlen, was Sie zerbrochen haben.«

»Aber das war ich doch nicht«, wehrte sich Rebecca verschüchtert, »ich stand die ganze Zeit hier und hab' mir die Kleider angesehen.«

»Ich hab' gesehen, wie Sie das Porzellan anschauten«, sagte Blake bestimmt.

Rebecca machte ein unglückliches Gesicht. »Aber das war doch vor fünf oder zehn Minuten. Ich hab's nicht einmal berührt.« Blakes Gesicht verfinsterte sich; Rebecca zuckte vor der unverhohlenen Feindschaft des Mannes zurück.

»Lügen Sie mich nicht an, Mrs. Palmer. Sie waren es, die das Geschirr zerbrochen hat. Hier ist niemand im Laden außer uns beiden.«

Rebecca blickte sich um und sah, daß er recht hatte. Sie waren wirklich die einzigen.

»Aber ich hab' nichts damit zu tun«, verteidigte sie sich hilflos. »Ich hab' Ihnen doch gesagt, ich war gar nicht an dem Tisch.«

Blake starrte sie wortlos an.

»Ich weiß nicht, woher Sie die Frechheit nehmen, so etwas zu behaupten«, meinte er dann. »Seit Sie und Ihre Familie hier aufgetaucht sind, haben wir alle hier Sie für etwas seltsam gehalten. Jetzt glaub' ich zu wissen, was es ist – Sie sind eine Lügnerin.«

»Das bin ich nicht!« brauste Rebecca auf. »Wenn ich es getan hätte, würde ich es zugeben und den Schaden bezahlen. Aber ich hab's nicht getan!«

»Gut, in Ordnung«, erklärte Blake eisig, »mein Wort gegen Ihres. Aber diese Dinge hier in Ihrem Korb legen wir zurück in die Regale.«

»Was wollen Sie?«

»Ich will Sie hier nicht mehr sehen«, sagte Blake. »Ich denke, Sie haben ein Recht, in Clark's Harbor zu leben, aber das bedeutet nicht, daß ich Ihnen etwas verkaufen muß. Von jetzt an kaufen Sie, wo Sie wollen, aber nicht bei mir!«

Rebecca Palmer biß sich auf die Lippen, um nicht in Tränen auszubrechen. Was ist nur mit diesen Leuten hier los, fragte sie sich. Aber sie wußte, es hatte keinen Zweck, Blake danach zu fragen. Und noch weniger Zweck hatte es, sich mit ihm weiter herumzustreiten.

Bedrückt verließ sie das Geschäft und fragte sich, wie sie den Vorfall ihrem Mann erklären sollte. Wie würde er wohl darauf reagieren? Nicht gerade erfreut, da war sie sicher. Glen Palmer hatte sein Künstlertemperament normalerweise gut unter Kontrolle, aber manchmal ging es mit ihm durch. Und das war ein solcher Fall.

»Da ist ein Café«, sagte Elaine Randall. Es befand sich über einer Bar in einem zweistöckigen Gebäude. Die Randalls mußten den Barraum durchqueren, um zur Treppe zu kommen. Als sich seine Augen an das trübe Licht gewöhnt hatten, sah Brad, daß er leer war bis auf zwei alte Männer, die sich an einem zerschrammten Eichentisch über einem Damebrett gegenübersaßen, jeweils einen Krug Bier neben sich. Er streifte Elaine mit einem zufriedenen Lächeln und folgte ihr nach oben.

Das Café war im Gegensatz zur Bar recht gut besetzt, doch am Fenster gab es einen freien Tisch, auf den die Randalls zusteuerten. Brad überflog die kleine Speisekarte. Ohne bewußt die verschiedenen Möglichkeiten gegeneinander abzuwägen, entschied er sich für einen Krabbensalat, um sich dann seiner Lieblingsbeschäftigung zuzuwenden: dem Leutebeurteilen.

Die Kellnerin erschien, um ihre Bestellung entgegenzunehmen. Elaine steckte die Karte in den Halter zu den Servietten und faltete die Hände auf dem Tisch.

»Also?«

»Also was?«

»Klär mich auf, mit wem wir es zu tun haben.«

»Da gibt's nicht viel aufzuklären«, antwortete Brad, »die meisten sehen mir aus wie Fischer...«

»Sehr scharfsinnig«, unterbrach ihn Elaine, »wenn man bedenkt, daß das da unten ein Kai ist.«

»Auch ein paar Hausfrauen und kleine Ladenbesitzer sind darunter«, fuhr Brad fort, ohne sich durch ihre Stichelei stören zu lassen. »Aber aus einem werde ich einfach nicht schlau...«

»Wer ist es?« Elaine blickte sich verstohlen um. »Sag nichts, es muß der da drüben sein, der ganz allein am Tisch sitzt. Ich sehe, was du meinst.«

»Wirklich? Und was meine ich?«

»Er wirkt anders als die andern«, erwiderte Elaine. »Er scheint irgendwie hier nicht herzupassen – und er weiß es.«

Brad nickte und warf noch einen Blick zu dem Mann hinüber, über den sie sprachen. Es waren seine Kleider, dachte Brad, und etwas in seinem Gesicht. Er trug wie viele andere hier Jeans und ein ausgebleichtes Arbeitshemd, aber er trug sie anders. Es war ihr Sitz. Sie saßen fast zu gut. Und was war mit dem Gesicht? Dann dämmerte es Brad: der Mann hatte vor kurzem seinen Bart abrasiert, deshalb war seine untere Gesichtshälfte so unnatürlich bleich. Doch noch etwas wurde Brad plötzlich klar: er kannte diesen Mann.

Bevor er Elaine fragen konnte, kam ihr Essen. Immer wieder streifte Brads Blick über den Teller hinweg den Mann in der zu gut sitzenden Arbeitskleidung mit der bleichen Gesichtshälfte. Dieser hielt die Augen auf sein Essen gesenkt, das er stetig, aber nicht hastig zum Mund führte. Er bestellte frischen Kaffee. Die Bedienung goß ihn bereitwillig nach, blieb aber nicht auf ein Schwätzchen an seinem Tisch stehen, wie sie es bei allen andern gemacht hatte. Als der Mann fertig war, griff er in die Tasche, legte etwas Geld auf den Tisch und wandte sich zum Gehen. Auf dem Weg zur Treppe trafen seine Augen plötzlich die von Brad und er blieb wie angewurzelt stehen. Ein Lächeln huschte über sein Gesicht, und er kam mit ausgestreckter Hand quer durch den Raum.

»Dr. Randall? Sind Sie es wirklich?«

Brad erkannte ihn jetzt auch und stand auf. »Glen Palmer! Tatsächlich! Ich sitze die ganze Zeit hier und weiß, den kennst du doch, ohne Sie unterbringen zu können.«

»Das liegt am Bart«, erwiderte Glen Palmer, »ich hab' ihn abrasiert, nachdem wir hier rausgezogen waren.«

»Setzen Sie sich, das ist meine Frau Elaine. Liebling, das ist Glen Palmer, der Vater von Robby.«

Elaine schien etwas verwirrt, doch dann streckte sie lächelnd die Hand aus. »Natürlich«, sagte sie, »wie geht's ihm denn? Brad sagte mir, es habe so etwas wie ein Wunder gegeben.«

»Das ist das einzige Wort, das paßt«, meinte Palmer, sich setzend. Brad schaute ihn erwartungsvoll an. Am liebsten hätte er sein Gegenüber mit Fragen bombardiert, wollte ihn aber nicht vor den Kopf stoßen.

Robby Palmer, Glens neun Jahre alter Sohn, war mehr als drei Jahre lang wegen seiner Hyperkinese Brad Randalls Patient gewesen. Es war ein besonders schwerer Fall. Als er Robby zum erstenmal sah, war der Junge sechs und konnte nicht mehr als eine oder zwei Sekunden stillsitzen. Er sprach ständig und wie unter Zwang, wobei er mit Händen und Füßen zappelte – ein Verhalten, das weit über Nervosität hinausging und häufig recht destruktiv war. Brad hatte rasch gelernt, vor Robby Palmers Auftauchen alle zerbrechlichen Dinge aus seiner Praxis zu entfernen – ein kleiner Junge mit dem Gesicht eines Engels und dem ›Teufel‹ im Leib. Irgendeine Fehlsteuerung seines Nervensystems hielt ihn in dauernder Hektik, unaufhaltsam, erschöpfend und manchmal erschreckend. Das Kind neigte zu plötzlichen Wutausbrüchen, für die es keinen äußeren Anlaß gab. Während dieser Anfälle konnte es äußerst gewalttätig werden. Die kleinen Hände ergriffen blitzschnell den nächsten Gegenstand und schleuderten ihn gegen ein Fenster, eine Wand oder eine Person. Brad würde nie vergessen, wie ein gar nicht besonders erregt wirkender Robby Palmer eines Nachmittags seine beiden Lieblingsvasen aus Steubenkristall, die noch aus der Zeit stammten, als er sich solche Raritäten eigentlich gar nicht leisten konnte, gnadenlos zerschmetterte. Der kleine Junge hatte die Splitter danach angesehen, als ob er sich ihre Herkunft überhaupt nicht erklären könnte. Er zeigte weder eine Spur von Reue noch schien er Angst vor Strafe zu haben. Da war nur ein Augenblick kühlen, distanzierten Innehaltens, bevor ihn die zwanghafte nervöse Unruhe von neuem ergriff.

Vor einigen Monaten war dann Robby Palmer plötzlich nicht mehr in Brads Praxis erschienen. Als sich dieser nach dem Grund erkundigte, hatte er von den Eltern lediglich erfahren, daß ein »Wunder« geschehen wäre. Er ließ es darauf beruhen. Doch jetzt fragte er sich insgeheim, ob Clark's Harbor etwas mit diesem Wunder zu tun haben mochte. Glen bestätigte es ihm.

»Sie werden es nicht glauben«, begann er, »die Veränderung mit Robby ist wirklich erstaunlich. Seit wir mit ihm hierhergekommen sind, ist er sehr viel ruhiger, Dr. Randall. Er ist immer noch etwas nervös, aber lange nicht mehr so wie früher. Jetzt ist er wie andere Kinder.«

»Aber was ist die Ursache dafür?« wollte Brad wissen.

Glen Palmer zuckte mit den Schultern. »Ich hab' keine Ahnung. Wir sind zum Campen hierhergekommen und hielten an einem Platz namens Sod Beach nördlich der Stadt. Und Robby beruhigte sich plötzlich. Einfach so.« Er schnippte mit den Fingern. »Und das blieb so, solange wir an diesem Strand lagerten. Deshalb sind wir dann hierhergezogen.«

»Ergibt irgendwie keinen Sinn«, meinte Brad nachdenklich.

»Vielleicht nicht«, stimmte Palmer zu, »aber wir machen uns darüber keine Gedanken. Welche Dämonen auch in ihm waren, jetzt sind sie verschwunden. Hoffentlich für immer.«

Brad trommelte leise mit den Fingern auf der Tischplatte, während er über Glens Worte nachsann. Was mochte Robbys Funktionsstörung wirklich geheilt haben? Er war einer seiner schwierigsten Problemfälle gewesen, und Brad war »Wundern« schon immer skeptisch gegenübergestanden. »Ob es möglich wäre, ihn zu sehen?« fragte er.

»Warum nicht?« meinte Glen zuvorkommend. »Er hat Sie immer gemocht.«

»Sagen Sie das meiner Sprechstundenhilfe«, grinste Brad. Diese hatte Robbys Besuchen in der Praxis immer mit Angst und Schrecken entgegengesehen und oft Ausreden erfunden, um nicht anwesend sein zu müssen.

Glen warf einen Blick auf die Uhr an der Wand. »Hören Sie«, sagte er, »warum besuchen Sie uns nicht heute abend oder morgen früh? Bleiben Sie in der Stadt?«

»Ich glaube schon«, meinte Elaine etwas unsicher, doch sie wußte, daß Brad es bestimmt wollte. »Gibt es hier eine anständige Unterkunft?«

»Die Harbor Inn, drunten am Wasser«, erwiderte Glen. »Es gibt nichts anderes.« Er stand auf. »Entschuldigen Sie, ich hab' noch einiges zu erledigen heute nachmittag. Also bis später – in Ordnung?«

»Sicher«, sagte Brad. Und bevor er ein weiteres Wort herausbrachte, war Glen Palmer davongeeilt und durch die Tür verschwunden.

»Ein plötzlicher Abgang«, meinte Elaine.

»Das war's, nicht wahr?« stimmte Brad zu. Dann bemerkte er plötzlich, daß unmittelbar nach dem Verschwinden Glens rundum eifrig getuschelt wurde.

»Nun gut«, sagte eine Frau etwas zu laut am Nebentisch zu ihrer Gesprächspartnerin, »zumindest hat er sich diesen scheußlichen Bart abgenommen.«

»Nicht daß es viel nützte«, meinte die andere, »er paßt trotzdem nicht hierher.«

»Meinen Sie, er wird es jemals begreifen?« begann die erste wieder.

»Alle anderen haben es doch auch sehr rasch begriffen und uns in Frieden gelassen.«

»Joe hat ihm gestern angeboten, ihnen dieses Haus abzukaufen«, hörte man die zweite Frau sagen, »und wissen Sie, was dieser Glen Palmer ihm erklärt hat? Er hat ihm erklärt, es sei nicht zu verkaufen. Joe sagte ihm darauf, er solle lieber verkaufen, solange er noch etwas dafür bekommt und es nicht völlig ruiniert ist, aber Palmer meinte, er würde es nicht ruinieren, sondern umbauen.«

»In eine Kunstgalerie«, mokierte sich die erste. »Wie kommt der nur auf den Gedanken, er könnte in Clark's Harbor von einer Kunstgalerie leben? Und dann seine Frau – macht Töpfereien, die wie Lehmkuchen aussehen, und denkt, die Leute würden so was kaufen!«

Aus den wenigen Worten, die Brad rundum verstehen konnte, wurde rasch klar, daß sie alle von derselben Person sprachen – Glen Palmer. Offensichtlich war es hier allgemein üblich, *über*, aber nicht *mit* ihm zu sprechen.

»Vielleicht habe ich mich geirrt«, hörte Brad Elaine sagen, die ebenfalls einiges von dem Getuschel aufgeschnappt hatte. »›Neuengland‹ hast du gesagt.« Brad verzog spöttisch das Gesicht. »Damit hast du es wirklich getroffen. Diese Leute hier mögen Fremde genausowenig wie alle Kleinstädter und Dörfler auf der ganzen Welt.«

»Ist irgendwie beängstigend, nicht wahr?« meinte Elaine.

Brad zuckte mit den Schultern. »Weiß nicht, ich denke, man muß einfach damit rechnen. Wahrscheinlich würde man uns genauso begegnen, egal wo wir hingehen. Aber es ist nur eine Frage der Zeit. Die Leute müssen sich zuerst an dich gewöhnen, vor allem in Orten wie diesem. Ich wette, daß viele hier nur sehr selten jemand zu Gesicht bekommen, den sie nicht von klein auf kennen. Geschieht es doch, reagieren sie mit Mißtrauen.«

Elaine verfiel in Schweigen, während sie weiteraß. Aber der Psychiater in Brad fand das feindliche Verhalten der Einheimischen höchst ›interessant‹. Innerlich widersprach sie ihm, doch dann erinnerte sie sich daran, daß sie schließlich schon vor ihrer Ehe gewußt hatte, daß sie einen Psychiater bekommen würde. Sie durfte sich also jetzt nicht darüber beklagen. Konzentriert schaute sie aus dem Fenster und versuchte das Getuschel ringsum zu überhören.

Erst nachdem sie ihren Kaffee getrunken hatten, ergriff Brad wieder das Wort.

»Ich denke, wir sollten uns etwas umsehen.«

»Ich bin nicht sicher, ob...«, meinte Elaine zögernd.

Brad versuchte sie zu beruhigen. »Liebling, das ist in jeder Kleinstadt dasselbe, und wenn wir an einem Ort wie diesem ein Jahr lang leben wollen, müssen wir uns auf ein gewisses Mißtrauen am Anfang einstellen. Es geht nun mal nicht anders – wenn du die Kleinstadtvorteile willst, mußt du auch das Kleinstadtverhalten akzeptieren.«

Er bezahlte die Rechnung, und sie verließen das Café. Drunten in der Bar sah Brad, daß das Damespiel keine wesentlichen Fortschritte gemacht hatte. Der eine Alte starrte angestrengt auf das Brett, der andere aus dem Fenster. Falls sie die Randalls überhaupt wahrnahmen, ließen sie sich nichts anmerken.

»Laß uns ein wenig den Kai entlanggehen«, schlug Brad vor, als sie ins Sonnenlicht hinaustraten.

Die meisten Liegeplätze waren leer. Auf fünf oder sechs Booten arbeiteten Männer; sie flickten Netze, bastelten an den Motoren oder überprüften die Ausrüstung. Sie blieben bei jedem der Boote ein wenig stehen, um es genauer anzuschauen. Niemand richtete das Wort an sie, und auch als Brad ein zaghaftes »Hallo« versuchte, bekam er keine Antwort.

»Scheinen nicht sehr gesprächig zu sein«, meinte Elaine, als sie sich dem Ende des Piers näherten.

»Seltsam, nicht wahr?« erwiderte Brad, »keiner von ihnen scheint je die Geschichte vom glücklichen Fischer gehört zu haben.« Er sah sich um, als ob er überlegen müßte, was sie als nächstes versuchen könnten. »Sollen wir eine kleine Rundfahrt machen?«

Bevor Elaine antworten konnte, hörte man das Aufheulen einer Sirene, und ein Polizeiauto hielt am Kai. Aus dem Fahrersitz schob sich ein rundbäuchiger Mann um die Sechzig. Er umrundete den Wagen und half einer untersetzten Frau heraus. Mit einer Hand stützte sie sich schwer auf den Arm des Beamten, in der andern hielt sie ein zerknülltes Taschentuch.

Jede Tätigkeit entlang dem Kai kam zum Stillstand; die Männer auf den Booten starrten den Neuankömmlingen entgegen.

»Etwas nicht in Ordnung, Chief?« rief eine Stimme.

»Wenn Harney Whalen hier erscheint, ist doch immer etwas nicht in Ordnung«, meinte eine andere.

Polizeichef Harney Whalen ignorierte die zweite Stimme, antwortete aber auf den ersten Zuruf.

»Ich weiß nicht«, rief er, »Mrs. Shelling hier sucht nach ihrem Mann. Hat einer von euch ihn gesehen?«

Verneinend schüttelten sie die Köpfe, während sie ihre Boote verließen und sich um Harney Whalen scharten. Miriam Shelling klammerte sich noch immer mit einer Hand an seinen Arm, während sie sich die Tränen abtupfte.

»Er fuhr letzte Nacht raus«, sagte sie und musterte die Männer der Reihe nach, wobei sie verschüchtert wirkte. »Er sagte, er würde gegen vier Uhr morgens zurück sein, aber er ist noch nicht da.«

Einer der Fischer nickte bedächtig. »Ja, er war direkt hinter mir, als ich letzte Nacht rausfuhr, aber er ist nicht mit uns zurückgekommen. Wahrscheinlich ist er auf einen Schwarm gestoßen und will alles fangen, was sich kriegen läßt.«

Miriam Shelling schüttelte den Kopf. »Das würde er nicht tun«, widersprach sie, »er weiß doch, wieviel Sorgen ich mir mache. Zumindest hätte er mich über Funk informiert.«

Die Männer tauschten Blicke aus. Harney Whalen wirkte besonders unglücklich, als ob er sich fragte, was wohl als nächstes zu tun sei. Die betretene Stille wurde durch ein Schiffshorn unterbrochen. Alle blickten Richtung Hafen, wo eine kleine Barkasse sich rasch dem Kai näherte. Miriam Shellings Finger krallten sich in den Arm des Polizeichefs.

Die Barkasse schwenkte in einen der leeren Liegeplätze ein, eine Leine wurde herübergeworfen und festgemacht. Ein Mann sprang an Land; sein Gesicht war bleich. Er schaute sich hastig um, bis sein Blick an Harney Whalen hängenblieb.

»Sind Sie Polizist?«

»Ich bin der Chef hier«, sagte Whalen. »Etwas passiert?«

Der Mann nickte. »Ich habe da draußen ein Boot treiben sehen. Als ich es anrief, bekam ich keine Antwort. Deshalb ging ich an Bord. Das Boot war verlassen.«

»Wo ist es?« fragte Whalen.

»Es ankert ungefähr eine Meile nördlich, vielleicht dreihundert Meter vom Ufer entfernt«, sagte der Mann. »Sein Name ist Sea Spray.«

»Das ist Petes Boot«, schluchzte Miriam Shelling auf. Der Mann starrte sie einen Augenblick an und zog dann Whalen ein paar Schritte zur Seite. Mit gedämpfter Stimme sprach er auf ihn ein.

»Seine Netze waren draußen; ich dachte, es wäre besser, sie reinzuholen. Sie waren nicht leer.«

Whalen warf Miriam einen raschen Blick zu, bevor er sich wieder an den Fremden wandte.

»Eine Leiche?«

Der Mann nickte. »Ich habe ihn hergebracht.«

Whalen ging auf die Barkasse zu und stieg an Bord. Die Fischer drängten ihm nach. Whalen zog die Persenning über dem länglichen Bündel zur Seite. Pete Shellings weit aufgerissene, leere Augen starrten zu ihnen hoch.

Aus knapp zehn Meter Entfernung beobachteten die Randalls die Reaktionen der Fischer. Stumm blickten sie hinab ins Boot, bis einer nach dem andern sich davonmachte, als ob die Gegenwart des Todes sie peinlich berührte. Sie gingen ohne ein Wort der Anteilnahme oder des Trostes an Miriam

Shelling vorbei. Als sie verschwunden waren, und nur noch Whalen und der Eigner der Barkasse dastanden, trat Miriam schließlich vor und blickte auf den toten Gatten hinab. Einen Augenblick lang stand sie wie erstarrt, bevor sie sich, seinen Namen schluchzend, in Whalens Arme warf. Er hielt sie unschlüssig für einen Moment fest, bevor er sich wieder ganz gelassen an den Mann wandte, der Pete Shelling heimgebracht hatte. Dann führte er Miriam Shelling über den Kai zu seinem Wagen und fuhr mit ihr davon.

»Mein Gott«, meinte Elaine fast schluchzend, »wie schrecklich.«

Brad nickte, ohne den Kai aus den Augen zu lassen. Elaine griff nach seinem Arm.

»Laß uns wegfahren von hier«, bat sie, »bitte?«

Brad schien sie nicht zu hören. »Hast du gesehen?« fragte er, »es war, als ob nichts geschehen wäre. Sie sprachen nicht mit ihr, sie verloren auch untereinander kein Wort, sie stellten keine Fragen, sie schienen nicht einmal überrascht. Es war fast, als ob sie es erwartet hätten.«

»Wie bitte?« fragte Elaine ausdruckslos.

»Die Fischer. Sie zeigten keinerlei Reaktion auf den Tod dieses Mannes. Es war, als ob sie schon lange darauf gewartet hätten und die ganze Sache überhaupt nichts mit ihnen zu tun hätte. Was ihm passierte, kann doch jedem von ihnen jeden Tag passieren.«

Elaine blickte den Gatten aufmerksam an. Sie wußte, was kommen würde; und sie wollte es vermeiden.

»Laß uns weiterfahren, Brad«, sagte sie, »bitte. Ich mag dieses Clark's Harbor nicht.« Aber es war zu spät, und sie wußte es.

»Es ist faszinierend«, fuhr Brad fort, ohne auf sie zu achten. »Diese Leute reagierten nicht wie normale Menschen, nicht die Spur.« Er griff nach Elaines Hand und drückte sie.

»Komm«, sagte er, »laß uns dieses Gasthaus suchen.«

»Wir bleiben?« fragte Elaine.

»Natürlich«, grinste Brad, »was sonst?«

Elaine fühlte, wie sich ihr Magen vor Angst zusammenzog.

Sie sagte sich, daß es keinerlei Grund dafür gab. Aber tief in ihrem Innern wußte sie es anders. Vernünftig oder nicht.

Weit draußen, hinter dem Horizont, braute sich ein neuer Sturm zusammen.

3

Die strahlend weiß gestrichene viktorianische Fassade mit dem himmelblauen Rand aufs Meer gerichtet, hockte die Harbor Inn fast herausfordernd in der Mitte ihres sauber geschnittenen Rasens. Aus einem Zimmer im zweiten Stock starrte auch Elaine Randall aufs Wasser hinaus und lauschte auf das Pfeifen des Windes, der sich in den Giebelvorsprüngen des alten Gebäudes verfing. In der kleinen Bucht tanzten die gegen den heraufziehenden Sturm gesicherten Boote auf den unregelmäßigen Wellen. Als der Regen gegen das Fenster zu prasseln begann, wandte sie sich an ihren Gatten.

»Ich denke, für eine Nacht wird es gehen«, meinte sie mit einem kritischen Blick über das Zimmer. Brad setzte ein entwaffnendes Lächeln auf.

»Dir gefällt es doch hier, du willst es bloß nicht zugeben«, neckte er sie. »Wäre die Sache mit dem Ertrunkenen nicht gewesen, wärst du glücklich wie ein Schneekönig hier.«

Elaine ließ sich in den mit einem Schonbezug versehenen Ohrensessel fallen und versuchte ihre Gefühle zu analysieren. Brad hatte recht: Wären sie nicht unten am Kai gewesen, als man den Toten hereinbrachte, würde sie jetzt von ihrem gemütlichen Zimmer und der netten kleinen Stadt schwärmen und überhaupt nichts dagegen haben, das nächste Jahr hier zu verbringen. Der tote Fischer aber machte es ihr unmöglich, der neuen Umgebung gerecht zu werden. Mürrisch musterte sie die antike Einrichtung dieses Zimmers in dem ebenso antiken Gasthaus. »Alles ziemlich runtergekommen«, meinte sie anklagend.

»Das ist es ganz und gar nicht«, konterte Brad. »Den Umständen entsprechend ist alles recht ordentlich.«

»Wenn man so etwas mag.«

»Was du tust«, meinte Brad mit Nachdruck. »Schau dir nur diesen Waschtisch an. Nicht ein Kratzer im Marmor, und wenn das Eichenholz hier nicht handpoliert ist, esse ich's zum Dinner.«

Elaine warf einen kritischen Blick auf den Waschtisch und mußte zugeben, daß Brad recht hatte – er war wirklich alt und in jeder Hinsicht makellos. Sie versuchte, ihre Antipathien unter Kontrolle zu bringen und das Zimmer wirklich vorurteilsfrei anzusehen. Ja, es hatte Charme. Keine Spur von der üblichen Hoteleinrichtung; es wirkte wie das gemütliche Schlafzimmer einer Privatwohnung. Auf dem Doppelbett lag eine offensichtlich handgefertigte Steppdecke, und die gesamte Einrichtung war aus robuster Eiche. Keinerlei Schnickschnack, sondern alles freundlich und zweckmäßig.

»Also gut«, lenkte Elaine ein, »es ist hübsch und genau das, was ich mag. Ich wünschte mir nur, es wäre nicht ausgerechnet in Clark's Harbor.«

»Aber wenn es nicht in Clark's Harbor wäre, würde es überhaupt nicht existieren, nicht wahr?« mokierte sich Brad.

»Mit diesen philosophischen Spitzfindigkeiten fängst du mich nicht. Im übrigen weißt du genau, was ich meine, du willst mich nur auf den Arm nehmen.«

»Ich?« fragte Brad mit gespielter Unschuld. »Würde ich so was je tun?«

»Ja, du würdest«, erwiderte Elaine und versuchte ernst zu bleiben. »Aber ich fall' nicht drauf rein, sonst könnte es sein, daß du mich in einer Minute so weit hast, daß ich dich auf den Knien bitte, wenigstens ein paar Tage hierbleiben zu dürfen. Aber ich will nicht hierbleiben, ich will zurück nach Seattle – und zwar morgen früh.«

»Zu Befehl, Madam«, sagte Brad, knallte die Hacken zusammen und salutierte. Er grinste sie an und fragte sich, warum sie das alles so ernst nahm. Es würde nicht leicht sein, sie zum Hierbleiben zu überreden. Er entschied sich, sein Ziel auf Umwegen zu erreichen.

»Ich habe eben über Robby Palmer nachgedacht«, erklärte er beiläufig, während er sich die Schuhe auszog.

Elaine ging sofort darauf ein. »Dein Buch«, meinte sie, »du meinst, du willst ein Buch über ihn schreiben?«

»Ich weiß nicht«, zierte sich Brad, »ich würde gern rausfinden, was wirklich mit ihm passiert ist. Eine so starke Störung löst sich nicht plötzlich in Nichts auf, wie Glen behauptet hat. Das gibt es nicht.«

»Aber wenn es doch so war?« fragte Elaine.

»Dann muß man die näheren Umstände erforschen. Mein Gott, wenn es hier draußen irgend etwas gibt, das Kinder wie Robby auf diese Weise beeinflußt und heilt, dann sollte die Welt es erfahren.«

»Wie würdest du das Buch nennen – ›Das gefundene Paradies‹?«

»Ein Buch über Robby Palmer besäße auf jeden Fall mehr Erfolgschancen als eins über Biorhythmus«, verteidigte sich Brad.

»Warum schreibst du nicht über beides?« forderte Elaine ihn erneut heraus, »und sicherst dir auf diese Weise zwei Interessengruppen?« Sie lächelte über ihren Scherz, wurde aber sofort wieder ernst, als sie seinen Gesichtsausdruck sah. »Habe ich etwas Falsches gesagt?« fragte sie vorsichtig.

»Ich weiß nicht«, erwiderte Brad. Er stieß die Schuhe von sich und warf ihnen die Socken nach, dann legte er sich auf dem Bett zurück und öffnete einladend die Arme. Elaine ging zum Bett und schmiegte sich an ihn. Er umfaßte sie mit beiden Armen, eine Hand streichelte sanft ihren Nacken. Der Regen trommelte jetzt unablässig gegen die Scheiben, und er wußte, er würde gewinnen: sie würden morgen früh nicht nach Hause fahren.

»Wäre es wirklich so schlimm für dich, wenn wir hierbleiben würden?« fragte er zärtlich.

Elaine drückte sich noch enger an ihn; er spürte ihren warmen Atem an seinem Hals.

»Ich glaube, es war vor allem dieser Tote«, versuchte sie ihre Gefühle zu erklären. »Ich sage mir dauernd, daß so etwas überall geschehen könnte – ich meine, Fischer ertrinken doch häufiger, nicht wahr? Aber ich sehe dauernd dieses Gesicht vor mir, so blau und aufgedunsen, und ich fürchte, ich werde es immer mit Clark's Harbor verbinden.« Sie schwieg und fühlte, wie Brad sich bewegte. »Du willst hierbleiben, stimmt's?«

»Nun – es ist der schönste Ort, den wir bis jetzt gefunden haben, und er bietet alles, was ich für meine Arbeit brauche. Er liegt abseits, ist nicht zu groß, und es ist recht unwahrscheinlich, daß mich hier der gesellschaftliche Trubel vom Schreiben abhalten könnte.«

»Gesellschaftlicher Trubel«, lächelte Elaine, »ich wette, der besteht hier aus einem monatlichen Gemeindeabend in der Kirche. Aber ich weiß nicht, Brad, ich versuche dauernd, diesen Mann zu vergessen, aber selbst wenn es mir gelingen sollte, ist da noch etwas anderes, etwas, das mit dem Ort selbst zu tun hat. Irgend etwas hier ist nicht in Ordnung. Das hängt irgendwie damit zusammen, wie Glen Palmer heute nachmittag in diesem Café behandelt wurde.«

»Das haben wir doch schon besprochen«, wehrte Brad ab.

»Ich weiß, und ich gebe dir auch recht. Es wird überall ähnliche Dinge geben. Trotzdem habe ich so ein seltsames Gefühl; vielleicht ist es auch nur dieser Sturm.« Wie aufs Stichwort tauchte in diesem Augenblick ein Blitz das Zimmer in grelles Weiß, und das Trommeln des Regens ging kurz im explodierenden Donner unter. Elaine, die sonst wildes Wetter liebte, zuckte zusammen.

»Vielleicht ist es auch nur eine weibliche Intuition«, lächelte Brad, um sie auf andere Gedanken zu bringen.

»Wenn du es so nennen willst.« Sie ging nicht auf seinen heiteren Ton ein.

»Mir gefällt es hier«, verkündete Brad entschlossen. »Ich finde diesen Ort faszinierend, die Leute machen mich neugierig, auch unter beruflichen Gesichtspunkten. Irgendwie wirken sie auf besondere Weise distanziert, wenn du verstehst, was ich meine. Sie scheinen sich überhaupt nicht umeinander zu kümmern, obwohl sie zusammen hier leben. Ein interessantes Phänomen, fast ein Widerspruch in sich. Eine eng verwobene Gemeinschaft, in der die Inzucht wahrscheinlich Triumphe feiert – und keiner scheint zum andern emotionale Beziehungen zu unterhalten. Zumindest nicht auf den ersten Blick. Wahrscheinlich verbirgt sich da einiges unter der Decke.«

»Vielleicht haben sie auch nur diesen armen Kerl nicht gemocht, der heute ertrunken ist«, warf Elaine ein.

»Vielleicht«, stimmte Brad zu, »aber ich glaube, daß da noch etwas anderes ist, das sehr viel tiefer geht.« Er machte eine Pause, und die beiden schmiegten sich zärtlich aneinander, während draußen das Wetter tobte. Der Wind frischte immer mehr auf, und das Gebäude begann in allen Fugen zu knarren.

»Ich mag sogar das Wetter hier«, sagte Brad leise, »es macht mir Lust auf Liebe.«

Elaine löste sich von Brad und stand auf. Einen Augenblick später glitt ihr Rock zu Boden, gefolgt von der Bluse. Nackt stand sie vor Brad mit vorgereckten Brüsten und lächelte zärtlich auf ihn herab.

»So ein Sturm hat auch sein Gutes«, meinte sie leise, »man hört nicht, was im Nebenzimmer vorgeht.«

Dann schlüpfte sie zu ihm ins Bett.

Zwei Meilen außerhalb von Clark's Harbor, am nördlichen Ende des Sod Beach genannten Halbmonds aus Sand, schimmerte ein einzelnes Licht schwach durch die Nacht. Es kam aus einer kleinen Hütte und reichte nicht einmal aus, bis in die Ecken des Raums, geschweige denn durch das dicht an das Häuschen heranreichende dunkle Gehölz zu dringen. Rebecca Palmer versuchte in dem trüben Schein Geschirr zu waschen. Als ihr fast ein Teller entglitten wäre, stieß sie einen unterdrückten Fluch aus. Aber die Ohren ihres Sohns waren schärfer, als sie gedacht hatte.

»Daddy!« schrie Robby mit dem puritanischen Eifer eines Neuneinhalbjährigen, »Mami hat ein böses Wort gesagt!«

Glen schaute von dem Spiel auf, das er mit seiner Tochter spielte, und warf seinem Sohn einen strengen Blick zu. »Dagegen müssen wir vermutlich etwas unternehmen«, meinte er dann lächelnd.

Robby nickte eifrig mit dem Kopf, aber bevor er etwas sagen konnte, hörte man die Stimme seiner kleinen Schwester. »Welches?« fragte sie interessiert, »hat sie Pups gesagt?« Robby strafte sie mit Geringschätzung. »Aber das doch nicht, Missy, das sagt doch jeder, sie hat ›verdammte Scheiße‹ gesagt.«

Missy wandte sich an ihren Vater, ihr siebenjähriges Gesicht glühte vor Neugier. »Das kenne ich noch gar nicht, darf ich das auch sagen?«

»Vergiß es lieber«, wies Glen sie lächelnd zurecht und wandte dann seine Aufmerksamkeit seiner Frau zu. »Was ist denn, Liebling?«

Rebecca biß sich auf die Lippen, um nicht einfach loszuheulen. »Oh, nichts, gar nichts. Es wäre nur schön, wenn wir hier draußen elektrisches Licht hätten, dann könnte ich wenigstens sehen, ob diese Teller hier sauber sind.«

»Das ist doch kein Grund, sich aufzuregen«, meinte Glen leichthin, »wenn du nicht sehen kannst, ob sie sauber sind, sieht auch niemand den Schmutz – habe ich recht?« Doch er spürte sofort, daß sein kleiner Scherz nicht ankam. Er stand rasch auf und trat an seine Frau heran. Robby nahm die kleine Schwester bei der Hand und führte sie in den winzigen Raum, in dem sie schliefen. Als die Kinder verschwunden waren, nahm Glen seine Frau in die Arme und drückte sie an sich.

»Es ist schwer, nicht wahr?« sagte er leise. Mit dem Gesicht an seiner Brust nickte Rebecca. Einen Augenblick lang war sie in Versuchung, jetzt den Tränen freien Lauf zu lassen, doch dann zog sie es vor, erneut zu fluchen. Diesmal mit mehr Nachdruck.

»Verdammte Scheiße, verdammte Scheiße!« Das schien sie zu erleichtern. Sie löste sich von Glen und versuchte ein Grinsen. »Tut mir leid«, sagte sie, »ich werd's schon schaffen, keine Sorge. Die großen Dinge machen mir keine Probleme – es sind immer die Kleinigkeiten, die mich aus der Fassung bringen, wie beispielsweise Kerosinlampen, die weniger hergeben als eine Vierzig-Watt-Birne. Allerdings gäbe es heute nacht sowieso keinen Strom, auch wenn wir angeschlossen wären«, fügte sie noch hinzu, als ein Blitz aufzuckte und der unmittelbar nachfolgende Donner die Kinder wieder zu den Eltern trieb. Missy warf sich in die Arme des Vaters, während Robby in der Tür stehenblieb, die Arme fest um einen zitternden schwarz-weißen Spaniel geschlungen. Glen überfiel beim Auftauchen der Kinder ein Gefühl der Erleichterung; plötzlich war die Spannung gebrochen, allerdings nur für den Augenblick, wie er wußte. Irgendwann mußten sie die in ihnen beiden angestauten Ängste entschärfen. Er wußte nur nicht, wie.

Die Palmers waren jetzt seit fünf Monaten in Clark's Harbor, fünf schwere Monate. Zuerst hatten sich Glen und Rebecca damit getröstet, daß die von dem Städtchen und seinen Bewohnern ausgehende Kälte eine ganz natürliche Sache sei und sich mit der Zeit legen würde. Aber Clark's Harbor blieb kalt und abweisend, und sie hatten mehr als einmal überlegt, es wieder zu verlassen.

Wenn da nicht Robby gewesen wäre.

Robby war noch nie ein einfaches Kind. Seit er ein Jahr alt war, hatten Glen und Rebecca erkennen müssen, daß er ›anders‹ war. Aber erst während der vergangenen drei Jahre begannen sie zu verstehen, daß er nicht nur ›anders‹, schwieriger und in gewissem Sinn frühreif war, sondern krank. Und je älter er wurde, desto schwieriger wurde es mit ihm. Robbys Hyperkinese zerstörte mit unmerklicher Heimtücke jeden einzelnen von ihnen. Glen wurde immer unfähiger zu arbeiten, sich zu konzentrieren, kreativ zu sein.

Und Rebecca war fast ausschließlich mit der ›Pflege‹ Robbys beschäftigt; von einer normalen Erziehung wagte sie schon bald nicht mehr zu sprechen. Dauernd mußte sie hinter ihm her sein, saubermachen, aufräumen, reparieren. Nur selten gelang es ihr, seine nächste Aktion vorherzuahnen und zu verhindern. Von Jahr zu Jahr wurde Rebecca müder, gereizter, verzweifelter.

Nur Missy schien von dem allem nicht betroffen zu sein. Sie war zwei Jahre jünger als ihr Bruder, ein ruhiges und heiteres Geschöpf. Früh schon hatte sie gelernt, auf sich selbst aufzupassen; irgendwie schien sie begriffen zu haben, daß ihr Bruder bestimmte Bedürfnisse hatte, die ihr abgingen.

Und dann waren sie nach Clark's Harbor gekommen.

Als Glen vorschlug, gemeinsam Urlaub zu machen, hatte Rebecca sich zunächst widersetzt, da sie sich keine Erholung, sondern eher noch größere Schwierigkeiten davon versprach – Robby, der dauernd sprach, ständig in Bewegung war, auf seiner Schwester herumhackte, nach irgend etwas verlangte und plötzlich gewalttätig wurde. Aber Glen hatte sich durchgesetzt. Sie hatten Seattle hinter sich gelassen und waren auf die Halbinsel gefahren, um am Strand zu campen. Dabei waren sie auf die Sod Beach nördlich von Clark's Harbor gestoßen, wo sie ihr Zelt aufschlugen.

Und hier war das ›Wunder‹ geschehen.

Zuerst hatten sie es gar nicht bemerkt, Missy mußte sie darauf aufmerksam machen. »Mit Robby stimmt irgendwas nicht«, sagte sie eines Nachmittags.

Rebecca ließ die Jeans fallen, die sie gerade schrubbte und rannte zum Strand. Robby spielte nahe der Wasserlinie. Ruhig und konzentriert baute er eine Sandburg, klopfte die Mauern und Brüstungen zurecht, hob Gräben aus und konstruierte Abwassersysteme gegen die zu erwartende Flut. Rebecca hatte ihm überrascht eine Zeitlang zugeschaut, bevor sie Glen rief.

»Schau dir das an«, empfing sie ihn.

»Und?« meinte Glen, »was ist so besonderes an einem Kind, das eine Sandburg baut?«

»Aber es ist Robby«, sagte Rebecca leise, »und er hat noch nichts kaputt gemacht.«

Das stimmte. Irgend etwas schien Robbys hektische Unruhe vertrieben zu haben. Sie warteten jeden Augenblick darauf, daß er aufsprang, mit den Füßen das eben Gebaute zertrat und schreiend und weinend seine Frustrationen an seiner nächsten Umgebung ausließ, wer oder was es auch sein mochte. Aber nichts dergleichen geschah. Er arbeitete ruhig weiter, bis alles zu seiner Zufriedenheit fertig war. Als er aufblickte und seine Eltern sah, winkte er ihnen zu.

»Schaut, was ich gebaut habe«, rief er. Glen und Rebecca mit Missy im Schlepptau inspizierten feierlich Robbys Werk, unsicher, was sie davon halten sollten. Zu sehr waren sie es gewöhnt, daß er irgend etwas anfing, sehr schnell die Geduld verlor, es wieder zerstörte und sich hektisch an etwas Neues machte. Aber jetzt standen sie vor einem über vier Meter langen Gebilde geschickt angelegter Wälle und Gräben – eine wahre Geduldsprobe.

»Er hat den ganzen Morgen daran gearbeitet«, sagte Missy stolz.

»Die Flut wird alles wegspülen«, meinte Glen, aber nicht, um die Arbeit herabzuwürdigen, sondern um das Unvermeidliche weniger schmerzhaft zu machen.

»Das macht nichts«, erwiderte Robby, »dann bau' ich eine neue weiter oben.« Er nahm seine kleine Schwester bei der Hand und spazierte mit ihr am Wasser entlang, wobei er seinen Schritt sorgfältig Missys kürzeren Beinen anpaßte. Glen und Rebecca schauten ihnen nach und fragten sich, was wohl geschehen sein mochte. Sie waren darauf gefaßt, daß der Terror jeden Augenblick von neuem begann.

Aber das geschah nicht einmal während der fünf Tage an diesem Strand. Als sie dann aber im Wagen saßen und Richtung Süden auf Seattle zufuhren, war er plötzlich wieder ganz der alte. Er zappelte unruhig hin und her, ärgerte seine Schwester und mußte dauernd irgendwie abgelenkt und beschäftigt werden, wobei es ihn nie lange bei irgend etwas hielt.

Als sie dann Randall Andeutungen über das Geschehen auf der Halbinsel machten, tat dieser es als Zufall ab. Aber Glen und Rebecca wollten sich auch damit nicht zufriedengeben. Sie hatten erlebt, daß ihr Sohn an der Sod Beach sich wie ein ganz normaler Neunjähriger verhalten hatte. Deshalb kamen sie nach einem langen nächtlichen Gespräch überein, Seattle zu verlassen und mit den paar tausend Dollar, die sie von ihrer Großmutter geerbt hatte, nach Clark's Harbor zu ziehen. Dort wollten sie eine kleine Kunstgalerie eröffnen, und mit ein wenig Glück würden sie davon leben können.

Aber dieses bißchen Glück hatte sich bis jetzt nicht eingestellt. Sie mußten sehr rasch feststellen, daß hier niemand an ihnen oder ihren Plänen interessiert war. Zuerst hatten sie die Hütte an der Sod Beach gekauft, und dann reichte das Geld gerade noch für eine Anzahlung eines bescheidenen Häuschens im Ort, das sie als Galerie ausbauen wollten. Doch der Umbau ging äußerst schleppend voran. Alles, was Glen bestellte, schien nicht auf Lager zu sein, und die Lieferungen dauerten eine Ewigkeit. Zweimal hatte er versucht, Einheimische anzustellen, aber jedesmal feststellen müssen, daß sie eher hinderlich als hilfreich waren – ob aus Böswilligkeit oder mangelnder Erfahrung ließ sich schwer sagen.

Robby aber ging es hier fantastisch. Sofort nachdem sie ihre Hütte hier bezogen hatten, war seine Hyperkinese verschwunden; ohne einen einzigen Rückfall. Glen blickte zu seinem Sohn hinüber, der auf dem Boden saß und mit dem Hund spielte, während Missy ihnen zusah. Wäre Robby nicht gewesen, hätten sie Clark's Harbor bestimmt schon hinter sich gelassen. So aber mußten sie bleiben.

»War heute was Besonderes los?« wandte sich Glen an seine Frau.

Sie nickte. »Ich wollte es dir eigentlich nicht sagen, aber warum nicht – eine seltsame Geschichte.«

Glen hörte sich die Sache mit dem Porzellan in Blakes Laden gespannt an. Als Rebecca fertig war, zuckte er mit den Schultern.

»Dann kaufen wir eben dort nicht mehr ein«, meinte er. »Was macht das schon groß aus?«

»Mir geht das alles verdammt auf die Nerven«, erregte sich Rebecca. Als sie sah, wie Glen zusammenzuckte, lenkte sie rasch ein. »Natürlich gibt es Schlimmeres, und ich warte jeden Tag darauf.«

Glen wollte gerade etwas darauf erwidern, als Robby aufblickte. Er wollte seiner Frage zuvorkommen und wandte sich an ihn.

»Weißt du, wen ich heute gesehen habe?«

Robby blickte neugierig zu ihm auf. »Wen?«

»Dr. Randall.«

»Wen?« fragte Robby verständnislos.

Rebecca dagegen reagierte wie elektrisiert. »Dr. Randall? Warum hast du mir das nicht gesagt? Wo hast du ihn gesehen? Ist er noch in der Stadt?«

»Eins nach dem andern«, lächelte Glen. »Er und seine Frau machen Ferien. Zufällig saßen sie im Café, als ich dort zu Mittag aß. Sie übernachten im Gasthaus, und ich hab' sie für heute abend oder morgen eingeladen.«

»Andere Gesichter...«, freute sich Rebecca. Ihr Blick schweifte durch die Hütte – was sollten die Randalls bloß davon halten? Robby starrte seinen Vater an.

»Wer ist Dr. Randall?« fragte er.

Missy mischte sich ein. »Oh, Robby, das war doch dein Doktor. Weißt du nicht mehr?«

»Nein.«

»Du weißt ja nie was«, zog sie ihn auf.

»Morgen früh wirst du dich erinnern«, sagte Glen, um jeder weiteren Streiterei das Wasser abzugraben. »Ich denke, für euch beide ist es jetzt Zeit fürs Bett.«

»Ist noch viel zu früh«, widersprach Robby automatisch.

»Du weißt ja nicht, wieviel Uhr es ist«, wies Rebecca ihn zurecht.

»Egal wieviel Uhr, es ist zu früh«, maulte Robby. »Sonst gehen wir auch nicht so früh ins Bett.«

»Heute aber geht ihr«, bestimmte Glen, »kommt jetzt!«

Er hob Missy hoch und nahm Robby bei der Hand. In dem winzigen Schlafraum, den die Kinder teilten, half er den beiden in ihre Pyjamas, bevor er sie sorgfältig zudeckte. Robby hatte das obere Etagenbett. Er wollte ihnen gerade ihren Gutenachtkuß geben, als Missy fragte: »Daddy, können wir heute nacht eine Lampe haben?«

»Eine Lampe? Seit wann braucht ihr eine Lampe?«

»Nur für heute nacht«, bettelte Missy. »Ich mag diesen Sturm nicht.«

»Das ist doch nur ein wenig Wind, und auch die Blitze und der Donner können euch überhaupt nichts tun, Liebling.«

»Und was ist mit Snooker«, wollte Robby wissen, »kann er heute bei uns schlafen?«

Der Spaniel stand mit erwartungsvollen braunen Hundeaugen im Durchgang. Glen hätte fast nachgegeben, doch dann entschied er sich anders.

»Nein«, sagte er bestimmt, »das geht nicht. Ihr wißt sehr gut, daß Hunde nach draußen gehören, nicht wahr?«

»Aber er wird ganz naß werden«, wandte Missy ein.

»Er wird's überleben, außerdem schläft er sowieso unter dem Haus.«

Bevor die Kinder noch weitere Proteste äußern konnten, küßte Glen sie und griff nach der Lampe. »Also, dann bis morgen«, sagte er und zog die Tür hinter sich zu.

Er setzte den unwillig jaulenden Snooker vor die Hütte und kümmerte sich dann um Rebecca. Den Arm um sie legend, tröstete er sie: »Nimm's nicht so tragisch, bis morgen hat dieser Blake die Sache mit dem verdammten Geschirr längst wieder vergessen.«

»Meinst du? Aber ich habe gerade an was ganz anderes gedacht – Robby.«

»Robby?«

»Wie kann er nur Dr. Randall vergessen haben?«

»Kinder tun das.«

»Aber Glen, er hat zwei, drei Stunden pro Woche mit Randall verbracht – und das fast drei Jahre lang.«

»Dann hat er es verdrängt«, meinte Glen achselzuckend, »was hat das schon zu bedeuten.«

»Ich hab' nicht behauptet, daß es viel zu bedeuten hat«, erwiderte Rebecca, »aber es kommt mir... irgendwie seltsam vor...«

Sie schwiegen beide, lauschten dem Wind und der lauten Brandung des Meeres.

»Ich bin trotz allem gern hier«, sagte Rebecca nach einer Weile leise. »Selbst wenn ich an einem Tag meine, ich kann es nicht mehr aushalten, brauche ich nur eine Zeitlang dem Meer zuzuhören und habe dann das Gefühl, es wird alles wieder gut.« Sie drückte sich an ihn. »Es ist doch so – es wird doch wieder gut?«

»Natürlich«, beruhigte sie Glen, »es braucht eben alles seine Zeit.«

Als sie einige Zeit danach selbst schlafen gehen wollten, hörten sie etwas aus dem Zimmer der Kinder. Sie trafen Missy aufrecht im unteren Bett sitzend, während Robby vorwurfsvoll auf sie hinabblickte.

»Ich habe ihr gesagt, sie soll euch in Ruhe lassen«, empfing Robby sie wichtigtuerisch.

»Ich hab' draußen etwas gehört«, erklärte Missy, ohne den Bruder zu beachten.

»Was hast du denn gehört, Liebling?« fragte Rebecca sanft.

»Ich weiß nicht, aber da war was.«

»Hat etwas geraschelt?«

Das kleine Mädchen nickte eifrig.

»War wahrscheinlich ein Ast, der an der Hauswand kratzte«, meinte Glen beruhigend.

»Oder der alte Snooker, der irgendwas gesucht hat«, schlug Robby vor.

»Nein, es war anders«, beharrte Missy, »da draußen ist was.«

Glen ging zu dem kleinen Fenster und schob den improvisierten Vorhang zur Seite. Es war so dunkel draußen, daß nichts zu erkennen war. Trotzdem spähte er angestrengt nach allen Seiten, bevor er den Vorhang zurückfallen ließ und sich wieder Missy zuwandte, die ihn mit ängstlicher Aufmerksamkeit beobachtet hatte. »Nichts zu sehen. Da draußen ist nichts.«

Missy war nicht überzeugt. »Kann ich heute nacht bei dir und Mami schlafen?«

»Aber du bist doch kein Baby mehr«, sagte Robby verächtlich.

Missy verkroch sich noch tiefer unter die Decke, aber Rebecca beugte sich über sie und küßte sie sanft.

»Schon gut, mein Herz«, murmelte sie, »da draußen ist wirklich nichts. Außerdem sind Mami und Papi direkt nebenan. Du brauchst nur zu rufen, und wir sind sofort bei dir.«

Sie richtete sich auf, winkte ihrem Sohn zu und verließ das Zimmerchen. Glen folgte ihr, nachdem er beiden noch einen Gutenachtkuß gegeben hatte.

»Schläfst du?« flüsterte Robby.

»Nein«, kam Missys Stimmchen aus der Dunkelheit. Ein Blitz zuckte durch den Raum, dicht gefolgt von einem Donnerschlag.

»Ich möchte, daß es aufhört«, jammerte Missy.

»Ich mag das«, erwiderte Robby, »ich mag dieses Gefühl.« Kurz war es still, dann hörte man wieder den kleinen Jungen. »Laß uns rausgehn und Snooker suchen.«

Missy kroch aus dem Bett, ging ans Fenster und blickte angestrengt hinaus. »Es regnet doch, wir werden ganz naß.«

»Wir können unsere Regenjacken anziehen.«

»Ich glaub' nicht, daß Snooker da draußen ist«, meinte Missy zweifelnd.

»Doch, ist er. Papi hat gesagt, er schläft unter dem Haus.« Robby kletterte herab und kroch zu seiner Schwester. »Das wird ein Spaß«, meinte er, »ein richtiges Abenteuer.«

»Ich mag keine Abenteuer.«

»Angsthase!«

»Bin ich nicht!«

»Dann komm mit raus!« Robby streifte seine Kleider über. Nachdem sie ihm einige Minuten unschlüssig zugesehen hatte, begann sich auch Missy anzuziehen.

»Was ist, wenn Mami und Papi uns hören?« fragte sie, als Robby das Fenster öffnete.

»Werden sie nicht«, erwiderte Robby mit der ganzen Überzeugungskraft seiner neuneinhalb Jahre und stieg auf den Sims. Einen Augenblick später standen die beiden Kinder dicht an die Hüttenwand gedrückt, um sich gegen Wind und Regen zu schützen.

»Snooker!« rief Robby leise. »Komm hierher, Snooker.«

Jeden Augenblick mußte der Spaniel aus der Dunkelheit auftauchen und schwanzwedelnd an ihnen hinaufspringen.

Aber nichts geschah.

Die beiden Kinder schauten sich an, unsicher, was sie tun sollten. Robby fällte schließlich eine Entscheidung.

»Besser, wir suchen ihn.«

»Es ist viel zu dunkel«, wandte Missy ein.

»Nein, ist es nicht. Komm schon!« Robby ging durch das Gehölz Richtung Strand. Zögernd folgte ihm Missy.

Als sie unter den Bäumen hervortraten, schlugen ihnen Wind und Regen hart ins Gesicht. Robby fühlte sich seltsam beschwingt. Immer schneller hastete er auf die brüllende Brandung zu, dauernd den kleinen Hund rufend. Mit ihren kleinen Füßen mühsam über den nassen Sand stapfend, versuchte Missy dem Bruder zu folgen. Sie konnte ihn kaum noch sehen, aber immer wieder hörte sie seine Stimme.

»Snooker! Snoooooooooker!«

Plötzlich blieb Robby stehen, und Missy holte ihn ein. »Hast du ihn gefunden?«

»Schsch!«

Missy starrte eingeschüchtert den Bruder an. »Was ist denn los?« flüsterte sie.

»Hör doch!«

Sie lauschte angestrengt in die Dunkelheit, aber zunächst hörte sie nichts als den Wind und das Rauschen der Brandung. Dann ein Geräusch wie knackende Äste.

Eine dunkle Gestalt, die in der Schwärze der Nacht nicht zu erkennen war, trat aus dem Gehölz heraus und kam über den Strand direkt auf sie zu.

»Papi?« fragte Missy mit ihrem dünnen Stimmchen, erstarrte aber erschrocken, als sie erkannte, daß sie sich getäuscht hatte. Sie griff nach Robbys Hand und drückte sie ängstlich. »Was sollen wir tun?«

»Ich weiß nicht«, flüsterte Robby, der ebenfalls Angst

hatte, aber fest entschlossen war, seine Schwester nichts merken zu lassen. »Wer ist da?« fragte er mit seiner tapfersten Stimme.

Die dunkle Gestalt blieb stehen. Dann hörte man eine alte, schon etwas zittrige Stimme über den Sand dringen.

»Und wer bist du, was machst du hier draußen bei diesem Wetter?«

»Robby Palmer«, sagte Robby fast automatisch.

»Steh da nicht so rum, komm hier rüber, wo ich dich sehen kann.«

Robby zog Missy hinter sich her auf den alten Mann zu. Seine Angst schien plötzlich verschwunden. »Wer sind Sie?«

»Mac Riley.« Jetzt konnten sie die ledernen Gesichtszüge des Mannes erkennen. »Was treibt ihr denn hier draußen?«

»Wir suchen unseren Hund«, antwortete Robby. »Wir dachten, er schläft unter dem Haus, aber da war er nicht.«

»Wenn er auch nur ein bißchen Grips hat, dann ist er auch nicht hier am Strand«, meinte Riley. »Das hier ist wirklich kein empfehlenswerter Ort, besonders nicht in einer Nacht wie dieser.«

»Warum sind Sie dann hier?« wollte Missy wissen.

»Um ein Auge auf die Dinge zu haben«, antwortete der alte Mann geheimnisvoll. Plötzlich hörte der Regen auf, und Riley blickte zum Himmel hinauf. »Verdammt will ich sein«, murmelte er dann vor sich hin, »wenn sie heute nacht keine Überstunden machen.«

»Wer?«

Riley strich dem Jungen durch das nasse Haar.

»Die Geister. Dieser Strand ist voll von ihnen.«

Die beiden Kinder drückten sich aneinander und warfen ängstliche Blicke um sich. »Es gibt keine Geister«, wandte Missy dann schüchtern ein.

»Die Seelen der Verstorbenen, wenn du so willst«, korrigierte sich Riley, »und sag ja nicht, daß es so was nicht gibt, nur weil du noch keine gesehen hast.«

»Haben Sie sie denn gesehen?« fragte Robby.

»Schon viele Male«, sagte Riley, »und immer in Nächten

wie dieser, wenn die Flut hoch geht und der Sturm tobt. Dann erscheinen sie hier an diesem Strand und tun, was sie tun müssen.«

»Was tun sie denn?« wollte Robby wissen.

Der alte Mann musterte die beiden Kinder vor sich, dann hob er den Blick und starrte hinaus auf die wütende See.

»Sie töten«, sagte er leise, »sie töten den nichts ahnenden unschuldigen Fremden.«

Robby und Missy starrten sich erschrocken an und begannen dann gleichzeitig davonzulaufen. Die brüllende Brandung dröhnte in ihren Ohren und der Wind zerrte an ihren Kleidern, während sie in wilder Panik nach Hause hasteten.

Mac Riley blickte ihnen nach, bis die Nacht sie verschlungen hatte. Dann verschwand auch er wieder in dem dichten Gehölz.

Aber hinter ihm, am halbmondförmigen Strand, bewegte sich etwas. Es war schattenhaft, fast formlos in der tosenden Finsternis.

4

Elaine Randall wachte am nächsten Morgen früh auf; einen Augenblick lang wußte sie nicht, wo sie war. Sie lag ruhig neben ihrem Gatten und starrte zur Decke hinauf, während sie sich zu orientieren versuchte. Das Tuten eines Schiffshorns brachte sie in die Realität zurück. Neben ihr bewegte sich Brad im Schlaf. Er drehte sich um und begann sofort wieder leise weiterzuschnarchen. Elaine stand auf und trat ans Fenster.

Der Sturm war nach Osten abgezogen, und im strahlenden Morgenlicht schien ihr Clark's Harbor zuzunicken. Sie beobachtete einen kleinen Trawler, der langsam davontuckerte. Als ihr der Sturm der vergangenen Nacht einfiel, bekam sie Lust auf einen Strandbummel. Sie zog sich rasch an und schlüpfte aus dem Zimmer. Unten beim Empfang begrüßte sie derselbe kleine Mann, der gestern ihre Anmeldung entgegengenommen hatte, mit einem freundlichen Kopfnicken. Sie erwiderte sein Lächeln und trat rasch durch die Vordertür in die frische Seeluft hinaus. Fröstelnd zog sie ihren Sweater enger um sich.

Die Straße lag verlassen. Elaine überquerte sie und ging an der Hafenmauer entlang zum Pier. Die Erinnerung an den toten Fischer stieg in ihr hoch. Hastig kletterte sie die wenigen Stufen zum Strand hinab. Doch bald mußte sie erkennen, daß hier wohl kaum etwas zu finden war, dafür lag der kleine Hafen viel zu geschützt. Während sie auf die Nordspitze der Bucht zuging, genoß sie das sanfte Plätschern der Wellen und die immer wärmer werdende Morgensonne. Der wolkenlose Himmel über ihr war genauso blau wie das Meer, über das eine leichte Brise strich.

Sie umrundete die Landspitze und sah eine mit Felsbrokken durchsetzte Küste voller Treibholz vor sich. Der unebene Grund ließ sie ihre Schritte verlangsamen. Ab und zu blieb sie stehen, um zwischen dem Treibholz nach diesen unglaublich blauen Glaskugeln zu suchen. Doch jedesmal wurde sie enttäuscht. Sie tröstete sich aber damit, daß das Suchen allein schon spannend genug war.

Vierzig Minuten später erreichte sie eine weitere Landspitze. Nördlich davon wechselte die Landschaft völlig. Elaine sah einen herrlichen unberührten Strand vor sich. Der sanft geschwungene Halbmond aus Sand wurde durch zwei kleine Rinnsale geteilt, die auf ihrem Weg zum Meer den Strand durchschnitten. Am anderen Ende des Halbmonds erkannte sie mit Mühe eine kleine Hütte, die fast in den Bäumen eines Gehölzes verschwand. Ihr sehr viel näher stand ein baufälliges altes Haus, dessen hölzerne Fassade durch Wind und Seewasser eine silbern glänzende Patina angesetzt hatte. Der Eindruck der Verlassenheit stellte für Elaine eine große Versuchung dar, doch der Sinn des Städters für das, was sich gehört, hielt sie zurück. Sie mußte Brad unbedingt von diesem Haus erzählen. Er wußte immer genau, wie man sich in solchen Fällen zu verhalten hatte und tat Dinge, die sie sich nie getraut hätte. Wenn sie ihm alles nur interessant genug schilderte, würde er wahrscheinlich von sich aus vorschlagen, hier ein bißchen herumzuspionieren.

Sie ging an der Wasserlinie entlang, wobei sie hie und da in einem der Seetanghaufen stocherte, die von der Flut angespült worden waren. Schließlich gab sie die Suche auf und ging weiter hinauf zu der zwischen dem Strand und dem Gehölz liegenden Barriere aus Treibholz. Vorsichtig kletterte sie über das Gewirr aus Stämmen und Ästen, mit den Augen ständig auf der Suche nach verborgenen Schätzen aus dem Meer. Doch außer verrosteten Bierdosen, alten Reifen und Netzfetzen entdeckte sie nichts.

Auf halbem Weg zu dem Gehölz setzte sie sich auf einen Stamm und blickte aufs Meer hinaus. Die leichte Morgenbrandung brach sich auf dem sanften Gefälle vom Horizont bis zum Strand siebenmal, wie sie zählte. Lange saß sie so und hörte nichts als das rhythmische Anbranden des Meeres, bis alle Ängste dieser Nacht von ihr abgefallen waren. Die stille Heiterkeit des einsamen Strandes nahm sie in sich auf, und sie stellte sich vor, wie es sein würde, längere Zeit hier zu leben... Sie würde die Tage am Meer verbringen, während Brad sein Buch schrieb. Vielleicht konnte sie es mit Aquarellieren versuchen – der Gedanke ließ sie laut auflachen, noch nie hatte sie daran gedacht, Seelandschaften zu malen. Das Rauschen der Wellen übertönte das einsame Lachen, und auch das gefiel ihr. Hier konnte man stundenlang Selbstgespräche führen, ohne daß man belauscht werden konnte. Sie versuchte es kurz, um dann wieder schweigend über den Strand zu blicken.

Zuerst war sie sich nicht sicher. Doch als sie schärfer hinblickte, kam es ihr vor, als ob dort irgend etwas im Sand vergraben sei. Es war nicht mehr als eine sanfte Erhebung am sonst ebenen Strand, die ihrer Meinung nach nicht durch die Flut verursacht worden sein konnte. Sie griff nach einem Stock und ging darauf zu.

Der kleine Hügel lag ungefähr auf der Mitte zwischen der Treibholzbarriere und der Wasserlinie, und je näher sie kam, desto unscheinbarer wurde er. Wäre die Sonne höher gestanden, hätte sie ihn wahrscheinlich überhaupt nicht bemerkt; jetzt schon warf er nur einen knappen Schatten. Einen Augenblick starrte sie zögernd auf ihn hinab, dann stieß sie mit dem Stock hinein.

Er drang mühelos vier, fünf Zentimeter ein und stieß dann auf Widerstand. Sie verstärkte den Druck, worauf er noch etwas tiefer sank, sofort aber zurückfederte, als sie den Druck verringerte. Was es auch sein mochte, ein Stein war es nicht.

Sie begann den Sand wegzuscharren, zuerst mit dem Stock, dann auch mit den Händen. Ihre Finger berührten etwas Weiches, wie ein Fell. Ein Seehund, sagte sie sich. Ich habe einen toten Seehund gefunden. Sie griff wieder nach dem Stock und grub weiter.

Erst als sie den Schwanz freigelegt hatte, begriff Elaine, was sie vor sich hatte. Einen Hund. Ihr erster Impuls war, es dabei bewenden zu lassen, was sie bei einem Seehund bestimmt auch getan hätte. Sie hatte ihre Neugier befriedigt und könnte der Natur ihren Lauf lassen. Aber bei einem Hund war es etwas anderes. Er hatte jemand gehört, jemand würde ihn vermissen. Vielleicht auch war er gar nicht tot, sagte sie sich und grub weiter.

Gleich darauf lag der Kadaver vor ihr. Elaine hatte zuerst Angst, sich übergeben zu müssen. Er bot einen mitleidserregenden Anblick mit seinen verrenkten Gliedern und dem schweißüberzogenen Fell. Sie sah sofort, daß er schon einige Stunden tot sein mußte, wollte sich aber vergewissern. Sanft stieß sie ihn mit dem Stock in die Seite, doch er rührte sich nicht. Als sie gegen den Kopf stieß, kippte dieser auf unnatürliche Weise seitwärts, und Elaine sah mit Entsetzen, daß das Genick gebrochen war. Sie ließ den Stock fallen und blickte sich unwillkürlich nach Hilfe um. Doch der Strand lag einsam wie zuvor. Ihr Blick wanderte wieder zu dem toten Tier, dessen gebrochene Augen zu ihr hochstarrten. Elaine meinte, darin eine Bitte lesen zu können. Doch alles, was sie für ihn tun konnte, war, ihn wieder zu begraben. Mit Hilfe des Stockes scharrte sie ihn rasch wieder ein und hastete dann blindlings den Strand entlang zurück. Sie konnte nur hoffen, daß der Anblick des Kadavers ebenso rasch wieder aus ihrer Erinnerung verschwand wie der Alptraum der letzten Nacht.

Brad stand am Empfang und unterhielt sich mit dem Wirt, als Elaine in die Harbor Inn stürzte. Als er die Miene seiner Frau sah, erstarrte sein Lächeln. Er folgte ihr auf das Zimmer. »Was ist los?« fragte er, »du siehst aus, als ob du einem Gespenst über den Weg gelaufen wärst.«

»Ich hab' etwas am Strand gefunden«, erwiderte Elaine mit zusammengepreßten Lippen, »ich glaube, mir wird gleich schlecht.« Sie ließ sich aufs Bett fallen und preßte die Hände auf den Magen, als ob sie ihn dadurch beruhigen könnte. Beim Anblick ihres aschfahlen Gesichts fühlte sich auch Brad sofort elend. Er setzte sich neben sie und legte den Arm um ihre Schultern.

»Was war es denn?« fragte er leise.

»Ein Hund«, antwortete Elaine schwer atmend, »ein armes kleines Hündchen, das man im Sand verscharrt hat.«

Brad zog erstaunt die Brauen hoch. »Verscharrt? Was meinst du damit?«

Elaine sprang auf und funkelte verärgert den Gatten an. »Verscharrt! Ich meine, man hat es getötet und verscharrt! Sie haben ihm den Hals gebrochen und... Brad, laß uns von hier weggehen, ich hasse diesen Ort, ich will nach Hause.«

Brad griff nach ihrer Hand und zog sie wieder neben sich aufs Bett. »Aber beruhige dich doch«, sagte er, »und erzähl mir genau, was du erlebt hast, aber ohne Dramatik, nur die einfachen Tatsachen.«

Elaine atmete tief durch, um sich wieder unter Kontrolle zu bringen, bevor sie ihm genau erklärte, was passiert war. Brad hörte ihr aufmerksam zu, zuckte dann aber mit den Schultern. »So schrecklich finde ich das gar nicht«, meinte er.

»Aber es war entsetzlich, du warst ja nicht dort. Du hast es nicht gesehen!«

»Nein, das war ich nicht«, gab Brad gelassen zu, »aber

wieso bist du so sicher, daß man ihn getötet und im Sand verscharrt hat?«

»Wie sollte es sonst gewesen sein?« wollte Elaine wissen.

»Wir hatten einen Sturm letzte Nacht, stimmt's?«

Elaine nickte stumm.

»Also – könnte der kleine Hund nicht am Strand gespielt haben, wo ihn ein Stück Treibholz traf? Das könnte ihm ohne weiteres das Genick brechen, und die Flut tut dann ein übriges und begräbt ihn im Sand. Meiner Meinung nach würde niemand, der einen Hund tötet, diesen am Strand begraben, wo er jederzeit wieder freigespült werden kann. Wenn man einen Hund verschwinden lassen will, begräbt man ihn dort, wo er auch verschwunden bleibt, glaubst du nicht auch?«

Elaine kam sich plötzlich recht kindisch vor. Sie warf Brad ein um Verzeihung bittendes Lächeln zu. »Warum hast du mich bloß geheiratet?« fragte sie. »Hast du's nicht langsam satt, daß ich dauernd so übertrieben reagiere?«

»Eigentlich nicht, dadurch wird das Gleichgewicht wiederhergestellt, schließlich neige ich zum Untertreiben.« Er lächelte ironisch. »Vielleicht bin ich deshalb ein so guter Klapsdoktor – ich höre mir die unwahrscheinlichsten Geschichten meiner Patienten an und reagiere überhaupt nicht darauf. Willst du eine davon hören?«

»Im Augenblick nicht«, wehrte sie errötend ab. »Hast du noch nie etwas vom Vertrauensverhältnis zwischen Arzt und Patient gehört?«

»Das gilt vielleicht vor Gericht, aber nicht gegenüber der eigenen Frau«, erwiderte Brad leichthin. »Komm, laß uns frühstücken gehn.«

Als sie durch die kleine Eingangshalle gingen, fragte der Wirt, ob sie noch länger bleiben wollten. Elaine wollte es gerade verneinen, als sie Brads Händedruck spürte.

»Wir bleiben noch ein paar Tage«, sagte er und vermied Elaines vorwurfsvollen Blick. »Ich möchte mir doch noch Robby Palmer ansehen«, meinte er leise. Aber Elaine wußte, daß es mehr als das war.

Nach dem Frühstück fühlte sie sich besser. Das im Sonnenlicht schimmernde Clark's Harbor erschien ihr wieder ebenso bezaubernd wie bei ihrer Ankunft. Die Erinnerung an den toten Fischer und den verrenkten Kadaver am Strand trat in den Hintergrund, und Elaine konnte sich durchaus vorstellen, hier ein Jahr zu verbringen. Schließlich ertranken Fischer häufiger, und daß sie ausgerechnet Augenzeugen eines solchen Vorfalls waren, hatte nichts Besonderes zu bedeuten. Es war eben ein unglücklicher Zufall...

Rebecca Palmer parkte den verbeulten Minibus vor dem Gebäude, das ihr Mann renovierte. Zunächst dachte sie, er wäre gar nicht anwesend, doch dann hörte sie aus dem hinteren Zimmer Hammerschläge und rief seinen Namen.

»Ich bin hier hinten«, antwortete er, und sie hörte am Klang seiner Stimme, daß er nicht nach vorn kommen würde. Rasch umrundete sie ein halbfertiges Ausstellungsregal und betrat eine Art Alkoven, der als Büro gedacht war.

»Dieses Miststück will einfach nicht passen«, empfing Glen sie grinsend. Er verabreichte dem Bord noch einen vorwurfsvollen Schlag, bevor er den Hammer zur Seite legte.

»Wenn du vorher Maß nehmen würdest, könnte das nicht passieren«, meinte Rebecca. Sie griff nach dem Hammer, löste das Bord von der Wand und nahm Maß. Darauf maß sie auch die Nische aus, für die es bestimmt war, legte dann das Brett über zwei Böcke, setzte die Säge an und verkürzte es um drei Millimeter. Augenblicke später war es fest und sicher am vorgesehenen Ort eingepaßt. Glen warf seiner Frau einen bewundernden Blick zu.

»Ich wußte gar nicht, daß du so was kannst.«

»Du hast mich ja nie gefragt. Vielleicht solltest du dich in Zukunft ums Haus kümmern und ich übernehme das Renovieren.«

»Dann hätten die hier in Clark's Harbor wieder etwas zum Tuscheln, nicht wahr? Willst du Kaffee?« Ohne die Antwort abzuwarten, goß Glen zwei Tassen ein. Er zwinkerte Rebecca zu: »Aufgebrüht mit echtem Strom«, neckte er sie. »Übrigens – dein letzter Schub Töpfereien ist ohne einen Sprung aus dem Ofen gekommen. Mit ein bißchen Glück werde ich in den nächsten Tagen hier fertig sein, so daß wir endlich versuchen können, etwas davon zu verkaufen.«

»Wäre nicht schlecht, vor allem, da ich bereits eine neue Lieferung im Auto habe; hilfst du mir dabei?«

Sie trugen die ungebrannten Gefäße herein und verteilten sie auf den Regalen beim Brennofen. Die fertigen Stücke schoben sie vorsichtig zur Seite.

»Jetzt brauch' ich nur noch Snooker einzusammeln, um zu meiner Arbeit zurückkehren zu können«, meinte Rebecca, fertig zum Aufbruch.

»Snooker?«

»Hast du ihn nicht heute morgen mit hierher genommen?« fragte Rebecca erstaunt.

»Ich habe ihn heute noch überhaupt nicht gesehen«, erwiderte Glen.

»Das ist komisch. Als er zu seinem Frühstück nicht auftauchte, nahm ich an, du hättest ihn mitgenommen.«

»Hast du ihn nicht gerufen?«

»Natürlich. Doch wie du weißt, ist er nicht gerade folgsam. Nun, er wird schon auftauchen, wenn er Hunger hat. Ich hoffe nur, daß es bald ist, sonst werden die Kinder Angst um ihn bekommen. Ich sagte ihnen, er sei bei dir.« Rebecca hob die Schultern. »Er wird schon kommen, oder ich geb' den Kindern frei und laß sie den Strand absuchen.«

»Ist vielleicht von größerem erzieherischen Wert als die Schule«, zwinkerte Glen.

»Oh, übertreib nicht, so schlecht ist die Schule auch wieder nicht. Vielleicht nicht ganz so gut wie die in Seattle, aber zumindest können beide dieselbe Schule besuchen.«

»Um dort von denselben Kindern gehänselt zu werden.«

Rebecca musterte ihn verärgert, und Glen bereute es, die Sprache auf die Schule gebracht zu haben. »Ich glaube, heute leide ich etwas an Verfolgungswahn«, versuchte er abzuwiegeln.

Rebecca lächelte erleichtert. Auf keinen Fall wollte sie sich wieder mit ihm streiten. »Ich frage mich, was geschehen wird, wenn Clark's Harbor eines Tags uns beide gleichzeitig auf die Palme bringt...«

»Wir werden's überleben«, meinte Glen, »es mag hier nicht ganz leicht sein, aber es war auch nicht leicht, als Robby so krank war. Was immer wir hier auch ertragen müssen – es ist es wert, solange Robby dafür zu einem normalen Jungen heranwächst.«

»Das ist es, nicht wahr?« lächelte Rebecca, »und an Tagen wie diesem ist es hier darüber hinaus ganz wundervoll. Mir tut es nicht mehr leid, daß wir hierhergekommen sind, wirklich nicht, Glen. Und alles wird noch besser werden, wenn wir hier erst einmal fertig sind und etwas verkaufen können. Die ersten fünfhundert Gewinn nehmen wir, um die Hütte mit Strom zu versorgen, versprochen?«

»Versprochen. Wird kaum fünf Jahre dauern, wie ich die Sache sehe.«

Bevor Rebecca antworten konnte, hörten sie, wie die Tür der Galerie sich öffnete und wieder ins Schloß fiel. Dann erklang eine schüchterne Stimme.

»Hallo?«

Rebecca und Glen tauschten einen Blick, während sie nach vorn gingen. Besucher waren selten hier. Der hier war völlig unerwartet.

Miriam Shelling stand unmittelbar vor der Eingangstür, die Hände hinter dem Rücken umfaßten noch die Klinke. Ihr Haar hing wirr ins Gesicht, und ihr Blick war von einer wilden Verstörtheit, die Rebecca fast Furcht einjagte.

»Mrs. Shelling«, faßte sie sich rasch, »wie nett, daß Sie uns besuchen. Es tut mir so leid um...«

Miriam Shelling fiel ihr ins Wort.

»Ich bin gekommen, um Sie zu warnen«, sagte die barsch. »Sie werden auch Sie noch kriegen, genau wie sie Pete gekriegt haben. Es mag noch eine Weile dauern, aber am Ende kriegen sie Sie doch. Denken Sie an meine Worte!« Ihr Blick wanderte rasch von Rebecca zu Glen und wieder zurück. Dann schnellte ihr Arm nach vorn und mit ausgestrecktem Finger wiederholte sie: »Denken Sie an meine Worte!« Einen Augenblick später war sie verschwunden.

»Mein Gott«, stöhnte Glen, »was hat das alles zu bedeuten?« Rebeccas Augen hingen noch immer an der Tür, durch die die verzweifelte Frau verschwunden war. Es dauerte einige Sekunden, bevor sie antworten konnte.

»Und wir meinen, uns ginge es schlecht«, sagte sie schließlich. »Wir sollten im Gegenteil für alles dankbar sein, Glen. Wir haben keinen Strom und fühlen uns etwas einsam, aber wir haben doch uns. Mrs. Shelling hat überhaupt niemand mehr...«

»Sie wirkte ein bißchen verrückt«, meinte Glen.

»Das ist doch kein Wunder?« blitzte Rebecca ihn an, »wie soll die arme Frau denn ohne ihren Mann auskommen?«

Glen wußte keine Antwort auf die Frage. »Was hat sie nur damit gemeint: ›wie sie Pete gekriegt haben‹? Denkt sie etwa, ihr Mann sei von jemand ermordet worden? Und uns würden sie auch kriegen... Sie muß verrückt sein!«

»Sie ist etwas durcheinander«, meinte Rebecca voller Mitgefühl. »Menschen sagen seltsame Dinge, wenn ihnen so etwas passiert. Es muß schrecklich für sie gewesen sein, dort unten am Kai, als sie ihn hereinbrachten.«

»Aber warum ist sie hierher gekommen?« wunderte sich Glen. »Warum kam sie zu uns und erzählt uns so etwas?«

»Wer weiß?« meinte Rebecca achselzuckend. Aber sie wünschte nichts sehnlicher, als den Grund dafür zu wissen.

Miriam Shelling ging mit energischen Schritten über den Gehweg. Sie sprach mit sich selbst und schien niemand wahrzunehmen. Die wenigen, die ihr entgegenkamen, traten zur Seite, wobei unklar blieb, ob es aus Angst oder aus Respekt vor ihrem Kummer geschah. Sie kam an das kleine Rathaus, in dem sich auch die Polizeistation befand. Ohne auch nur einen Augenblick innezuhalten, schritt sie die Stufen hinauf und verschwand in dem Gebäude. Einen Augenblick später stand sie vor Harney Whalens Schreibtisch.

»Was werden Sie unternehmen?« fragte sie.

Harney Whalen stand auf und kam mit ausgestreckter Hand um den Tisch herum. Miriam Shelling ignorierte die Geste. Starr und mit wildem Blick stand sie vor ihm.

»Miriam«, setzte Whalen an, der ihren Zustand durchaus bemerkte. Mit einem raschen Blick vergewisserte er sich, daß niemand in der Nähe war. »Wollen Sie nicht Platz nehmen?«

Sie schien ihn nicht zu hören. »Was werden Sie unternehmen?« fragte sie erneut.

Whalen hielt es für das Beste, das Ganze wie eine Routinesache zu behandeln. Er ging zu seinem Platz hinter dem Schreibtisch zurück, setzte sich und fixierte die Frau. »Ich bin mir nicht sicher, was Sie meinen«, sagte er ruhig.

»Pete, ich meine Pete. Was werden Sie unternehmen, um die Leute zu finden, die ihn ermordet haben?«

In Harney Whalen wurde eine undeutliche Erinnerung wach, und ein leichtes Frösteln kroch sein Rückgrat hinauf, bis es sich in seinem Nacken festsetzte. Da war eine andere Frau gewesen, vor langer Zeit. Auch sie hatte gefragt: »Wer hat ihn getötet?« Und dann, einige Tage später... Er versuchte, die quälende Erinnerung beiseite zu schieben.

»Niemand hat Pete getötet, Miriam«, sagte er beherrscht. »Es war ein Unfall. Er ist über Bord gefallen und verfing sich in seinen Netzen.«

»Er wurde ermordet.«

Harney schüttelte bekümmert den Kopf, teils wegen der Frau vor ihm, teils wegen der Schwierigkeiten, in die sie ihn bringen konnte. »Dafür gibt es nicht das geringste Anzeichen, Miriam. Ich habe mir gestern nachmittag das Boot persönlich angesehen. Zusammen mit Chip Connor war ich fast zwei Stunden lang an Bord der ›Sea Spray‹. Hätte es auch nur den geringsten Hinweis gegeben, wir hätten ihn gefunden.«

»Was ist mit dem Mann, der ihn hereingebracht hat?«

»Er ist Rechtsanwalt in Aberdeen. Letzte Nacht, als Pete ertrank, lag er zu Hause in seinem Bett. Sie können sicher sein, daß wir das genau überprüft haben.«

Als Miriam keine Anstalten zum Gehen traf, machte Harney einen letzten Versuch, ihr das Geschehen verständlich zu machen.

»Miriam, Sie haben hier jetzt fünfzehn Jahre gelebt«, setzte er an, »Sie wissen doch, wie das so ist. Immer wieder ertrinkt einer der Fischer. Wir haben verdammtes Glück gehabt, daß es nicht noch mehr erwischt hat. Aber unsere Jungs hier sind sehr vorsichtig. Sie sind alle hier aufgewachsen, Pete nicht. Und keiner von ihnen würde allein hinausfahren. Die Stürme hier ziehen völlig überraschend auf – und sie sind heimtückisch. Das hat auch Pete gewußt. Er hätte niemals allein hinausfahren dürfen. Es war ein Unfall, Miriam, nichts anderes.«

»Ist das alles, was Sie dazu zu sagen haben?« fragte Miriam schwerfällig. »Sie werden also nichts weiter unternehmen?«

»Ich weiß nicht, was ich noch tun könnte, Miriam. Pete war ganz allein da draußen, und keiner hat gesehen, was geschehen ist.«

»Jemand hat's gesehen«, sagte Miriam ruhig, »jemand war da draußen, als es geschehen ist.«

»Wer?« fragte Whalen nachsichtig.

»Das herauszufinden ist Ihr Job.«

»Ich habe getan, was ich konnte, Miriam. Ich habe mit jedem der Fischer gesprochen, und sie haben alle dasselbe gesagt. Sie sind zusammen rausgefahren, und sie sind zusammen zurückgekommen, außer Pete. Er blieb allein draußen, als die übrigen zum Hafen zurückfuhren. Der Sturm zog bereits herauf, und er hätte mit ihnen hereinkommen sollen. Aber er tat es nicht. Das ist alles, was wir wissen. Es ist vorüber.«

»Es ist nicht vorüber«, widersprach Miriam mit sich überschlagender Stimme, »ich weiß, daß es nicht vorüber ist.«

Einen Augenblick lang dachte Harney Whalen, sie würde durchdrehen. Doch plötzlich wandte sie sich abrupt ab und verließ sein Büro. Nachdenklich blickte er ihr nach. Er schien noch in Gedanken versunken, als Chip Connor, sein Stellvertreter, das Büro betrat.

»Was war denn los?« fragte Chip.

»Weiß ich auch nicht so genau«, antwortete Harney. »Miriam glaubt offenbar nicht, daß die Sache mit Pete ein Unfall war.«

Chip runzelte die Stirn. »Und was sollen wir ihrer Meinung nach tun?«

»Ich hab' keine Ahnung«, zuckte Whalen mit den Schultern, »wir haben gestern alles getan, was wir konnten.« Er kratzte sich am Kopf. »Sag mal, Chip, als ich gestern drunten am Kai war, habe ich ein fremdes Paar gesehen. Sahen aus wie Leute aus der Stadt.«

»Ja und?«

»Nichts, ja und«, reagierte Whalen gereizt. »Tu mir einen Gefallen, Chip, geh rüber zum Gasthof und frag Merle, ob sie noch da sind und falls ja, wie lange sie noch bleiben wollen.«

Chip warf ihm einen erstaunten Blick zu. »Was haben wir damit zu tun?«

Harney Whalen funkelte seinen Stellvertreter wütend an. »Wir hatten einen Toten, Chip, und es sind Fremde in der Stadt. Denkst du nicht, daß wir herausfinden sollten, warum sie hier sind?«

Chip Connor wollten eigentlich seinem Chef widersprechen, aber ein Blick in dessen Gesicht ließ ihn sein Vorhaben aufgeben. Wenn Harn Whalen die Kiefer auf diese Weise zusammenpreßte, hatte es keinen Sinn, ihm zu widersprechen.

Obwohl er sich etwas seltsam in seiner Haut fühlte, machte sich Chip Connor auf den Weg zum Eigentümer der Harbor Inn.

5

»Morgen, Merle.«

Obwohl Merle Glind die Stimme Chip Connors sofort erkannte, zuckte er doch so sehr zusammen, daß die auf der Spitze seiner kleinen Nase balancierende Brille mit den dikken Gläsern in Gefahr war, herabzufallen. Hastig glättete die eine Hand die spärlichen verbliebenen Haare, während er die Verlegenheit über die eigene Nervosität mit einem breiten Lächeln zu überspielen versuchte. Unglücklicherweise nur mit geringem Erfolg, da das Lächeln zu einem krampfhaften Zucken der dünnen Lippen mißriet. Geduldig wartete Chip, bis der kuriose kleine Mann sich gefangen hatte.

»Stimmt irgendwas nicht?« gelang es Merle schließlich zu fragen, wobei seine Kaninchenaugen über die kleine Eingangshalle huschten, als ob er erwartete, daß jeden Augenblick unter seiner Nase ein Verbrechen geschehen könnte.

»Nichts, was Sie zu kümmern hätte«, versuchte Chip ihn zu beruhigen. Solange sich Chip zurückerinnern konnte, war Merle Glind so gewesen. Tag und Nacht hantierte er geschäftig in seinem Gasthof herum, inspizierte die selten benützten Zimmer, als ob es sich um die Präsidentensuite eines Grand Hotels handeln würde, überprüfte wieder und wieder die Belege, um vielleicht einer Unterschlagung auf die Spur zu kommen, und steckte jeden Augenblick die Nase in den Schankraum, seine Haupteinkommensquelle, um die Gäste zu zählen. Als Chip noch ein Junge war, hatte Merle sich immer gefreut, ihn zu sehen. Doch seit er Stellvertreter Harney Whalens geworden war vor drei Jahren, zeigte Merle Anzeichen akuter Nervosität, wann immer Chip in der Harbor Inn auftauchte. Vielleicht war es einfach ein natürliches Mißtrauen der Polizei gegenüber, verstärkt durch Merles angeborene Nervosität; andererseits kannte der Alte Chip Connor seit dem Tag seiner Geburt.

»Bei mir hier ist alles wie immer«, beeilte sich Merle, ihm zu versichern, »nichts los hier, wie immer. Manchmal frage ich mich, warum ich überhaupt noch aufsperre. Wahrscheinlich nur, um mich selbst zu beschäftigen. Fünfunddreißig Jahre stehe ich nun schon hier, und das wird so weitergehen, bis ich sterbe.« Er ließ seinen Blick mit unverhülltem Stolz über die makellos saubere Eingangshalle schweifen, und Chip fühlte sich verpflichtet, ihm ein Kompliment zu machen.

»Ist wirklich alles prima in Schuß«, sagte er, »wer poliert eigentlich die Spucknäpfe?«

»Ich natürlich«, erwiderte Merle prompt und zauberte eine Flasche Metallpolitur unter dem Tresen hervor. »Das muß man selbst machen – sie würden einem nur das Messing zerkratzen, und nichts ist schlechter für ein Hotel als zerkratztes Messing. Das und schmutziges Bettzeug. Aber ich darf mit Recht sagen, daß ich in fünfunddreißig Jahren noch nie ein Zimmer ohne frisches Bettzeug vermietet habe. Vielleicht war es schon etwas verschlissen, aber immer sauber«, schloß er mit einem schwachen Versuch, humorvoll zu erscheinen. Chip lachte beifällig.

»Wie ist die Belegquote?«

»Zwanzig Prozent«, erwiderte Merle stolz. Dann erklärte er in ehrlicher Resignation: »Ein Zimmer besetzt, vier leer.«

»Wer sind die Gäste?« fragte Chip beiläufig.

»Will Harney das wissen?« Merles Augen verengten sich sofort.

»Sie kennen doch Harn«, meinte Chip, »will über alles immer genau informiert sein. Aber diesmal gibt es einen Grund dafür. Hat mit Pete Shelling zu tun.«

Merle gluckste mitfühlend, doch dann begriff er, was das eben Gehörte für ihn bedeuten konnte.

»Harney denkt doch nicht...«, begann er, brach jedoch sofort wieder ab, da er die schreckliche Vermutung noch nicht einmal aussprechen wollte. Das hätte ihm noch gefehlt, daß die Reputation seines Hauses ruiniert würde...

»Harney denkt gar nichts«, beruhigte ihn Chip, der die Gedanken des kleinen Mannes lesen konnte. »Es ist nur so, daß Miriam Shelling heute morgen behauptet hat, Pete wäre ermordet worden. Harney tut also nichts als seine Pflicht, wenn er alles überprüft.«

Erleichtert drehte Merle Glind das Gästebuch so, daß Chip es lesen konnte. Kein Grund zur Beunruhigung, sagte er sich, nichts als Routine. Wann immer Gäste erschienen, kamen Chip oder Harn vorbei und überprüften ihre Daten. Also wirklich kein Grund zur Aufregung. Trotzdem beobachtete er Chip ängstlich, während dieser die letzte Eintragung studierte.

»Randall«, entzifferte Chip den Namen, »Dr. Randall und Frau aus Seattle.« Er blickte zu Merle auf. »Urlauber?«

»Solche Fragen stelle ich doch nicht«, erwiderte Merle, obwohl Chip wußte, daß er es tat. »Ich hab' allerdings bemerkt«, fuhr Merle mit vertraulich gesenkter Stimme fort, »daß die beiden etwas viel Gepäck dabeihaben. Ich vermute, daß sie auf einer längeren Fahrt sind.«

»Bleiben sie lange?«

»Ein paar Tage, hat er heute morgen gesagt.«

»Doktor ist er, frage mich, welche Art von Doktor.«

»Das weiß ich nun wirklich nicht«, meinte Merle, »aber das kann ich bestimmt herausbringen. Denken Sie, es ist wichtig?«

»Bezweifle ich stark«, erwiderte Chip und lachte kurz auf, »aber Harney besteht darauf, gleichgültig ob es wichtig ist oder nicht – er will alles wissen. Also, wollen Sie mir einen Gefallen tun?«

»Zumindest will ich es versuchen.«

»Gut, versuchen Sie herauszufinden, welche Art von Doktor dieser Randall ist, und warum sie nach Clark's Harbor gekommen sind. Sie lassen es uns dann wissen, in Ordnung?« Er schob das Gästebuch zurück, nickte Glind kurz zu und verließ das Gasthaus.

Chip fuhr langsam durch den Ort. Er sah sich aufmerksam um, ohne etwas Bestimmtes im Sinn zu haben. Schließlich näherte er sich dem kleinen Schulhaus, das dem Städtchen schon seit drei Generationen diente.

Er brachte den Wagen zum Stehen und schaute den Kindern zu, die im Schulhof spielten. Er kannte sie alle, einige davon in- und auswendig. Er war hier mit ihren Eltern zur Schule gegangen.

Sein Blick blieb an zwei Kindern hängen, die abseits standen. Er kannte auch den kleinen Jungen und seine jüngere Schwester; es waren diese Zugezogenen, die Palmer-Kinder.

Und er wußte auch, warum sie abseits standen: die einheimischen Kinder hatten sie noch nicht akzeptiert.

Chip fragte sich, wie lange es noch dauern mochte, bis Robby und Missy Palmer in den Kreis der übrigen Kinder aufgenommen würden. Bis zum Ende des Jahres? Erst im nächsten Jahr? Oder noch später?

Die Kinder von Clark's Harbor waren genau wie ihre Eltern, wenn nicht noch schlimmer.

Wenn ihre Eltern Fremde nicht mochten, dann haßten die Kinder sie.

Wenn die Eltern schlecht über die erwachsenen Palmers sprachen, verhöhnten und quälten ihre Kinder die jungen Palmers.

Chip wußte, daß sich nichts daran ändern ließ, allerdings bekümmerte ihn das nicht besonders. Er startete den Motor und fuhr weiter.

Robby Palmer sah das Polizeiauto wegfahren und fragte sich, warum es gehalten hatte. Er wußte, daß auch Missy alles beobachtet hatte, doch bevor er sich dazu äußern konnte, hörte er seinen Namen.

»Robby! Baby Robby!« hallte es laut an sein Ohr. Er brauchte sich gar nicht umzudrehen, um zu wissen, wer ihn wieder einmal verhöhnen wollte.

Jimmy Phipps. Er war größer als Robby und ein Jahr älter. Trotzdem waren beide in derselben Klasse. Von Anfang an hatte Jimmy es Robby spüren lassen, daß er eigentlich in eine niedrigere Klasse gehörte – und Robby das Leben zur Hölle gemacht. Jetzt stand Phipps ihm mit funkelnden Augen auf wenige Schritte drohend gegenüber.

»Willst du kämpfen?« forderte er ihn heraus.

Robby schüttelte stumm den Kopf.

»Du Feigling!« beleidigte ihn Jimmy.

»Ist er nicht!« brauste Missy auf und nahm den Bruder in Schutz.

»Misch dich nicht ein, Missy«, sagte Robby zu der kleinen Schwester, »tu einfach so, als ob er gar nicht da ist.« Jimmy

Phipps wurde rot vor Wut. »Dein Vater ist ein Schwuler«, schrie er.

Robby wußte nicht genau, was das Wort bedeutete, fühlte sich aber verpflichtet, die Behauptung zurückzuweisen.

»Mein Vater ist Künstler!« erklärte er.

»Und mein Vater sagt, alle Künstler sind Schwule«, triumphierte Jimmy, »mein Vater sagt, deine Eltern sind Kommunisten und Gammler, und ihr sollt euch dorthin zurückscheren, von wo ihr kommt!«

Robby starrte den größeren Jungen voller Zorn an. Er wußte, daß seine Eltern es nicht gern sehen würden, wenn er sich mit den Fäusten verteidigte, aber wie sollte er sich sonst gegen diesen Jimmy Phipps wehren? Er trat einen Schritt vor und sah, wie sich drei weitere Widersacher hinter Jimmy aufbauten. »Gib's ihm, Jimmy«, drängte Joe Taylor, »wisch mit ihm den Boden auf.«

»Ich will nicht kämpfen«, erklärte Robby in einem letzten Versuch, den Zusammenstoß zu vermeiden.

»Du bist eben ein Feigling!« schrie Jimmy und schlug unter dem Beifallsgeheul seiner Freunde auf den kleineren Jungen ein. Robby wehrte sich, so gut es ging, und plötzlich lag Jimmy unter ihm. Aber dann griffen die anderen Jungen ein und hielten ihn fest, so daß sein Feind sich wieder aufrappeln konnte.

»Laßt ihn los!« schrie Missy, »laßt meinen Bruder los!«

Sie trat nach einem der Jungen, aber Robby befahl ihr, sich rauszuhalten. Mit einem überraschenden Ruck riß er sich los und knallte Joe Taylor seine Faust auf die Nase. Blutend und schreiend rannte dieser Richtung Schulhaus, während die übrigen Robby überrascht anstarrten. Auch Jimmy, der gerade einen neuen Angriff starten wollte, blieb wie angewurzelt stehen, als ob ihm plötzlich die Angst in die Glieder gefahren sei. Ganz offensichtlich steckte mehr in dem Kleinen, als man ihm ansah.

»Hör jetzt auf damit«, nutzte Robby die unverhoffte Chance, »und dann nimmst du zurück, was du gesagt hast!«

»Also gut«, lenkte Jimmy Phipps ein, »du bist kein Feigling, aber dein Vater ist trotzdem ein schwuler Kommunist, wie mein Vater gesagt hat.«

Robby stürzte sich auf ihn, aber in diesem Moment erschien ihre Lehrerin auf der Bildfläche und trennte die beiden Streithähne voneinander.

»Das reicht jetzt«, sagte Fräulein Peters, »was ist hier eigentlich los?«

»Robby hat angefangen, Fräulein Peters! Er hat Joe Taylor die Nase blutig geschlagen und Jimmy Phipps angegriffen!«

Fräulein Peters unterrichtete seit dreißig Jahren an dieser Schule und konnte sich denken, daß die Wahrheit etwas anders aussah. Aber sie hatte gelernt, daß es keinen Sinn hatte, sie aus einem halben Dutzend Zehnjähriger herausholen zu wollen. Am einfachsten war es immer, sich auf gar keine Diskussion einzulassen.

»Das interessiert mich überhaupt nicht«, sagte sie, »Robby, du hast dich schmutzig gemacht und dein Auge sieht aus, als ob es anschwellen würde. Am besten gehst du nach Hause.« Jimmy Phipps grinste schadenfroh, aber Fräulein Peters versetzte ihm einen kräftigen Dämpfer.

»Was dich betrifft, James, du kannst heute nachmittag unser Klassenzimmer sauber machen, wobei ihr andern ihm helfen werdet.« Sie nahm Missy bei der Hand und ging ins Schulhaus zurück.

Einen Augenblick lang starrte Robby seine Quälgeister noch an, dann wandte er sich Richtung Schultor. Jimmy Phipps schrie ihm wütend hinterher.

»Wir kriegen dich schon noch, du wirst noch bereuen, nach Clark's Harbor gekommen zu sein!«

Robby Palmer konnte sich nicht mehr länger beherrschen. Außerdem schmerzte sein Auge. Er brach in Tränen aus und lief, so schnell es ging, nach Hause.

Rebecca gab der Töpferscheibe noch einmal Schwung, während sie den Ton mit den Fingern der rechten vorsichtig gegen den Handteller der linken Hand drückte, um ihm die richtige Form zu geben. Nachdem sie mit einem Tuch die

Hände gereinigt hatte und die Scheibe zur Ruhe gekommen war, betrachtete sie ihr Werk mit kritischen Augen. Der Rand der Vase hätte vielleicht noch etwas dünner und geschwungener ausfallen können. Doch dann entschloß sie sich mit einem Seufzer, das Ganze auf sich beruhen zu lassen. Wuchtige, rustikale Töpfereien entsprachen ihrem Stil; im übrigen gingen sie ihr leichter von der Hand – warum also ein unnötiges Risiko eingehen? Sie strich sich eine lange, dunkle Haarsträhne aus dem Gesicht und nahm die Vase vorsichtig von der Scheibe.

Sie trat aus dem alten Werkzeugschuppen, den sie zu einer improvisierten Töpferwerkstatt umfunktioniert hatten, und ging zu ihrem Häuschen hinüber, um nach dem Brotteig zu sehen. Rechts von ihr machte der Strand einen einladenden Bogen nach Süden. Der weiße Sand glitzerte in der Sonne, und einen Augenblick lang war sie versucht, der Verlockung zu folgen. Vielleicht stieß sie sogar auf etwas, das sich in der Galerie verkaufen ließ... Aber irgendwie schien es ihr nicht fair gegenüber Glen, der sich noch immer mit Brettern und Stützen herumschlug, die einfach nicht passen wollten. Eigentlich war es komisch, dachte sie, denn sowie er seine Schnitzmesser in der Hand hatte, konnte er mit Holz anfangen, was er wollte. Wenn sie ehrlich war, hielt sie ihn sogar für einen besseren Holzschnitzer als Maler, doch das würde sie ihm nie sagen. Ging es aber um eine so simple Sache wie das Einpassen eines Regals, hatte er zwei linke Hände. Sie sah die fertige Galerie vor sich – und alle Regale hingen etwas schief. Doch das würde überhaupt nichts ausmachen, dachte sie vor sich hinlächelnd, denn bei seinem Sinn für ästhetische Wirkungen würde die Galerie trotzdem ihren Charme haben.

Nach einem letzten sehnsüchtigen Blick über den Strand betrat sie die Hütte. Als sie den müde auf dem Brett liegenden Teig sah, der wieder einmal nicht aufgehen wollte, mußte sie zugeben, daß auch sie nicht rundum perfekt war. Zumindest nicht beim Brotbacken. In der vagen Hoffnung, doch noch etwas bewirken zu können, stocherte sie mit dem

Finger in der weißen, trägen Masse herum. Doch daraus würde nie und nimmer einer jener goldbraunen, knusprigen Laibe werden, wie sie auf den Seiten der Frauenzeitschriften abgebildet waren... Da ihr nichts Besseres einfiel, klatschte sie ihn trotzdem auf ein Blech und schob ihn in den Ofen; vielleicht war das Endprodukt doch noch genießbar.

Als sie gerade noch etwas Brennholz nachlegte, hörte sie Robbys Stimme. Zunächst war sie sich nicht sicher, doch dann wurde sie plötzlich von einem Gefühl der Panik ergriffen.

»Mami, Mami!« drang die Stimme ihres Sohnes immer lauter werdend aus dem Gehölz.

Großer Gott, dachte Rebecca, beginnt jetzt alles wieder von vorn? Hat er wieder irgend etwas in der Schule angestellt, und sie haben ihn nach Hause geschickt, weil sie nicht mehr mit ihm fertig werden? Was sollen wir bloß tun, wenn sie ihn auch hier von der Schule verweisen? Erschrocken wurde ihr bewußt, wie dicht unter der Oberfläche des Bewußtseins die alten Ängste lauerten, jene Ängste, die so viele Jahre lang ihr Leben verdüstert hatten. Und sie hatte gemeint, sie für immer begraben zu haben... Seit sie hierhergekommen waren, schien doch alles gut zu sein. Mühsam kämpfte sie um ihre Kontrolle. Schon immer war es ihr schwergefallen, Robbys gewalttätigen Ausbrüchen zu begegnen. Sie fühlte, wie das Entsetzen in ihr wuchs. Großer Gott, warum war Glen nicht da!

»Mami!«

Rebecca stürzte aus der Hütte und sah Robby unter den Bäumen erscheinen. Seine blutende Nase und die zerrissenen Kleider steigerten ihre Panik. Er warf sich weinend in ihre Arme und drückte sein Gesicht gegen ihren Leib.

»Ist ja schon gut«, versuchte sie ihn zu trösten, »ist ja schon gut. Mami ist ja da, alles kommt wieder in Ordnung.« Großer Gott, flehte sie in ihrem Innern, bitte hilf mir dabei...

Noch immer weinend, ließ sich Robby von ihr in die Hütte führen, wo sie sanft sein Gesicht zu säubern begann. Erstaunt sah sie, wie ruhig er alles mit sich geschehen ließ, und ein Teil der ängstlichen Spannung fiel von ihr ab. Ganz offensichtlich hatte er keinen seiner Anfälle – aber was war es dann? Wieso kam er blutend und weinend nach Hause? Was war in der Schule geschehen?

»Was war denn los, Robby?« fragte sie vorsichtig, als er einigermaßen wiederhergestellt war.

»Ich hatte eine Prügelei«, erklärte Robby mürrisch.

»Eine Prügelei?«

Der Junge nickte.

»Und worum ging's?«

»Um dich und Papi.«

»Um mich und Papi? Und worum genau?«

»Sie haben euch beschimpft und gesagt, wir wären besser nicht hierhergekommen.« Er blickte flehend zu seiner Mutter auf. »Warum konnten wir nicht in Seattle bleiben?«

»Du warst krank dort.«

»Krank? Kann mich nicht erinnern.«

Rebecca umarmte ihn lächelnd. »Es ist auch besser, daß du das nicht kannst«, meinte sie, »du hast dich dort gar nicht wohlgefühlt, genausowenig wie Papi, Missy oder ich.«

Robby runzelte die Stirn. »Aber hier fühlen wir uns doch auch nicht wohl – oder?«

»Es geht uns hier besser als anderswo«, meinte Rebecca leise, »und du wirst sehen, daß sich bald alles zum Guten wenden wird. Hör einfach nicht hin, wenn sie dich angreifen.«

»Aber sie haben nicht mich angegriffen«, erwiderte Robby, »sie haben dich und Papi angegriffen.«

»Ist doch dasselbe. Also, du versprichst mir jetzt, daß du dich nicht mehr prügelst.«

»Aber wenn sie wieder auf mich losgehen?«

»Dann schlägst du nicht zurück, sie lassen dich dann rasch in Ruhe, weil es ihnen so keinen Spaß macht.«

»Aber dann halten sie mich für feige und spielen nicht mit mir.« Rebecca fühlte sich plötzlich alt, denn sie konnte ihrem Sohn nichts darauf erwidern. Er hatte recht; sie hatte einfach vergessen, wie Kinder denken und reagieren. Sie entschloß sich, das Thema fallenzulassen. Glen sollte sich damit beschäftigen, wenn er nach Hause kam.

»Vermutlich hat es keinen Sinn, dich jetzt wieder in die Schule zurückzuschicken?« fragte sie.

»Ich geh' heut nicht mehr hin«, sagte Robby bestimmt. Daß er heimgeschickt worden war, behielt er lieber für sich.

Rebecca sah sich die Wunden in seinem Gesicht genauer an, dann fragte sie erleichtert: »Hast du Lust, mir zu helfen oder willst du lieber am Strand spielen?«

»Ich spiel' lieber am Strand«, entschied sich Robby.

»Das habe ich erwartet«, lächelte Rebecca. »Aber denk an unsere Regeln.«

»Och, Mami!«

»Nichts ›och, Mami‹! Entweder du hältst dich an die Regeln, oder du bleibst hier und hilfst mir.« Sein Gesicht drückte aus, daß er das kleinere Übel wählen würde. »Also – du gehst nicht weiter weg vom Haus als dreißig Meter. Und behaupte ja nicht, du weißt nicht, was dreißig Meter sind – siehst du den großen Baum dort.« Sie deutete auf eine riesige Zeder, die einen Ausläufer des Gehölzes dominierte. Robby nickte feierlich. »Das sind dreißig Meter. Also nicht weiter als bis zu diesem Baum. Und halt dich vom Treibholz fern. Du könntest ausrutschen und dir das Bein brechen.«

»Och, Mami...« Aber er sah, daß jeder Widerspruch zwecklos sein würde.

»Und du bleibst vom Wasser weg – verstanden?«

»Ja.«

»Und wenn ich dich rufe, erscheinst du auf der Stelle.« Sie stand unter der Tür und blickte ihm nach, als er Richtung Strand davonstrolchte. Noch immer kam es ihr wie ein Wunder vor, daß sie ihn allein spielen lassen konnte, ohne sich dauernd sorgen zu müssen, was er wohl als nächstes anstellte. Mit einem glücklichen Lächeln machte sie sich wieder an ihre Hausarbeit.

Brad Randall hielt vor dem Gasthof, stellte den Motor ab und schlug sich dann mit der flachen Hand plötzlich gegen die Stirn, als ihm etwas einfiel.

»Verdammt«, sagte er, »das haben wir ja ganz vergessen!«

»Was haben wir vergessen?« fragte Elaine.

Sie hatten den Tag damit verbracht, sich Clark's Harbor in allen Winkeln anzusehen, unmöglich, daß sie etwas ausgelassen haben könnten. »Die Palmers, wir sagten doch, wir würden einen Sprung bei ihnen reinschauen.«

»Dazu ist es jetzt zu spät«, meinte Elaine mit einem Blick auf die sinkende Sonne. »Im übrigen hat er es wohl eher aus Höflichkeit gesagt, schließlich kennen wir uns ja gar nicht so gut.«

»Aber ich will unbedingt Robby wiedersehen«, beharrte Brad, »wenn es wirklich ein Wunder gegeben hat, will ich mich mit eigenen Augen davon überzeugen.«

»Vielleicht kannst du noch bis morgen warten«, seufzte Elaine, »im Augenblick bin ich groggy.«

»Ich hab' dich ganz schön rumgehetzt, stimmt's?« lächelte Brad, »und was hältst du jetzt davon, wie gefällt es dir hier?«

»Ich weiß nicht so recht«, meinte Elaine nachdenklich, »es ist hübsch hier, wirklich. Wäre nicht die Sache mit dem Fischer und dem Hund gewesen, ich wäre begeistert. Aber so weiß ich nicht so recht...«

»Aber das hat doch nichts zu bedeuten, Liebling«, versuchte Brad abzuwiegeln, »solche Dinge können doch überall vorkommen.«

»Aber sie sind hier geschehen«, widersprach Elaine trotzig, »und so leid es mir tut – ich kann sie nun einmal nicht vergessen.« Sie bereute ihre Worte sofort, denn sie wußte, daß Brad sich in den kleinen Ort verliebt hatte. »Laß uns noch einmal darüber schlafen, einverstanden?«

Sie stiegen aus und gingen auf den Gasthof zu. Elaine blieb stehen und musterte das Gebäude. »Ich bin nach wie vor der Überzeugung, daß es an der falschen Küste steht. Und nicht nur das hier, sondern der ganze Ort. Alles sieht so ordentlich und sauber aus, gar nicht wie all die andern Orte auf der

Halbinsel, die wie zufällig in die Landschaft gesetzt wirken. Man hat den Eindruck, Clark's Harbor hätte sich ganz bewußt diese Nische zwischen Wald und Strand gesucht und beschlossen, sich hier niederzulassen – als ob es seine Grenzen genau kennen und sie niemals überschreiten würde.«

Brad lächelte. »Vielleicht ist es das, was mich so anzieht«, meinte er, »es schlägt eine ganz bestimmte Saite in mir an; ich fühle mich hier wohl.«

Sie gingen Arm in Arm über den Rasen und traten ein. Hinter seinem Tresen nickte Merle Glind ihnen zu.

»Hatten Sie einen schönen Tag?«

»Sehr schön«, antwortete Brad, »ein hübsches Städtchen haben Sie hier, wirklich sehr hübsch.«

»Wir mögen es«, meinte Glind und legte eine Pause ein, während Brad Richtung Treppe ging.

»Machen Sie Urlaub hier?« fragte Merle abrupt.

Brad wandte sich um. »So etwas Ähnliches. Eigentlich schauen wir uns nach etwas um, wo man eine Weile leben könnte.«

»Wir haben schon einen Doktor«, sagte Merle hastig, »Dr. Phelps, ist schon seit vielen Jahren hier.«

»Ich mache ihm bestimmt keine Konkurrenz, ich bin nicht diese Art von Doktor; im übrigen habe ich sowieso nicht vor, zu praktizieren, ganz davon abgesehen, daß es hier draußen für meine Dienste wohl kaum Kundschaft geben dürfte.«

»Aber wenn Sie nicht arbeiten wollen, was wollen Sie dann?« Merle Glind machte sich keine Mühe, sein Mißtrauen zu verbergen. Was ihn betraf, so betrachtete er jeden unter fünfundsiebzig, der nicht arbeitete, als Drückeberger.

»Ich habe vor, ein Buch zu schreiben«, erklärte Brad etwas leichtsinnig.

Merle runzelte die Stirn. »Ein Buch? Was für ein Buch denn?«

Brad überlegte noch, wie er es erklären könnte, als Elaine sich einmischte. »Ein wissenschaftliches Buch«, sagte sie, »ein Buch, das keiner lesen wird, außer vielleicht einigen Kollegen meines Mannes.«

Brad wußte, daß er keinen Grund hatte, Elaine böse zu sein. Im Gegenteil. Sie hatte ihn davor bewahrt, langwierige Erklärungen abgeben zu müssen, die immer weitere Fragen nach sich gezogen hätten. Wie sollte man einem Laien schon erklären, was Biorhythmen sind? Er schenkte ihr ein bewunderndes Lächeln. »Ja«, fuhr er fort, »und das hier scheint mir dafür genau der richtige Platz zu sein – alles so friedlich und ruhig.«

»Ich weiß nicht«, überlegte Merle zweifelnd, »mir scheint, Pacific Beach oder Moclips würden besser passen, dort hängen doch diese Literaten und Künstler alle herum.«

»Genau«, grinste Brad, »und feiern Partys und trinken und tun alles, was man nicht tun darf, wenn man eine Arbeit zu erledigen hat. Clark's Harbor scheint mir das genaue Gegenteil davon zu sein.«

»Ist es nicht«, brauste Glind auf, »wir hier arbeiten und tun unsere Pflicht, wenigstens die meisten von uns. Das ist eine ordentliche Stadt, in der sich jeder vor allem um seine eigenen Angelegenheiten kümmert, und wir wollen, daß dies auch so bleibt.«

Elaine schickte einen Stoßseufzer zum Himmel. Jedes Wort, das der kuriose kleine Mann sagte, würde Brads Entschluß, sich in Clark's Harbor niederzulassen, nur noch bestärken. Seine nächsten Worte bewiesen, wie recht sie hatte.

»Ich hab' mich heute genau umgesehen. Sieht so aus, als ob das Immobiliengeschäft hier nicht gerade munter ginge – oder irre ich mich?«

»Überhaupt nicht«, meinte Merle, »kein einziges Haus, das Sie kaufen könnten! Die meisten Häuser werden von Generation zu Generation weitervererbt. Clark's Harbor ist anders als die meisten Orte dieser Art: unsere Kinder bleiben, wo sie geboren sind; die meisten von ihnen zumindest.«

»Und wie sieht es mit Mieten aus? Kennen Sie ein Haus, das man mieten könnte?«

Merle schien einen Augenblick nachzudenken. Brad fragte sich allerdings, ob er wirklich vorhatte, seine Frage zu beantworten oder lediglich darüber nachdachte, wie er sie am elegantesten umgehen konnte.

Merle wollte mit seiner Antwort das Thema ein für allemal beenden. »Ich weiß nur von einem, das unserem Polizeichef Harney Whalen gehört. Weiß aber nicht, ob er es vermieten möchte. Darüber müßten Sie schon selbst mit ihm sprechen.«

»Ist es im Augenblick bewohnt?« wollte Brad wissen.

»Soweit ich weiß, nicht. Auf jeden Fall hat Harney mir nichts davon gesagt. Geht mich aber auch nichts an, stimmt's?«

Brad ließ das Thema fallen, da er sicher war, aus dem alten Knaben mehr sowieso nicht herauszubekommen. »Können Sie uns irgend etwas zum Dinner empfehlen?« Merles Gesicht strahlte zuvorkommend.

»Einfach hier durch die Tür, das beste Essen und Trinken in der Stadt – und die frischesten Fische weit und breit. Der Koch holt sie jeden Tag direkt von den Booten.« Als er sah, daß Elaine die Tür zu dem leeren Speiseraum öffnete, fügte er rasch hinzu: »Im Augenblick ist natürlich noch keiner da, aber warten Sie nur noch ein bißchen. Dann ist alles brechend voll. Brechend voll!«

»Vielleicht sollten wir dann besser reservieren?« meinte Elaine.

»Oh, ist nicht nötig«, erwiderte Merle, »ist nicht nötig. Ich werde Ihnen einen Tisch freihalten. Wann wollen Sie essen?«

»Sieben? Halb acht?«

Merle Glind machte sich hastig eine Notiz und lächelte wieder zu den Randalls hoch. »Geht in Ordnung. Wird alles bestens besorgt. Eine Reservierung ist nicht nötig – überlassen Sie das ruhig mir.«

Zwei Minuten später warf sich Elaine auf das Bett in ihrem Zimmer und brach in Lachen aus. »Nicht zu glauben«, prustete sie, »einfach unglaublich, der schlägt sie alle! Weißt du was, Brad, ich glaube, der weiß überhaupt nicht, was eine Reservierung ist! Unglaublich!«

Brad legte sich neben sie und gab ihr einen zärtlichen Kuß. »Also, was meinst du?« wollte er wissen.

»Ich meine, wir haben noch genügend Zeit bis zum Abendessen«, erwiderte Elaine und begann sein Hemd aufzuknöpfen.

Merle Glind wählte eine Nummer, während seine Augen nervös die Treppe fixierten. Schon nach dem zweiten Klingeln wurde abgehoben. Knapp informierte er Harney Whalen über alles, was er über die Randalls herausgefunden hatte. Danach blieb es kurze Zeit ruhig am anderen Ende der Leitung.

»So, sie wollen also eine Weile hierbleiben«, hörte man dann den Polizeichef, »das werden wir in Ruhe abwarten, – kann sein, kann aber auch nicht sein. Danke, Merle, Sie waren mir eine große Hilfe.«

Merle Glind legte zufrieden mit sich selbst den Hörer auf und ging dann ins Speisezimmer, wo er auf einem der Tische ein Kärtchen aufstellte. »Reserviert« stand darauf.

6

Harney Whalen warf einen Blick auf die Uhr, während er mit den Fingern nervös auf der abgegriffenen Platte seines Eichenschreibtisches trommelte. Dann trat er ans Fenster und starrte auf die Straße hinaus, als ob Chip Connor dadurch auch nur eine Minute früher erscheinen würde. Sein Stellvertreter hatte sich verspätet, und das war ungewöhnlich. Und alles Ungewöhnliche beunruhigte Harney Whalen. Vor allem, wenn es sich so häufte, wie während dieser beiden Tage. Zuerst Pete Shelling (ein bedauernswerter Unfall natürlich) und jetzt diese Randalls, die Anstalten machten, sich in Clark's Harbor niederzulassen. Das war wirklich beunruhigend!

Harney musterte unbewußt das Spiegelbild seiner noch immer recht stattlichen Gestalt im Fenster und tätschelte mit der Rechten seinen muskulösen Bauch. Zurück am Schreibtisch, vertiefte er sich noch einmal in das magere Protokoll über Pete Shellings Tod. Er saß noch immer mißmutig drüber, als Chip Connor endlich auftauchte.

»Dachte schon, du hättest den Abend freigenommen«, knurrte Whalen zu Chip hoch.

»Hab' nur rasch etwas gegessen«, verteidigte dieser sich zurückhaltend. »Etwas Neues?«

»Nichts, außer daß Merle Glind mich angerufen hat.« Chips Brauen hoben sich fragend, während er darauf wartete, daß sein Boß ihn aufklären würde. »Sieht so aus, als ob sie sich hier für eine Weile niederlassen wollten«, fuhr Harney fort.

»Sie?«

»Dieser Randall und seine Frau.«

Chips Gesicht verfinsterte sich. Das verhieß nichts Gutes. Solange er Harn Whalen kannte, also sein ganzes Leben, hatte dieser etwas gegen Fremde gehabt. Und sein Mißtrauen schien noch über das der meisten Einheimischen hinauszugehen. Chip fand das irgendwie sogar verständlich. Harn kannte jeden im Städtchen – er war mit der Hälfte von ihnen, Chip eingeschlossen, auf irgendeine Weise verwandt –, und das machte seinen Job um vieles einfacher. Er wußte, wer die Unruhestifter waren, wer gern einen über den Durst trank oder andere kleine Laster hatte, und er wußte, wie man mit jedem einzelnen von ihnen umzugehen hatte. Fremde dagegen waren eine unbekannte Größe, und Harn Whalen mochte es nicht, wenn sie das Gleichgewicht seiner Stadt durcheinanderbrachten. In ihrer Gegenwart benahmen sich die Einheimischen plötzlich anders, wurden unberechenbar und machten Whalen folglich das Leben schwer; ganz davon abgesehen, daß er sich Fremden gegenüber immer irgendwie unsicher vorkam. Solange er mit seinen eigenen Leuten zusammen war, gab es keinerlei Probleme für ihn, aber sobald er einem Fremden gegenüberstand, verschloß er sich wie eine Muschel. Er hielt sich dann abseits und lag ständig auf der Lauer, als ob er jeden Augenblick einen Ausfall gegen sich erwartete. So war es auch noch lange nach Pete und Miriam Shellings Ankunft in Clark's Harbor gewesen. Erst nach annähernd fünf Jahren brachte es der Polizeichef über sich, die beiden mit einem barschen Kopfnicken zu grüßen. Chip wußte sich selbst nicht ganz frei von ähnlichen Gefühlen. Vielleicht würde er sich in Harneys Alter ganz ähnlich verhalten? Irgend etwas schien Whalen im Augenblick zu schaffen zu machen, Chip war sich da ganz sicher. »Und was wollen sie hier?« fragte er seinen Chef.

»Merle sagt, der Bursche möchte hier ein Buch schreiben und meint, unsere Stadt wäre genau der richtige Ort dafür.«

»Nun«, lächelte Chip, »du mußt zugeben, daß es hier mehr als ruhig ist.«

»Und genauso soll es auch bleiben«, meinte Harney. »Doch wenn sich immer mehr Städter hier ansiedeln, ist es bald vorbei damit. Sie bringen immer Unruhe und Lärm mit sich, genau wie diese Palmers.«

»Aber die halten sich doch nun wirklich zurück«, wandte Chip ein.

»Und dieses Hämmern den ganzen Tag?« meinte Whalen vorwurfsvoll.

»Nun, man kann nun mal kein Haus renovieren, ohne ein wenig zu hämmern.«

Whalen mußte das widerwillig zugeben. Was aber noch lange nicht hieß, daß er es mochte. »Was denken die sich überhaupt dabei, hier eine Galerie einzurichten?« knurrte er. »Keiner hier wird ihnen ihren Schund abkaufen.«

»Dann werden sie desto schneller wieder verschwinden«, grinste Chip. »Vielleicht solltest du ihnen bei den Umbauten helfen – je früher sie eröffnen können, desto früher sind sie pleite, stimmt's?«

Harney musterte seinen Stellvertreter mit säuerlichem Blick, konnte aber dann ein Lächeln nicht unterdrücken.

»Wirklich sehr witzig, Chip, sehr witzig. Vielleicht könntest du mir auch sagen, was wir mit diesen Randalls anfangen sollen. Ich weiß nicht, ob ich noch mehr Fremde im Augenblick aushalte. Sie bringen immer Unruhe mit sich. Spar dir aber deine klugen Reden – vielleicht kann ich diese Stadt tatsächlich nicht für immer und ewig in ihrem jetzigen Zustand erhalten. Aber solange ich hier Polizeichef bin, werde ich es zumindest versuchen!«

»Wo wollen sie denn wohnen, falls sie hierbleiben?«

»Merle hat sie an mich verwiesen.«

»Dann ist doch alles ganz einfach«, meinte Chip, »du brauchst ihnen doch nur zu sagen, daß das alte Haus nicht zu vermieten ist.«

»Das hab' ich auch schon den Palmers gesagt, ohne daß es etwas nützte. Möchte nur wissen, wie es ihnen gelang, die alte Mrs. Pruitt dazu zu bringen, ihnen ihre miese Hütte am anderen Ende der Bucht zu verkaufen. Hätte ich früher davon erfahren, hätte ich sie selbst gekauft. Nein, es ist besser, ihnen diese ganze Idee auszureden. Gelingt das nicht, sollen sie ruhig in das alte Baron-Haus einziehen – ein Monat an der Sod Beach in dieser Ruine wird sie schon zur Vernunft bringen.«

»Du bist ein hinterhältiger alter Knabe, Harn«, meinte Chip lächelnd.

»Ich bin überhaupt nicht hinterhältig«, wehrte sich Whalen, »ich mag aber nun mal keine Fremden hier. Also, wie wär's, wenn du dich ein wenig mit Pete Shelling beschäftigen würdest? Hier ist das Protokoll.«

»Was gibt es da noch zu tun?« wunderte sich Chip.

»Keine Ahnung«, meinte Harney achselzuckend, »ich weiß, daß es ein Unfall war, aber wenn Miriam Shelling hier wieder auftaucht, sieht es besser aus, wenn jemand an dem Fall arbeitet – du verstehst, was ich meine?«

Chip lachte laut heraus. »Wenn das nicht ganz schön hinterhältig ist.«

»Ein alter Hund versteht sich nun mal auf einige Tricks, das ist alles«, meinte Harney mit einem Zwinkern. Einen Augenblick später war er verschwunden, und Chip Connor war allein in der winzigen Polizeistation.

Glen Palmer sah den Polizeichef an der Galerie vorbeifahren und wollte ihm gerade zuwinken, wie er es jeden Tag tat. Aber dann ließ er die Hand rasch wieder sinken – es würde doch nichts nützen. Whalen hatte seinen Gruß noch nie erwidert, ja, ihn nicht einmal eines Blicks gewürdigt. Glen fragte sich, ob es bewußte Unhöflichkeit oder lediglich Unachtsamkeit war; vielleicht war Whalen zu sehr mit anderen Dingen beschäftigt? Aber in seinem Innern wußte er, daß der andere etwas gegen ihn hatte. Seine abweisende Kälte entsprach dem Verhalten des ganzen Städtchens. Glen klammerte sich an den Gedanken, wenn sie erst einmal von Whalen akzeptiert würden, auch die übrigen Einwohner für sich gewonnen zu haben. Aber bis jetzt zeigte Whalens Panzer noch keinerlei Wirkung. Alles zu seiner Zeit, tröstete sich Glen zum hundertsten Mal, alles zu seiner Zeit.

Auch was die Fortschritte der Galerie betraf, hielt sich Glen immer häufiger an diesen Trost. Sein Blick schweifte über den vorderen Raum. Morgen würde er sich ganz auf den Ausstellungsbereich konzentrieren; das Büro konnte warten. Er mußte in den wenigen Wochen bis zum Memorial Day unbedingt damit fertig sein, damit sie endlich eröffnen und vielleicht sogar etwas verkaufen konnten. Ohne das war ein Büro sowieso überflüssig...

Daß die Galerie eine Augenweide werden würde, stand für Glen fest. Die Naturholztäfelung war ein idealer Hintergrund für seine naiven Gemälde, wozu seine fein ziselierten Skulpturen mit ihrer handpolierten glänzenden Oberfläche einen spannungsgeladenen Kontrast bildeten. Er mußte seinen Stolz einfach hinunterschlucken und Rebecca um Mithilfe bitten. Das hätte er schon vor Wochen tun sollen, dann wäre die Galerie wohl schon längst fertig. Doch jetzt war wieder ein Nachmittag vorüber und vieles nicht getan, was er sich vorgenommen hatte. Aber er ließ es für heute gut sein, legte die Werkzeuge zur Seite, verschloß das Haus hinter sich und stieg in den alten Chevy, der ihnen als Zweitwagen diente. Aber der weigerte sich anzuspringen.

»Verdammt«, ärgerte er sich laut. Er drehte den Zündschlüssel erneut und hörte das lustlose Mahlen des Anlassers. Nach drei weiteren erfolglosen Versuchen stieg er wütend wieder aus und riß die Motorhaube auf. Aber von Motoren verstand er noch weniger als vom Schreinern. Er knallte die Haube auch sofort wieder zu und betätigte den Anlasser mit der völlig unbegründeten Hoffnung eines Mannes, der wirklich nichts von Technik versteht, erneut. Das Mahlen war kaum noch zu hören. Glen gab es auf, um die Batterie nicht auch noch zu ruinieren.

Er überlegte, was zu tun sei. Pruitts Tankstelle würde inzwischen geschlossen haben. Ihn zu Hause zu stören, war nicht gerade ratsam; Pruitt war noch nie besonders freundlich gewesen. Und das hatte sich noch verschlimmert, nachdem seine Mutter – wahrscheinlich gegen seinen Einspruch – ihnen die Hütte am Strand verkauft hatte. Blieb nur noch die einzige Reparaturwerkstätte des Orts. Aber falls sie ihm dort überhaupt helfen würden, mußte er mit einer gepfefferten Rechnung für Feierabendarbeit rechnen. Er entschied sich, den Chevy stehenzulassen und zu Fuß nach Hause zu gehen. Morgen früh war auch noch Zeit, sich um den Wagen zu kümmern.

Zuerst ging er eine Weile die Straße entlang; vielleicht nahm ihn jemand mit? Aber dann machte ihm das Gehen so viel Spaß, daß er die Straße verließ und durch das Gehölz zum Strand hinabging. Das brachte ihn zum Südende der Sod Beach, wo er genau bei dem alten Haus herauskam, das sie ursprünglich hatten kaufen wollen. Inzwischen war er froh, daß Whalen es ihnen nicht gegeben hatte. Es war wohl größer als ihre jetzige Bleibe, dafür stand es aber völlig ungeschützt direkt an der Küste. Außerdem umgab es eine seltsame Atmosphäre der Verlassenheit, die ihm zunächst nicht aufgefallen war. War es ihm damals romantisch und pittoresk erschienen, wirkte es jetzt eher unheimlich auf ihn.

Rasch umrundete er das Gebäude und ging dann hinab bis zur Wasserlinie, wo der Sand hartgebacken war und das Gehen erleichterte. In der Ferne sah er schon das Licht am Fenster ihrer Hütte. Aus beiden Kaminen kräuselte sich Rauch in die nun rasch hereinbrechende Dämmerung. Glen fragte sich, was Rebecca wohl zum Abendessen vorbereitet hatte.

Fast wäre er an Miriam Shelling vorbeigehastet, ohne sie

zu sehen. Auf ihr Winken ließ er die gegen den Strand laufenden Wasserzungen hinter sich und ging schräg über den Sand auf sie zu.

»Hallo«, begrüßte er sie mit einem zaghaften Lächeln.

Miriam starrte ihn eindringlich an, ohne seinen Gruß zu erwidern. Glen wollte schon weitergehen, als sie erneut die Hand hob und eine vage Geste machte.

»Sie haben mir nicht geglaubt, nicht wahr?«

Es klang wie eine Anklage. Glen wich aus. »Ich weiß nicht, was Sie meinen.« Plötzlich war die unheimliche Starre aus ihrem Blick gewichen, und sie war nur noch eine verzweifelte ältere Frau.

»Heute«, erklärte sie, »als ich heute zu Ihnen in Ihre – wie nennen Sie das...?«

»Galerie?«

Miriam nickte. »Die Galerie...«, wiederholte sie stumpf. »Sie sollten mir aber glauben!«

Glen musterte aufmerksam ihr Gesicht; er versuchte sich vorzustellen, was in ihr vorging. Sie schien jetzt sehr viel beherrschter zu sein als heute morgen. Aber in diesen Fällen wußte man nie genau, woran man war.

»Was tun Sie denn hier draußen?« fragte er.

»Warten.«

»Warten? Auf mich?«

»Vielleicht, ich weiß nicht. Ich warte eben. Es wird etwas geschehen, und darauf warte ich.«

»Aber warum gerade hier?« wollte Glen wissen.

»Ich weiß nicht«, sagte Miriam bedächtig, »irgendwie schien mir das der richtige Ort zu sein.« Plötzlich stand Angst in ihren Augen, und sie blickte verzweifelt auf zu Glen. »Das ist doch in Ordnung, nicht wahr? Sie haben nichts dagegen, wenn ich hier warte?«

»Nein, natürlich nicht. Schließlich gehört mir der Strand auch nicht. Aber es wird bald recht kalt werden.«

»Ein Sturm zieht auf«, sagte Miriam Shelling leise, »ein gewaltiger Sturm. Aber das macht jetzt nichts mehr, er kann Pete nichts mehr anhaben.«

»Aber was ist mit Ihnen?« fragte Glen besorgt. Vielleicht sollte er sie zu sich nach Hause einladen? Aber dann dachte er an die Kinder. Auf keinen Fall wollte er, daß Miriam Shelling sie durch ihr unsinniges Geschwätz beunruhigte.

»Ich gehe bald nach Hause«, sagte sie, »wahrscheinlich kann ich dort ebenso gut warten wie hier. Gehen Sie nur – ich komm' schon zurecht.«

Glen setzte seinen Weg fort, wandte sich aber noch einmal um, als sie ihm nachrief: »Junger Mann? Sie werden doch vorsichtig sein? Es wird ein gewaltiger Sturm!«

Glen lächelte ihr zu und winkte zum Abschied. »Ich werd' schon aufpassen«, rief er zurück. Dann schritt er rasch auf die Hütte zu. Erst als er sie fast erreicht hatte, drehte er sich noch einmal um. Miriam Shelling war verschwunden. Irgendwie fühlte er sich erleichtert, als ob er gerade noch einer Gefahr entronnen wäre. Als er in die Hütte trat, zogen sich die letzten Strahlen der Sonne vom Strand zurück.

»Ich hab' dich gar nicht vorfahren hören«, begrüßte ihn Rebecca.

»Ich bin auch nicht gefahren – ich ging zu Fuß.«

Rebecca dachte mit Schrecken an das magere Guthaben auf ihrem Konto. »Was ist mit dem Wagen?« fragte sie ängstlich.

»Ich wollte, ich wüßte es. Er wollte nicht anspringen, und du weißt ja, wie ich bei Autos bin. Zuerst wollte ich rüber zur Bill Pruitt, aber dann fiel mir ein, daß er nach sechs das Doppelte verlangt.«

Rebecca wollte noch etwas fragen, wurde aber durch die hereinstürmenden Kinder daran gehindert. Missy wollte vom Vater auf den Arm gehoben werden, und Robby bestürmte ihn: »Schau mal, wie ich aussehe, schau doch mal!«

Glen hob seine Tochter hoch und sah sich dann seinen Sohn an.

»Was ist denn mit dir los?« fragte er erschrocken, setzte die Kleine wieder ab und ließ seine Augen fragend zu Rebecca wandern.

»Er hat unsere Ehre verteidigt«, erklärte diese, doch Robby unterbrach sie sofort.

»Ich hab' mich geprügelt«, brach es aus ihm heraus, »vier sind auf mich losgegangen, ich hab' ein blaues Auge, aber ich hab' gewonnen. Hast du Snooker mitgebracht?«

Glen blickte hilfesuchend wieder zu Rebecca, die genauso ratlos war wie er. »Nein, hab' ich nicht«, sagte er, »er wird wahrscheinlich auf einem Jagdausflug sein.«

»Er ist noch nie den ganzen Tag weggeblieben«, widersprach Robby vorwurfsvoll.

»Vielleicht hat ihn plötzlich die Abenteuerlust gepackt, was du ja eigentlich verstehen müßtest«, erwiderte Glen. »Aber er kommt schon zurück, warten wir einfach bis morgen.«

»Er kommt nicht zurück«, sagte Missy leise und sah aus, als ob sie in Tränen ausbrechen würde. »Er kommt nie mehr zurück.«

»Wird er doch!« fuhr Robby sie an.

»Natürlich kommt er zurück, Missy«, mischte sich Rebecca ein, »warum denn nicht?«

»Weiß ich nicht«, sagte Missy mit feucht schimmernden Augen, »aber er kommt nicht zurück, und ich vermisse ihn sehr.« Sie konnte die Tränen nicht mehr länger zurückhalten und stürzte hinüber in ihr winziges Schlafzimmer, wo sie sich auf ihr Bett warf. Rebecca blickte hilflos zu Glen hinüber und eilte ihr nach. Robby starrte angstvoll den Vater an. »Er kommt doch zurück, nicht wahr?« fragte er kläglich.

»Natürlich tut er das, Robby, warum denn nicht?« Doch sein Gefühl sagte Glen, daß dies gar nicht so natürlich war. Nach dem Abendessen brachten sie die Kinder sofort zu Bett. Glen legte Holz nach, während Rebecca ihn von der Seite beobachtete. »Glen, was ist los?«

»Ich weiß nicht. Lauter Kleinigkeiten – der Wagen und die Galerie und jetzt auch noch Snooker. Ich habe irgendwie das Gefühl, daß Missy recht hat und er nicht mehr zurückkommt.«

»Sei doch nicht albern. Was sollte ihm denn geschehen sein? Natürlich kommt er zurück.«

»Da ist noch etwas.«

Rebecca zuckte zusammen. Sein Blick sagte ihr, daß es sich um etwas Bedeutendes handelte, und bestimmt nichts Gutes. »Ich habe vorhin Miriam Shelling gesehen.«

Rebecca war erleichtert. »Ist sie noch einmal in die Galerie gekommen?«

»Sie saß am Strand, als ich heimkam, saß auf dem Treibholz und starrte aufs Meer hinaus.«

»Das tun doch viele«, meinte Rebecca, während sie in ihrem Nähkorb nach einem Knopf suchte. »Ich tu' das auch gern, genau wie du. Das ist einer der Vorzüge, die man hier genießt.«

»Sie sagte, sie würde auf etwas warten – es war unheimlich...«

»Warten? Worauf?«

»Weiß ich nicht. Wahrscheinlich wußte sie's auch selbst nicht. Aber sie meinte, daß ein mächtiger Sturm aufziehe und ermahnte mich, vorsichtig zu sein.«

»Ist doch vernünftig«, meinte Rebecca, »hat sie sonst noch was gesagt?«

»Nein.« Glen verfiel in langes Schweigen; dann sagte er abrupt: »Vielleicht sollten wir aufgeben.«

Rebecca legte ihre Arbeit weg und musterte ihren Mann. »Jetzt sprichst du genau wie ich gestern. Aber du wirst drüber hinwegkommen, nimm dir ein Beispiel an mir.« Sie lachte leise auf. »Weißt du was? Während du dich heute in deine Trübsal hineingesteigert hast, habe ich meine überwunden. Ich weiß jetzt, daß ich gern hier bin. Ich lebe gern hier zwischen Wald und Meer, ich liebe den Frieden und die Stille hier und ich bin glücklich, daß es meinen Kindern hier so gut geht, vor allem Robby. Am besten, du schüttelst also deine trüben Gedanken jetzt ab, Liebster, denn ich bin fest entschlossen, gleichgültig was noch kommen mag, hier durchzuhalten. Und du wirst dasselbe tun!«

Glen Palmer warf seiner Frau einen Blick voller Liebe zu und dankte insgeheim Gott für ihre Stärke. Solange ich sie an meiner Seite habe, dachte er, kann mir nichts geschehen...

Er wußte nicht, was es war, aber plötzlich meinte er zu wissen, daß sich dies schon bald ändern könnte. Rebecca würde dann nicht mehr an seiner Seite sein; schon sehr bald. Hastig stand er auf und kniete sich neben sie. Er umklammerte sie mit beiden Armen und hatte Mühe, die Tränen zurückzuhalten. Rebecca, die nichts von seinen Ängsten zu ahnen schien, nähte ruhig weiter.

Harney Whalen schaltete den Fernseher ein und ging dann zum Fenster hinüber, bevor er sich wie üblich für die Neun-Uhr-Nachrichten in seinen Sessel setzte. Sein Haus, in dem er geboren und aufgewachsen war und in dem er zweifellos auch einmal sterben würde, lag auf einem erhöhten Vorsprung, von dem aus man einen wundervollen Blick auf Clark's Harbor und den Ozean hatte. Vom Fenster aus sah er die Lichter des Städtchens rund um die Bucht unter dem sternlosen Nachthimmel. Wolkenbänke schoben sich heran, und irgend etwas in der Luft sagte ihm, daß ein neuer Sturm bevorstand. Harney haßte die Stürme und fragte sich manchmal, warum er eigentlich nicht von der Halbinsel fortzog. Aber hier war sein Zuhause, und im Lauf der vielen Jahre hatte er gelernt, mit dem Wetter zu leben. Er machte seine übliche Runde durchs Haus, um sicherzustellen, daß alle Fenster fest geschlossen waren gegen alles, was von der See her kommen mochte.

Sein Großvater hatte das Haus gebaut – und er hatte es gut gebaut. Seit mehr als einem Jahrhundert hatte es den Nordoststürmen standgehalten; seine Fugen waren festgefügt wie am ersten Tag, und seine Fundamente hatten sich um keinen Millimeter gesenkt. Nur das Dach verlangte, wenn auch selten, kleinere Reparaturen. Harney ging von Zimmer zu Zimmer, wobei er die Möbelstücke nicht bewußt bemerkte, sich aber durch ihre Gegenwart behaglich und geborgen fühlte. Nie könnte er sich vorstellen, einer jener Zigeuner zu sein, die ihre Wohnorte wechselten wie die Hemden und nirgendwo Wurzeln schlugen. Das war nichts für ihn! Er brauchte seine Vergangenheit ständig um sich. Obwohl er jetzt allein das Haus bewohnte, fühlte er sich nicht einsam –

seine Vorfahren und seine Familie waren immer um ihn und leisteten ihm Gesellschaft.

Er machte sich ein Sandwich und öffnete eine Dose Bier, um es hinabzuspülen. Als er ins Wohnzimmer zurückkam, hatte der Film bereits begonnen. Genüßlich kauend ließ er sich in seinen Sessel fallen.

Während eines Werbeblocks spürte er wieder diese seltsame Unruhe in sich aufsteigen. Sein Blick schweifte durchs Zimmer, als ob er jemand suchte. Er hörte, daß der Wind aufgefrischt hatte und ging erneut zum Fenster. Es hatte zu regnen begonnen, und durch die Rinnsale auf der Scheibe schimmerten die Lichter von Clark's Harbor nur noch verschwommen herüber. Harney Whalen schüttelte über sich selbst den Kopf und ging zu seinem Sessel zurück.

Er versuchte sich auf den Film zu konzentrieren, aber immer wieder merkte er, wie er auf den Wind lauschte, der am Haus zerrte. Seine Gedanken schweiften weiter und weiter ab, und sein Hirn registrierte nicht mehr, was sich vor seinen Augen auf dem Bildschirm abspielte... Er zuckte zusammen und zwang seine Aufmerksamkeit auf den Bildschirm zurück.

Der Sturm wuchs.

Kurz vor dem Ende des Films spürte Harney Whalen, wie in seiner Wange wieder dieser Nerv zu zucken begann – bekam er etwa wieder einen seiner ›Anfälle‹, wie er das nannte? Gleich darauf verzog sich sein Gesicht zu einer furchteinflößenden Grimasse, und seine Hände wurden von einem krampfartigen Zittern befallen. Wie benommen erhob er sich schwerfällig aus seinem Sessel, wobei die letzten Sandwichkrümel zu Boden fielen.

Robby und Missy lagen wach in ihren Betten und lauschten auf den Regen, der gegen das Fenster klatschte.

»Du willst raus und ihn suchen, nicht wahr?« flüsterte Missy plötzlich in der Dunkelheit.

»Wen?« fragte Robby zurück.

»Snooker.«

»Er ist da draußen, nicht wahr?«

»Ob wir ihn finden können?«

»Sicher«, meinte Robby mit gespielter Überzeugung.

»Aber die Geister?!«

»Gibt's doch gar nicht!« widersprach Robby im selben Ton, während er vom oberen Bett herabkletterte und sich auf das der Schwester setzte. »Du glaubst doch nicht, was dieser alte Mann gesagt hat – oder doch?«

Missy wand sich und wich dem Blick des Bruders aus. »Warum sollte er lügen?«

»Erwachsene lügen Kinder doch dauernd an, damit wir tun, was sie wollen.«

Missy musterte den Bruder ängstlich. Warum sagte er nur immer solche schrecklichen Dinge? »Laß uns jetzt schlafen!«

Robby ignorierte sie und begann sich anzuziehen. Missy beobachtete ihn einen Augenblick und folgte dann seinem Beispiel, obwohl sie viel lieber in ihrem warmen Bett geblieben wäre. Aber als Robby das Fenster öffnete und hinauskletterte, folgte sie ihm, ohne zu zögern.

Als sie den Strand erreichten, meinte Missy etwas zu sehen. Aber es war viel zu düster, um sicher sein zu können. Eine große dunkle Gestalt schien sich nahe der Wasserlinie vor den heranwälzenden Wellenbergen zu bewegen. Fast wirkte es wie ein Tanz, doch die Bewegungen waren unregelmäßig und ungelenk. Missy umklammerte Robbys Hand.

»Schau doch«, flüsterte sie.

Robby starrte in die Dunkelheit. »Was ist denn? Ich kann nichts sehen.«

»Dort vorn«, zischte Missy, »direkt am Wasser.« Sie drückte sich angstvoll an Robby und preßte seine Hand, daß es schmerzte.

»Laß doch los!« befahl Robby ohne Erfolg.

»Laß uns ins Gehölz zurückgehen«, bat Missy, »dort ist es sicherer.«

Robby zögerte, war dann aber bereit, seiner Schwester zu folgen. Falls Snooker sich hier herumtrieb, suchte er wahrscheinlich Schutz unter den Bäumen. Sie kletterten gerade durch die Treibholzbarriere, als Missy plötzlich wieder Robbys Arm umklammerte.

»Da ist irgendwas«, flüsterte sie erregt, »wir wollen uns verstecken!«

Robby erstarrte und sah sich um – nichts. Nur die Schwärze der Nacht und das Tosen von Wind und Brandung, die sich gegenseitig anzufeuern und in immer größere Wut hineinzusteigern schienen. Doch als Missy ihn erneut fordernd am Arm zog, ließ er sich neben sie in die Deckung eines größeren Stammes fallen.

Nur wenige Meter entfernt schreckte Miriam Shelling unruhig unter dem Einfluß einer seltsamen Empfindung auf, die plötzlich ihr Bewußtsein durchflutete. Ihre Finger prickelten und ihre Haare schienen sich wie elektrisiert aufzurichten. Mit ausdruckslosen Augen starrte sie in die Nacht, während ihre verwirrten Gedanken vergeblich versuchten, dieses seltsame Gefühl mit den furchteinflößenden Gestalten am Strand in Einklang zu bringen. Diese Fremden mit ihren toten Augen und den in Agonie erstarrten Gesichtern hoben die Arme und streckten die Hände nach etwas, das Miriam nicht erkennen konnte. Sie stand auf und ging quer über den Strand darauf zu, gezogen von einer Macht, gegen die sie wehrlos war.

Missy spähte mit weit aufgerissenen, schreckerfüllten Augen über den Stamm hinweg.

Am Strand bewegten sich jetzt mehrere Schattengestalten. Nur eine hatte deutlichere Umrisse; langsam und stetig schritt sie aufs Wasser zu. Missy wollte in die Dunkelheit hinausschreien, um das sich in tödlicher Stille inmitten des tosenden nächtlichen Mahlstroms entfaltende Geschehen aufzuhalten. Aber ihre Stimme versagte, der Schrei erstickte im Hals. Starr vor Entsetzen sah sie, wie die vor dem düsteren Hintergrund von Himmel und Meer fluoreszierenden Schatten sich um diese andere Gestalt drängten, die ganz unzweifelhaft menschliche Konturen hatte.

Enger und enger wurde ihr Kreis, bis Missy nichts mehr unterscheiden konnte und die einzelne Gestalt von den übrigen aufgesogen schien. Das kleine Mädchen schreckte hoch, als ob es aus einer Trance erwachte. Es griff nach dem Bruder an seiner Seite.

Doch Robby war verschwunden.

Trotz ihrer Panik zwang sich Missy, noch einmal auf den Strand hinauszublicken.

Er lag leer und verlassen.

Wo noch wenige Augenblicke zuvor die Nacht mit unheimlichen Schatten erfüllt gewesen war, blickte man jetzt nur noch in die von jagenden Wolken und sich türmenden Wogen durchtoste Finsternis.

In Todesangst hastete Missy nach Hause.

Robby lag friedlich schlafend im oberen Bett.

An der Sod Beach wusch die steigende Flut den Sand von dem Hundekadaver, und Augenblicke später riß eine durch den Sturm aufgepeitschte Woge Snookers Überreste in die See hinaus.

Missy lag noch lange wach in ihrem Bett; Miriam Shelling aber war vom Strand verschwunden.

7

Merle Glind schaute kurz auf, als Brad und Elaine Randall am nächsten Morgen die Treppe herunterkamen und beschäftigte sich dann wieder nervös mit den Rechnungen vom Vortag; er schaute sie bereits zum fünften Mal durch, während die beiden an ihm vorbeigingen. Sein Blick folgte ihnen durch die Vordertür.

»Hast du nicht auch das Gefühl, daß Mr. Glind uns gar nicht gerne sieht?« fragte Elaine, während sie die wenigen Stufen vom Vorbau zur Straße hinabstiegen.

»Vielleicht hat er schlecht geschlafen«, meinte Brad.

»Ich glaube, er billigt nicht, was wir vorhaben«, fuhr Elaine fort und drückte Brads Arm. »Und ich vermute, daß er nicht der einzige ist. Ein ganzes Jahr nichts tun als ein Buch schreiben, das ist einfach skandalös!« Der ironische Unterton war unüberhörbar. Sie sog die frische Morgenluft in ihre Lungen und blickte sich um. »Wollen wir ins Café gehen, ich bin hungrig.«

»Ich plädiere fürs Revier«, erwiderte Brad, »falls es wirklich ein Haus für uns gibt, sollten wir uns drum kümmern – wenn das stimmt, was Glind gestern gesagt hat, dauert es vielleicht den ganzen Tag, bis wir diesen – wie heißt er doch gleich? – dazu bringen, es uns zu geben.«

»Er heißt Whalen, und es wäre gut, wenn du dir das merkst. Sieht mir wie ein echter Provinzspießer aus, einer dieser Kleinstadtdiktatoren, und du wirst bei ihm bestimmt nichts erreichen, wenn du nicht mal seinen Namen weißt.«

Sie gingen am Wasser entlang und dann über die Harbor Road den Hügel hoch. Einige Minuten später stießen sie auf die winzige Polizeistation.

»Sie sind wahrscheinlich die Randalls«, begrüßte sie der Polizeichef ohne aufzustehen. Brad und Elaine tauschten einen raschen Blick aus. Harney Whalen schien sie erwartet zu haben.

»Brad Randall – und das ist meine Frau Elaine.« Brad vermied es bewußt, seinen Titel zu erwähnen. Aber sie mußten sofort erfahren, daß es in Clark's Harbor keine Geheimnisse gab.

»Dr. Randall, nicht wahr?« fragte Harney sanft, »man sagte mir, Sie seien Psychiater.« Weder bot er ihnen einen Stuhl an noch erklärte er ihnen, wer ›man‹ war.

Brad erkannte sofort, daß Whalen mit ›Kleinstadtdiktator‹ nur unzulänglich umschrieben war. Ganz offensichtlich verstand er einiges vom Manipulieren von Menschen und verhandelte mit ihnen nur aus einer Position der Stärke. Nun, dieses Spiel beherrschte er auch. »Sie haben doch nichts dagegen, wenn wir Platz nehmen«, sagte er sanft und setzte sich, bevor Whalen reagieren konnte.

Elaine schloß sich seiner Taktik an und nahm an seiner Seite Platz.

Whalen starrte sie einige Momente an, als ob er überlegte, wie er darauf reagieren sollte. Ganz offensichtlich war ihm der Wind aus den Segeln genommen, was ihn ärgerte. »Und was kann ich für Sie heute morgen tun?« fragte er dann, obwohl er natürlich die Antwort darauf schon kannte.

»Man hat uns gesagt, Sie hätten ein Haus zu vermieten«, sagte Brad und revanchierte sich für das ominöse ›man‹ des Polizeichefs. Elaine warf ihm einen Blick zu, mit dem sie ihn vor zuviel Ironie warnen wollte; das konnte ihnen bei diesem Mann nur schaden.

»Hängt ganz davon ab«, erwiderte Whalen, »vielleicht vermiet' ich es, vielleicht auch nicht. Wäre vielleicht gut, wir würden uns zuerst ein bißchen unterhalten.«

»Deshalb sind wir hier«, lächelte Brad ihn an, »uns gefällt die Stadt.«

»Das kann ich gut verstehen«, erwiderte Whalen, »ich mag Clark's Harbor auch. Ich wurde hier geboren. Genau wie meine Eltern; und meine Großeltern halfen beim Ausbau des Hafens, als man sich hier noch hauptsächlich mit der Holzfällerei beschäftigte. Ein wenig davon ist noch geblieben, aber die großen Gesellschaften haben schon vor Jahren dichtgemacht. Jetzt gibt es vor allem Fischerei. Fischen Sie auch?« Brad schüttelte den Kopf. »Schade«, meinte Whalen, »wenn Sie nicht fischen, gibt es hier nicht viel für Sie. Sie wohnen in Seattle?« Er wechselte abrupt das Thema.

»Seward Park«, erwiderte Elaine. Als sie sah, daß das ihrem Gegenüber nichts sagte, erklärte sie: »Das ist am See, am Südende.«

»Klingt hübsch«, meinte er distanziert. Dann verengten sich seine Augen. »Warum wollen Sie dort weg?«

»Wollen wir doch gar nicht, nicht für immer. Ich hab' da schon seit einiger Zeit eine Idee für ein Buch, aber in Seattle find' ich einfach keine Zeit dafür. Sie wissen, wie das ist – einmal dies, einmal das. Deshalb hab' ich mir gesagt, daß ich einfach für eine Weile aus der Stadt raus muß, falls es jemals fertig werden soll.«

»Und warum Clark's Harbor?« hakte Whalen nach. »Da gibt es doch sehr viel bessere Orte für so etwas. Pacific Beach oder Moclips oder droben vielleicht Port Townsend.«

Elaine warf ihm ein freundliches Lächeln zu, obwohl sie diese ganze Fragerei nervte. Wenn er ein Haus zu vermieten hat, warum dann das alles? Warum dieses Kreuzverhör? Hört sich an, als ob er uns nicht hier haben will, genau wie dieser Glind. Nicht erwünscht zu sein war für Elaine eine ganz neue Erfahrung. Plötzlich war sie entschlossen – fast so entschlossen wie Brad –, sich in Clark's Harbor niederzulassen und die Leute dazu zu zwingen, sie zu akzeptieren. Sie verbarg sorgsam ihre Verärgerung und antwortete zuvorkommend.

»Aber das sind genau die Orte, die wir nicht mögen«, erklärte sie, »was wir suchen, ist ein ruhiges Plätzchen, wo Brad sich ganz auf seine Arbeit konzentrieren kann. Ich kenne Pacific Beach nicht, aber in Port Townsend gibt es entschieden zu viele Leute, die ihre ganze Zeit auf Partys verbringen, wo sie dauernd von den Büchern reden, die sie schreiben wollen. Genau das möchte Brad vermeiden und sein Buch wirklich fertigstellen.«

»Nun, Sie scheinen genau zu wissen, was Sie wollen«, meinte Harney, als sie schwieg. Er lächelte dünn. »Waren Sie schon mal den Winter auf der Halbinsel?«

Die Randalls mußten verneinen.

»Es ist kalt hier«, erklärte Whalen nüchtern, »aber keine angenehme Kälte wie im Landesinnern. Es ist eine feuchte Kälte, die bis ins Blut zu dringen scheint. Und dauernd regnet es – fast täglich. Man kann nicht viel tun hier im Winter, außer am Strand spazierengehen, aber auch das nicht lange. Viel zu kalt. Bei uns gibt's weder einen Golfplatz noch ein Kino, und das Fernsehen sendet nur auf einem Kanal. Und auch das muß ich Ihnen noch sagen: wir Harbor-Leute sind nicht besonders freundlich. Das war schon immer so und wird wohl auch so bleiben. Wir halten eng zusammen; die meisten von uns sind irgendwie miteinander verwandt – und Fremden gegenüber halten wir uns zurück. Für uns ist jeder, der nicht hier geboren ist, ein Fremder...«

»Soll das heißen, daß Sie uns nicht in Clark's Harbor wollen?« fragte Elaine.

»Unsinn – ich erklär' Ihnen lediglich, wie es hier ist. Sie können dann selbst entscheiden, ob Sie bleiben wollen oder nicht. Auf keinen Fall möchte ich, daß Sie in sechs Monaten zu mir kommen und sich beklagen. Ich versuche einfach fair zu sein, und ich bin der Meinung, daß Sie wissen sollten, worauf Sie sich einlassen.«

»Sie haben also ein Haus zu vermieten?« wollte Brad wissen.

»Wenn man das überhaupt ein Haus nennen kann«, erwiderte Whalen achselzuckend.

»Erzählen Sie uns etwas darüber.«

»Es steht draußen an der Sod Beach. Ist schon seit einiger Zeit leer.« Er lächelte Elaine etwas gezwungen an. »Haben Sie schon mal auf einem Holzherd gekocht?«

Hatte sie nicht, doch das wollte sie auf keinen Fall zugeben. »Das schaff' ich schon«, sagte sie ausweichend und hoffte, daß Brad nicht herauslachen würde. Er tat es nicht.

»Wäre empfehlenswert«, meinte Whalen fast tonlos, »Gas und Strom gibt es auch nicht.«

»Fließendes Wasser?« mischte sich Brad ein.

»Ja, das schon, aber natürlich kalt. Heißes Wasser müßten Sie auf dem Herd machen. Beheizt wird das Ganze durch einen großen Kamin im Wohnzimmer und einen kleineren im Schlafzimmer. Oben gibt es keine Heizmöglichkeiten, doch über die Treppe wird das ganze Haus warm.«

»Das klingt ja nicht gerade einladend«, meinte Elaine. Sie sah das alte Haus am Strand vor sich und war ziemlich sicher, daß der Polizeichef genau das meinte. »Wie lange hat dort niemand mehr gewohnt?«

»Fast ein Jahr«, erwiderte Whalen. »Übrigens – die meisten ihrer Sachen dürften noch da sein.«

»Ihre Sachen?« staunte Brad. »Was soll das heißen?«

»Sie haben sich davongemacht«, erklärte Whalen. »Sie waren mit der Miete im Rückstand, und als ich eines Tages raus bin, um ihnen zu sagen, sie sollten bezahlen oder sich nach etwas anderem umschauen, waren sie verschwunden. Sie hatten ihre Kleider und ihren Wagen mitgenommen, das übrige aber dagelassen. Es sind also noch Möbel da, die Sie wahrscheinlich brauchen könnten, falls Sie wirklich mieten wollen, was ich aber stark bezweifle.«

»Wirklich?« meinte Elaine und versuchte, es nicht zu sarkastisch klingen zu lassen. »Warum denn, spukt es dort etwa?«

»Es gibt Leute, die das behaupten. Muß am Strand liegen, glaube ich.«

»Was ist mit dem Strand?«

»Der hieß nicht immer Sod Beach. Das kam eher durch einen Zufall. Die Leute sprachen immer vom ›Strand des Todes‹. Das wurde auf den Karten mit S O D abgekürzt und so ist der Name dann entstanden.«

»Der Strand des Todes«, wiederholte Brad leise, »ich wette, dazu gibt es eine Geschichte.«

Whalen nickte. »Das war der alte Klickashaw-Name für den Strand. Weiß nicht mehr, wie das Indianerwort dafür hieß. Spielt aber keine Rolle. Wichtig ist nur, weshalb sie vom Strand des Todes sprachen. Die Klickashaws hatten eine seltsame Sitte – genau das Richtige, um Kinder das Fürchten zu lehren. Offensichtlich hatten sie einen Kult, dessen Mitglieder sich ›Sturmtänzer‹ nannten – sie benutzten den Strand für Exekutionen.«

»Exekutionen?« wiederholte Elaine erschrocken; sie war sich nicht sicher, ob sie die Geschichte wirklich hören wollte.

»Es heißt, die Klickashaws hätten Fremde genausowenig gemocht wie wir. Aber sie sprangen mit ihnen etwas anders um als wir. Wir tolerieren sie zumindest, auch wenn wir sie nicht gerade begeistert willkommen heißen. Die Indianer waren da anders.«

»Sie meinen, sie haben sie zum Strand rausgebracht und getötet?« fragte Brad.

»Nicht ganz. Sie brachten sie zum Strand raus und ließen sie vom Meer töten.«

»Ich weiß nicht, ob ich das richtig verstehe«, meinte Elaine hilflos.

»Sie gruben sie im Sand ein«, erklärte Harney Whalen. Seine Stimme klang, als ob sie die Geschichte schon tausendmal erzählt hätte. »Sie warteten auf die Ebbe und hoben dann Gruben für ihre Opfer aus. Man stellte sie hinein und füllte Sand nach, bis nur noch ihre Köpfe herausragten. Und dann warteten sie, bis die Flut kam.«

»Mein Gott«, seufzte Elaine auf. Sie sah das Ganze vor sich – die bemitleidenswerten Opfer, die auf ihren Tod warteten; sie sahen, wie die Flut langsam stieg, wie die Wasserzungen immer näher kamen und schließlich ihre Gesichter umspülten; sie meinte, sie nach Luft ringen zu hören, während sie in immer kürzeren Abständen von der salzigen Flut überspült wurden; es gab kein Entrinnen... Sie schauderte und versuchte, das schreckliche Bild zu verdrängen. »Wie furchtbar«, stammelte sie. Brad schien seine Frau vergessen zu haben. Seine Augen fixierten den grauhaarigen Polizeichef. »Ich verstehe nicht, was das mit diesen Leuten zu tun haben soll, die aus Ihrem Haus am Strand davongelaufen sind«, wandte er ein.

Whalen warf ihm ein grimmiges Lächeln zu. »Nach der Legende sind die Opfer noch immer da draußen im Sand begraben, und ihre Seelen wandern in manchen Nächten über den Strand, um die Fremden zu warnen.« Er lehnte sich in seinem Stuhl zurück und starrte an die Decke, bevor er fortfuhr. »Weiß nicht, was ich davon halten soll, aber ich weiß, daß keiner es lange in dem Haus aushält.«

»Was auch mit dem mangelnden Komfort zusammenhängen könnte, oder nicht?« meinte Brad.

»Vielleicht«, stimmte Whalen zu.

»Wann können wir das Haus anschauen?« wollte Brad wissen. Es hatte keinen Sinn, noch weiter zu diskutieren. Zuerst einmal mußten sie es sehen, bevor sie eine Entscheidung fällen konnten.

»Wenn Sie es wirklich ansehen wollen, können wir jetzt gleich rausfahren. Aber ich glaube nicht, daß es Ihnen gefällt.«

»Warum überlassen Sie das nicht uns?« meinte Elaine und zwang sich, heiter zu wirken. »Vielleicht gefällt es uns sehr viel besser, als Sie denken.«

Bevor Whalen noch etwas sagen konnte, klingelte sein Telefon. Er hob ab.

»Chief Whalen«, sagte er. Dann hörte er kurze Zeit intensiv zu. Brad und Elaine sahen ihn bleich werden. »Oh, Gott«, sagte er schließlich. »Wo ist sie?« Wieder schwieg er einen Augenblick, dann sagte er: »Gut, ich komm' raus, so schnell es geht.« Er ließ den Hörer auf die Gabel zurückfallen und stand auf. »Wir werden es verschieben müssen«, sagte er, »es ist etwas geschehen.«

»Etwas Ernstes?« wollte Brad wissen.

Whalens Gesicht verfinsterte sich; er wollte etwas erwidern, änderte dann aber seine Meinung. »Nichts, was Sie betrifft«, sagte er fast abrupt. Brad und Elaine erhoben sich.

»Vielleicht heute nachmittag...?« versuchte es Brad noch einmal.

Aber Whalen war bereits auf dem Weg zur Tür.

Die Randalls folgten ihm zu seinem Wagen. Brad dachte, er hätte sie schon völlig vergessen, aber als er den Motor startete, steckte er plötzlich den Kopf aus dem Fenster. »Hören Sie«, sagte er, »treffen wir uns draußen beim Haus gegen drei. Merle Glind kann Ihnen sagen, wie Sie hinkommen.« Er gab Gas, stellte die Sirene an und preschte mit quietschenden Reifen davon. Die Randalls sahen vom Gehweg aus dem kleiner werdenden Wagen nach.

»Nun, was hältst du davon?« fragte Brad, als er außer Sicht war.

»Er brachte mich fast zur Weißglut«, erwiderte Elaine und blickte über die Schulter, ob sie auch wirklich allein wären. »Mein Gott, Brad, er benahm sich, als sei die ganze Stadt sein Privateigentum. Als ob niemand das Recht habe, hier zu leben, dessen Urgroßeltern nicht schon hier geboren wurden.«

»Klingt, als ob du auf hundertachtzig wärst...«, grinste Brad.

»Das kannst du wohl sagen. Ich werde auf diesem verdammten Holzherd für den Rest meines Lebens kochen – und sei es auch nur, um ihm zu beweisen, daß nicht alles immer nur nach seinem Kopf geht!«

»Vielleicht magst du das Haus gar nicht«, versuchte Brad sie zu beruhigen.

Sie warf ihm ein maliziöses Lächeln zu. »Soll ich es dir beschreiben, oder willst du dich überraschen lassen?«

»Wovon sprichst du?«

»Von dem Haus. Ich hab's gesehen. Ich bin sicher, es steht drunten am Strand, wo ich gestern den toten Hund gefunden habe.«

»Das vermutest du.«

»Nein, ich glaube nicht. Ich kam direkt daran vorbei. Es ist es bestimmt. Es gibt nur dieses eine Haus dort, und es sah aus, als ob es seit Jahren leer stünde.«

»Und wie ist es sonst?«

»Ein Makler würde es bestimmt als ›pittoreskes Strandjuwel für den anspruchsvollen Bastler, da leicht baufällig – günstige Bedingungen‹ anpreisen.«

»Klingt nicht gerade verlockend.«

»In der Beziehung hat Mr. Whalen auf jeden Fall die Wahrheit gesagt...«

Sie gingen zu ihrer Pension zurück. Nach einem gemütlichen Mittagessen wollten sie zum Strand raus, um Harney Whalen bei dem alten Haus zu treffen. Aber als sie ihre Unterkunft erreichten, stießen sie auf einen völlig aufgelösten Merle Glind.

»Ist das nicht schrecklich?« überfiel er sie. Als sie ihn völlig verständnislos ansahen, fuhr er hastig fort: »Natürlich haben Sie noch nichts davon gehört, und es würde Ihnen wohl auch kaum sehr viel ausmachen, nicht wahr?«

»Was denn nur?« wollte Brad wissen, »was ist geschehen?« In diesem Moment schien irgendwo eine Tür ins Schloß zu fallen, und Merle Glind zuckte zusammen. Seine

Augen verengten sich, und die schmalen Lippen preßten sich fest zusammen. Schließlich rang er sich zu der Erwiderung durch: »Nichts, was mit Ihnen zu tun hätte – hören Sie auf mich – gehen Sie zurück, von wo Sie gekommen sind.«

Doch dann konnte er nicht mehr an sich halten und erzählte ihnen, was er gehört hatte.

Rebecca Palmer räumte die Frühstücksreste weg und trug die Schüssel mit Schmutzwasser hinaus zu der winzigen Zeder, die sie neben ihrem Töpfereischuppen gepflanzt hatte. Liebevoll musterte sie das zerbrechlich wirkende Bäumchen und freute sich, daß der improvisierte kleine Schutzzaun seine Aufgabe zu erfüllen schien – es gab keine neuen Nagespuren an der Pflanze, die vom Wild bisher als willkommenes Dessert betrachtet worden war. Sie wollte gerade in die Hütte zurückgehen, als sie in der Ferne die Sirene hörte. Was mochte das sein – die Feuerwehr, ein Krankenwagen? Sie wurde lauter und lauter und schien direkt auf sie zuzukommen – aber hier draußen gab es doch nichts außer ihrer Hütte...? Wahrscheinlich war es Harney Whalen, der einen Temposünder verfolgte. Sie betrat die Hütte. Ein paar Sekunden später verstummte die Sirene plötzlich, und sie meinte Schreie aus dem Wald zu hören, so daß sie erneut vor die Hütte trat.

Ja, das waren Stimmen. Sie meinte sogar jemand rufen zu hören: »Hier entlang!« Aber sie war sich nicht sicher.

Rebecca nahm die Schürze ab und warf sie durch die offene Tür über einen Stuhl. Sie ging ein Stück am Strand entlang, um dann dort, wo sie meinte, die Stimme gehört zu haben, abzubiegen und durch das Treibholz auf das Wäldchen zuzugehen. Gleich darauf bedauerte sie es, nicht auf dem Weg geblieben zu sein. Sie stolperte über halb vermoderte Baumstämme und verfing sich immer wieder im Unterholz. Nach einer Weile blieb sie stehen und lauschte auf die inzwischen deutlicher gewordenen Stimmen. Schließlich rief sie: »Hallo? Ist da jemand?«

»Hier drüben sind wir«, kam eine Stimme zurück. »Wer ist denn da?«

»Rebecca Palmer.«

»Bleiben Sie weg!« rief die Stimme. »Gehen Sie zurück in Ihr Haus und warten Sie dort. Es kommt dann jemand zu Ihnen und gibt Bescheid.«

Rebecca blieb stehen und überlegte, was zu tun sei. Dann faßte sie einen Entschluß und tastete sich weiter auf die anonyme Stimme zu durchs Unterholz. Sie war verärgert, daß ihr jemand Befehle geben wollte – und das wahrscheinlich auf ihrem eigenen Grund und Boden.

Kurz darauf meinte sie, linker Hand eine Bewegung zu sehen. Was dort auch geschehen mochte, es geschah zweifellos auf ihrem Land.

»Wer ist da?« rief sie.

»Ich bin's, Mrs. Palmer«, erklang wieder die Stimme, »Chief Whalen. Gehen Sie bitte zurück zu Ihrem Haus, ich werde Ihnen jemand schicken, sobald ich kann.«

Den Teufel werde ich, dachte Rebecca. Ich habe ein Recht zu wissen, was hier geschieht. Harney Whalen war der Letzte, der ihr hier etwas zu befehlen hatte. Sie zwängte sich weiter durchs Unterholz, bis sie plötzlich auf eine kleine Lichtung trat. Dort standen Whalen, Chip Connor und ein weiterer Mann, den sie aber nicht kannte. Sie hatten die Köpfe zurückgeworfen und starrten nach oben. Automatisch folgte Rebecca ihrem Blick – jetzt wünschte sie, Whalens Befehlen gefolgt zu sein. Rebecca schrie auf.

»Oh, Gott, auch das noch«, murmelte Whalen vor sich hin. Laut aber sagte er: »Kümmere dich um sie, Chip, ja? Bring sie weg von hier.« Er wandte den Blick wieder nach oben zu den Bäumen.

8

Miriam Shelling hing ungefähr drei Meter über dem Boden. Die Augäpfel traten grotesk aus dem fast schwarzen Gesicht hervor, und die Zunge fiel schlaff aus dem Mund. Der ranzige Geruch menschlicher Exkremente lag in der Luft – im Augenblick, als ihr Genick brach, hatten sich Miriams Gedärme entleert.

Rebecca Palmers Schrei schien von den andern gar nicht wahrgenommen zu werden. Doch dann kam Chip Connor auf sie zu und führte sie denselben Weg zurück, den sie gekommen war. »Oh, Gott«, wiederholte Rebecca wieder und wieder. »Was ist mit ihr geschehen? Was ist bloß mit ihr geschehen? Gestern abend...« Doch dann brach sie plötzlich ab. Chip horchte auf. »Was war gestern abend?« wollte er wissen. Sie traten aus dem Wäldchen, und Chip half ihr über die Treibholzbarriere. Während sie langsam auf die Hütte zugingen, antwortete Rebecca: »Nichts, eigentlich nichts...«

Sie wollte dem Polizisten nicht sagen, daß ihr Mann zu diesem Zeitpunkt Miriam Shelling noch am Strand gesehen und sogar mit ihr gesprochen hatte.

»Wird es gehen?« fragte Chip, nachdem er sie in die Hütte geführt hatte.

»Ich komme schon zurecht«, meinte Rebecca leise, »es wird schon gehen – machen Sie sich keine Sorgen. Gehen Sie ruhig zurück an Ihre Arbeit. Ich komme allein zurecht.«

Chip musterte sie besorgt. Hatte ihr das Gesehene einen Schock versetzt? Doch er war kein Arzt, um das beurteilen zu können – und auf der Lichtung wurde er gebraucht. Später konnte er dann Dr. Phelps herüberschicken. Beruhigend tätschelte er zum Abschied ihre Hand.

Rebecca blickte ihm nach, als er die Hütte verließ; ein Schluchzen würgte ihre Kehle. Kaum war er verschwunden, wünschte sie, ihm die Wahrheit gesagt zu haben. Sie hatte gar nicht das Gefühl allein zurechtzukommen. Es fröstelte sie und sie holte sich einen Pullover, obwohl der Tag draußen warm und sonnig war. Dann legte sie einige Scheite auf das herabgebrannte Feuer und setzte sich davor.

Glen hatte gesagt, Miriam würde da draußen auf etwas warten. Sie saß auf einem Stück Treibholz und starrte auf die See hinaus. Plötzlich war es wie eine Vision – Rebecca sah Miriam Shelling am Strand, wo sie still und gefaßt auf den Tod wartete, der sie zu ihrem Gatten bringen würde. Aber warum ausgerechnet an dieser Stelle, fragte sich Rebecca, warum gerade am Strand?

Auf der Lichtung fragte sich Harney Whalen genau dasselbe. Auch er erinnerte sich an den gestrigen Tag, als Miriam Shelling zu ihm ins Büro gekommen war und ihn aufgefordert hatte, etwas zu unternehmen. Sie war außer sich gewesen – wenn es nicht noch mehr war. Er versuchte sich an jedes Detail zu erinnern. Hatte sie irgend etwas gesagt, das eine so drastische Reaktion hätte vermuten lassen? Eigentlich nicht. Sie hatte ihn nur eindringlich aufgefordert, den Mörder ihres Gatten zu finden. Doch dann schoß ihm plötzlich ein Gedanke durch den Kopf. Er ging rasch unter den Bäumen hindurch Richtung Strand. Dort ließ er den Blick über die schimmernde Sandfläche schweifen; ein abschätzender Blick nach Norden und dann nach Süden machte ihn sicher – Miriam hatte genau die Stelle am Strand gewählt, vor der Pete sich in seinen Netzen verfangen hatte. Vielleicht hatte das etwas zu bedeuten, vielleicht war es aber auch nur ein Zufall. Er war sich noch immer nicht sicher, als er zur Lichtung zurückkam, wo ihn Dr. Phelps erwartete.

»Warum hat man sie noch nicht abgenommen?« fragte der alte Arzt und warf Whalen über den Rand seiner Gläser einen vorwurfsvollen Blick zu.

»Ich wollte auf Sie warten«, erwiderte Whalen und versuchte, sich nicht einschüchtern zu lassen. Aber der Sechsundachtzigjährige hatte den Polizeichef schon als Kind behandelt und schien völlig vergessen zu haben, daß das sechzig Jahre her war.

»Sieht doch wohl jeder, daß sie tot ist – oder?« meinte

Phelps verärgert. »Oder soll ich vielleicht da raufsteigen, um sie runterzuholen?«

Whalen wollte sich gerade an die unangenehme Aufgabe machen, als Chip Connor wieder erschien.

»Chip? Glaubst du, du kriegst sie da runter?«

Chip zwang sich, genau hinzusehen. Beim Anblick von Miriams Augen drohte sein Magen zu rebellieren. Aufmerksam musterte er die Äste.

»Kein Problem«, sagte er dann selbstbewußt, obwohl er sich darüber keineswegs so sicher war. Die Äste bildeten eine Art Leiter, und er war rasch in Höhe von Miriams Kopf. Jetzt sah er in der Astgabel darüber das sauber aufgerollte andere Ende des Seils, an dem Miriam hing. Es war lediglich mit einem doppelten Schlippstek am Ast befestigt. Er griff nach der Seilrolle und warf sie hinab. Dann kletterte er hinterher.

»Können Sie mir helfen, Harn?« bat er. Er zog an dem herabbaumelnden Seilende und spürte, wie sich der Doppelknoten löste. Mit Hilfe seines Chefs ließ er den Leichnam vorsichtig ins Gras herab.

Der alte Arzt untersuchte ihn sorgfältig, nachdem er behutsam das Seil um Miriams Nacken gelöst hatte. Dauernd rutschte ihm dabei die Brille von der Nase. Dann stand er endlich wieder auf und schüttelte traurig den Kopf.

»Warum tun sie das nur?« stammelte er fast unhörbar.

»Selbstmord.« Harney Whalen fragte nicht, sondern stellte einfach fest.

»Sieht ganz so aus«, stimmte Phelps zu, »aber trotzdem eine verdammt seltsame Sache...«

»Seltsam? Was soll das heißen?«

»Ich weiß nicht so recht«, meinte der Arzt, »aber ich glaube, ich hab' das schon mal erlebt. Ein Fischer kommt um, und seine Frau hängt sich wenige Tage später auf. Liegt an diesen verdammten Stürmen.«

Whalen warf dem Arzt einen zweifelnden Blick zu. Phelps klärte ihn jovial auf. »Sie wissen wohl nicht, wie stark die Leute vom Wetter abhängen?« Ohne auf eine Antwort zu warten, fuhr er fort: »Das tun sie aber. Es gibt da Winde im

Süden, beispielsweise auch in der Schweiz – und die Leute stellen die verrücktesten Dinge an.« Er legte eine bedeutsame Pause ein. »Und wir hier haben diese Stürme. Entstehen irgendwo, brechen über uns herein und verschwinden wieder, als ob sie nie gewesen wären. Nie suchen sie das Inland heim, nie den Norden oder Süden – nur eins. Das gibt einem doch zu denken – oder etwa nicht?«

»Im Augenblick weniger«, meinte Whalen verdrossen, »worüber ich nachdenke ist, warum sie sich ausgerechnet Palmers Land ausgesucht hat, um sich zu töten. Wenn sie es tat.«

»Sie hat's getan, Harn, sie hat's getan«, versicherte ihm Phelps. »Sie können das niemand anhängen. Weder Palmer noch sonst jemand.«

»Vielleicht nicht«, brummte Whalen, »aber ich kann's ja mal versuchen.«

Der alte Arzt warf Whalen einen mehr als überraschten Blick zu, entfernte sich aber dann zu seinem Wagen. Hier konnte er nichts mehr tun. Er hörte noch, wie Whalen Anordnungen gab, die Leiche und den Tatort zu fotografieren, bevor man Miriam wegbrachte. Er fragte sich, ob Whalen aber mit seinen Gedanken nicht ganz woanders war. Er schien etwas auszubrüten, und Phelps hätte zu gerne gewußt, was.

Beim Essen hatten sie kaum gesprochen. Nachdem er seinen Kaffee getrunken und den letzten Rest der Flasche Wein in sein Glas gegossen hatte, packte Brad den Stier bei den Hörnern. »Es läßt dir wohl keine Ruhe?« fragte er abrupt; ganz sicher wußte Elaine, wovon er sprach.

»Wie könnte es das?« erwiderte Elaine gereizt. »Jetzt sind wir zwei Tage hier, und in dieser Zeit sind zwei Menschen und ein Hund ums Leben gekommen.«

»Du weißt doch gar nicht, wie lange der Hund schon tot war«, wandte Brad ein.

»Gut, beschränken wir uns eben auf die Menschen.«

»Also gut – wie viele Menschen, denkst du, sterben jeden

Tag in Seattle? Oder wußtest du vielleicht nicht, daß Seattle die zweithöchste Selbstmordrate an der Küste hat?«

»Doch, das wußte ich«, antwortete Elaine betroffen und etwas verärgert über die kühle Logik ihres Mannes.

»Dann solltest du eigentlich deine Sachen packen und von dort wegziehen. Ich wette, hier bringen sich weniger Menschen um als bei uns daheim. Im übrigen bin ich keineswegs besonders überrascht von dem, was geschehen ist.«

Elaine warf ihm einen prüfenden Blick zu. »Wie kannst du das sagen?«

»Stell dir doch mal vor, in welcher Lage sie war. Der Mann war Fischer – wahrscheinlich nicht versichert und keinerlei Rente. Was blieb ihr da viel übrig? Die Sozialhilfe? Die Menschen in einer solchen Kleinstadt haben ihren ganz besonderen Stolz, was das betrifft.«

»Sie hätte doch das Boot verkaufen können«, wandte Elaine schüchtern ein. »Mein Gott, Brad, Frauen werden jeden Tag zu Witwen, ohne daß sie sich gleich umbringen.« Sie trank den letzten Schluck aus ihrem Glas; mit einem Seufzer stellte sie es ab. »Oh, komm schon«, meinte sie müde, »du mußt doch zugeben, daß das alles irgendwie seltsam ist.«

»Natürlich – aber trotzdem wollen wir vernünftig bleiben. Es wäre so oder so geschehen, mit oder ohne uns. Du tust geradeso, als ob es so etwas wie eine Art Omen wäre – und das ist Unsinn!«

»Wirklich?« meinte Elaine leise, »ist es das wirklich? Ich wünschte, ich könnte es glauben, aber irgend etwas hier jagt mir Schauer über den Rücken.« Sie stand abrupt auf. »Laß uns raus hier. Vielleicht wird es an der Sonne draußen besser.« Brad bezahlte, und sie gingen über die Treppe in die Bar hinab. Wieder saßen dieselben alten Männer vor ihrem Damebrett wie vorgestern. Und wieder schien keiner auf die Randalls besonders neugierig zu sein.

»Machen wir einen Strandspaziergang«, schlug Elaine vor, »vielleicht ist Whalen schon da, bis wir hinkommen. Wenn nicht, werden wir auch ohne seine Hilfe hineinkommen. Es sah nicht aus, als ob es verschlossen wäre.«

Sie nahmen denselben Weg wie Elaine am vorausgegangenen Morgen, aber heute sah alles ganz anders aus. Die morgendliche Frische war einem fast schwülen Nachmittag gewichen. Als sie vom Hafen her auf den freien Strand hinaustraten, sog Brad die salzige Seeluft ein, die mit Pinienduft vermischt war. »Ganz anders als in Seattle«, meinte er.

»Gegen die Luft in Seattle läßt sich auch nicht viel sagen«, erwiderte Elaine mit Nachdruck.

»Habe ich das etwa getan?« grinste Brad sie an. »Ich sagte nur, daß dies eine andere Luft als die in Seattle ist, und das stimmt doch – oder?«

Elaine griff versöhnlich nach seiner Hand. »Du hast ja recht«, sagte sie, »ich benehm' mich wieder wie ein kleines Kind. Entschuldige bitte.« Brad drückte ihre Hand, und sie erwiderte die Geste. Dann sah sie plötzlich etwas sich bewegen. »Brad, schau nur!« rief sie. »Was ist das?«

Ein wieselähnliches Tierchen starrte sie an; einen Fuß hatte es auf einen Stein gestützt während die winzige Nase neugierig witterte.

»Das ist ein Otter«, meinte Brad.

»Ein Seeotter, so weit nördlich?«

»Ich weiß auch nicht, aber es muß eine Art Otter sein. Schau, da ist noch einer.«

Die Randalls setzten sich auf ein Stück Treibholz, und die beiden Tierchen beäugten sie mißtrauisch.

Für Elaine schien eine Ewigkeit vergangen, als sie sich wieder ihrer unterbrochenen Beschäftigung zuwandten und zwischen den Strandkieseln nach Nahrung scharrten. In diesem Augenblick tauchten vier Junge auf, als ob die Eltern ihnen eben mitgeteilt hätten, daß die Luft rein sei.

»Sind sie nicht niedlich!« freute sich Elaine. Das plötzliche Geräusch verscheuchte die Kleinen, deren Eltern sich abrupt wieder den beiden Menschen zuwandten, bevor auch sie verschwanden.

»Moral«, sagte Brad grinsend, »halt den Mund in Gegenwart von Ottern!«

»Ich machte das doch nicht mit Absicht«, verteidigte sich

Elaine, »sie waren so entzückend, glaubst du, daß sie hier leben?«

»Wahrscheinlich steht ihr Wagen droben an der Straße, und sie haben hier nur haltgemacht, um etwas zu essen«, erwiderte Brad trocken.

Elaine drohte ihm scherzhaft. »Du sollst das lassen, komm, schauen wir nach ihnen.«

Ganz offensichtlich ließ das kleine Abenteuer sie jene Gefühle vergessen, die ihr Clark's Harbor bisher ›irgendwie unheimlich‹ hatten erscheinen lassen. Sie ging vorsichtig über den felsigen Strand auf den Wald zu, um die kleinen Geschöpfe vielleicht noch mal zu Gesicht zu bekommen. Aber sie waren wie vom Erdboden verschluckt. Sie blieb stehen, um auf Brad zu warten.

»Sie sind weg«, sagte sie enttäuscht.

»Du wirst sie schon wiedersehen«, tröstete Brad, »wenn nicht hier, dann an der Sod Beach – das ist doch der nächste Strandabschnitt, nicht wahr?«

Elaine nickte. »Genau hinter der Landspitze. Wenn du willst, können wir durch den Wald abkürzen.«

»Laß uns am Strand bleiben«, meinte Brad, »auf diese Weise bekomme ich eine bessere Übersicht.«

»Du meinst, von einer höheren Warte aus?« neckte ihn Elaine.

»Du kannst es ruhig so nennen«, grinste Brad zurück.

Sie umrundeten die Landzunge, und Brad blieb so abrupt stehen, daß Elaine fast in ihn hineingerannt wäre. »Mein Gott, ist das nicht wundervoll?« Sie ließen ihre Blicke über den sanft geschwungenen Strand streifen, den die Einheimischen Sod Beach nannten. Unter dem wolkenlosen Himmel erstreckte sich zwischen dem tiefblauen Wasser und dem saftig grünen Wald ein im Sonnenlicht schimmernder Halbmond aus Sand, der auf die Bäume zu mit silbrig glitzerndem Treibholz gesprenkelt war. Die Dünung überspülte achtmal gebrochen den Strand, als ob sie ihn liebkosen wollte. Brad legte seinen Arm um Elaines Schultern und drückte sie an sich. Mit der freien Hand deutete er nach vorn.

»Und das ist wahrscheinlich das Haus?«

Elaine nickte fast unmerklich. Einen Augenblick lang wünschte sie sich, daß es anders wäre, daß sie irgend etwas sagen könnte, was sie für immer von Clark's Harbor wegbrachte – von diesem wirklich wundervollen Strand und seiner bizarren Vergangenheit. Sie meinte die bis zum Hals eingegrabenen Opfer des ›Strandes des Todes‹ vor sich zu sehen und ihre hilflosen Schreie zu hören, die im Brausen des Winds und dem Toben der Brandung untergingen. Sie verdrängte das Bild aus ihren Gedanken – da war nicht mehr als ein heruntergekommenes Haus vor ihnen und dahinter, am anderen Ende des Strands, die Hütte der Palmers.

»Nun, über zu viele Nachbarn werden wir uns nicht beklagen müssen«, meinte Brad schließlich, was Elaine wie einen Schlag in den Magen empfand. Ganz offensichtlich hatte er seine Entscheidung bereits getroffen. Sie befreite sich aus seinem Arm und ging weiter.

»Komm«, meinte sie, »schauen wir es uns mal aus der Nähe an.« Brad trottete schweigend hinter ihr her, ohne auf den Vorwurf in ihrer Stimme einzugehen.

Sie hatten das Haus gerade einmal umrundet, als Whalen ganz unvermittelt aus dem Wäldchen auftauchte.

»Dachte nicht, daß Sie schon hier wären«, rief er ihnen zu. »Hab' auch kein Auto auf der Straße gesehen.«

»Wir sind am Strand entlanggegangen«, antwortete Brad und streckte ihm die Hand hin. Whalen schien sie nicht zu bemerken. Er stieg zum Vorbau hinauf und suchte nach den Schlüsseln.

»Ist wirklich nicht in guter Verfassung. Ich hab' noch nicht einmal aufgeräumt, seit diese Leute... verschwunden sind.«

Brad und Elaine hatten sein Zögern sehr wohl bemerkt. Sie tauschten einen Blick aus, ohne sich zu äußern.

»Wirkt aber doch recht stabil«, bemerkte Brad, als Whalen die Tür öffnete.

»Alle diese alten Häuser sind stabil«, erwiderte der Polizeichef. »Damals wußten wir noch, was Bauen heißt.«

»Wie alt ist es?«

»So zwischen fünfzig und sechzig Jahre dürften es sein. Wenn Sie wollen, kann ich es genau herausfinden. Wüßte aber nicht, wozu das gut wäre.« Brad verstand, daß er besser nicht weiterbohrte.

Dafür mischte sich Elaine ein. »Hat Ihre Familie es gebaut?« wollte sie wissen. Whalen warf ihr einen scharfen Blick zu, dann hellte sich sein Gesicht auf.

»Wenn Sie so wollen, ja. Wir verkauften damals das Land hier, und mein Großvater half den Barons beim Bauen. Als die dann... verschwanden, kauften wir es zurück.« Wieder dieses kurze Zögern, und wieder tauschten die Randalls Blicke. Brad fragte sich, was wirklich hinter der Geschichte steckte und warum Whalen es ihnen nicht erzählte. Als er sich umsah, mußte er zugeben, daß Whalen schon mindestens zweimal die Wahrheit gesagt hatte.

Wäre nicht die dicke Staubschicht gewesen, hätte man denken können, das Haus sei noch bewohnt. Auf den Stühlen und am Boden lagen offene Zeitungen und Zeitschriften, und auf dem Tisch stand eine völlig herabgebrannte Kerze. Die Einrichtung war spärlich – ein Sofa und zwei Stühle außer dem Tisch – und ganz offensichtlich aus zweiter Hand.

»Sie hatten es wirklich sehr eilig«, meinte Brad.

»Wie ich Ihnen sagte, sie ließen alles im Stich«, erwiderte Whalen. Bevor Brad noch etwas sagen konnte, begann er das Haus zu beschreiben.

»Das dort drüben ist ein nach zwei Seiten offener Kamin. Die andere Seite öffnet sich zur Küche, und dazwischen führt die Treppe nach oben, so daß es im ganzen Haus warm wird. Diese Tür dort führt zum Schlafzimmer, das Sie wahrscheinlich benützen wollen – außer Sie hätten Kinder. Dann wäre es besser, sie dort unterzubringen. Denn falls es mal brennen sollte, kommt man von da leichter ins Freie als vom Obergeschoß aus.«

»Wir haben keine Kinder«, sagte Elaine und steckte den Kopf durch die Schlafzimmertür. Es war ein großer Raum, der zum Strand hinausging; eine der Wände war teilweise gemauert. Hinter ihr erklärte Whalen weiter.

»Die Ziegelwand gehört zum Kamin. Das ganze Haus ist um ihn herumgebaut. Sie werden sich wundern, wieviel Hitze durch die Ziegel strömt, vor allem wenn im Wohnzimmer und in der Küche geheizt wird. Weiß auch nicht, warum solche Häuser nicht mehr gebaut werden – dauernd reden sie vom Energiesparen, da wären sie genau das Richtige. Aber nein, sie legen den Kamin an die Außenmauern, und die ganze Wärme verflüchtigt sich... Wenn Sie hier durchgehen, kommen Sie zum Bad – es öffnet sich auch zur Küche hin. Das ist nicht unbedingt günstig, wenn man Gäste hat, aber sonst hat es seine Vorteile.«

Elaine folgte seiner ausgestreckten Hand und sah sich in einem unglaublich verschmutzten Bad stehen. Sie ging durch zur Küche und stand dem riesigen und keineswegs heimeligen Holzherd gegenüber. Er schien sie herausfordern zu wollen, und sie nahm sich grimmig vor, ihm rasch beizubringen, wer der Herr im Hause war. Über den Erfolg war sie sich nicht so sicher.

Die Küche war ebenso schmierig wie das Bad. Die Töpfe und Pfannen standen mit den Überresten des letzten Mahls ihrer Vorgänger ungewaschen im Ausguß. Elaine biß die Zähne zusammen. Ob man wohl von ihr erwartete, hier sauber zu machen, falls sie das Haus mieten würden?

Im Wohnzimmer war der Tisch noch gedeckt. Die Speisereste auf den Tellern hatten sich mit dem übrigen Schmutz vermischt und waren nicht mehr zu bestimmen. In der Mitte des Tisches stand eine altertümliche Kerosinlampe, die völlig leer war. Wer immer hier vom Essen aufgestanden und ›verschwunden‹ war, hatte sich nicht einmal die Zeit genommen, die Lampe abzudrehen. Diese hatte weitergebrannt, bis das Kerosin verbraucht war.

Sie wollte gerade Whalen fragen, was seine früheren Mieter dazu veranlaßt hatte, in der Mitte des Essens vom Tisch aufzustehen und sich davonzumachen, als sie sah, daß Brad bereits mit dem Polizeichef verhandelte.

»Wieviel würden Sie als Kaufpreis verlangen?« fragte er. Elaine zuckte zusammen. Erleichtert hörte sie Whalen antworten.

»Das Haus ist nicht zu verkaufen«, erklärte er in einem Ton, der jeden Einwand überflüssig machte. »Es war ein Fehler, als mein Großvater damals das Land verkaufte. Ich werde ihn keinesfalls wiederholen.«

»Sie wollen es Ihren Kindern hinterlassen?«

»Ich habe nie geheiratet«, erwiderte Whalen. »Hab' auch so genug Verwandtschaft. Die meisten in der Stadt sind auf die eine oder andere Weise mit mir verwandt. Würde mich nicht wundern, wenn mein Stellvertreter eines Tages hier wohnen würde – er ist eine Art Neffe von mir.«

»Nun gut, dann reden wir übers Mieten«, meinte Brad.

»Warum werfen wir nicht noch einen Blick in die oberen Räume?« unterbrach Elaine.

Whalen zuckte mit den Schultern und deutete auf die Treppe zwischen Wohn- und Eßzimmer. Er blieb unten, während Brad Elaine in den ersten Stock folgte.

Sobald sie allein waren, wandte sich Elaine ihrem Mann zu. »Mein Gott, Brad, das ist ja ein Saustall.«

Brad lachte. »Natürlich ist es ein Saustall, weshalb wir es auch sehr günstig bekommen werden. Aber stell es dir einmal gesäubert und aufgeräumt vor. Himmlische Ruhe rundum und eine unschlagbare Aussicht. Braucht nur etwas Farbe, dann wird es wundervoll!«

»Aber es hat nicht mal Strom«, protestierte Elaine.

»Nun, du hast doch immer gesagt, du sehnst dich nach dem einfachen Leben«, erinnerte Brad sie ironisch.

Elaine fand das gar nicht komisch. »So einfach auch wieder nicht«, erwiderte sie finster. Als sie den enttäuschten Blick ihres Mannes sah, fuhr sie rasch fort: »Brad, das ist eine Riesenarbeit, du wirst wochenlang überhaupt nicht zu deinem Buch kommen!«

»Ich kann darüber nachdenken, während ich hier alles ausmale«, meinte er. »Das ist nicht wie in Seattle, wo ich mich ganz auf meine Arbeit konzentrieren muß. Im übrigen ist es eine gute Übung, bei der ich bestimmt ein paar Pfund verliere.« Er tätschelte seinen flachen, festen Bauch mit der Selbstzufriedenheit eines Mannes, der während der vergangenen zehn Jahre kein Gramm zugenommen hatte.

»Wenn ich auf diesem Herd kochen muß, wirst du mehr als ein paar Pfund verlieren.«

»Du wirst es lernen«, erwiderte Brad mit einem bittenden Unterton, den sie während der zwölf Jahre ihrer Ehe nur selten gehört hatte.

»Du meinst es ernst, nicht wahr?« fragte sie leise und blickte ihn forschend an.

Er nickte. »Ich bin ganz verliebt in das Haus«, sagte er, »ich weiß nicht, warum, aber ich habe dieses Gefühl, als ob alles hier nach mir rufen würde. Elaine, wenn ich dieses Buch überhaupt zustande bringe, dann hier.«

Und sie gab nach, wie sie es immer getan hatte. Wenn Brad es sich so sehr wünschte, mußte sie lernen, damit fertig zu werden. »Also gut«, sagte sie mit einer Zuversicht, die sie nicht spürte. »Dann schauen wir uns ganz genau an, was es hier alles zu tun gibt.«

»Willst du das wirklich?« fragte Brad eifrig. Als sie ihn so vor sich sah, wußte Elaine, daß sie gar nicht anders konnte, und ihr Lächeln wurde warm.

»Also los, Randall, wollen mal sehen, wie wir das hier wieder zum Leben erwecken!«

Harney Whalen war offenbar nicht mehr im Haus. Als sie hinaustraten, sahen sie ihn am Strand mit dem Rücken zu ihnen. Seine Augen fixierten den Horizont. Sie folgten seinem Blick, konnten aber nichts Ungewöhnliches erkennen. Weit draußen trafen sich die See und der Himmel in einem etwas dunkleren Strich hinter einer tief hängenden Nebelbank.

»Mr. Whalen?« sprach Brad ihn leise an. Es kam keinerlei Reaktion. »Mr. Whalen?« wiederholte Brad etwas lauter. Whalen drehte sich langsam um und schaute sie an. Die Hände waren zu Fäusten geballt; die Knöchel traten weiß hervor.

»Alles in Ordnung?« fragte Elaine. Whalen nickte abweisend.

»Wir wollen das Haus«, sagte Brad.

»Nein, das geht nicht, Sie wissen doch, daß ich nicht verkaufe!«

Etwas im Ton seiner Stimme irritierte Elaine; es klang fast wie Haß. Brad dagegen schien es zu ignorieren. »Wir wollen es doch nur mieten!«

Whalen schien darüber nachzudenken. Seine Fäuste lokkerten sich, und er griff mit einer Hand in die Innentasche seiner Jacke.

»Hier ist der Mietvertrag, unterschreiben Sie oder lassen Sie es!«

Brad warf einen Blick darauf. Die Miete sollte zweihundert Dollar pro Monat betragen, der Rest der Vereinbarung interessierte ihn nicht weiter, da es sich um den üblichen Vordruck handelte. Elaine reichte ihm einen Kugelschreiber, und er unterzeichnete hastig die beiden Kopien. Eine behielt er für sich, die andere gab er Whalen zurück, der sie wie abwesend wieder in die Jackentasche schob. Ganz plötzlich wies er nach Norden. »Sehen Sie die Hütte dort, fast verborgen unter den Bäumen? Das sind Ihre nächsten Nachbarn, die Palmers.« Er schien den Blick nicht von der Hütte abwenden zu können, doch schließlich wandte er sich ihnen wieder zu. »Die Palmers sind ebenfalls fremd hier«, sagte er in einem Ton, der fast bedrohlich wirkte. Dann stapfte er Richtung Wald davon.

Brad und Elaine sahen ihm noch einen Augenblick nach und machten sich dann auf den Weg zurück zum Hafen und ihrer Pension. »Weißt du was?« meinte Brad nach längerem Schweigen, »ich bin nicht sicher, ob er überhaupt mitgekriegt hat, daß wir sein Haus gemietet haben. Er wirkte fast wie in Trance.«

Elaine nickte nachdenklich. »Genau den Eindruck hatte ich auch. Aber das spielt jetzt keine Rolle mehr. Er hat unterschrieben, das Haus gehört jetzt uns.« Sie wandte sich noch einmal um. Einen Augenblick lang schien es ihr, als ob sich irgend etwas hinter einem der Fenster bewegte – vielleicht ein Gesicht? Oder war es nur ein Schatten?«

Ganz offensichtlich litt sie seit neuestem an Halluzinationen...

9

Das Speisezimmer der Harbor Inn war wieder ruhig an diesem Abend. Die kleine ›Reservierungskarte‹ war genauso überflüssig wie am Abend zuvor. Nur noch ein weiterer Tisch war besetzt; die übrigen waren wohl gedeckt, warteten aber vergeblich auf Gäste. Nur an der Bar saßen noch einige vor ihren Getränken. Wenn überhaupt etwas gesprochen wurde, war es so leise, daß man es vom Tisch der Randalls aus nicht verstehen konnte. »Wenn du dich noch weiter zurücklehnst, fällst du vom Stuhl«, meinte Elaine schließlich. Unter dem Einfluß der allgemeinen Stille hatten auch die Randalls kaum ein Wort gewechselt. Elaine hatte den Eindruck, ihre Worte würden von den Wänden widerhallen und schaute sich ängstlich um – niemand schien sich um sie zu kümmern. Die anderen Esser waren offensichtlich viel zu sehr mit ihren gedünsteten Krebsen beschäftigt, und die Trinker starrten versunken in ihre Gläser.

»Ich versteh' das nicht«, meinte Brad mit einem Blick durch den verödeten Raum. »Ich hätte erwartet, daß es heute abend hier voll wird, und sich die Leute über diese Mrs. – wie wahr doch gleich ihr Name? – unterhalten würden.«

»Miriam Shelling«, half Elaine ihm.

»Mrs. Shelling, ja. Aber soweit ich das beurteilen kann, scheint sich niemand für sie oder ihr Schicksal zu interessieren.«

In diesem Augenblick trat Merle Glind an ihren Tisch und empfahl ihnen seinen Heidelbeerkuchen als Dessert. Brad lehnte ab, aber Elaine kämpfte mit sich, hin und her gerissen zwischen ihrem Appetit und dem Gedanken an die Kalorien.

»Recht ruhig hier, heute abend«, versuchte Brad den Wirt in ein Gespräch zu ziehen.

Glinds Augen musterten flink den Raum. Er sah aus, als ob er Angst hätte, irgend etwas Ungewöhnliches zu finden. Doch dann wandte er sich beruhigt wieder Brad zu.

»So wie immer«, sagte er hastig, »so wie immer.«

»Ich hätte gedacht, daß es heute voll wird, nach dem, was geschehen ist«, tastete Brad sich vorsichtig weiter voran.

»Nach dem, was geschehen ist?« fragte der kleine Mann. »Was soll denn geschehen sein?«

»Nun, ich dachte, die Leute würden sich darüber unterhalten wollen.«

»Worüber denn?« fragte Glind verständnislos.

»Mrs. Shelling«, meinte Brad, »ich meine, ist es denn hier alltäglich, daß eine Frau Selbstmord begeht?«

»Nein, eigentlich nicht«, erwiderte Glind und schien über etwas nachzudenken. »Aber diese Sache geht uns hier auch nicht viel an«, fuhr er dann überraschend fort.

Elaine hob die Augenbrauen und starrte ihn an. »Ich dachte immer, so etwas geht alle an, vor allem, wenn es in einer so kleinen Stadt geschieht, wo jeder jeden kennt und sich um ihn kümmert.«

»Das ist hier auch so«, antwortete Glind, »aber die Shellings gehörten nicht richtig zu uns.«

»Ich dachte, sie lebten hier«, meinte Brad, obwohl er ahnte, was der andere darauf sagen würde.

»O ja, sie lebten hier, aber sie waren Fremde. Sie gehörten nicht richtig zu uns.«

»Fremde? Wie lange haben sie denn hier gelebt?«

Glind zuckte mit den Schultern, als ob das bedeutungslos wäre. »Fünfzehn, zwanzig Jahre, ich weiß nicht.« Die Randalls warfen sich über den Tisch einen Blick zu und dachten im stillen dasselbe: Wie lange mußte man eigentlich hier leben, um Teil von Clark's Harbor zu werden? Dieser Gedankenaustausch wurde von Glinds künstlicher Heiterkeit unterbrochen.

»Also, wie wär's mit dem Heidelbeerkuchen?«

Elaine wirkte, als ob sie mit ihren Gedanken ganz woanders wäre und akzeptierte, ohne sich dessen richtig bewußt zu werden, Glinds Angebot. Er trippelte Richtung Küche. Als sie wieder allein waren, tauschten sie ein schwaches Lächeln aus. »Fünfzehn oder zwanzig Jahre«, meinte Elaine ironisch, »und ich dachte immer an ein paar einsame Monate, bevor uns die Leutchen hier an die Brust drücken...«

»Du mußt es so sehen: was haben wir mit den Leuten hier schon gemein? Wir waren uns doch immer selbst genug...«

»Das schon«, stimmte Elaine zu, »Selbstgenügsamkeit ist eine Sache, Parias zu sein eine andere.«

»Darüber würde ich mir nicht so viele Sorgen machen«, versuchte Brad sie zu trösten, während das Dessert serviert wurde. »Es wird schon Leute in Clark's Harbor geben, die uns willkommen heißen. Man muß sie nur finden.«

Elaine probierte den Kuchen und fand ihn wohlschmekkend. Dabei kam ihr ein Gedanke. »Die Palmers!«

Brand verstand sofort. »Natürlich«, meinte er lächelnd. Dann senkte er die Stimme zu Harney Whalens Baß: »Das sind Fremde, verstehen Sie!«

Elaine lachte auf und vertilgte die letzten Krümel.

»Das geht uns doch nichts an!« betonte Glen Palmer zum wiederholten Mal. Er versuchte ein Lächeln, aber der kummervolle Blick seiner Frau ging ihm zu Herzen.

»Wie kannst du so etwas sagen?« brauste Rebecca auf. »Sie wurde auf unserem Land gefunden, Glen!« Als er nicht reagierte, setzte sie nach. »Die Lichtung gehört doch zu unserem Land – oder etwa nicht?«

»Ja, vermutlich schon«, gab Glen widerwillig zu, »aber trotzdem geht es uns nichts an.«

»Und was ist mit den Kindern? Stell dir vor, sie hätten sie gefunden, Glen. Stell dir vor, sie kommen auf dem Weg zur Schule auf den Gedanken, durch das Wäldchen abzukürzen, und finden sie.«

Sie sah, daß auch dieser Einwand Glen nicht umstimmen konnte, aber sie versuchte weiter, ihn zu überzeugen.

»Du kannst dir nicht vorstellen, wie schrecklich das war, du kannst es dir einfach nicht vorstellen.« Wahrscheinlich hätte sie ihm die Szene noch einmal ausgemalt, wenn nicht in diesem Augenblick Robby und Missy erschienen wären.

»Was war so schrecklich?« wollte Robby sofort wissen. Rebecca wollte ihren Sohn in die Arme nehmen, aber dieser wich ihr aus und ging zum Vater. Instinktiv spürte er, daß die Eltern verstimmt waren; und wie fast immer in solchen Situationen ergriff er die Partei des Vaters. »Du meinst Mrs. Shelling?« mutmaßte er.

»Woher weißt du das denn?« wunderte sich Rebecca entsetzt.

Robbys Gesicht verzog sich zu einem Grinsen. »Jimmy Phipps ist zum Mittagessen heimgegangen, und seine Mutter hat ihm alles erzählt. Hast du sie wirklich gesehen?«

Einen Augenblick lang war Rebecca in Versuchung, es einfach abzuleugnen, doch sie und Glen waren den Kindern gegenüber immer ehrlich gewesen. Und obwohl es ihr schwerfiel, wollte sie auch jetzt nicht ausweichen. »Ja«, sagte sie, »ja, ich habe sie gesehen.«

Robbys Augen weiteten sich neugierig. »Hat sie wirklich in die Hose gemacht?« wollte er wissen. Rebecca zuckte erschrocken zusammen; Glen konnte gerade noch ein Grinsen unterdrücken.

»Das ist manchmal so, wenn Menschen sterben, Liebling«, erwiderte Rebecca leise.

»Wie sah sie aus? Jimmy Phipps sagte, ihr Gesicht sei ganz blau gewesen und ihre Zunge sei herausgehängt.«

Rebecca sah die Szene plötzlich wieder genau vor sich und spürte, wie sich ihr Magen zusammenzog. »Aber das ist doch nicht wichtig, wie sie ausgesehen hat«, meinte sie schließlich hilflos.

Robby schien mit dieser Antwort nicht so recht zufrieden zu sein – warum spielte es plötzlich keine Rolle mehr, wie man aussah? Für Jimmy Phipps war es auf jeden Fall sehr wichtig gewesen. Er wandte sich an seinen Vater, als ob dieses Problem nur von Männern angemessen gelöst werden könnte.

»Was ist mit ihr geschehen?« fragte er ernst.

»Sie war sehr unglücklich, Robby, und wollte einfach nicht mehr weiterleben. Kannst du das verstehen?«

Robby nickte bedächtig. »Mir geht es manchmal auch so, aber dann kommt ein Sturm, und ich fühle mich wieder besser.«

»Oh, Robby«, schluchzte Rebecca auf und kniete sich neben ihren kleinen Sohn. Sie zog ihn an sich. »Du darfst so nicht sprechen! Niemals! Was würden wir denn ohne dich tun?«

Unmutig befreite sich Robby aus den Armen seiner Mutter. »Es passiert ja nicht oft – und außerdem ist es gar kein so schlimmes Gefühl – es ist irgendwie aufregend.« Bevor seine Eltern das Thema weiterverfolgen konnten, stellte er eine weitere Frage. »Hat Mrs. Shelling denn etwas Böses getan? Ich meine, wenn sie nicht mehr leben wollte, warum sollte sie dann?«

Rebecca und Glen blickten sich verstohlen an. Glen wußte, daß er darauf eine Antwort finden mußte.

»Das ist nun mal keine richtige Lösung«, sagte er zögernd. »Wenn man ein Problem hat, muß man versuchen, damit anders fertig zu werden. Sterben ist keine Lösung, für niemand.«

Der Junge schien damit zufrieden zu sein. Ganz plötzlich wechselte er das Thema. »Kann ich rausgehen und Snooker suchen?«

»Nein!« fuhr Rebecca ihn an. Der Gedanke, ihren Sohn an diesem Strand zu wissen, an dem Miriam Shelling ihre letzten Stunden verbracht hatte, jagte ihr Entsetzen ein. »Es ist schon zu spät«, fügte sie hastig hinzu und hoffte, damit ihre erste Reaktion etwas abzuschwächen. »Ihr solltet beide langsam ins Bett.«

»Ich werde nachher noch rausgehen und nach ihm schauen«, versprach Glen. Jetzt mischte sich zum ersten Mal auch Missy ein.

»Du wirst ihn nicht finden«, meinte sie, »er ist verschwunden, und wir werden ihn nie mehr sehen.«

»Das sagst du dauernd«, fuhr Robby ihr über den Mund, »woher willst du das denn wissen?«

»Ich weiß es eben!« wehrte sich Missy mit erhobener Stimme. Rebecca hätte sich normalerweise eingemischt, aber dieser Streit zwischen den Kindern war einfach zu viel für sie; heute war zu viel über sie hereingebrochen. »Warum geht ihr nicht in euer Zimmer, wenn ihr euch streiten wollt?« meinte sie verärgert.

Die beiden starrten sie an. Irgendwie schienen sie schokkiert, daß ihre Mutter sich heute nicht als Vermittlerin einschaltete, und verschwanden schmollend in ihrem winzigen Schlafzimmer. Kaum waren sie verschwunden, wandte sich Rebecca an Glen. »Und du gehst heute abend auch nicht mehr raus!« sagte sie mit Nachdruck.

»Ich fürchte, es geht nicht anders«, widersprach Glen, »ich hab's Robby eben versprochen. Im übrigen gehen wir jetzt schon monatelang abends am Strand spazieren. Du weißt so gut wie ich, daß das überhaupt nicht gefährlich ist.«

»Das war vor gestern abend«, sagte Rebecca und schauderte, »dadurch hat sich alles geändert.«

»Nichts hat sich geändert, Rebecca«, meinte Glen sanft und legte ihr die Hand auf die Schulter, wodurch er sie zwang, ihn anzusehen. »Miriam Shellings Probleme haben doch nichts mit uns zu tun, genausowenig können wir etwas dafür, daß sie sich das Leben genommen hat.« Mit einem verkrampften Lächeln fuhr er fort: »Zumindest wissen wir jetzt worauf sie da draußen gewartet hat.« Er begann sich den Mantel anzuziehen.

»Bitte...«, versuchte ihn Rebecca doch noch zurückzuhalten, »warte doch wenigstens, bis ich mich wieder beruhigt habe.« Glen warf den Mantel zur Seite und setzte sich neben Rebecca auf die Couch. Er legte den Arm um ihre Schultern und zog sie an sich. Auch aus dem Schlafzimmer der Kinder hörte man jetzt nichts mehr. Stille senkte sich über die einsame Hütte am Strand.

»Laß uns einen Spaziergang machen«, schlug Brad vor, als sie das Speisezimmer verließen. »Ein wundervoller Abend – kaum Wind und ein voller Mond.« Er grinste anzüglich. »Außerdem wäre es mal wieder Zeit für ein romantisches Strandabenteuer.«

Elaine sah keinen Grund zu protestieren, was sie vielleicht in letzter Zeit etwas zu häufig getan hatte. Es war Zeit, sich wieder wie eine Erwachsene zu benehmen. »Deine beste Idee, seitdem wir hier angekommen sind«, zwinkerte sie ihm zu. »Ich hole unsere Mäntel.«

Ein paar Minuten später waren sie am Strand, und während sie das Mondlicht im Wasser schimmern sah, war sie froh, ihre Befürchtungen für sich behalten zu haben. Das leise Rauschen der Brandung machte sie ruhig, und sie griff nach Brads Hand. »Laß uns zu unserem Haus rausgehen«, schlug sie vor, »in diesem Licht wird es wundervoll wirken.«

Gemächlich gingen sie durch den milden Abend. Unmittelbar bevor sie die Sod Beach erreichten, traten sie noch vorsichtiger auf, um vielleicht noch einen Blick auf die Otterfamilie erhaschen zu können. Doch sie wurden enttäuscht. Dafür knackte es plötzlich über ihnen in den Ästen, und sie sahen, wie sich die Silhouette einer riesigen Eule vom Dunkel des Stamms löste, in weitem Bogen nach unten schwebte und dann mit kräftigen Flügelschlägen über dem Strand an Höhe gewann.

»Die Ottern werden wir nicht mehr zu Gesicht bekommen«, meinte Brad, »sie haben sich und die Kleinen irgendwo versteckt.«

»Die ist ja gewaltig«, sagte Elaine und blickte der Eule nach, »ihre Spannweite dürfte um einen Meter achtzig sein.«

»Das gibt ihr ein enormes Gleitvermögen, so daß ihre Beute keinerlei Warnung erhält, bevor sie sich herabstürzt.«

Sie umrundeten die Landspitze, und Sod Beach lag plötzlich in ihrer ganzen Schönheit vor ihnen. Die kräftigen Farben des Tages waren zu Hell-Dunkel-Reflexen geworden. Der Sand schien im silbernen Licht des Mondes zu fluoreszieren, und die Treibholzbarriere entlang dem Strand schimmerte wie Elfenbein. Und inmitten dieser Pracht stand das alte Haus wie unnahbar in seine Schatten gehüllt.

»Das ist wie eine Fata Morgana«, flüsterte Elaine, »ich habe noch nie etwas so Schönes gesehen.«

Brad zog seine Frau eng an sich. So standen sie lange Zeit und genossen die fast überirdische Szenerie, die durch die sanfte Dünung untermalt wurde. Erst dann traten sie auf den Strand hinaus und hinterließen eine Doppelreihe von Fußabdrücken in dem sonst unberührten, feuchten Sand.

Sie umrundeten das Haus in einem weiten Bogen, als ob sie vermeiden wollten, aus der Nähe die Spuren seines Alters und der Witterung wahrnehmen zu müssen. Auch machte keiner den Vorschlag hineinzugehen – die Magie dieser Nacht hätte unter den Überbleibseln ihrer Vorgänger zu sehr gelitten. Statt dessen gingen sie hoch zur Treibholzbarriere, wo sie sich, ohne ein Wort zu sagen, eng nebeneinander im Sand niederließen.

»Ich nehme alles zurück«, unterbrach Elaine schließlich ihr Schweigen, »das hier ist das Paradies.«

Brad griff in die Tasche und zog Pfeife und Tabak heraus. Er stopfte die Pfeife und setzte sie in Brand. Sein Blick ging weit aufs Meer hinaus.

»Ich habe nachgedacht«, sagte er plötzlich, »ich werde die Zielrichtung des Buchs ändern.«

Elaine rückte noch enger an ihn heran. »Was hat dich dazu gebracht?«

»Eine ganze Reihe von Dingen – die Gegend hier, Robby Palmer...«

»Robby Palmer?« Elaine setzte sich auf und warf ihrem Mann einen prüfenden Blick zu. »Das ist aber ein weiter Weg vom Biorhythmus zu Robby Palmer!«

»Nicht unbedingt. Diese Gegend hier strahlt etwas aus, das alle zu berühren scheint – so oder so. Vielleicht wirkt sie auf den Biorhythmus, wer weiß. Wenn ich das herauskriegen könnte, wäre das Stoff für ein großes Buch – vor allem, wenn sich das alles am Beispiel Robby Palmers erläutern ließe. Stell dir mal vor – eine bestimmte Gegend, so wie diese hier, wirkt ganz direkt auf ihre Bewohner ein. Leute wie Miriam Shelling und vielleicht auch dieser Harney Whalen werden dadurch aggressiv bis zur Selbstzerstörung, während Robby Palmer hier zur Ruhe kommt...«

»Und wie schön für dich, daß Robby von jetzt an auch noch unser Nachbar ist«, neckte ihn Elaine.

Brad überhörte es. »Es könnte ein wirklich aufschlußreiches Werk werden – in vielerlei Hinsicht.«

»Du meinst, ein Bestseller?«

»Nicht nur ein Bestseller, auch ein Buch, das in sich seinen Wert hat. Aber wenn ich damit auch noch Geld verdienen würde...« Seine Stimme verhallte, als ob er nicht wagte, diesen Traum auszusprechen.

»Ich mag diese Idee vorläufig noch nicht so besonders«, meinte Elaine, »aber tu du ruhig, was du für richtig hältst.« Sie legte ihren Arm um ihn und drückte ihn an sich. »Das tust du ja immer.«

»Das klingt so, als ob ich ein Despot wäre«, erwiderte Brad lächelnd.

Elaine mußte ebenfalls lächeln; sie wußte, daß Brad es spüren würde, auch wenn er es nicht sah. »So habe ich das aber nicht gemeint. Denn wenn du auch meist tust, was du für richtig hältst, muß ich doch zugeben, daß es meistens auch für mich das Beste ist.«

»Weißt du, was du bist?«

»Was denn?« fragte Elaine.

»Eine hoffnungslos unemanzipierte Frau.«

»Du hast mich durchschaut«, lächelte Elaine, »aber sag's bitte nicht weiter – das ist einfach nicht mehr schick.«

»Schick genug für mich«, flüsterte Brad und schob seine Hand unter ihren Mantel, wo er ihre Brust suchte. »Alles an dir finde ich schick.« Seine Stimme war jetzt ganz dicht an ihrem Ohr. »Wann haben wir uns eigentlich das letzte Mal am Strand geliebt?«

»Noch nie«, flüsterte Elaine zurück, »aber man muß mit allem ja irgendwann mal beginnen.« Ihre Finger tasteten sich nach seinem Gürtel, und sie fühlte die Härte in seiner Hose.

Langsam ließ sie sich in den Sand zurücksinken und zog ihn zärtlich über sich...

»Ich meine, wir sollten noch einmal nach ihm schauen«, flüsterte Robby Palmer in der Dunkelheit.

»Er ist nicht da draußen«, kam es ebenso leise zurück. »Er ist verschwunden, und wir werden ihn nie wiedersehen.« Sie drehte sich in ihrem Bett und verbarg den Kopf im Kissen.

»Nein, das stimmt nicht«, widersprach Robby, »wahrscheinlich hat er sich in einer Falle in den Wäldern verfangen oder so etwas.« Er kletterte aus dem oberen Bett herab und stieß Missy in die Seite. »Schläfst du?«

»Laß mich«, quengelte Missy und verkroch sich noch tiefer unter ihre Decke. »Ich sag's Mutter.«

»Wenn du das tust, nehme ich dich nicht mit.«

Missy setzte sich auf und starrte den Bruder an. »Ich geh' nicht mehr mit dir da raus!« Robby zuckte mit den Schultern. »Ist viel zu dunkel«, fügte Missy noch hinzu mit Blick auf das vorhangverhängte Fenster.

»Ist es nicht«, meinte Robby, »der Mond ist raus und läßt das Wasser glänzen. Schau nur!«

Missy kroch widerwillig aus dem Bett und spähte durchs Fenster. Unmittelbar vor der Hütte lagen tiefe Schatten, aber zwischen den Bäumen hindurch sah man das silberne Mondlicht auf dem Wasser spielen.

»Wir sollten trotzdem im Bett bleiben«, meinte sie.

»Das kannst du ruhig machen, du Baby«, erwiderte Robby, während er sich die Jeans überstreifte. »Ich geh' raus und suche Snooker.«

Missy kroch tatsächlich wieder ins Bett und zog sich die Decke bis unters Kinn. Sie sah mit ängstlichen Augen zu, wie ihr Bruder sich anzog. Schließlich öffnete er vorsichtig das Fenster und kletterte hinaus. Kaum war er verschwunden, rannte auch Missy zum Fenster, doch Robby war nicht mehr zu sehen. Er hätte dableiben sollen, nach allem, was in letzter Zeit geschehen war. Einen Augenblick verharrte sie am Fenster, dann faßte sie einen Entschluß.

Erschrocken fuhr Rebecca von ihrer Strickarbeit hoch, als ihre kleine Tochter plötzlich in der Tür erschien.

»Kannst du nicht schlafen, Liebling?« fragte sie.

»Robby ist weg«, sagte Missy, »er ist raus, um nach Snooker zu suchen. Ich hab' ihm gesagt, er soll es lassen, aber er ging trotzdem.«

Rebecca fühlte, wie ihr die Angst das Herz zusammenschnürte, und wandte sich mit entsetzten Augen an Glen. Doch der war bereits auf den Beinen und zog seine Windjacke über.

»Wann ist er raus?«

»Gerade eben«, antwortete Missy mit großen Augen, während ihr Vater durch die Tür nach draußen stürzte. »Ihm wird bestimmt nichts geschehen«, rief sie ihm noch nach, doch Glen war bereits verschwunden. Rebecca legte ihr Strickzeug zur Seite und nahm Missy in die Arme.

»Natürlich wird ihm nichts geschehen«, sagte sie leise, »natürlich nicht.« Doch ihre eigene Angst wurde dadurch nicht geringer.

Robby war rasch um die Ecke der Hütte im Wäldchen untergetaucht. Ganz bestimmt würde seine Schwester ihn verraten, Mädchen waren nun mal so, dachte er, und wünschte sich wieder einmal einen Bruder. Doch dann vergaß er Missy und konzentrierte sich ganz auf den Weg. Zuerst folgte er dem Pfad, der zum Hauptweg führte, bog dann aber kurz davor Richtung Strand ab. Allerdings war er sich nicht sicher, wo er herauskommen würde. Nachts sah alles ganz anders aus, auch wenn der Mond noch so hell strahlte. Überall diese Schatten – der Pfad schien von ihnen aufgesogen zu werden, und die Bäume wirkten riesig und unheimlich.

Als er einige Minuten später die Stimme seines Vaters seinen Namen rufen hörte, war er in Versuchung umzukehren, doch dann würde Missy ihn bestimmt auslachen. Er beschleunigte seine Schritte und versuchte verzweifelt mit den Augen die Dunkelheit zu durchdringen. Immer wieder stolperte er über herabgefallene Äste oder Wurzeln. Ganz überraschend stand er dann plötzlich auf der kleinen Lichtung.

Irgend etwas ließ ihn spüren, daß dies die Stelle war, an der Mrs. Shelling sich erhängt hatte. Er starrte ängstlich nach oben in die Bäume – und zuckte zusammen, als ein riesiger Schatten über die Lichtung schwebte. Ein Vogel, versuchte Robby sich zu beruhigen, nur ein Vogel. Aber rasch suchte er die Fortsetzung des Pfads und hastete weiter. Er meinte, hinter sich die Schritte seines Vaters zu hören und begann zu laufen.

Brad und Elaine Randall lagen eng umschlungen und genossen das Gefühl der Verbundenheit, das sie immer erfüllte, wenn sie sich geliebt hatten.

»Das war wundervoll«, murmelte Elaine. »Bin ich eigentlich pervers, weil mir Sex im Freien so gut gefällt?«

»Pervers wohl kaum«, lächelte Brad, »aber ganz schön sinnlich.«

Er drückte sie an sich, und sie erwiderte die Geste. Dann begann er sie ohne Übergang zu kitzeln, und sie rollten sich lachend und prustend im Sand. Plötzlich zuckte Elaine zusammen.

»Hast du das gehört?«

»Was denn? Ich höre nur das Meer.«

»Nein, etwas anderes. Ein Schrei.«

Brad lauschte einen Augenblick lang angestrengt, hörte aber nichts als das Rauschen der Dünung. Dann schien ein riesiger Schatten über sie zu fallen, und als sie aufblickten, hatte sich eine große Wolke vor den Mond geschoben, so daß die Nacht plötzlich sehr viel dunkler wurde.

»Ich hör' nichts«, sagte er, aber Elaine brachte ihn sofort wieder zum Schweigen.

»Schsch.« Sie lauschte. »Da ist etwas«, flüsterte sie, »ich höre etwas zwischen den Bäumen.« Sie zog den Mantel um sich und stand auf.

»Stell dich doch nicht so an«, meinte Brad, »da ist nichts, vielleicht ein Tier.« Aber auch er starrte jetzt zu dem Wäldchen hinüber. Jetzt hörte er es auch: das Knacken von Zweigen wie unter Schritten. Er stand rasch auf und legte seinen Arm schützend um Elaines Schultern. Dann hörte man von weiter oben am Strand einen Ruf und wieder dieses Knakken. Jetzt aber schon näher. Es schien direkt auf sie zuzukommen.

»Wer ist da?« schrie Brad.

Tödliche Stille.

»Wer ist da?« wiederholte er laut – und wieder diese Geräusche, jetzt noch näher und unzweifelhaft unmittelbar vor ihnen. Er stellte sich vor Elaine. Was aus dem Wäldchen auch drohen mochte, er mußte zuerst mit ihm fertig werden.

Die Wolke vor dem Mond war weitergezogen, und wieder badete der Strand in seinem geisterhaften Licht. Da sah Brad von der anderen Seite der Treibholzbarriere ein völlig verängstigtes Gesichtchen zu sich hochstarren.

»Ist ja in Ordnung«, sagte er beruhigend, »komm zu uns rüber.«

Und Robby Palmer begann über das Treibholz zu klettern. Wer immer diese Leute auch waren, sie flößten ihm sehr viel weniger Angst ein als die Schatten und die Geräusche des Waldes. Dort hatte er sich gar nicht wohl gefühlt. Ganz im Gegenteil.

10

Robby zögerte einen Augenblick, bevor er auf der anderen Seite des Treibholzes hinabzuklettern begann. Vielleicht sollte er doch besser davonlaufen, natürlich nicht zurück in den Wald, sondern entlang dem Strand auf das vertraute Licht der kleinen Hütte zu. Doch als Elaine hinter Brad sichtbar wurde, war seine Angst endgültig verschwunden.

»Ich suche nach meinem Hund«, erklärte er schüchtern.

»Ist es dafür nicht ein bißchen spät?« fragte Brad, »die meisten Neunjährigen sind um diese Zeit längst im Bett.«

Robby musterte ihn erstaunt. »Woher wissen Sie denn, wie alt ich bin?«

»Wie könnte ich denn etwas so Wichtiges vergessen«, lächelte Brad. »Erkennst du mich denn nicht?«

Robby schüttelte den Kopf.

»Ich bin Dr. Randall aus Seattle. Erinnerst du dich denn gar nicht mehr?«

»Sind Sie der Doktor, zu dem ich immer gehen mußte, als ich noch krank war?«

»Genau der.«

»Ich kann mich auch nicht mehr daran erinnern, daß ich krank war.«

Bevor Brad das Thema weiterverfolgen konnte, hatte sich Elaine neben den kleinen Jungen gekniet.

»Wissen denn deine Eltern, wo du bist?«

»Ich glaube schon«, erwiderte Robby, »ich glaube, ich habe vor einer Weile meinen Vater nach mir rufen hören.«

»Hast du ihm geantwortet?«

Robby schüttelte den Kopf. »Vielleicht war es gar nicht mein Vater«, sagte er leise, »vielleicht war es jemand ganz anderer.«

»Wer?« wunderte sich Brad.

»Ich – ich weiß nicht«, stammelte Robby.

»Nun, ich denke, wir bringen dich jetzt besser nach Hause. Deine Eltern sind bestimmt in größter Sorge um dich.«

»Aber ich muß doch meinen Hund suchen«, protestierte Robby. »Er ist schon seit zwei Nächten verschwunden, und Daddy will nicht nach ihm schauen.« Robby sah aus, als ob er in Tränen ausbrechen wollte, und Elaine schlang die Arme um ihn. Sie wußte jetzt plötzlich, wem der Hund gehört hatte, der mit gebrochenem Genick nicht weit von hier am Strand begraben lag... »Ist ja gut, ist ja gut«, tröstete sie ihn. »Mach dir über ihn keine Sorgen. Wahrscheinlich strolcht er irgendwo herum, aber er kommt bestimmt wieder heim.«

»Missy sagt, er kommt nie wieder«, schluchzte Robby, »sie wollte mir auch nicht beim Suchen helfen, weil sie meint, daß er für immer weg ist.«

Bevor sich die Randalls über die Bedeutung dieser seltsamen Auskunft Gedanken machen konnten, hörte man vom Wald her einen Ruf.

»Robby? Robby?«

»Hier drüben!« rief Brad zurück. »Näher am Strand!«

Einen Augenblick später erschien Glen Palmer unter den Bäumen. »Dr. Randall? Was machen denn Sie hier? Haben Sie nicht Robby irgendwo gesehen...?« Dann sah er seinen Sohn und kletterte rasch über das Strandgut. »Robby – ich hab' überall nach dir gesucht!«

»Ich mußte doch nach Snooker schauen«, schluchzte Robby. »Du hast versprochen, nach ihm zu suchen, aber du hast es nicht gehalten, deshalb mußte ich doch...« Er rannte zu seinem Vater und drückte sein Gesicht an ihn. Glen hielt ihn einen Augenblick umfangen; irgendwie wirkte er hilflos auf die Randalls. Dann beugte er sich zu Robby hinab und blickte in die tränenerfüllten Augen seines Sohns.

»Ich wollte ja nach ihm sehen, aber deine Mutter brauchte mich noch«, versuchte er zu erklären. »Wir mußten noch etwas besprechen; sofort danach wollte ich nach ihm suchen.«

Robby schaute mißtrauisch zu seinem Vater hoch. Konnte er ihm glauben? Glen wandte sich an die Randalls.

»Sie haben nicht zufällig einen Hund hier draußen gesehen?« fragte er ohne große Hoffnung. Elaines Blick streifte das Kind. Unwillkürlich biß sie sich auf die Lippen.

»Wir sind noch nicht lange hier«, wich sie einer direkten Antwort aus. Sie würde Palmer unter vier Augen von ihrem Fund erzählen, wenn der Junge außer Hörweite war. »Wir wollten uns hier einmal bei Nacht umsehen.«

»Hier, an der Sod Beach?« wunderte sich Glen.

»Wir wollten vor allem das Haus sehen«, erklärte Elaine, »wir haben heute das alte Haus gemietet.« Sie deutete auf das etwas windschiefe Gebäude, was aber Glens Verwunderung nur noch steigerte.

»Sie wollen behaupten, Whalen hat es Ihnen vermietet?« fragte er kopfschüttelnd, »das kann ich, verdammt noch mal, nicht glauben!«

»Zuerst schien er wirklich nicht zu wollen«, sagte Brad und lachte auf, »aber dann tat er es doch.« Ein seltsames Gefühl beschlich ihn, als er wieder an das seltsame Verhalten des Polizeichefs bei der Unterzeichnung des Mietvertrags dachte, aber davon wollte er Glen nichts sagen.

»Mir wollte er es unter keinen Umständen geben«, meinte Glen fast bitter. Doch dann hellte sich sein Gesicht wieder auf. »Wollen Sie nicht mit mir zurückgehen? Rebecca wartet auf mich, krank vor Sorge um Robby; ich muß sehen, daß ich heimkomme. Außerdem haben Sie es gestern versprochen. Rebecca wäre bestimmt enttäuscht, wenn Sie nicht mitkommen. Um ehrlich zu sein – sie hat hier kaum jemand, mit dem sie sich unterhalten kann.«

»Aber natürlich«, nahm Elaine die Einladung an, »wir wollten ja heute schon bei Ihnen reinschauen, aber wir hatten zu viel zu tun. Schließlich mußten wir eine wichtige Entscheidung fällen, und das braucht seine Zeit. Trotzdem war es nicht besonders höflich von uns, nicht wahr?« Damit nahm sie Glens Arm und begann mit ihm den Strand hinaufzugehen. Brad, der sofort wußte, daß seine Frau Glen über ihren Fund Bescheid sagen wollte, hielt mit Robby entsprechend Abstand. Er versuchte den Jungen abzulenken und nützte die Gelegenheit, ihn sich genauer anzusehen.

Die Veränderungen in seinem Verhalten waren wirklich gewaltig. Keine Spur mehr von dem hektischen, zwanghaft aktiven Kind, an das er sich noch so gut erinnerte. Neben ihm schien ein ganz normaler Neunjähriger zu gehen, der sich neugierig für alles interessierte und seine Entdeckungen sofort weitergab, doch nicht mehr in dieser obsessiven Art wie noch vor einigen Monaten. Je länger er ihn beobachtete, desto größer wurde seine Verwunderung. Was nur mochte die Ursache dafür sein? Welche Einflüsse hatten zu diesen Veränderungen geführt? Wirkten diese Einflüsse etwa auch in diesem Augenblick? Fast wirkte der Junge zu angepaßt, zu normal auf ihn... Oder machte er sich schon wieder unnötige Sorgen?

Erst als sie sicher war, daß Robby nichts mehr hören konnte, wandte sich Elaine Glen zu. »War Ihr Hund schwarz-weiß gefleckt – eine Art Spaniel?«

»Haben Sie ihn gesehen?« fragte Glen eifrig.

»Ich glaube, ja«, erwiderte Elaine düster, »als ich gestern morgen am Strand spazierenging, fand ich einen toten Hund, der im Sand begraben war. Er war mittelgroß und schwarz mit weißlichen Flecken.«

»Klingt ganz nach Snooker«, meinte Glen, »er war ein Bastard, hatte aber viel vom Springer-Spaniel an sich.« Er schwieg einen Augenblick. »Sie sagen, er war im Sand begraben?«

»Nicht sehr tief. Vielleicht hat das Meer ihn zugedeckt, aber da bin ich mir nicht so sicher. Sein Genick war gebrochen.«

Glen blieb abrupt stehen und starrte Elaine an. »Gebrochen? Was soll das heißen?«

»So ganz sicher bin ich mir auch dabei nicht«, meinte Elaine kläglich, »er schien keine anderen Verletzungen zu haben, nur sein Genick schien gebrochen. Brad meinte, er könne vielleicht von einem Stück Treibholz erschlagen worden sein, das die Flut in der Nacht davor an Land warf...« Ihre Stimme verlor sich; sie mußte zugeben, daß diese Erklärung mehr als unwahrscheinlich klang. Als ob er ihre Gedanken gelesen hätte, schüttelte Glen den Kopf.

»Klingt nicht sehr plausibel, nicht wahr?«

»Das habe ich auch nicht angenommen«, erwiderte Elaine. »Ich wollte es Ihnen sofort sagen, hielt es dann aber für besser, Robby nicht zu beunruhigen.«

»Das war ganz richtig«, stimmte Glen zu, »ich werde noch ein oder zwei Tage warten; vielleicht kann ich inzwischen einen neuen Hund für die Kinder finden – und es ihnen dann erst sagen. Vielleicht sag' ich es ihnen auch überhaupt nicht, sondern besorge ihnen lediglich einen neuen Hund, damit sie Snooker schneller vergessen.«

Robby und Brad holten sie unter den Bäumen vor Palmers Hütte ein. Glen machte sich laut bemerkbar.

»Rebecca? Komm raus – wir haben Gäste!«

Rebecca erschien in der Tür und riß Robby in ihre Arme. Der Junge wehrte sich dagegen und beteuerte immer wieder, er sei völlig in Ordnung. Schließlich gab Rebecca ihn frei und blickte überrascht Brad und Elaine entgegen.

»Du erinnerst dich bestimmt an Dr. Randall?« sagte Glen, »und das ist seine Frau Elaine. Ich traf sie am Strand beim alten Baron-Haus. Sie haben es gemietet – deshalb hab' ich unsere neuen Nachbarn gleich auf ein Glas Wein zu uns mitgenommen.«

»Treten Sie ein«, forderte Rebecca sie auf. »Wir haben nicht so viel Platz wie Sie in Ihrem neuen Heim, aber es reicht für alle.« Sie führte Brad und Elaine in das kleine Wohnzimmer und bot ihnen die beiden Sessel an, in denen normalerweise sie und Glen immer saßen. »Ich werde Robby rasch zu Bett bringen – könntest du inzwischen den Wein aufmachen, Glen?« Sie verschwand im winzigen Kinderschlafzimmer, während ihr Mann vier Gläser eingoß. Verstohlen sahen sich Elaine und Brad in der Hütte um. Als Rebecca zurückkam, brannte Elaine eine Frage auf der Zunge.

»Können Sie auf diesem Herd wirklich kochen?« wollte sie wissen, und es klang fast wie eine Herausforderung.

Rebecca starrte sie einen Augenblick verständnislos an, dann brach sie in Gelächter aus.

»Das ist nur halb so kompliziert wie es aussieht«, meinte sie dann. »Kommen Sie her, dann zeige ich Ihnen, wie es geht.« Die beiden Frauen beugten sich über den Herd, und Rebecca demonstrierte die Funktion der verschiedenen Luftklappen, mit denen man die Hitze kontrollierte.

»Das Wichtigste ist, das Feuer relativ klein zu halten, so daß man das Holz leicht verschieben kann. Andernfalls wird der ganze Herd so heiß, daß man kaum noch in seine Nähe kann. Aber wenn Ihr Gatte ähnlich fleißig ist wie meiner, ist sowieso nie genug Holz für ein ordentliches Feuer da...«

Elaine schüttelte zweifelnd den Kopf. »Ich weiß nicht«, meinte sie, »ich fürchte, wir werden häufig auswärts essen müssen.«

»Wir können das nicht«, sagte Rebecca, »aber selbst wenn

es anders wäre, würden wir es kaum tun. Ich gebe es nicht gerne zu – aber inzwischen koche ich recht gern auf diesem Ding. Ein sehr viel größeres Problem ist es, ein heißes Bad zu nehmen.«

»Mein Gott, ja«, stöhnte Elaine auf und schloß die Augen, als ob die Schreckensvision sich dadurch verbannen ließe. »Daran habe ich noch gar nicht gedacht!«

»Sie werden schon bald davon träumen«, lachte Rebecca.

Elaine wandte sich an ihren Gatten. »Hast du gehört, Brad?«

»Hab' ich«, meinte Brad und schien völlig unbeeindruckt. »Aber ich hab' keinerlei Probleme, mich mit einem kleinen Topf heißen Wassers von Kopf bis Fuß sauber zu kriegen. Und nachdem ich darin gebadet habe, kann ich mich auch noch damit rasieren...«

Elaine starrte ihn in komischer Entrüstung an. »Du? Du brauchst doch immer das ganze heiße Wasser auf mit deinen Zwanzig-Minuten-Dusch-Orgien!«

»Wenn genug vorhanden ist, warum nicht?« konterte Brad. »Aber etwas gern tun, heißt nicht, daß man ohne nicht mehr leben kann. Gib mir ein paar Becher heißes Wasser, und ich bin völlig zufrieden.«

»Gut«, meinte Elaine sarkastisch, »dann wirst du dich in Zukunft als zweiter waschen – sofern noch heißes Wasser übrig sein sollte.«

»Bevor wir uns noch weiter in die Freuden des einfachen Lebens vertiefen«, mischte Glen sich ein, »hätte ich gern gewußt, wie Sie Harney Whalen dazu gebracht haben, Ihnen das alte Baron-Haus zu vermieten? Wir haben es auch versucht, doch er lehnte kategorisch ab.«

»Vielleicht wollte er nicht an Mieter mit Kindern vermieten«, gab Elaine zu bedenken.

»Diesen alten Kasten?« meinte Rebecca, »ich möchte das Haus nicht miesmachen, Gott weiß, es ist um vieles besser als diese Hütte hier, aber Kinder könnten an ihm bestimmt nichts mehr ruinieren.«

»Es war auch etwas anderes«, pflichtete Glen ihr indirekt

bei. »Zuerst dachte ich, er hätte persönlich etwas gegen uns, aber dann änderte ich meine Meinung. Ich glaubte, er wollte überhaupt nicht vermieten und schon gleich gar nicht an Fremde. Aber ganz offensichtlich täuschte ich mich.«

»Da bin ich nicht so sicher«, erwiderte Brad nachdenklich. »Er wollte uns ja zunächst auch nicht haben. Als er mir dann den Mietvertrag hinhielt, wirkte er äußerst seltsam – als ob er gar nicht wußte, was er tat.«

»Das ist wirklich seltsam«, stimmte Rebecca zu.

»Alles hier ist ein wenig seltsam«, schloß sich Brad an. »So seltsam, daß ich darüber ein Buch schreiben möchte.«

»Ein Buch?« Glen warf Brad einen überraschten Blick zu. »Sie wollen mich auf den Arm nehmen – wie ein Schriftsteller sehen Sie wirklich nicht aus.«

»Vielleicht nicht«, grinste Brad, »aber ich trage schon lange eine Idee mit mir herum. Und jetzt, glaube ich, ist die Zeit dafür gekommen – und Sod Beach scheint genau der richtige Ort dafür. Deshalb sind wir hier.«

»Einfach so – und für immer?« zweifelte Rebecca.

»Ganz so einfach ist es nicht«, erwiderte Elaine, »zuerst müssen wir noch mal zurück nach Seattle und zu Hause alles in Ordnung bringen. Aber spätestens in zwei Wochen sind wir wieder da.«

»Zwei Wochen«, wiederholte Rebecca fast atemlos, »solange halte ich es noch aus.« Unwillkürlich hatte sie es so laut gesagt, daß alle es hören konnten. Glen schien völlig überrascht. Brad hakte sofort nach.

»Das verstehe ich nicht so richtig«, meinte er lächelnd, um Rebecca nicht kopfscheu zu machen. Trotzdem errötete sie heftig und versuchte das Gesagte abzuschwächen.

»Ist ja auch nicht wichtig«, wehrte sie ab; doch dann schien sie es sich anders zu überlegen. »Doch, ja, es ist wichtig«, fuhr sie hastig fort, »es ist verdammt einsam hier draußen, und manchmal habe ich richtig Angst. Sie können sich gar nicht vorstellen, wie sehr ich mich freue, daß Sie bei uns am Strand wohnen werden. Ich weiß, daß das seltsam klingt, da wir uns doch kaum kennen, aber manchmal bin ich mit den

Nerven fix und fertig. Von jetzt an sind wir auf jeden Fall nicht mehr die einzigen...«

»Die einzigen?« wiederholte Elaine fragend.

»Die einzigen Fremden hier«, erklärte Rebecca.

Dann musterte sie abwechselnd ihre beiden Gäste und fragte mit einer Stimme, aus der fast so etwas wie Panik herausklang: »Sie sind doch fremd hier, nicht wahr? Oder haben Sie etwa Verwandte in Clark's Harbor?«

»Jetzt verstehe ich«, meinte Elaine und lehnte sich zurück. »Nein, wir kennen keine Seele hier – außer Ihnen; und wir haben keinerlei Verwandte hier.« Dann fügte sie hastig hinzu: »Ich glaube, ich verstehe, was Sie meinen – es ist alles andere als leicht, hier in Clark's Harbor als Fremder zu leben...«

»Es ist schrecklich«, pflichtete Rebecca ihr leise bei, »manchmal möchte ich alles hinwerfen und von hier verschwinden.«

»Und warum tun Sie es nicht?« fragte Elaine.

»Da gibt es viele Gründe«, sagte Rebecca vage. »Unser ganzes Geld ist hier festgelegt – nicht daß es besonders viel wäre... Aber wenn wir jetzt wegziehen würden, wären wir völlig mittellos.«

»Und dann geht es natürlich um Robby«, warf Glen ein.

Rebecca schien fast etwas bestürzt darüber. Brad dagegen griff das Thema sofort auf. »Ja, die Veränderung an ihm ist fast unglaublich. Wenn ich es nicht mit eigenen Augen gesehen hätte – ich würde es nicht glauben. Haben Sie eigentlich eine Idee, was die Ursache dafür ist?«

»Nicht die geringste«, zuckte Glen die Schultern, »aber das kümmert uns auch nicht weiter. Hauptsache, Robby fühlt sich wohl. Und solange das der Fall ist, werden wir auch in Clark's Harbor bleiben, komme, was da wolle.«

»Ist es denn wirklich so schlimm hier?« erkundigte sich Elaine mitfühlend, »oder bin ich zu neugierig?«

»Nein, auf keinen Fall«, widersprach Rebecca mit Nachdruck. »Es ist vielleicht gut für uns, darüber zu sprechen und die Meinung anderer dazu zu hören. Manchmal meinen wir, auf Clark's Harbor bereits mit Verfolgungswahn zu reagieren. Aber eigentlich sollte ich Sie nicht damit belästigen – es ist so – so deprimierend.« Sie griff nach der Weinflasche und goß allen nach.

»Aber nein, reden Sie ruhig«, meinte Elaine, »zumindest wissen wir dann, was uns erwartet.«

Leise, als würde sie sich dessen schämen, erklärte Rebecca, woher sie das Gefühl hatten, die ganze Stadt wäre gegen sie. »Aber es gibt nie etwas, worauf man sie festnageln kann«, ergänzte Glen. »Jedesmal, wenn etwas schiefgeht, gibt es eine Erklärung dafür. Außer daß man das Gefühl hat, daß es immer nur bei Fremden schiefgeht, nie bei Einheimischen. Und dann natürlich diese Sache heute morgen.«

»Heute morgen?« Elaine schien nicht sofort zu begreifen. »Oh, Sie meinen Mrs. Shelling?«

Glen nickte, während Rebeccas Gesicht voller Betroffenheit war.

»Haben Sie sie gekannt?« wollte Brad wissen.

»Nicht wirklich«, erwiderte Glen. »Aber gestern abend bin ich ihr noch am Strand begegnet – offensichtlich kurz bevor sie es tat.«

»Kurz bevor sie es tat?« wiederholte Elaine fragend. »Sie halten es also für ausgeschlossen...?«

»Es geschah auf unserem Land«, Glen schien ihren Einwand überhört zu haben. »Es geht durch den Wald bis zur Straße und dann rund dreißig Meter an der Straße entlang. Miriam Shelling erhängte sich an einem unserer Bäume.«

»Oh, mein Gott«, sagte Elaine leise, »es tut mir leid, das muß schrecklich für Sie gewesen sein, Rebecca.«

»Ich sehe sie noch vor mir«, flüsterte Rebecca tonlos, »immer wenn ich die Augen schließe sehe ich sie dort hängen. Und die Kinder – wie sie wohl auf diesen Anblick reagiert hätten?«

»Aber das Ganze hatte doch mit Ihnen persönlich nichts zu tun«, meinte Brad.

»Wirklich nicht?« meinte Rebecca düster. »Das frage ich mich immer wieder. Wir haben gestern noch mit ihr gesprochen. Sie kam in die Galerie und überhäufte uns mit wirren Tiraden; wir dachten, sie wäre nicht mehr klar bei Verstand...«

»Offensichtlich war es ja auch so«, stimmte Brad zu.

»Sie behauptete, ›sie‹ hätten ihren Mann getötet – und ›sie‹ würden auch uns töten. Und dann letzte Nacht...« Rebecca brach ab, da sie ganz offensichtlich mit den Tränen kämpfte. Glen sah, wie seiner Frau zumute war und fuhr fort. »Sie sehen also, daß es nicht leicht war hier.« Er lachte befangen. »Das nenne ich ein herzliches Willkommen – nicht wahr? Wollen Sie es trotzdem hier versuchen?«

»Aber ganz sicher«, erwiderte Brad, was ihm erstaunte Blicke der beiden Palmers eintrug. »Sie sprachen von Verfolgungswahn, und ich halte es für möglich, daß Sie damit der Sache ziemlich nahekommen. Sie beide haben hier draußen in einer Art Vakuum gelebt, soweit ich das beurteilen kann – und in einem solchen Zustand können seltsame Dinge geschehen. Vor allem verschieben sich die Proportionen. Dinge, die unter normalen Umständen klein erscheinen, bekommen plötzlich riesige Dimensionen. Und je länger ein solcher Zustand andauert, desto schlimmer scheint alles. Aber das Schlüsselwort hier ist ›scheint‹. Wie schlimm sind die Dinge denn nun wirklich? Können Sie beispielsweise die Galerie eröffnen, bevor Ihnen das Geld ausgeht?«

»Sieht ganz so aus, obwohl ich noch nicht weiß, wie ich das hinkriegen soll.«

»Wollen Sie, daß ich es Ihnen sage? Durch ständiges Arbeiten und Schritt für Schritt vorangehen. Im Grunde ist doch alles einigermaßen nach Plan verlaufen – oder etwa nicht?«

»Nun – eigentlich hatte ich gehofft, die Galerie jetzt bereits eröffnet zu haben...«

»Gehofft!« meinte Brad vorwurfsvoll. »Aber wie sah Ihre Planung dafür aus?«

Glen grinste. »Wenn man es richtig betrachtet, bin ich meinem Plan sogar voraus – in Anbetracht meiner zwei linken Hände...«

»Was Sie also wirklich aufgehalten hat, ist Ihre eigene Einstellung gegenüber den Schwierigkeiten...«

»Oh, das reicht jetzt, Brad, sei fair«, unterbrach ihn Elaine. »Du weißt doch inzwischen selbst, wie Clark's Harbor zu Fremden ist. Überall ist das zu bemerken. Du hast genausogut wie ich gehört, was die Leute bei unserem ersten Besuch im Café über Glen sagten.«

»Sie haben über mich gesprochen?« fragte Glen, und die Bitterkeit in seiner Stimme war nicht zu überhören. Elaine wich seinem Blick aus, hätte sie doch nur den Mund gehalten! »Nun, das ist mir neu«, fuhr er fort. »In meiner Gegenwart markieren sie alle die Taubstummen. Und was haben sie nun Schönes über mich gesagt?«

»Oh, den üblichen Kleinstadtklatsch über Künstler«, antwortete Elaine mit erzwungener Fröhlichkeit. Aber Rebecca wollte das Thema unbedingt weiterverfolgen.

»Es muß wohl etwas mehr gewesen sein, wenn Sie sich noch daran erinnern«, meinte sie mit leichtem Vorwurf.

»Nun, im wesentlichen schien keiner von ihnen Sie gerne hier zu haben«, erklärte Elaine zögernd, um dann hastig hinzuzufügen: »Aber ich bin froh, daß Sie hier sind – aus demselben Grund, aus dem Sie sich über unser Kommen freuen. Vielleicht können wir gemeinsam diesen Lästerzungen Paroli bieten – oder vielleicht gar den Fluch von hier nehmen.« Erschrocken blickte sie die andern an. Was hatte sie da nur gesagt? »Tut mir leid, ich glaube, ich spreche langsam wie Miriam Shelling – ist es nicht so?«

»Das macht doch nichts«, tröstete Rebecca. »In Ihrer Gesellschaft und mit ein, zwei Gläsern Wein im Bauch sieht das alles ganz anders aus. Vor einer Stunde noch wäre ich am liebsten auf und davon... Ist noch Wein in der Flasche?«

Glen goß jedem noch etwas ein und entschuldigte sich dann, um Feuerholz zu holen.

»Ich freue mich wirklich, Sie hierzuhaben«, wiederholte Rebecca in seiner Abwesenheit. »Ich wußte gar nicht, wie sehr ich von der Gesellschaft anderer Menschen abhing, bis wir hierherzogen, wo ich plötzlich niemand mehr hatte, mit dem ich mich unterhalten konnte. Manchmal dachte ich, ich würde verrückt, und Glen ging es bestimmt genauso. Wir haben es jetzt schon so lange ausgehalten und uns immer wieder gegenseitig auf bessere Zeiten vertröstet. Aber erst seit heute abend glaube ich auch daran – wirklich!« Sie lächelte. »Ich hoffe, ich gehe Ihnen nicht allzusehr auf die Nerven – wahrscheinlich komme ich während der ersten Tage alle fünf Minuten zu Ihnen hingelaufen, um nachzuschauen, ob Sie noch da sind...«

»Hoffentlich tun Sie das, sonst muß ich dauernd den Strand rauf und runter rennen, um von Ihnen das Überleben ohne Elektrizität zu lernen...«

»Warum sprechen Sie nicht mit Whalen, daß er Ihnen Strom ins Haus legt?« fragte Glen, der beim Eintreten Elaines Bemerkung noch mitgekriegt hatte. »Es kann nicht viel kosten, denn die Hauptleitung ist nicht weit von Ihrem Haus.«

»Das rentiert sich nicht«, meinte Brad. »Im übrigen zweifle ich, ob Whalen damit einverstanden wäre. Aus irgendeinem Grund scheint er es mit der Vergangenheit zu halten. Er hat uns da so eine alte indianische Geschichte über den Strand des Todes erzählt.«

»Wenn man bedenkt, was letzte Nacht passiert ist...«, meinte Elaine gedankenverloren.

»Aber Mrs. Shelling hat sich selbst getötet«, wies Brad sie zurecht. »Und außerdem war sie nicht im Sand begraben wie die Opfer in Whalens Geschichte.«

Nein, aber der Hund war es, dachte Elaine plötzlich entsetzt. Diesmal hielt sie ihren Mund. Durch ein Zeichen gab sie ihrem Mann zu verstehen, daß es Zeit zum Gehen sei.

Kurz darauf waren sie auf ihrem Weg zurück über den Strand. Glen und Rebecca sahen ihnen nach, bis sie nur noch vage Schatten unter dem Mondlicht waren. Sie gingen zurück in die Hütte, schlossen die Tür und legten die Arme umeinander. »Jetzt wird alles besser werden, nicht wahr?« flüsterte Rebecca.

»Ja, Liebling, ganz bestimmt«, meinte Glen zärtlich. Auf keinen Fall konnte er ihr gerade jetzt von jenem seltsamen

Gefühl erzählen, das er vorher beim Holzholen gehabt hatte: das Gefühl, beobachtet zu werden...

11

»Das hätten wir«, sagte Elaine und ließ den letzten Koffer zuschnappen. Sie inspizierte den Raum ein letztes Mal, wobei sie jede Schublade aufzog; dann verschwand sie im Badezimmer. »Verdammt«, hörte Brad sie sagen.

»Der Fön?« rief er.

»Was sonst?« kam es aus dem Bad. Elaine kam mit dem störrischen Gerät in der Hand ins Zimmer zurück. Ratlos starrte sie den prallen Koffer auf dem Bett an. Am besten warf sie den Nachzügler einfach auf den Rücksitz. Erschöpft ließ sie sich auf einen Stuhl fallen und blickte sich noch einmal im Zimmer um. Vielleicht hatte sie noch etwas übersehen, das aus dieser Perspektive zum Vorschein kam.

»Du hast recht«, sagte sie plötzlich, »das ist wirklich ein hübsches Zimmer, und ich verlasse es eigentlich recht ungern.«

»Wir werden zurückkommen.«

»Ja, aber nicht hierher.« Seufzend stand sie wieder auf und griff nach ihrem Mantel, den Brad ihr hinhielt. »Brauche ich den heute überhaupt?« fragte sie mit einem Blick aus dem Fenster. Draußen strahlte die Sonne über glitzerndem blauen Wasser.

»Es ist etwas böig«, meinte Brad und griff nach dem Fön auf dem Bett. »Was ist jetzt damit? Auf den Rücksitz?«

Elaine warf ihm einen vorwurfsvollen Blick zu, doch sie lächelte dabei.

»Als ob du das nicht wissen würdest.« Sie öffnete den Koffer und räumte ihn rasch um. Brads Hemden wurden einfach noch weiter in die Ecke gedrängt, und plötzlich hatte der Fön Platz. Mit einiger Mühe ließ sich der Koffer sogar wieder schließen.

»Wie kommt es eigentlich, daß der Fön immer nur meine Kleider ruiniert?«

»Deine sind billiger – und im übrigen ist es dir sowieso egal, wie du aussiehst«, neckte ihn Elaine. »Komm jetzt, bringen wir's hinter uns.«

Jeder von ihnen griff sich zwei Koffer, und sie verließen den Raum. Als sie die Treppen herabkamen, blickte Merle Glind auf, machte aber keinerlei Anstalten, ihnen mit dem Gepäck zu helfen.

»Sie reisen ab?« fragte er.

»Nein, wir wollen lediglich unserem Gepäck etwas Bewegung verschaffen«, antwortete Brad. Aber sein Sarkasmus glitt an dem kleinen Mann ab. Er setzte die Koffer ab und legte den Zimmerschlüssel auf den Tresen. Glind griff nach ihm und beäugte ihn kritisch, dann zog er ihre Rechnung aus dem Fach, verglich die Schlüsselnummer mit der Nummer auf der Rechnung und begann zu addieren. Brad konnte ein Lächeln nicht unterdrücken, als er sah, daß ihre Rechnung die einzige weit und breit war. Was hätte der kleine Mann wohl getan, wenn die beiden Nummern nicht übereingestimmt hätten? Er reichte Glind eine Kreditkarte, die minuziös untersucht wurde. Schließlich durfte Brad den Beleg unterzeichnen. Er war überhaupt nicht erstaunt, als Glind die Unterschrift mit der auf der Rückseite der Karte verglich und diese schließlich an ihn zurückgab. Plötzlich erschien ein Grinsen auf dem Gesicht des Wirts.

»Ich höre, Sie haben das alte Baron-Haus gemietet«, gluckste er.

»Das stimmt«, sagte Brad so neutral wie möglich, während er die Karte zurück in die Brieftasche schob.

»Nicht gerade eine Perle von Haus«, amüsierte sich Merle, »kein Strom, und bestimmt hat das Dach auch Löcher.«

»Nun, wir werden sowieso meist nur das Erdgeschoß bewohnen, da machen uns ein paar Löcher im Dach nichts aus.«

Merle starrte Brad feindselig an und kam offensichtlich zu dem Schluß, daß er auf den Arm genommen wurde. »Ich nehme an, Sie wissen, was Sie tun«, sagte er dann, »aber wenn ich Sie wäre, würde ich es mir zweimal überlegen, bevor ich dort hinauszöge.«

»Sprechen Sie von der alten Indianerlegende?«

Glind zuckte mit den Schultern. »Vielleicht auch das. Harney Whalen glaubt auf jeden Fall an diese Legende – und er hat Indianerblut.«

»Der Polizeichef?« wunderte sich Elaine. »So sieht er aber gar nicht aus.«

»Dann sollten Sie genauer hinsehen«, erwiderte Merle. »Wenn man es weiß sieht man es sofort. So oder so aber ist er fest überzeugt, daß an der Legende etwas dran ist. Deshalb will er das Haus da draußen so ungern vermieten. Ich wundere mich, daß er es ausgerechnet Ihnen gegeben hat.«

»Da sind Sie nicht allein«, lächelte Brad.

»Das kann ich mir vorstellen. Wäre besser gewesen, Sie hätten nicht darauf bestanden – ist ein schlechter Platz da draußen, wirklich, ein schlechter Platz...«

Elaine wurde plötzlich wütend. »Was wollen Sie damit sagen?« brauste sie auf.

Ihr Ton schien den nervösen kleinen Mann einzuschüchtern; er trat einen Schritt vom Tresen zurück. »Ni-nichts«, stammelte er, »aber diese alten Geschichten, Sie müssen sie doch auch gehört haben.«

»Wir haben sie gehört«, sagte Brad schneidend, »aber ganz ehrlich – wir legen keinerlei Wert darauf.«

Glinds Augen funkelten plötzlich bösartig. »Nun, das können Sie halten, wie Sie wollen«, sagte er fast drohend. »Ich hoffe in Ihrem Interesse, daß Sie recht haben.« Es war ihm anzuhören, daß er etwas ganz anderes hoffte.

»Mir kommt langsam die Galle hoch«, ärgerte sich Elaine, während sie die Koffer im Wagen verstauten. »Es klingt fast, als ob er uns Angst einjagen wollte, damit wir nicht wieder zurückkommen.«

»Genau das hat er versucht«, bestätigte Brad und drückte die Kofferraumhaube zu. Irgend etwas knackte laut im Innern, aber er ignorierte es. »Doch es wird ihm nicht gelingen?« lächelte er seine Frau an. Er war sich sicher, daß Glind auf diese Weise bei Elaine genau das Gegenteil erreichen würde.

»Nein, das wird er nicht«, meinte diese trotzig, während sie in den Wagen stieg. Als Brad sich hinters Steuer setzte, fügte sie noch hinzu: »Nach all dem wünschte ich mir, wir hätten Whalen doch überreden können, uns das Haus zu verkaufen!«

»So kenne ich mein Mädchen!« grinste Brad zufrieden und tätschelte ihren Schenkel. Elaine erstarrte plötzlich und warf ihm von der Seite einen mißtrauischen Blick zu. »Du hast ihn doch nicht etwa präpariert, damit ich unbedingt hierbleiben will?«

»Bestimmt nicht«, erwiderte Brad mit Nachdruck. Doch dann grinste er sie an. »Aber wenn es mir eingefallen wäre, hätte ich es bestimmt getan.«

»Bastard!« brach Elaine in lautes Gelächter aus. Als sie sich wieder beruhigt hatte, kam ihr plötzlich ein Gedanke. »Laß uns noch bei den Palmers reinschauen, bevor wir die Stadt verlassen.«

»Genau das hatte ich vor«, erwiderte Brad heiter. Er bog auf die Harbor Road ein und fuhr über sie zur Hauptstraße. Wenige Minuten später hielten sie vor der Galerie.

Sie standen noch davor und versuchten sich auszumalen, wie alles aussehen würde, wenn es erst mal fertig wäre, als Rebecca Palmer in der Tür erschien.

»Ich hatte so gehofft, daß Sie noch vorbeischauen würden«, begrüßte sie sie glücklich. »Deshalb bin ich auch heute morgen mit reingekommen. Ein kleines Vögelchen sagte mir, daß ich Sie vor Ihrer Fahrt nach Seattle noch einmal sehen werde. Kommen Sie, ich habe Kaffee gemacht.«

Kaum waren sie eingetreten, als Glen aus dem hinteren Raum auftauchte.

»Rebeccas kleines Vögelchen hatte also recht, wie ich sehe. Nun, was halten Sie davon?« Die Randalls ließen sich von Glen erklären, wie der weitere Ausbau erfolgen sollte. Brad und Elaine hatten danach wohl immer noch keine genaue Vorstellung, bewunderten aber das bisher Geleistete.

»Ich kann es Ihnen offensichtlich nicht so richtig vor Augen führen«, meinte Glen niedergeschlagen.

»Dann zeigen Sie es uns einfach, wenn es fertig ist«, lächelte Elaine. »Gab es hier nicht irgendwo Kaffee?«

»Auch Bier ist da«, bot Glen an. »Aber kommen Sie doch nach hinten, ich will Ihnen zeigen, was ich heute morgen gefunden habe.«

Im Hinterzimmer stand ein Hundebaby jämmerlich winselnd auf den Hinterbeinen in einem Karton und lugte ängstlich über den Rand.

»Oh, ist der süß!« jubelte Elaine und drückte das Hündchen an sich. »Wo haben Sie den denn gefunden?«

»Gar nicht«, sagte Glen, »er hat uns gefunden. Er saß heute morgen hier vor der Tür.«

»Er kann nicht mehr als acht Wochen alt sein«, wunderte sich Elaine, »wie kommt ein so kleiner Hund dazu, nachts allein durch die Gegend zu streunen?«

»Keine Ahnung«, meinte Glen. »Ich habe mich umgehört, niemand scheint ihn zu vermissen oder zu wissen, woher er kommt. Bill Pruitt von der Tankstelle meint, daß manchmal Leute aus Aberdeen oder Hoquiam hier ihre Hunde aussetzen, weil sie sie nicht einschläfern lassen wollen. Wenn sich im Laufe des Tages niemand nach ihm erkundigt, gehört er uns.«

Elaine setzte den kleinen Hund vorsichtig in den Karton zurück. Mit aufgebracht wedelndem Schwänzchen versuchte er sofort wieder herauszukrabbeln.

»Sie sagten, Snookers Genick war gebrochen, stimmt das?« fragte plötzlich Rebecca. Elaine blickte sie schuldbewußt an. »Glen hat es ihnen gesagt?«

Rebecca nickte stumm.

»Dann hat es keinen Sinn mehr zu lügen – oder?« Sie lächelte traurig. »Als ich ihn fand, hatte ich keine Ahnung, daß er Ihnen gehört.«

»Was haben Sie mit ihm getan?«

»Ich ließ ihn, wo er war«, antwortete Elaine leise, »ich hätte nicht gewußt, was ich anderes tun sollte.«

»Jetzt läßt sich auf jeden Fall nichts mehr ändern.«

»Als ich ihn fand, war es auch schon zu spät, Rebecca, er war schon seit Stunden tot, da bin ich sicher.«

»Ich weiß«, erwiderte Rebecca düster. »Wirklich, ein seltsames Zusammentreffen – zuerst Snooker mit gebrochenem Genick und dann Mrs. Shelling...« Der Satz blieb unvollendet; Rebecca riß sich zusammen und versuchte ein Lächeln. »Tut mir leid, aber das alles hat mich ganz schön mitgenommen. Ich werde froh sein, wenn Sie zurück sind, Elaine. Ganz plötzlich fühle ich mich gar nicht mehr wohl bei dem Gedanken, daß wir hier draußen an der Sod Beach ganz allein sind...«

»Das sollten Sie nicht«, erwiderte Elaine mit erzwungener Sicherheit. »Hier draußen ist es doch wundervoll, und Sie sind hier bis jetzt doch recht glücklich gewesen. Es ist absolut unnötig, daß Sie sich so aufregen.«

»Das sage ich mir auch«, meinte Rebecca, »und wenn da nur eine Sache gewesen wäre – selbst wenn es sich um Mrs. Shelling gehandelt hätte –, nun gut. Aber gleich zwei solche Vorfälle – irgendwie unheimlich.«

»Das könnte auch Merle Glind gesagt haben«, mischte sich Brad ein.

»Merle?« fragte Glen mit Schärfe, und zog damit Brads Aufmerksamkeit auf sich. »Was hatte der denn zu sagen?«

»Nichts von Bedeutung«, erwiderte Brad, »irgendeinen Unfug zu dieser Legende von Whalen über die Indianer – und daß wir einen großen Fehler machten, an den Strand hinauszuziehen. Wußten Sie eigentlich, daß Whalen Indianerblut hat?«

»Das ist mir neu«, sagte Rebecca, »aber von seinem Aussehen her könnte es stimmen.«

In diesem Augenblick hörte man draußen ein Auto bremsen. Alle warteten darauf, daß sich gleich die Vordertür öffnen würde. Als das nicht geschah, stand Rebecca auf und schaute nach. »Wenn man vom Teufel spricht...«, meinte sie. Glen trat neben seine Frau.

Draußen stand Harney Whalen, einen Fuß auf der Stoßstange des Randallschen Wagens, und schrieb offensichtlich einen Strafzettel aus. »Was, zum Teufel, soll das?« murmelte Glen. Er wollte hinaus, aber Brad hielt ihn zurück.

»Ich kümmre mich selbst darum, Glen. Er hat seinen Stiefel auf meiner Stoßstange.« Er ging hinaus auf die Straße.

»Guten Morgen!« grüßte er freundlich. Keinerlei Reaktion des Polizeichefs.

»Stimmt irgendwas nicht?« fragte Brad. Whalen warf ihm einen Blick zu, schrieb dann den Strafzettel fertig, riß ihn aus dem Heft und überreichte ihn Brad.

»Für falsches Parken«, sagte er, während er Brad fixierte.

Dieser grinste verblüfft. »Falsches Parken?« wiederholte er ungläubig. »Wovon sprechen Sie eigentlich?«

»Der Wagen ist gesetzeswidrig abgestellt«, behauptete Whalen. Brad blickte sich nach einem Verbotsschild um. Es gab keines.

»Ich sehe weit und breit kein Schild.«

»Es ist auch nicht verboten, hier zu parken«, erklärte Whalen, »es ist die Art, wie Sie geparkt haben. Das hintere Ende des Wagens ragt auf den Bürgersteig.«

Brad umrundete seinen Wagen und sah, daß die im Straßendreck kaum erkennbare Bürgersteigkante vielleicht fünf Zentimeter unter dem Volvo lag. Er wußte plötzlich, was hier gespielt wurde. »Tut mir leid«, sagte er gelassen, »wirklich unvorsichtig von mir. Wieviel kostet mich das?«

»Zehn Dollar«, erwiderte Whalen und schien darauf zu warten, daß Brad der Kragen platzte. Doch dieser zog ohne äußere Erregung seine Brieftasche, nahm eine Zehn-Dollarnote heraus und überreichte sie dem Polizisten zusammen mit dem Strafzettel.

»Ich nehme an, ich kann das direkt bei Ihnen bezahlen?« fragte er höflich.

»Kein Problem«, sagte Whalen und schob Strafzettel und Geld in die Tasche.

»Ich hätte gern eine Quittung dafür«, sagte Brad ebenso höflich.

Der Polizist starrte ihn mit unterdrückter Wut an. Dann trat er an seinen Streifenwagen, setzte sich hinters Steuer und schrieb eine Quittung aus.

»Seien Sie das nächste Mal vorsichtiger«, meinte er, während er zu Brad zurückkam, und gab diesem die Quittung. Dann machte er auf dem Absatz kehrt und wollte gerade wieder einsteigen, als Brad rief: »Chief Whalen!« Der Polizist wandte sich um und starrte ihn an.

»Wenn Sie meinen, Sie könnten mich mit einem an den Haaren herbeigezogenen Strafmandat von hier vertreiben, dann täuschen Sie sich«, erklärte Brad mit Nachdruck. »Es gehört viel mehr dazu, mich von Clark's Harbor fernzuhalten.«

Harney Whalen schien einen Augenblick verblüfft. Doch als er dann sprach, klang seine Stimme ebenso ruhig wie die Brads. »Dr. Randall – dieses Mandat ist nicht an den Haaren herbeigezogen. Ihr Wagen ist regelwidrig geparkt, und deshalb habe ich es ausgeschrieben. Wenn ich Sie von Clark's Harbor wirklich fernhalten wollte, hätte ich andere Möglichkeiten, glauben Sie mir. Ich habe Ihnen zu erklären versucht, welche Spielregeln hier gelten. Ob Sie trotzdem hier draußen leben wollen oder nicht, ist allein Ihre Sache. Aber falls Sie sich mit mir anlegen wollen – das können Sie haben. Habe ich mich klar genug ausgedrückt?«

Brad kam sich plötzlich wie ein Narr vor. Vielleicht hatte er sich getäuscht, vielleicht war Whalen wirklich nur ein überkorrekter Beamter? Aber die Strafe war in jedem Fall zu hoch. Trotzdem entschloß er sich, die Sache zumindest für den Augenblick auf sich beruhen zu lassen.

»Völlig klar«, erwiderte er, »und falls ich wirklich etwas falsch gemacht haben sollte, möchte ich mich dafür entschuldigen.«

Whalen nickte kurz, stieg in den Streifenwagen und fuhr davon.

Brad sah ihm noch einen Augenblick nach und ging dann zurück in die Galerie.

»Was war denn nur los?« fragte Elaine, »hat er uns einen Strafzettel verpaßt?«

»Ja, und ich habe ihn bezahlt«, antwortete Brad gedankenverloren.

»Ja, aber wofür denn?« wunderte sich Rebecca.

»Offensichtlich habe ich regelwidrig geparkt. Das rechte hintere Ende des Wagens ragte knapp fünf Zentimeter auf den Bürgersteig.«

»Und dafür hat er Sie aufgeschrieben?« empörte sich Glen. »Das ist doch lächerlich!«

»Das dachte ich auch, aber ich wollte keinen weiteren Ärger haben. Hat keinen Sinn, wenn er am längeren Hebel sitzt.«

»Manchmal kommt's mir so vor, als ob ganz bestimmte Leute grundsätzlich am längeren Hebel sitzen«, meinte Glen bitter. Rebecca griff tröstend nach seiner Hand.

»Ich glaube, wir müssen langsam los«, meinte Elaine mit einem Blick auf ihre Uhr. »Wir brauchen mindestens drei Stunden nach Hause.«

Rebecca schlang plötzlich die Arme um Elaine und drückte sie an sich. »Überlegen Sie es sich bitte nicht anders«, flüsterte sie.

»Auf keinen Fall«, beruhigte sie Elaine. »Diese Stadt soll mich kennenlernen.« Sie machte sich los. »Lassen Sie uns eine gute Woche Zeit, dann sind wir zurück – in Ordnung?«

Rebecca nickte. »Ich weiß ja, daß es kindisch klingt, aber ganz plötzlich habe ich das Gefühl, daß jetzt alles gut wird. Beeilen Sie sich!«

»Das werden wir«, sagte Brad, »und ich hoffe, daß bei unserem Wiederkommen hier alles fertig ist, sonst werde ich mich selbst darum kümmern!«

»Ich nehme Sie beim Wort«, lachte Glen. Zusammen mit Rebecca geleitete er die Randalls zum Wagen.

»Ich sehe sie sehr ungern fahren«, meinte Rebecca, während sie dem kleiner werdenden Wagen nachblickten. »Was soll nur werden, wenn sie es sich doch anders überlegen und nicht zurückkommen?«

»Sie kommen zurück«, beruhigte Glen seine Frau. »Aber komm jetzt rein und vergiß sie für den Augenblick. Wir haben viel zu tun; vor allem müssen wir uns um unseren neuen Hausgenossen kümmern...«

»Worüber machst du dir Sorgen?« fragte Brad, während sie noch einmal durch den Ort fuhren.

»Über nichts Besonderes«, wich Elaine aus. Sie war sich nicht sicher, ob sie mit ihrem Mann darüber sprechen wollte.

»Du kannst mir nichts vormachen«, beharrte Brad.

»Offensichtlich nicht«, lächelte sie. »Vielleicht haben wir uns doch zu rasch in diese Sache hineingestürzt. Ich meine, ein Haus am Strand zu mieten, das ist eine Sache – aber ein Leben ohne Strom und in einer Stadt, die uns nicht will, das ist etwas ganz anderes.«

»Aber es ist doch nicht die ganze Stadt«, widersprach Brad, »es sind lediglich Harney Whalen und dieser Merle Glind. Glen und Rebecca dagegen wollen uns sehr wohl.«

Elaine versank in Schweigen. Es würde eine Weile dauern, bis sie all die Empfindungen und Gedanken verarbeitet hatte, die sie bestürmten.

Doch so weit sie sich auch von Clark's Harbor entfernten, ein Gedanke drängte sich immer wieder drohend in ihr Bewußtsein: Wir sind Fremde, Fremde wie die Palmers – und die Shellings...

Harney Whalen wartete, bis der Wagen der Randalls außer Sicht war; erst dann fuhr er aus dem Schutz der riesigen Anzeigetafel heraus zurück in die Stadt.

Als er in die Harbor Road abbog, warf er einen finsteren Blick auf die Galerie. Warum nur hatten sie sein Angebot nicht angenommen? Er hätte sie ausbezahlt – und Clark's Harbor wäre sie losgewesen.

Er warf einen Blick über das vor ihm liegende Städtchen. Seine Stadt. Dieses Eigentumsgefühl war im Lauf der Jahre immer stärker geworden, ohne daß er sich dessen bewußt wurde. Da lag sie vor ihm, seine Stadt, ein Bild heiteren Friedens unter der strahlenden Morgensonne.

Er hielt vor dem winzigen Rathaus und schlenderte in sein

Büro. Chip Connor war bereits da und wartete mit dampfendem Kaffee. Er goß seinem Boß eine Tasse ein.

»Also – sie sind weg«, sagte Harney.

»Weg? Wer?«

»Die Randalls. Sind eben weggefahren.«

»Aber sie werden zurückkommen«, wandte Chip ein.

»Vielleicht«, meinte Harney verkniffen, »vielleicht aber auch nicht.« Er setzte sich und legte die Füße auf den Schreibtisch. »Wundervoller Tag heute, nicht wahr, Chip?«

»Bis jetzt noch, aber ein Sturm braut sich zusammen«, erwiderte sein Stellvertreter, »und kein geringer.«

»Ich weiß«, meinte Whalen, »ich spür's in meinen Knochen.« Harney Whalen lächelte vor sich hin und nippte an seiner Tasse. Sollte er ruhig kommen, dieser Sturm.

BUCH II

Nachtwogen

12

Pfarrer Lucas Pembroke blickte über den Rand seiner Halbbrille auf die Handvoll Menschen, die sich in der winzigen Methodistenkirche versammelt hatten, und versuchte den schlechten Besuch dem Wetter zuzuschreiben. Während der vergangenen fünf Tage, seit Miriam und Pete Shelling begraben worden waren, hatte es fast ständig geregnet. Nur die Gelangweilten und die Neugierigen waren zugegen gewesen, und Pembroke hatte gehofft, daß zu diesem Gedenkgottesdienst einige mehr kommen würden. Was hatte es für einen Sinn, den ganzen Weg von Hoquiam hierher zu fahren, um über zwei Menschen zu reden, die er kaum kannte, wenn sich nur diese paar Nachbarn und Einwohner hier für sie interessierten? Vielleicht wären mehr gekommen, wenn man die Leichen aufgebahrt hätte... Er schämte sich seiner unchristlichen Gedanken.

Im übrigen wußte er, daß es nicht nur am Wetter lag. Es war noch etwas anderes, etwas, das er am eigenen Leib gespürt hatte, seit er damals Clark's Harbor unter seine Fittiche genommen hatte. Seine neue Gemeinde war ihm von Anfang an mit ungewohnter Distanz begegnet, und es war ihm in den ganzen Jahren nicht gelungen, sie abzubauen. Sie wollten wohl einen Pfarrer für ihre Kirche, doch einer von draußen wurde bei ihnen nie ganz akzeptiert. Eigentlich hatte Lucas Pembroke gehofft, das Eis doch noch irgendwie brechen zu können, doch der Tod von Pete und Miriam Shelling warf ihn wieder weit zurück. Sie waren die einzigen gewesen, die ihm immer wieder zu verstehen gegeben hatten, daß sie seine Arbeit hier in Clark's Harbor zu schätzen wußten. Aber vielleicht lag das auch nur daran, daß sie hier ebenfalls nicht so sehr willkommen waren. Das Schicksal der Shellings hatte ihn sehr betroffen gemacht, und er wollte ihnen unbedingt einen würdigen Abschied bereiten. Aber diese Gefühle schienen in Clark's Harbor nicht von vielen geteilt zu werden.

Natürlich war Merle Glind anwesend. Pembroke wußte jedoch genau, daß dies nicht seinem Mitgefühl für die Toten, sondern seiner unersättlichen Neugier zuzuschreiben war. Er saß in der vierten Reihe, auf halbem Weg zwischen Kanzel und Tür, und sein kleiner, fast kahler Kopf drehte sich nach allen Seiten, um die Anwesenden zu registrieren.

Außer Glind sah man noch drei Fischer und Harney Whalen als Vertreter der Alteingesessenen der Stadt. In der ersten Reihe, ganz an die Seite gedrückt, fielen Pembroke Rebecca und Glen Palmer mit ihren beiden Kindern auf. Sie hatte er noch nie in seiner Kirche gesehen. Er wunderte sich, was sie ausgerechnet heute hierher verschlagen hatte; irgendwie wirkten sie fehl am Platze.

Der Pfarrer warf einen Blick auf die Uhr über der Eingangstür. Es würde wohl niemand mehr kommen, also konnte er sich genausogut erheben und den Gottesdienst beginnen.

Eine Stunde später traten die wenigen Besucher aus der Kirche, an ihrer Spitze Harney Whalen. Pembroke bemerkte, daß es der Polizeichef recht eilig zu haben schien. Er hatte nicht einmal Zeit für einen Händedruck gefunden. Merle Glind dagegen schüttelte ihm übertrieben die Hand, bevor er sich mit Pflichten in seinem Gasthaus entschuldigte. Gleich darauf stand Rebecca Palmer vor ihm.

»Ein sehr ergreifender Gottesdienst, Herr Pfarrer«, sagte sie schüchtern.

»Ich freue mich, daß Sie gekommen sind«, erwiderte Pembroke voller Wärme. »Es waren leider nicht viele, und es schmerzt mich immer, wenn die Leute sich um den Tod anderer nicht kümmern; ich fühle mich dann immer so allein gelassen. Ich wußte gar nicht, daß Sie die Shellings kannten...« Es klang fast wie eine Frage.

»Wir kannten sie auch nicht gut«, erwiderte Glen, »ich

glaube, ich habe nie mit Pete Shelling ein Wort gewechselt, aber ich traf seine Frau noch in der Nacht, als sie starb. Wir dachten, wir wären es ihnen einfach schuldig.«

Lucas Pembroke war voller Mitgefühl, als er sich wieder an Rebecca wandte. »Es war bestimmt nicht angenehm für Sie; wenn es irgendwas gibt, was ich für Sie tun kann...?«

»Es geht mir schon wieder besser«, versicherte Rebecca, »wirklich. Ihre Worte haben mir geholfen. Ich weiß, es klingt seltsam, aber ich dachte, daß mein Hiersein mich endlich von all den schmerzlichen Gedanken befreien könnte. Und ich glaube sogar, daß ich recht hatte.«

»Ich würde mich freuen, Sie bald wiederzusehen«, erwiderte Pembroke, »ich meine, im Gottesdienst. Das hier ist nicht gerade eine große Gemeinde, und ich hasse es, vor leeren Bänken zu predigen. Wahrscheinlich nagt das an meinem Selbstbewußtsein«, scherzte er.

Die Palmers versprachen es ihm, aber er zweifelte sehr daran. Wahrscheinlich litten auch sie an der Kälte dieser Stadt, die auch ihm in der ersten Zeit hier entgegengeschlagen war, und zogen es vor, für sich allein zu bleiben. Nachdem er sich von ihnen verabschiedet hatte, wandte er sich den drei Fischern zu.

Tad Corey, der jüngste von ihnen, gehörte zu den regelmäßigen Gottesdienstbesuchern. »Tad«, begrüßte er ihn herzlich, »ich freue mich, daß Sie gekommen sind, obwohl ich ehrlich gesagt überrascht bin.«

»War nicht unbedingt meine Idee, Herr Pfarrer«, erwiderte Corey jovial. »Ich hab' Mac Riley gesagt, ich wüßte Besseres, als den Tag in der Kirche zu vergeuden, aber er wollte nicht auf mich hören.« Ein Zwinkern seiner Augen nahm dem Gesagten jeden Anflug von Bösartigkeit. Mit einem Lächeln wandte sich Lucas Pembroke dem ältesten Fischer zu.

»Sie sehe ich hier nicht sehr oft, Mr. Riley«, meinte er.

Der alte Mann, dessen Augen fast in den Falten seines verwitterten Gesichts verborgen waren, schien ihn nicht zu hören. Seine ganze Aufmerksamkeit konzentrierte sich auf Missy und Robby, die ihn ihrerseits neugierig anstarrten. Es war wie ein geheimnisvoller Gedankenaustausch zwischen dem alten Mann und den Kindern, als ob sie sich an irgend etwas Gemeinsames erinnerten, an dem sie die übrige Welt nicht teilhaben lassen wollten.

Plötzlich schien der Alte aufzuwachen und lächelte den Pfarrer an. »Das ist auch kein Wunder«, erklärte er mit heiserer Stimme, »nachdem ich an die siebzig Jahre hier gefischt habe, weiß ich auch so über viele Dinge Bescheid, Dinge, von denen Sie wahrscheinlich keine Ahnung haben...«

»Nun, auf jeden Fall freue ich mich, daß Sie es heute einrichten konnten«, erwiderte Pembroke etwas unsicher, da er nicht verstand, was ihm der Alte andeuten wollte.

»Pete Shelling verstand sein Handwerk«, fuhr der alte Mann fort, und Pembroke war froh, wieder Boden unter die Füße zu bekommen. »Seine Frau habe ich kaum gekannt, Pete dafür um so besser. Es ist ein Jammer, ein großer Jammer.«

»Nun, Unfälle passieren eben«, versuchte Pembroke zu trösten.

»Das schon«, stimmte Riley zu, »aber selten in dieser Häufung.« Er ließ den Pfarrer stehen und ging aus der Kirche. Über die Schulter rief er seinen beiden Begleitern zu: »Was ist, Jungs, wollt ihr hier Wurzeln schlagen?«

Tad Corey und Clem Ledbetter verabschiedeten sich hastig von dem Pfarrer und eilten Riley nach. Lucas Pembroke räumte die wenigen Gesangbücher weg und fragte sich, was er mit den Blumen machen sollte, die er für den Gedenkgottesdienst mitgebracht hatte. Vielleicht konnte man sie kommenden Sonntag noch einmal verwenden? Doch diese Idee verwarf er rasch wieder; die Leute von Clark's Harbor hatten für Dekoratives sowieso nicht viel übrig. Da war es viel sinnvoller, sie nach Hoquiam zurückzunehmen und seiner Wirtin zu verehren – vielleicht gab es dann endlich mal wieder ein anständiges Abendessen.

Harney Whalen stapfte in sein Büro und warf sich auf seinen Stuhl hinter dem Schreibtisch. Er begann mit Papieren zu rascheln, aber so leicht war Chip Connor nicht zu täuschen. Er wußte, daß sein Boß etwas auf dem Herzen hatte.

»Ziemlich still heute, nicht wahr?« meinte Whalen schließlich.

»Keinerlei Vorkommnisse, alles ruhig«, bestätigte Chip. Er überlegte einen Augenblick und warf dann einen Köder aus. »Fast so still wie bei einem Begräbnis.«

»Soll das etwa eine Anspielung sein?« fragte Whalen und lehnte sich in seinem Stuhl zurück.

»Könnte schon sein«, lächelte Chip, »also, wie war's?«

»Wie solche Sachen eben sind«, meinte Whalen. »War immerhin mein erster Gedenkgottesdienst für eine ganze Familie.«

»Gut besucht?«

»Überhaupt nicht. Der alte Mac Riley.«

»Großvater? Überrascht mich nicht«, grinste Chip. »Manchmal denk' ich, er hat eine Schwäche für Begräbnisse – als ob er Angst hat, eins zu versäumen und dann selbst der nächste zu sein. Tad und Clem waren bei ihm?«

»Natürlich. Die drei, ich und Glind; und dann noch vier. Aber du wirst nie erraten, wer.«

Chip dachte nach. Es mußte jemand sein, den man dort nie vermutet hätte. Plötzlich wußte er es.

»Doch nicht die Palmers?«

»Ins Schwarze getroffen«, mußte Whalen zugeben. »Aber nun erklär mir mal, wieso ausgerechnet die Palmers dort aufgekreuzt sind? Von der Stadt war kaum einer da, und die kennen doch die Shellings besser als die Palmers. Warum also waren sie da?«

»Woher soll ich das wissen?« meinte Chip.

»Eine wirklich gute Frage«, sagte Whalen sarkastisch, »und wer, meinst du wohl, wird die Antwort darauf finden?«

»Verstehe«, erwiderte Chip und stand schwerfällig auf, »du willst, daß ich rübergehe und mich ein wenig mit den Palmers unterhalte?«

»Wieder getroffen«, schmunzelte Whalen, »aber laß dir Zeit. Mir ist alles recht, solange es nur heute geschieht.«

Er blickte seinem Stellvertreter nach und fragte sich, wie er wohl mit der Situation fertig werden würde. Doch so ganz klar war ihm auch selbst nicht, warum er die Palmers überhaupt befragen wollte. Doktor Phelps hatte versichert, daß Miriam Shelling sich selbst getötet hatte – aber Harney Whalen konnte das nicht so einfach glauben. Da war noch etwas anderes im Hintergrund, und Harney Whalen war ziemlich sicher, daß die Palmers etwas damit zu tun hatten. Es war nur so eine Ahnung. Aber Harney Whalen verließ sich auf seine Ahnungen.

Die Palmers gingen die wenigen Schritte bis zur Tankstelle, bezahlten widerspruchslos die überhöhte Rechnung und fuhren schweigend zur Sod Beach zurück. Selbst die Kinder respektierten dieses Schweigen und verhielten sich ganz ungewöhnlich ruhig. Glen bog mit dem Chevy von der Hauptstraße ab, und sie holperten die knapp hundert Meter über den Feldweg auf ihre Hütte zu.

»Können wir an den Strand raus?« bettelte Robby, während er und Missy vom Rücksitz ins Freie krabbelten.

»Wäre es jetzt nicht Zeit für die Schule?« wandte Rebecca ein.

»Och, es ist doch schon Nachmittag«, maulte Robby, und Rebecca fühlte sich in die Defensive gedrängt.

»Na ja, ein Tag wird wohl nicht allzuviel ausmachen«, meinte sie. »Also, dann laßt Scooter raus, bevor er das Haus völlig ruiniert hat.« Sie hatte noch nicht zu Ende gesprochen, als Robby und Missy schon auf die Hütte zurannten. Einen Augenblick später stolperte das Hündchen mit glücklich wedelndem Schwänzchen hinter den Kindern her ins Freie. Glen und Rebecca beobachteten das Trio, bis es um die Ecke Richtung Strand verschwunden war.

»Dieser verdammte Köter«, schimpfte Rebecca, als sie in der Mitte des Läufers den kleinen Haufen sah. Schon am ersten Tag hatten sie es aufgegeben, den Welpen in einem Karton zu halten. Denn kaum hatte man ihn reingesetzt, kaute er sich sofort einen Fluchtweg und verschwand unter dem nächsten Möbelstück, wo er seelenruhig wartete, bis man ihn wieder einfing. Seinen Namen hatten sie so gewählt, daß er selbst dann reagierte, wenn die Kinder versehentlich den alten Namen riefen. Die Freude über das tolpatschige Wesen war so groß gewesen, daß den Palmers bis jetzt die unangenehme Aufgabe erspart geblieben war, den Kindern Aufklärung über das Verschwinden ihres früheren Lieblings geben zu müssen. Seit Scooter im Haus war, schien es Snooker nie gegeben zu haben. Nur was die Sauberkeit betraf, hatte der neue Hausgenosse Schwierigkeiten gemacht. Und das hier war ein neuer Beweis dafür. Rebecca nahm ein Stück Zeitungspapier und pickte das Häufchen vorsichtig auf, trug es am ausgestreckten Arm hinaus und warf alles zusammen in die Abfalltonne.

»Wollen wir nicht auch ein wenig raus an den Strand?« fragte sie Glen beim Zurückkommen. »Die Sonne wird gleich durchbrechen, und du weißt ja, daß ich die Kinder nicht gern allein da draußen lasse.«

Glen warf seiner Frau einen prüfenden Blick zu. Dies war das erste Mal, daß sie die beiden überhaupt wieder an den Strand gelassen hatten, seit dem Tag, an dem Miriam Shelling gestorben war. Er entschloß sich, indirekt die Ursachen für ihren Meinungsumschwung zu erforschen.

»Bist du eigentlich froh darüber, daß wir den Gedenkgottesdienst besucht haben?« fragte er.

Rebecca reagierte etwas überrascht auf diese Frage. »Natürlich bin ich das. Im übrigen war ich die, die darauf bestanden hat, du weißt das doch noch – oder?« Plötzlich erkannte sie, worauf er hinauswollte, und wandte sich instinktiv zur Tür, überlegte es sich dann aber wieder anders.

»Das alles ist jetzt vorbei, glaubst du nicht auch?« fragte sie leise.

»Es war nie etwas anderes als die Verzweiflungstat einer unglücklichen Frau«, meinte Glen, »aber du brauchtest eben diesen Gottesdienst, um dies zu begreifen.«

»Ich weiß«, sagte Rebecca, »und ich gebe auch ganz offen zu, daß ich mir jetzt ziemlich albern vorkomme, ich war einfach durcheinander...«

»Zumindest können die Kinder jetzt wieder raus an den Strand. Ich weiß nicht, wie es mit dir war, aber mir gingen sie allmählich etwas auf die Nerven – ganz zu schweigen von diesem verflixten Hund.« Er warf einen Blick in den Kühlschrank. »Was hältst du davon – wir machen uns ein paar Sandwiches und gehen auch an den Strand? Ich vergesse für heute die Galerie und du deine Hausarbeit. Wir vier halten am Meer ganz für uns Totenwache für die armen Shellings.«

»Wir sind doch keine Iren«, wandte Rebecca ein.

»Dann tun wir eben so«, grinste Glen. »Im übrigen weißt du so gut wie ich, daß die Kinder zumindest eine Million Fragen auf dem Herzen haben. Eine kleine Party ist genau das Richtige, um sie zu beantworten.«

Ganz plötzlich fühlte Rebecca alle depressiven Gedanken von sich abfallen, und sie war wieder glücklich darüber, hier am Meer zu sein. Sie umarmte Glen und küßte ihn zärtlich.

»Was hat das zu bedeuten?« meinte er grinsend, nachdem er den Kuß erwidert hatte.

»Nichts Besonderes. Ich wollte mich nur dafür bedanken, daß ich einen so wundervollen Mann habe.« Sie warf einen Blick aus dem Fenster und sah die Sonne durch die Wolken brechen. Ganz plötzlich wandelte sich das Bleigrau der See in tiefes Blau, und die Bäume strahlten wieder in saftigem Grün. »Das Unwetter hat sich endgültig verzogen«, freute sie sich, »ich kann es kaum glauben.«

»Da wäre ich mir nicht so sicher«, meinte Glen, »wenn man den Alteingesessenen glauben darf, waren die letzten Tage nur das Vorspiel. Der eigentliche Sturm lauert noch hinter dem Horizont.«

Rebecca schnitt eine Grimasse. »Bist du jetzt etwa unter die Katastrophen-Propheten gegangen?«

»Ich sage nur, was ich gehört habe.«

»Und seit wann glaubst du alles, was du hörst?« neckte sie ihn. »Komm jetzt endlich. Genießen wir die Sonne, Regen hatten wir jetzt wirklich genug!«

Clem Ledbetter legte das Netz beiseite, an dem einige Ausbesserungsarbeiten fällig gewesen waren, und fischte sich eine Zigarette aus der zerknüllten Packung, die er aus der Hosentasche zog.

»Ich weiß wirklich nicht, was ich davon halten soll«, meinte er, ohne sich direkt an jemand zu wenden. Er zündete die Zigarette an und zog den Rauch tief in die Lunge.

»Es gibt jede Menge Dinge, die uns sinnlos erscheinen«, meinte Mac Riley und legte ebenfalls seine Arbeit zur Seite. Dann stopfte er sich aus einem abgegriffenen Tabaksbeutel aus Seehundfell seine Pfeife und warf Clem einen scharfen Blick zu. »Was genau meinst du eigentlich?«

»Miriam Shelling. Ich verstehe einfach nicht, warum sie sich getötet haben soll. Sie war einfach nicht der Typ dafür.«

»Und woher willst du das wissen?« mischte sich Corey ein. »Hast du sie etwa so genau gekannt?«

»Unsinn, nein. Aber sie war nicht der Mensch dafür. Alice und ich haben Pete und Miriam ebensogut gekannt wie jeder andere im Ort. Ich sage euch, das ergibt einfach keinen Sinn...«

»Pete Shelling war verrückt«, reagierte Tad Corey mit Vehemenz. »Jeder, der in einer solchen Situation allein auf See bleibt, ist verrückt.«

»Das mag schon sein«, erwiderte Clem, »aber Pete war auch ein guter Fischer, und er hatte ein gutes Boot. Ich habe die ›Sea Spray‹ immer nur tipptopp in Ordnung gesehen. Nicht wie die Boote mancher anderer Leute, die wie ein Schweinestall aussehen...«

Tad nahm den Köder nicht an. »Der hat sich ja nur um sein Boot gekümmert, als ob es nichts anderes gäbe.«

»Das mag schon sein«, gab Clem zu, »aber wer sein Boot so gut im Griff hat wie Pete Shelling, der läßt sich doch nicht so einfach von den eigenen Netzen über Bord ziehen. Und Miriam – nun, sie wußte, was auf sie zukam, als sie Pete geheiratet hat. Jede Frau, die einen Fischer heiratet, weiß das. Und wenn dann so etwas passiert, dann bringt man sich doch nicht einfach auch um.«

»Was geschehen ist, ist geschehen«, erwiderte Tad, »ich weiß nicht, warum wir darüber noch viele Worte verlieren sollen. Pete Shelling hat nie richtig hierher gepaßt und ich für mein Teil sehe die Sache für erledigt an. Harney Whalen beschwört, daß Miriam sich selbst getötet hat – und damit hat sich's!«

»Wirklich?« mischte sich Mac Riley ein, »da wäre ich mir nicht so sicher.«

Er hatte die Pfeife aus dem Mund genommen, während er den beiden Jüngeren zuhörte. Jetzt setzte er sie erneut in Brand und paffte einige Augenblicke nachdenklich vor sich hin. Clem und Tad dachten schon, daß der Alte sie vergessen hätte, als er plötzlich wieder zu sprechen begann.

»Ich erinnere mich da an eine Sache, die vor vielen Jahren geschehen ist; ihr lagt damals noch in den Windeln. Auch damals lebte hier ein Paar, das von auswärts zugezogen war. Er war Fischer wie Pete, und eines Tages fand ich sein Boot führerlos ziemlich genau an jener Stelle vor der Sod Beach treiben, wo man auch Petes Boot gefunden hat. Und auch ihn hatten die eigenen Netze über Bord gezogen und nicht mehr losgelassen.«

»Na und?« meinte Tad Corey. »Was will das schon heißen? Die Strömung vor dieser Küste ist unberechenbar, und da kann es schon problematisch werden, die Kontrolle über die Netze zu behalten. Und wenn an einer solchen Stelle im Abstand von fast vierzig Jahren zwei Menschen auf dieselbe Weise umkommen, beweist das gar nichts. Wäre es innerhalb von einem Jahr oder in noch geringerem Abstand geschehen, dann hätte man schon eher darüber sprechen können. Aber so? Unsinn, Riley, da wundert es mich schon sehr viel mehr, daß dort so wenige Unfälle passiert sind.«

»Du hast mich meine Geschichte nicht zu Ende erzählen lassen«, sagte der alte Mann geduldig, »wenige Tage danach fand auch die Frau des Fischers den Tod.«

»Wie kam das?« fragte Tad.

»Sie hat sich aufgehängt«, erwiderte Riley ruhig. »Ich behaupte nicht, daß es derselbe Baum war, an dem auch Miriam Shelling hing, aber es war auf jeden Fall nicht weit davon.«

Die beiden Jüngeren starrten Mac Riley verblüfft an. Schließlich fragte Clem: »Gab es Beweise, daß es Selbstmord war?«

»Niemand hatte einen Grund, daran zu zweifeln«, antwortete Riley. »Aber wenn ihr mich fragt, dann sind die Übereinstimmungen zwischen dem, was damals geschah, und dem Schicksal von Pete und Miriam Shelling einfach zu groß, um noch an Zufall zu glauben.«

»Andererseits ergibt das alles trotzdem keinen Sinn«, beharrte Clem Ledbetter.

»Nein?« lächelte Riley, »da bin ich mir nicht so sicher, nein, ganz und gar nicht.«

Tad und Clem tauschten besorgte Blicke aus, doch dem Alten entging nichts. »Ihr haltet mich wohl für senil«, lächelte er erneut, »vielleicht bin ich es sogar. Aber eines kann ich euch sagen – die See da draußen ist wie ein Lebewesen, und sie hat eine ganz besondere Persönlichkeit. Die Indianer wußten das und respektierten es. Nach ihrem Glauben galt es immer wieder, den Geist des Meeres zu besänftigen, wenn ihm von den Menschen Unrecht widerfahren war.«

»Das ist doch Kinderkram«, meinte Corey.

»Glaubst du das wirklich? Vielleicht für dich. Aber der Glaube der Indianer hat einiges für sich. Schließlich bekommen wir vom Meer so viele Dinge – und was bekommt es von uns? Mit dem Land gehen wir ganz anders um. Der Bauer legt zuerst etwas in den Boden, bevor er erntet. Und die Indianer meinten nun, das Meer hätte ein ähnliches Anrecht. Man mußte ihm etwas für all die Wohltaten, die es dem Menschen erwies, zurückgeben. Und das taten sie – dort draußen beim Strand des Todes.«

»Diese Geschichten habe ich auch schon gehört«, meinte Clem.

»Darüber, was sie dort mit den Fremden taten? Natürlich, die Geschichten kennt jeder. Aber es gibt noch andere, die nicht so bekannt sind.«

»Welche zum Beispiel?« wollte Clem wissen.

»Als ich ein kleiner Junge war, erzählte mir mein Vater viel von den Sitten und Gebräuchen der Klickashaw-Indianer. Eine davon handelte von Fischern, die auf dem Meer zu Tode gekommen waren. Die Indianer glaubten nicht an Zufälle. Wenn also jemand umkam, mußte es einen Grund dafür geben – beispielsweise fühlte sich der Gott des Meeres beleidigt und mußte nun besänftigt werden...«

»Und wie geschah das?«

»Sie brachten ihm ein Opfer dar«, erklärte Riley gelassen. »Sie führten die Frau des Fischers raus an den Strand und boten sie dem Meer dar. Manchmal hängten sie sie an einem der Bäume des Strandwäldchens auf, oder sie brachen ihr das Genick und ließen sie am Strand liegen, bis die Flut kam und sie holte.«

»Mein Gott«, murmelte Clem.

Der Alte zog an seiner Pfeife und blickte aufs Meer hinaus. »Das gibt einem doch zu denken – oder?« meinte er dann. »Ich habe diese Geschichte jahrelang vergessen – erst jetzt, als das mit Miriam Shelling geschah, kam sie mir wieder in Erinnerung. Vielleicht wußten die Indianer einige Dinge, die wir nicht wissen. Auch wir leben hier vom Meer – und was geben wir ihm dafür? Wir schmeißen unsere Abfälle rein; das ist alles. Eigentlich brauchen wir uns nicht zu wundern, wenn das Meer ab und zu etwas mehr von uns verlangt...«

»Du meinst – du glaubst an diese alten Indianer-Geschichten?« wunderte sich Tad.

Riley warf ihm einen scharfen Blick zu. »Was spricht gegen sie?« fragte er. »Immerhin haben wir gerade einiges erlebt, was sie bestätigen könnte. Ich hab' auf jeden Fall lange genug mit dem Meer gelebt, um zu wissen, daß man es nicht unterschätzen darf. Wenn du übermütig wirst und dich zu stark fühlst, wirst du rasch eines Besseren belehrt. Das Meer wird immer Mittel und Wege finden, dir eine Lektion zu erteilen.«

Irgendwie wirkte er erregt; doch dann fuhr er sehr viel gelassener fort: »Vor allem bei Nacht. Nachts mußt du ganz besonders vorsichtig sein. Die See kann glatt wie Glas sein, und du meinst, du kannst ein wenig ausruhen – genau darauf hat sie gewartet. Dann reicht eine überraschende Bö und eine Woge, um dich zu verschlingen. Dann hat sie dich, genau wie sie Pete Shelling holte und so viele andere vor ihm...«

»Und dann auch noch ihre Frauen?« spottete Tad.

»Die holte sich der Strand«, erwiderte Riley ungerührt. »Der kann genauso tückisch sein wie das Meer, vor allem wenn der Wind die Nachtwogen gegen das Land treibt. Und immer wenn die Nachtwogen gegen das Land schlugen, brachten die Indianer ihre Opfer...«

Seine Stimme verhallte, und eine schwer lastende Stille senkte sich über die drei. Tad Corey und Clem Ledbetter hatten Mühe, das eben Gehörte zu verdauen.

»Und alles das glaubst du wirklich?« fragte Ledbetter schließlich ungläubig.

»Ja, das tu' ich«, erwiderte Riley gelassen, »und wenn ihr lange genug lebt, werdet ihr es auch glauben.« Als ob er das Ende der Unterhaltung andeuten wollte, klopfte er energisch seine Pfeife aus und erhob sich. »Was haltet ihr davon, wenn wir es für heute gut sein lassen?«

Clem und Tad verstauten die Netze, und dann gingen die drei über den Kai auf die Taverne zu, um sich einen Nachmittagsdrink zu genehmigen. Als sie sich mit ihren Gläsern an einem Tisch niedergelassen hatten, erblickte Tad plötzlich Harney Whalen.

»He, Harn«, rief er, »kannst du mal kurz herkommen?«

Der Polizeichef kam herüber und nahm sich einen Stuhl.

»Du hast doch Indianerblut in dir – oder?« sprach Tad ihn an. Whalen nickte.

»Riley hat uns gerade eine von diesen alten Indianer-Geschichten erzählt.«

Whalen musterte den alten Mann, dann fragte er vorsichtig: »Was hast du ihnen denn erzählt?«

»Die Sache mit den Nachtwogen«, erwiderte Riley, »und wie gefährlich sie sind.«

Harney Whalen schwieg einen Augenblick, als ob ihm das

Thema nicht unbedingt passen würde. Doch dann meinte er mit breitem Lächeln zu Corey und Ledbetter: »Ich weiß, was die Nachtwogen zu bedeuten haben – aber sie sind nur Fremden gegenüber gefährlich. Und wir alle hier sind doch keine Fremden – oder?«

13

Nach einer Nacht voller Alpträume wachte Chip Connors am nächsten Morgen sehr früh auf. Immer wieder hatten ihn die toten, anklagenden Augen der Shellings aus dem Schlaf gerissen; dann lag er lange Zeit schwer atmend da und starrte zu den über die Decke tanzenden Schatten hinauf, bis er erneut in unruhigen Schlummer sank. Sobald die Sonne über den Horizont kroch, stand er auf und machte sich Kaffee. Mit der Tasse in der Hand saß er dann am Fenster und versuchte, etwas Ordnung in seine verwirrten Gedanken zu bringen. Ein vergebliches Unterfangen.

Gegen neun begann er sich anzuziehen. Fast widerwillig schlüpfte er in seine Uniform und verwandte dann einige Zeit darauf, die Krawatte besonders sauber zu binden. Als er in den Spiegel sah, erhellte ein zufriedenes Grinsen sein Gesicht. Die scharf geschnittenen, ernsten Züge und die tadellos sitzende Uniform gaben ihm das Aussehen eines Musterpolizisten – genau wie auf den Rekrutierungsplakaten.

Langsamer als sonst fuhr er in den Ort hinein. Erst als er in die Harbor Road einbog und die Galerie der Palmers vor sich sah, wurde ihm klar, was ihn die ganze Zeit bedrückt hatte. Er hielt an und starrte nachdenklich vor sich hin. Gestern nachmittag war er mehr als erleichtert gewesen, als er die Galerie verschlossen fand. Kurz hatte er daran gedacht, zur Sod Beach rauszufahren, es jedoch rasch wieder verworfen. Whalen konnte ihm keinen Vorwurf machen; immerhin hatte er versucht, Palmer aufzusuchen. Natürlich wußte er, warum er keine Lust verspürte, an den Strand rauszufahren und Palmer auszufragen. Doch heute morgen konnte er der unangenehmen Verpflichtung nicht mehr ausweichen. Sauber aufgereiht stand eine Reihe von Gemälden vor der Galerie und zeigte an, daß ihr Inhaber anwesend war.

Er stieg aus dem Wagen und schlug fast mißmutig die Tür zu. Als er gerade eintreten wollte, fesselte eines der Bilder seinen Blick. Es war ein Ölbild des alten Baron-Hauses draußen am Strand, doch irgend etwas daran war sonderbar. Chip blickte es sich genauer an. Und da sah er es: Hinter einem der Fenster schien ein Schatten zu lauern. Es war, als ob sich jemand im Haus befand, der sich verbergen wollte. Doch der Künstler hatte die Erscheinung auf sein Bild gebannt. Chip fröstelte plötzlich – er kannte diesen Schatten. Träumte er etwa noch immer? Ohne sich dessen bewußt zu sein, lokkerte er seine Krawatte und trat ein.

Glen Palmer blickte von der Ausstellungsvitrine auf, die er gerade strich. Als er Chip Connor erkannte, überflutete ihn eine Welle der Feindseligkeit. Trotzdem richtete er sich lächelnd auf.

»Sagen Sie ja nicht, ich hätte gegen das Gesetz verstoßen«, empfing er ihn.

»Nicht, soweit mir bekannt ist«, erwiderte Chip. »Ich habe mir gerade Ihre Bilder angeschaut. Sie gefallen mir.«

»Das freut mich – wollen Sie eines davon haben?«

»Gern, wenn Sie es verschenken wollen«, grinste Chip. »Aber, sagen Sie, das eine mit dem alten Baron-Haus...?«

»Kostet zweihundert Dollar«, sagte Glen rasch und grinste zurück, »einschließlich des Rahmens.«

»Wirklich geschenkt, aber trotzdem zu teuer – doch etwas anderes... Es mag vielleicht dumm klingen, aber ich würde gern wissen, wer in dem Haus ist?«

Glen musterte den Polizisten. »Das haben Sie bemerkt, Sie scheinen wirklich scharfe Augen zu haben.«

Chip ignorierte das Kompliment und erklärte seine Neugier. »Irgendwie meine ich den Schatten zu kennen. An wen dachten Sie, als Sie ihn malten?«

Glen war sich noch immer nicht sicher, worauf sein Besucher hinauswollte. Er erinnerte sich, wie er das Bild vor einigen Wochen gemalt hatte. Damals wollte er es eigentlich schon als fertig zur Seite stellen, als er plötzlich aus einem Impuls heraus noch diesen Schatten ins Fenster gemalt hatte. Erst danach erschien es ihm wirklich als vollendet.

»Und warum interessiert Sie das so sehr?«

Chip hob unsicher die Schultern; wahrscheinlich hielt der andere ihn für einen Narren. »Ich weiß auch nicht; es ist nur – einen Augenblick lang dachte ich, es sei Harney Whalen.«

Glen hob überrascht die Brauen, doch dann hellte sich sein Gesicht auf. »Aber das wäre ja nur natürlich, schließlich ist es sein Haus, nicht wahr? Doch als ich es malte, hatte ich eigentlich niemand Besonderen im Sinn. Jeder sollte sich darunter vorstellen, wen er mochte.«

Chip war sich noch immer unklar, wie er auf den eigentlichen Grund seines Besuchs kommen konnte. So leicht war Harney Whalens Neugier nicht zu befriedigen.

»Verkaufen Sie viel?«

»Bis jetzt noch nicht. Um ehrlich zu sein – heute ist der erste Tag, an dem ich die Bilder ausstelle; aber es ist ja noch früh. Jeden Augenblick rechne ich mit ganzen Horden von Kunden...«

»Zu dieser Jahreszeit kommen kaum Touristen«, versuchte Chip zu trösten. »Und die meisten fahren hier sowieso nur durch.«

»Nächsten Monat müßte es besser werden«, meinte Glen, »ich dachte eben, ich versuch' mal mein Glück, vielleicht interessiert sich doch jemand dafür.« Er lächelte. »Und ich behielt recht – Sie tauchten plötzlich auf...«

Chip nickte und fühlte sich mehr als unwohl in seiner Haut. Bestimmt wußte Glen, daß er nicht wegen der Bilder hier aufgekreuzt war.

»Nun, wenn ich sonst nichts für Sie tun kann«, meinte Glen jetzt auch prompt, »mach' ich mich wieder an meine eigentliche Arbeit.« Damit wandte er dem Polizisten den Rükken und griff wieder nach dem Pinsel. Chip rührte sich nicht von der Stelle.

»Mr. Palmer«, meinte er dann abrupt, »ich muß Ihnen einige Fragen stellen.«

Glen legte den Pinsel wieder aus der Hand und fragte noch immer freudlich: »Worüber?«

»Sie haben den Gedenkgottesdienst für die Shellings gestern besucht«, begann Chip.

»So?«

»Ich wußte nicht, daß Sie ihnen so nahestanden.«

»Ich glaube nicht, daß das dabei eine Rolle spielt. Ist es eigentlich gegen das Gesetz, einen solchen Gottesdienst zu besuchen?«

»Nein, natürlich nicht«, versicherte Chip rasch. »Ich wollte nur..., oh, verdammt...!«

Glen Palmers Augen verengten sich, und Chip Connor spürte die von ihm ausstrahlende Feindschaft wie eine physische Kraft. »Schauen Sie, Mr. Palmer, ich habe nun mal diesen Auftrag bekommen. Harn bat mich, Sie aufzusuchen und Ihnen ein paar Fragen zu stellen...«

»Augenblick mal – wenn Whalen was von mir wissen will, kann er mich doch selbst fragen.«

»Nicht so hastig«, wehrte sich Connor, »wenn Harney Whalen ein paar Fragen beantwortet haben will, macht es keinen Unterschied, ob er sie stellt oder ich.« Ganz plötzlich ärgerte er sich über Palmer. »Also – warum sagen Sie mir nicht einfach, weshalb Sie mit Ihrer Familie bei dem Gottesdienst waren, damit wir die Sache hinter uns haben!«

Glen war jetzt wirklich aufgebracht. »Weil es keinen Grund gibt, weshalb ich das tun sollte! Solange meine Familie und ich nichts Gesetzwidriges tun, machen wir, was wir wollen, ohne daß Harney Whalen seine Nase hineinzustecken hat! Das geht Sie nichts an, ihn nichts an, Clark's Harbor nichts an – verstehen Sie?«

»Ich habe verstanden, Mr. Palmer«, erwiderte Chip mit erzwungener Ruhe. »Aber da sind einige Dinge, die auch Sie vielleicht verstehen sollten: Sie sind von außerhalb hierhergezogen; niemand hat Sie gerufen. Und Sie passen nicht hierher, wie jedermann in der Stadt weiß – und wahrscheinlich auch Sie. Also sollten Sie sich mit uns gut stellen, dann bin ich sicher, daß auch wir Ihnen entgegenkommen werden. Das scheinen Sie jedoch nicht zu verstehen. Ich wollte lediglich ein paar Fragen beantwortet haben, und Sie benehmen sich, als ob ich Sie vor Gericht zitiert hätte!«

»Woher soll ich wissen, daß es nicht so ist!« schoß Glen zurück. »Solange meine Familie und ich hier sind, kommen wir uns dauernd wie vor Gericht vor – nein, wie bereits Verurteilte, denen man keinerlei Möglichkeit zur Verteidigung gegeben hat. Ich bin ohne alle Vorurteile hierhergekommen, Connor, aber langsam ändert sich das. Ich mag es nun mal nicht, wenn meine Frau von Blake beschuldigt wird, sein billiges Porzellan kaputtgeschmissen zu haben, oder wenn man meinen Sohn in der Schule dauernd belästigt. Und ich mag es auch nicht, daß alles, was ich bestelle, Wochen braucht, bis es geliefert wird – und kommt es dann endlich, ist es nicht selten beschädigt. Und am allerwenigsten mag ich Polizisten, die wissen wollen, warum ich einen Gedenkgottesdienst besuche für eine Frau, die sich auf meinem Grund und Boden aufgehängt hat! Hätte sich der Ort hier mir gegenüber in den letzten Monaten etwas anders verhalten, würde ich das vielleicht alles nicht so empfinden. Aber solange Sie mir nicht einen verdammt guten Grund dafür sagen können, warum ich Ihre Fragen beantworten soll, können Sie sie nehmen und Whalen sonstwohin stopfen!«

Chip Connor wurde rot vor Wut. Er ballte die Fäuste, und Glen Palmer dachte einen Augenblick, der Polizist würde sich auf ihn stürzen. Er war bereit, sich zu verteidigen. Aber dann hatte Connor sich wieder unter Kontrolle. Überraschend sanft versuchte er sich zu rechtfertigen.

»Ich tu' doch wirklich nur meinen Job«, sagte er. »Wenn Harney mir eine Anweisung gibt, muß ich sie befolgen.«

»Und hat er Sie auch beauftragt, die anderen Besucher des Gottesdienstes zu befragen?«

»Nein, natürlich nicht«, sagte Chip, »nur Sie.«

»Und warum denn nur? Was wirft er mir vor? Mein Gott, Connor, er ist beim Fischen verunglückt, und sie hat sich deshalb aufgehängt! Was habe ich denn nach Whalens Ansicht damit zu tun? Was macht mich so interessant für ihn?«

»Harney ist eben so«, versuchte Connor zu erläutern, »vielleicht können Sie das verstehen. Alles, was in der Stadt geschieht, bezieht er auf sich ganz persönlich. Er möchte wissen, warum bestimmte Dinge passieren, und das geht am besten, wenn er die Leute und ihre Motive kennt.«

»Dann kann er selbst zu mir kommen und mit mir sprechen«, beharrte Glen.

Chip Connor schüttelte über so viel Unverstand den Kopf; jetzt mußte er doch wohl deutlicher werden. »Schauen Sie, Harney mag nun mal keine Fremden – er mag nicht mit ihnen reden, er mag nichts mit ihnen zu tun haben, er mag nicht einmal in ihrer Nähe sein. Und deshalb hat er mich geschickt. Alles, was er wissen will, ist, warum Sie bei dem Gottesdienst für die Shellings waren. Ist das wirklich so schlimm?« Er hob abwehrend die Hand, wie um Glens Protest zuvorzukommen. »Und fangen Sie nicht wieder damit an, die Rechtmäßigkeit dieser Frage zu bezweifeln. Ganz sicher habe ich streng juristisch gesehen kein Recht, Sie danach zu fragen. Aber denken Sie doch bitte daran, wo Sie sind und wer ich bin. Ich bin Polizist hier in dieser kleinen Stadt und habe bestimmt kein Interesse daran, Ihnen oder sonst jemand das Leben schwerzumachen. Also – wollen Sie mir Ihr großes Geheimnis nicht doch verraten?«

Glen Palmer dachte einen Augenblick nach. So unrecht hatte Chip Connor am Ende doch nicht. Schließlich hatte er nichts zu verbergen – wahrscheinlich war auch das ein Symptom seines Verfolgungswahns.

»Also, wenn Sie so scharf darauf sind«, brach er sein Schweigen, »das Ganze war gar nicht meine Idee, Rebecca – meine Frau – bestand darauf. Seit sie Mrs. Shelling da hat hängen sehen... verstehen Sie...?«

»Natürlich verstehe ich das«, meinte Chip zuvorkommend, »ich habe Ihre Frau ja an jenem Tag nach Haus gebracht, das wissen Sie doch – oder?«

»Ja, sicher.« Glen warf ihm ein flüchtiges Lächeln zu. Dann

fuhr er fort: »Nun, Rebecca war völlig durcheinander, sie dachte die ganze Zeit daran. Und sie meinte, wenn wir zu dem Gottesdienst gingen, würde ihr das helfen, die Dinge leichter zu verarbeiten, wenn Sie verstehen, was ich meine.«

»Ich denke schon«, meinte Chip, »und das ist alles?«

»Das ist alles«, bestätigte Glen. Fast wider Willen lachte er auf. »Ich glaube, ich habe wirklich ein wenig viel Wind um nichts gemacht...?«

»Sieht ganz so aus«, stimmte Chip zu. Einen Augenblick lang blieb es ruhig, dann nahm Chip erneut das Wort. »Dürfte ich Ihnen noch eine Frage stellen?«

»Muß ich sie beantworten?«

»Nicht, wenn Sie nicht wollen.«

»Also, fragen Sie.«

»Würden Sie mir vielleicht sagen, warum Sie sich so sehr gewehrt haben? Warum geben Sie uns nicht eine Chance?«

Glen schwieg einen Moment. Dann meinte er: »Ich finde, die Stadt sollte zunächst uns eine Chance geben.«

»Aber das tun wir doch«, meinte Connor. »Gut, wir sind nicht gerade die Allerfreundlichsten, aber so schlecht sind wir auch wieder nicht. Es ist so ähnlich wie bei einem Tauschgeschäft. Wir werden uns an Sie gewöhnen – und Sie an uns.« Er wandte sich zum Gehen. »Ich geh' jetzt besser. Harney wird mir allerdings kaum glauben, daß ich fast eine Stunde bei Ihnen war und ihm nicht mehr berichten kann, als daß Sie lediglich zur Kirche gingen, weil Ihre Frau es wollte.«

»Sagen Sie ihm eben, Sie hätten die Wahrheit mit dem Gummiknüppel aus mir herausgeprügelt«, lächelte Glen, »oder würde er das auch nicht glauben?«

»Kaum. Er sagt immer, daß ich wohl ganz hinten gestanden hätte, als sie in der Familie die Gemeinheit verteilten.«

»In der Familie?« wunderte sich Glen. »Sind Sie und Whalen etwa verwandt?«

»Sicher. Seine Mutter war die Schwester meiner Großmutter auf der väterlichen Seite. Daher haben wir unser indianisches Blut. Die beiden Schwestern waren Mischlinge. Natürlich würde man sich heute vornehmer ausdrücken, aber zu ihrer Zeit nannte man das so.«

»Sie dürften es hier nicht einfach gehabt haben«, meinte Glen nachdenklich.

»Das kann man wohl sagen«, stimmte Chip zu, »und auch für Harney dürfte das damals kein Honigschlecken gewesen sein, verstehen Sie? Sie und Ihre Familie sind also nicht die einzigen, denen man es hier etwas schwermacht.«

Sie gingen zusammen zur Vordertür. Draußen blieb Chip noch einen Augenblick stehen und musterte erneut das Bild.

»Ich mag es wirklich – aber ich wollte auf keinen Fall in diesem Haus leben.«

»Sagen Sie bloß nicht, es wäre verhext«, lachte Glen.

»Nein, aber recht heruntergekommen«, lachte Chip zurück. »Sagen Sie, wollen diese Leute dort wirklich einziehen?«

»Die Randalls? Aber sicher wollen sie das. Er will ein Buch schreiben, und wir freuen uns darauf, Nachbarn zu bekommen. Dann sind wir endlich nicht mehr die einzigen Fremden in der Stadt.«

Chip stieg in seinen Wagen. Durch das heruntergelassene Fenster wandte er sich noch einmal an Glen.

»Trotzdem – alles Gute für Ihre Galerie! Allerdings glaube ich nicht, daß Sie bei den Leuten von Clark's Harbor auch nur einen Pfennig verdienen werden. Ich glaube, Sie haben einen großen Fehler gemacht, sich für so etwas ausgerechnet unsere Stadt auszusuchen. Aber vielleicht irre ich mich auch...«

»Nun, so groß war die Auswahl leider nicht«, meinte Glen und schüttelte Chip kräftig die Hand. »Tut mir leid, daß ich vorhin so unfreundlich zu Ihnen war.«

»Wenn uns nichts Schlimmeres passiert, können wir zufrieden sein«, lächelte Chip. Er ließ den Motor an und bog einen Augenblick später auf die Hauptstraße Richtung Ortsmitte ein. Glen sah ihm nach, bis er verschwunden war, und ging dann in die Galerie zurück.

Vielleicht war sein Verhalten dem Polizisten gegenüber wirklich falsch gewesen, dachte er, während er die Arbeit an dem Schaukasten wiederaufnahm. Vielleicht litt er wirklich inzwischen an Verfolgungswahn und tat der kleinen Stadt und ihren Bewohnern unrecht. Aber dann kamen ihm wieder Miriam Shellings Worte in den Sinn.

»Sie werden auch Sie kriegen, genau wie sie Pete gekriegt haben!«

14

Die Protokolle über den Tod von Pete und Miriam Shelling lagen offen vor Harney Whalen auf dem Schreibtisch. Aber er brauchte sie nicht mehr zu lesen. Wenn es nötig gewesen wäre, hätte er sie Wort für Wort zitieren können. Trotzdem brachte er keinen rechten Sinn hinein. Whalen war davon überzeugt, daß Petes Tod wirklich ein Unfall war, auch wenn seine Frau etwas anderes behauptet hatte. Doch der Tod von Miriam Shelling war etwas ganz anderes.

Jemand hatte sie erdrosselt.

Die Worte erschreckten Harney Whalen, und sie beleidigten seinen lokalpatriotischen Ordnungssinn. Selbstmord hätte er Miriam Shelling zugestehen können, doch daß jemand sie erdrosselt haben sollte, brachte ihn fast gegen sie auf. So vertiefte er sich doch noch einmal in die Protokolle, um irgendeinen Hinweis, ein Motiv für eine solche Tat aufzuspüren. Und wieder drängte sich Glen Palmer in seine Grübeleien.

Er warf einen Blick auf die Uhr und ärgerte sich über seinen verspäteten Stellvertreter. Er wollte ihn gerade anrufen, als er auftauchte.

»Du scheint das hier mit einer Bank zu verwechseln«, knurrte er ihn an.

»Tut mir leid«, entschuldigte sich Chip; er sah, daß Whalen heute morgen nicht gerade bester Laune war. »Mein Gespräch mit Palmer dauerte länger, als ich erwartet hatte.«

Whalen zog die Augenbrauen hoch. »Ich dachte, das hättest du gestern schon erledigt.«

»Wollte ich auch«, verteidigte sich Chip, »aber die Galerie war geschlossen, und als ich zu den Palmers rausfuhr, war auch niemand da.« Chip war zufrieden mit sich – die kleine Notlüge schien seinen Chef zufriedenzustellen.

»Und – willst du mir nicht endlich sagen, was du herausgefunden hast?« fragte Whalen unwirsch.

»Nichts Umwerfendes. Seine Frau wollte den Trauergottesdienst besuchen, und deshalb sind sie hingegangen. Das ist eigentlich schon alles.«

Whalen starrte ihn an. »Wie lang hast du mit ihm gesprochen?«

»Eine Stunde, vielleicht auch etwas länger«, erwiderte Chip und fühlte sich nicht gerade wohl in seiner Haut.

»Und das ist alles, was du rausgefunden hast?« Whalens Stimme triefte vor Sarkasmus.

»Wir haben uns auch noch über andere Dinge unterhalten, aber die hatten nichts mit dem Gottesdienst zu tun.« Er versuchte, der Unterhaltung eine etwas andere Richtung zu geben. »Harn, ich verstehe einfach nicht, was an dieser Feier so wichtig sein soll. Warum interessierst du dich so sehr für die Anwesenden?«

»Weil ich davon überzeugt bin, daß Miriam Shelling sich nicht selbst getötet hat«, sagte Whalen tonlos. Chip starrte ihn an, und Whalen grinste zufrieden, daß er ihn endlich einmal aus der Ruhe gebracht hatte.

»Das verstehe ich nicht...«, reagierte Chip, doch Whalen schnitt ihm mit einer ungeduldigen Geste das Wort ab.

»Da gibt's nichts zu verstehen«, blaffte er ihn an, »vorläufig ist es noch nicht mehr als eine Ahnung. Aber im Lauf der Jahre hab' ich gelernt, auf meine Ahnungen zu achten, und deshalb meine ich, daß Miriam Shellings Tod nicht einfach als Selbstmord deklariert werden kann.«

»Und du meinst, Glen Palmer hat etwas damit zu tun?«

Whalen lehnte sich weit in seinen Stuhl zurück und drehte ihn so, daß er aus dem Fenster blicken konnte. »Wenn du dein ganzes Leben in derselben Stadt verbringst, lernst du die Leute kennen. Du weißt, was sie zu tun vermögen, und was nicht. Und ich kenne niemand in der Stadt, der Miriam Shelling hätte töten können. Es muß einfach ein Fremder gewesen sein – und Palmer ist ein Fremder.«

Chip war völlig verwirrt. Das alles ergab doch überhaupt keinen Sinn...?

Als ob er seine Gedanken gelesen hätte, begann Whalen zu erklären: »Er hat als letzter mit ihr gesprochen. Dabei hat sie sich mehr als seltsam verhalten und wirres Zeug geredet – genau wie am Tag davor in der Galerie. Vielleicht hat sie ihn sogar angegriffen. Woher, zum Teufel, soll ich das wissen? Immerhin geschah das alles auf seinem Grund und Boden... Auf jeden Fall hat sie noch gelebt, als sie ihn traf – und von uns in der Stadt wäre doch keiner zu so etwas fähig.«

»Aber das beweist doch nicht, daß Palmer es getan hat«, protestierte Chip. »Und es ist auch kein Beweis, daß es nicht doch Selbstmord war!« Jetzt äußerte er seinen vorherigen Gedanken: »Das alles ergibt doch keinerlei Sinn!«

»Nein – und wie du vielleicht bemerkt hast, habe ich ihn ja auch nicht beschuldigt – oder? Ich behaupte ja gar nicht, daß dies einen Sinn ergibt, Chip, und ich sage auch nicht, daß er es war. Alles, was ich sagte, war, daß, falls Miriam ermordet worden ist, es ein Fremder gewesen sein muß. Und Palmer ist ein Fremder, der im übrigen die beste Gelegenheit dazu hatte.«

»Und was willst du jetzt unternehmen?« fragte Chip, den Whalens kuriose Logik nur noch mehr verwirrt hatte.

»Dasselbe, was auch du tun wirst: die Ohren offen und den Mund geschlossen halten – und Glen Palmer nicht mehr aus den Augen lassen.«

»Ich weiß nicht«, meinte Chip kopfschüttelnd, »ich halte Palmer einfach nicht für fähig, so etwas zu tun.«

»Aber wissen kannst du das auch nicht«, erwiderte sein

Chef, »und solange wir nicht mehr wissen, ist Palmer ein verdammt guter Verdächtiger.«

Chip hätte gerne gewußt, wozu man überhaupt einen Verdächtigen brauchte, aber Whalen ließ auf seine ›Ahnungen‹ nun einmal nichts kommen. Deshalb versuchte er Palmer zu verteidigen. »Ich meine, wir sollten mit ihm etwas vorsichtiger umgehen«, gab er zu bedenken.

»Vorsichtiger? Was soll das heißen?«

»Er ist im Augenblick recht aufgebracht; zuerst wollte er auf meine Fragen überhaupt nicht eingehen. Meinte, daß ich kein Recht dazu hätte.«

Harney Whalens Gesicht verfinsterte sich. »So, meinte er das? Und was hast du darauf gesagt?«

»Ich erklärte ihm, daß ich vielleicht wirklich kein Recht dazu hätte, aber daß es für ihn bestimmt besser wäre, mit mir zusammenzuarbeiten – mit uns«, korrigierte er mit unsicherem Grinsen. »Und darauf meinte er, daß zuerst die Stadt ihm entgegenzukommen hätte... Seine Galerie scheint kein großer Erfolg zu sein...«

»Daran hat ja auch niemand geglaubt. Regt er sich etwa auf, weil niemand seinen Schund kaufen will?«

»Nein« erwiderte Chip besänftigend, »er meint nur, daß sich alle in der Stadt gegen ihn verschworen haben und ihm das Leben schwermachen. Angeblich verzögern die Leute seine Bestellungen und liefern ihm schlechte Ware – Dinge dieser Art.«

»Ist ja furchtbar«, spottete Whalen, »hier draußen dauern die Dinge eben etwas länger, und jeder bekommt mal schlechte Ware, warum also nicht er? Hält er sich für etwas Besonderes?«

»Nein, das tut er nicht«, meinte Chip gequält. Er fragte sich, warum sich sein Chef Palmer gegenüber so feindselig verhielt. »Trotz allem hat er seine Galerie jetzt fast fertig. Heute morgen hat er sogar schon ein paar Bilder auf der Straße ausgestellt. Du solltest sie dir mal anschauen. Einiges davon ist gar nicht übel. Vor allem hat er ein Bild vom alten Baron-Haus, das dir bestimmt auch gefallen würde.«

Aber Harney Whalen schien ihm schon gar nicht mehr zuzuhören. Dafür war sein Blick um so finsterer. »Habe ich etwas Falsches gesagt?« erkundigte sich Chip.

»Er stellt die Ware auf der Straße aus?« fragte Whalen.

»Ja«, bestätigte Chip und wunderte sich über Harneys Aufbrausen. »Er hat vielleicht fünfzehn oder zwanzig Gemälde gegen die Vorderseite gelehnt, damit man sie beim Vorbeifahren sehen kann.«

»Und du hast ihn nicht dafür belangt?«

Chip war jetzt total verwirrt. »Belangt? Wofür denn, um Gottes willen?«

»Straßenhandel«, bellte Whalen ihn an, »wir haben schließlich eine Verordnung, die Straßenhandel ohne Lizenz unter Strafe stellt. Und genau das tut er, wenn er seinen Schund auf die Straße stellt!«

»Aber, aber«, meinte Chip, »das ist doch lächerlich. Selbst wenn es eine solche Verordnung gibt – wann haben wir die jemals angewandt?«

»Das spielt doch keine Rolle!« beharrte Whalen trotzig.

»Dann wäre es aber besser, du wendest diese Verordnung nicht nur gegen Palmer an, sondern gegen alle, die dagegen verstoßen. Palmer wird jeden Schritt von uns genau beobachten.«

»Ja, das ist ihm zuzutrauen«, stimmte Whalen bei. Ein hinterhältiges Grinsen überzog sein Gesicht. »Also wird er kein Mandat bekommen. Die Bilder kriege ich auch auf andere Weise von der Straße.«

Chip musterte seinen Chef voller Mißtrauen. »Was hast du denn vor?«

»Komm mit, dann siehst du's!«

Irgend etwas warnte Chip davor, an Whalens Unternehmen teilzunehmen. »Nein, danke, ich hüte lieber das Haus.«

»Ganz wie du willst«, meinte Whalen, »aber falls du deine Meinung ändern solltest, brauchst du nur in etwa zehn Minuten Richtung Hauptstraße zu fahren und zu warten.« Er setzte den Hut auf, warf noch einen Blick in den Spiegel und verschwand.

Während Chip nach den Protokollen auf Whalens Schreibtisch griff, hörte er ihn davonfahren. Er verschloß sie im Aktenschrank und sah sich dann ratlos um. Womit sollte er sich nur die Zeit vertreiben?

»Verdammt«, entfuhr es ihm, und er griff ebenfalls nach seinem Hut, verschloß die Bürotür hinter sich und ging zu seinem Wagen. Einige Augenblicke später fuhr er die Harbor Road hoch. Wo sie auf die Hauptstraße einbog, lenkte er an die Seite und stoppte. Von hier aus hatte man einen guten Blick auf Palmers Galerie.

Er brauchte nicht lange zu warten. Hinter sich hörte er irgendwo die Sirene von Whalens Streifenwagen. Sie wurde lauter und lauter – wahrscheinlich verfolgte der Chef einen Geschwindigkeitssünder. Jeden Augenblick mußte er auftauchen.

Doch Chip wartete vergeblich. Statt dessen preschte Whalen plötzlich mit wild flackerndem Warnlicht und ohrenbetäubendem Geheul um die Kurve. Auf der Geraden schien er noch zu beschleunigen, was die Sache für Chip noch rätselhafter machte. Doch als er nach vorn blickte, wußte er, was geschehen würde.

Eben trat Glen Palmer neugierig aus seiner Galerie. Chip drückte auf seine Hupe, um ihn zu warnen. Doch Whalens Lärm ließ alles andere untergehen. Auf Höhe der Galerie machte der schwarzweiße Streifenwagen plötzlich einen leichten Bogen nach rechts. Erschrocken sprang Glen Palmer zurück, erkannte dann jedoch, daß er gar nicht gemeint war. Die rechten Räder von Whalens Wagen rasten durch eine lange, schmale Pfütze und bespritzten Glen von Kopf bis Fuß. Vor allem aber warfen sie eine Schlammkaskade über die ausgestellten Bilder. Glen sah die Arbeit vieler Wochen und Monate in einem Augenblick zerstört.

Er stand noch immer wie erstarrt, als Chip auf ihn zu rannte und sich nach den Bildern zu bücken begann. Er zog sie aus dem Schlamm und trug sie ins Innere.

»Um Himmels willen, stehn Sie doch nicht so rum«, schrie er ihn an. »Helfen Sie mir lieber, die Sachen reinzubringen!«

Bevor Harney Whalen um die nächste Ecke bog, warf er noch einen Blick in den Rückspiegel. Er grinste. Dann nahm er den Fuß vom Gaspedal, ließ die Sirene aber noch einen Augenblick weiterheulen. Er liebte diesen Ton. Palmer hatte die Botschaft bestimmt verstanden. Falls nicht, ließ sich die Vorstellung ohne weiteres wiederholen...

Als er sich der Sod Beach näherte, kam ihm plötzlich der Gedanke, dem alten Baron-Haus einen Besuch abzustatten. Er bog in den kaum erkennbaren Pfad ein, der durch das Strandwäldchen führte, und parkte den Wagen, als es nicht mehr weiterging.

Von außen wirkte das Haus unverändert, und Whalen verschwendete keinen Gedanken auf die offene Veranda, die es fast ganz umschloß. Er betrat es durch die Tür zur Küche, die er wieder hinter sich zuzog.

In nächster Zeit würde er ein paar Kinder aus dem Ort damit beauftragen, den modernden Abfall und die Essensreste wegzuschaffen und das Geschirr zu spülen. Das Becken brauchte nicht unbedingt blankgescheuert zu werden, ebensowenig mußte der alte Holzherd geleert werden – schließlich wohnte hier niemand, und Whalen hatte nicht vor, das zu ändern. Allerdings beunruhigte ihn dabei eine vage Erinnerung, die irgendwie mit den Randalls zu tun hatte... Wollten sie nicht das Haus mieten?

Ja, Whalen erinnerte sich, – aber er hatte es abgelehnt, da war er sich ganz sicher.

Er ging durchs Erdgeschoß und griff nach einem Sweater, den man achtlos auf einen der durchgesessenen Stühle geworfen hatte. Überrascht sah er, daß im Kamin Holz aufgeschichtet war. Da es ihn fröstelte, zog er einen der Stühle an den Kamin, zündete das Holz an und setzte sich. Während das Feuer aufloderte und den Raum allmählich mit Wärme erfüllte, begann draußen ein leichter Regen zu fallen. Kleine Rinnsale liefen über die Fenster des alten Hauses und legten sich wie ein Schleier vor den Blick auf den Ozean.

Harney Whalen lehnte die massige Gestalt zurück, streckte die Beine zum Feuer und lauschte auf den Regen. Er wußte, daß sich hinter dem Horizont ein neuer Sturm zusammenbraute.

Glen Palmer richtete sich auf und warf einen prüfenden Blick auf das vor ihm liegende Bild.

»Scheint doch nicht ganz ruiniert zu sein«, meinte er und warf den Lappen zur Seite. Insgesamt lagen siebzehn Gemälde über den Boden verstreut. Chip Connor bemühte sich vorsichtig, das Bild mit dem alten Baron-Haus vom Schmutz zu befreien; allerdings ohne großen Erfolg. »Lassen Sie mich das machen«, sagte Glen, »es ist lange nicht so empfindlich, wie Sie meinen.«

»Tut mir leid«, murmelte Chip, »ich wollte nur helfen...«

»Sie haben mir sehr geholfen«, lächelte Glen, »ohne Sie würde ich immer noch da draußen stehen und Ihrem Chef nachstarren.« Er konzentrierte sich auf das Bild, das bald schon sehr viel besser aussah. »Was hatte das alles zu bedeuten?« wandte er sich dann plötzlich an den Polizisten.

»Vermutlich hat Harney einen Augenblick die Kontrolle über den Wagen verloren«, mutmaßte Chip. Er wußte, daß dies nicht stimmte. Harney hatte ganz bewußt versucht, Glen Palmers Bilder zu zerstören. Aber das konnte er einfach nicht laut sagen; schließlich war Harney Whalen nicht nur sein Boß, sondern auch ein Verwandter. Lange Jahre war er sein großes Vorbild gewesen, das ließ sich nicht in einem Augenblick beiseite schieben, auch wenn er sein Verhalten weder verstand noch gar billigte. Doch er war sich ziemlich sicher, daß Glen sowieso wußte, was gespielt wurde.

Natürlich log Connor, dachte Glen wütend, während er verbissen an dem Gemälde arbeitete. Er hätte die Wahrheit aus ihm herauszwingen können, doch er wollte den erst heute morgen erreichten Waffenstillstand nicht sogleich wieder gefährden. Als Flecken um Flecken auf dem Bild verschwand, wurde er langsam wieder ruhiger. Erst als er sicher war, daß man ihm seine Wut nicht mehr ansah, richtete er sich auf und blickte Connor an.

»Es hätte sowieso keinen Zweck, nach den Gründen für

das Geschehene zu suchen; und ändern können wir auch nichts mehr – also Schwamm drüber!« Er lächelte.

Chip fühlte sich erleichtert. Er war in Versuchung, Palmer alles zu sagen, ließ es aber dann doch.

»Sind sie denn alle ruiniert?« fragte er statt dessen.

Glen lächelte gezwungen und erfand seinerseits eine Lüge, um den Polizisten zu beruhigen. »Ich glaube nicht, daß es so schlimm ist. Ölbilder sind schließlich wasserfest. Wären sie allerdings auf der Rückseite naß geworden, wäre das katastrophal, denn die nackte Leinwand verträgt kein Wasser.« Er warf einen Blick auf seine Uhr. »Mein Gott, wir haben über der ganzen Arbeit den Lunch vergessen. Was halten Sie davon?«

»Lunch?« fragte Chip geistesabwesend.

»Ja, Lunch. Ein Sandwich und ein Bier? Ich hab' alles hier, falls Sie Hunger haben.«

»Ich glaube nicht ...«, setzte Chip an, wurde aber von Glen sofort unterbrochen.

»Hören Sie, das ist das Mindeste, was ich für Sie tun kann – außer Sie hätten Wichtigeres zu erledigen?«

Chip lachte. »Mein Job besteht vor allem darin, auf dem Revier herumzusitzen und Harn Gesellschaft zu leisten. Außer vielleicht an den Wochenenden, wo wir ein, zwei Raufereien beenden müssen. Sehr viel mehr geschieht hier sowieso nicht.«

»Dann bleibt es also bei Sandwich und Bier«, meinte Glen. »Wenn Sie mich jetzt allein lassen, werde ich mich den Rest des Tags über Ihren Chef ärgern.«

»Da könnte ich Ihnen nicht mal einen Vorwurf machen«, meinte Chip und lächelte voller Mitgefühl. »Es war bestimmt ein unglücklicher Zufall, aber trotzdem ...«

»Also tun Sie Whalen einen Gefallen, wenn Sie hierbleiben; außerdem habe ich gern Gesellschaft.«

Chip gab sich geschlagen. Irgend etwas in Glens Worten hieß ihn bleiben. Auch Harn Whalen hatte Abende, an denen seine Stimme diesen Klang hatte. Er fühlte sich dann einsam und verlassen und brauchte einfach jemand, der mit ihm zusammen war und zuhörte.

»Ich will nur den Wagen näher ranfahren«, sagte Chip, »damit ich hören kann, wenn Harney mich über Funk ruft.«

Chip blieb fast den ganzen Nachmittag in der Galerie. Er und Glen teilten sich den von Rebecca vorbereiteten Lunch und leerten fast eine ganze Sechserpackung Dosenbier.

Beim Kauen wanderte Chip durch die beiden Räume und stellte Fragen nach ihrem weiteren Ausbau.

»Ich wußte sofort, wie ich es machen wollte«, erklärte Glen. Sie standen unter einer großen Fensteröffnung mit einer etwas seltsamen Form. »Beispielsweise dieses Fenster«, fuhr Glen fort. »Man brauchte nur die von diesem Balkon über der Tür gebildete Linie fortsetzen und dann die Dachschräge verdoppeln – fertig.« Glen grinste etwas kläglich. »Das Problem ist nur, daß ich nicht weiß, wie ich das Dach abstützen soll, da ich für das Fenster einen Trägerbalken kürzen müßte.«

»Kein Problem«, meinte Chip. »Sägen Sie noch dreißig Zentimeter von dem Stützbalken ab und ziehen Sie dann einen Sturz zwischen den beiden Balken als Fundament für den gekürzten Träger. Auf diese Weise ist das Dach mehr als ausreichend abgestützt, ohne daß die Form des Fensters beeinträchtigt würde.«

Glen stand nachdenklich vor der betreffenden Mauer und schüttelte den Kopf. »Das müssen Sie mir noch genauer zeigen«, meinte er dann. »Ich hab' vielleicht den Blick eines Malers – aber als Zimmermann versage ich kläglich.«

Chip zog eine Leiter heran, kletterte hinauf und demonstrierte seinen Vorschlag. Als er die Verständnislosigkeit in Glens Gesicht sah, kam er wieder herab und zog die Uniformjacke aus.

»Haben Sie eine Säge?« fragte er. »Es wird nicht mehr als eine Stunde dauern, bis ich das für Sie erledigt habe.«

Glen gab seine Versuche, sich nützlich zu machen, rasch auf und machte sich wieder an die Säuberung der Bilder. Mit winzigen Pinseln, Zahnstochern und Strohhalmen hob er vorsichtig die Dreckspritzer ab, ohne die Farbschichten zu zerkratzen. Es ging besser, als er zunächst gedacht hatte. Nur wenige der Bilder mußten danach noch mit Pinsel und Farbe ausgebessert werden. Er war so sehr in seine Arbeit vertieft, daß er zunächst gar nicht merkte, wie Chip vom Einziehen des Sturzes zum Niederreißen der von ihm so mühsam errichteten Regale überging.

»Was machen Sie denn da?« brauste Glen auf. »Diese Dinger haben mich eine Woche Arbeit gekostet.«

Chip schien ihn überhaupt nicht zu hören. Schließlich warf er über die Schulter: »Wollten Sie diese Regale eigentlich auch benützen?«

»Darauf sollen die Töpfereiwaren meiner Frau ausgestellt werden.«

»Haben Sie noch nie etwas von Spreizschrauben gehört? Diese Nägel halten vielleicht die Regale aufrecht, aber nur, solange sie leer sind. Schauen Sie!«

Er löste mit der linken Hand ohne jede Anstrengung eines der Regale von der Wand. »Was würde Ihre Frau wohl sagen, wenn ihre Tonwaren jetzt schon drinstünden? Haben Sie Spreizschrauben im Haus?«

»Das glaube ich kaum.«

»Ich lauf' schnell zu Blake's und hol' welche. Haben Sie dort ein Konto?«

Glen fixierte den Polizisten. »Ich, ein Konto? Fragen Sie das im Ernst? Ich hab' Ihnen doch heute morgen erzählt, was meiner Frau dort passiert ist!«

Chip wirkte plötzlich sehr verlegen, und Glen wünschte sich, den Mund gehalten zu haben. Er zog seine Brieftasche heraus. »Wird das reichen?« Er händigte Chip eine Fünf-Dollar-Note aus.

»Das reicht völlig«, meinte Chip. »Sie könnten die Regale vollends abbauen, während ich die Schrauben besorge.« Er griff nach seiner Jacke und wandte sich zur Tür. Glen hielt ihn auf. »Chip?«

Der Polizist blieb an der Tür stehen und wandte sich um.

»Ich weiß zwar nicht, warum Sie das alles für mich tun, aber ich danke Ihnen trotzdem.«

Wieder blickte Chip recht verlegen, doch dann überzog ein Grinsen sein Gesicht. »Nun, wenn wir schon eine Kunstgalerie in unserer Stadt haben müssen, können wir auch dafür sorgen, daß sie nicht gleich in der ersten Woche wieder zusammenbricht.« Er schien irgendwie rot zu werden. »Im übrigen meine ich, es Ihnen einfach schuldig zu sein.« Bevor Glen noch etwas sagen konnte, war Chip in den Regen hinausgetreten.

Weder Glen noch Chip fiel auf, daß sich das Funkgerät in Chips Wagen den ganzen Nachmittag über nicht einmal gemeldet hatte.

Der Regen nahm ständig an Heftigkeit zu, während sich das Sturmtief unaufhaltsam der Küste näherte. Der Wind frischte immer mehr auf und trieb die Flut gegen den Strand. Sod Beach versank in unheildrohende Düsterkeit. Robby und Missy, deren Windjacken vor Nässe glänzten, liefen auf das Wäldchen zu. »Wir müssen nach Hause«, jammerte das kleine Mädchen, »mir ist kalt, und der Regen läuft mir in den Kragen.«

»Wir gehen ja schon heim«, beruhigte Robby sie. »Wir gehen über den Waldpfad, dann werden wir nicht so naß.«

»Ich will lieber am Strand entlang«, maulte Missy, »ich mag den Wald nicht. Wir können doch auch in dem alten Haus warten, bis der Regen aufhört.«

»Der Regen wird nicht aufhören!« Robby packte seine kleine Schwester bei der Hand und zog sie auf die Bäume zu. »Wir dürfen doch nicht in die Nähe des Hauses. Mami sagt, daß leere Häuser gefährlich sein können.«

»Es ist nicht leer«, erwiderte Missy, »jemand ist drin. Den ganzen Nachmittag war jemand drin.«

Robby blieb stehen und musterte sie. »Das ist doch Unsinn«, sagte er, »dort wohnt niemand. Außerdem – wie willst du wissen, daß jemand dort ist?«

»Ich weiß es eben«, beharrte Missy.

Robby blickte zu dem düsteren und unheimlichen alten Haus hinüber und zog Missy rasch weiter.

»Komm jetzt, wenn wir uns nicht beeilen, wird Papi uns suchen.« Er kletterte über das Treibholz, wandte aber immer wieder den Kopf, um zu sehen, ob Missy ihm folgte. Das kleine Mädchen fürchtete sich offenbar mehr vor dem Alleingelassenwerden als vor dem Wäldchen und stolperte ihm hastig nach.

15

Max Horton musterte den bedrohlich wirkenden Himmel und drehte dann das Ruder einige Strich Steuerbord, um gegen die Drift zu halten, die zusammen mit dem Wind den Trawler hin- und herwarf.

»Jeff!« Er wartete ein paar Sekunden und schrie dann noch lauter. »Jeff! Beweg deinen Hintern mal hierher!«

Der Kopf seines Bruders erschien in der Decksluke. »Was gibt's denn?«

»Sieht so aus, als ob wir es mit einem ausgewachsenen Sturm zu tun bekommen. Übernimm du, damit ich uns ein Loch suchen kann, in dem wir uns verkriechen können!«

Jeff übernahm das Ruder, und Max ging unter Deck, um die Karte zu studieren. Er schaltete die Navigationshilfe ein, die er vor einem Monat hatte installieren lassen, und bestimmte ihre exakte Position auf der Karte. Sie konnten es wahrscheinlich noch bis Grays Harbor schaffen, doch vielleicht wurde das riskant. Sofern der Wind mit derselben Geschwindigkeit auffrischte wie während der vergangenen Stunde, würden sie sich unter der vollen Gewalt des Sturms ihren Weg in den Hafen erkämpfen müssen. Er schaute nach einer besseren Möglichkeit und fand sie auch. Kurz darauf stand er wieder neben dem Ruder. »Schon mal was von Clark's Harbor gehört?« fragte er Jeff.

Jeff dachte einen Augenblick nach und nickte dann. »Ist ziemlich klein, kaum mehr als ein Dorf. Aber sie haben gut geschützte Kaianlagen.«

»Also – dann fahren wir besser dorthin. Vielleicht schaffen wir's auch noch bis Grays Harbor, aber ich habe so ein ungutes Gefühl...«

Er drehte die ›Osprey‹ nach Backbord und spürte, wie das Rollen in Stampfen überging, als das Schiff auf das Ruder reagierte. Wind und Wellen zerrten am Heck und ließen das Boot tanzen. Max fragte sich, wieviel Zeit ihm noch blieb, bevor er den Treibanker setzen mußte, um auf hoher See auf das Abflauen des Sturms zu warten.

»Ich habe dich gewarnt, so weit nach Süden zu fahren«, murrte Jeff.

»Hm?«

»Ich sagte, ich habe dich gewarnt, wir sollten weiter nördlich fischen. Schließlich haben wir oft genug von diesen heimtückischen Stürmen hier gehört – für mich kommt das jetzt keineswegs überraschend!«

»Es ist aber auch kein Weltuntergang«, erwiderte Max. »Wind und Gezeiten arbeiten für uns. In einer halben Stunde können wir in Clark's Harbor sein. Haben wir eigentlich noch etwas Kaffee in der Kombüse?« Er machte eine Geste, griff aber sofort wieder nach dem Steuer, das sich mit einer Hand kaum noch halten ließ. Jeff verschwand und erschien kurz darauf mit einem großen Becher dampfenden Kaffees, den er in eine kardanische Aufhängung rechts von Max steckte. Er zündete zwei Zigaretten an und reichte eine seinem Bruder. Max warf ihm ein Grinsen zu.

»Hast die Hosen voll, Jungchen?«

Jeff erwiderte das Grinsen. Sollte Max ihn ruhig weiter ›Jungchen‹ nennen, das hatte er schon immer getan – warum nicht auch jetzt noch, wo sie sich beide den Dreißigern näherten? Er war nun mal der ältere.

Der Trawler gehörte ihnen gemeinsam; trotzdem behandelte Jeff ihn, als ob er Max allein gehörte. Im übrigen war Max der Kapitän und Jeff sein ergebener Partner.

Die beiden Brüder waren zwei Jahre auseinander, hatten sich aber schon immer eher wie Freunde gefühlt, selbst als sie noch Kinder waren. Wohin Max auch gegangen war, nahm er den jüngeren mit. Nicht weil die Eltern es so wollten, sondern weil er sich in seiner Gesellschaft wohl fühlte. Und wehrten sich seine älteren Freunde gegen das ›Baby‹, dann waren sie die längste Zeit seine Freunde gewesen.

Vor vier Jahren, als Max fünfundzwanzig und Jeff dreiundzwanzig war, hatten sie die ›Osprey‹ gekauft. Vor allem Jeff war im ersten Jahr voller Angst gewesen, daß der riesige Schuldenberg sie überrollen würde, wenn es schon nicht die Wellen taten. Aber die See war gut zu ihnen, und es sah ganz so aus, als ob sie das Darlehen bis zum Ende dieser Saison würden zurückbezahlt haben. Alles, was ihnen fehlte, waren noch vier oder fünf wirklich ergiebige Fangfahrten – und Max hatte eine Nase für Fische.

Diese Nase hatte sie auch heute hierhergebracht. Der Rest der Fangflotte, die von Port Angeles aus operierte, war im Schutz der Straße von Juan de Fuca geblieben, aber Max hatte heute morgen verkündet, er ›rieche‹ einen großen Schwarm Thunfische hier im Süden. Sie wollten ihm nachstellen und dann die Nacht in Grays Harbor bleiben, bevor sie zurück nach Norden fuhren.

Und er hatte recht behalten. Der Bauch des Trawlers war voller Thunfisch, und auch alles andere hatte fantastisch geklappt – bis auf den Sturm. Er war urplötzlich wie aus dem Nichts aufgetaucht, so daß sie ihr ursprüngliches Ziel aufgeben mußten.

Stetig, wenn auch schwerfällig, kämpfte das Boot gegen die hohe See. Regen und Salzwasser klatschten gegen das Ruderhaus, durch dessen Scheiben Max kaum noch etwas erkennen konnte. Nach ungefähr zwanzig Minuten, die er konzentriert nach Kompaß gesteuert hatte, brach er das Schweigen.

»Ich muß dich jetzt leider rausschicken.«

Jeff knöpfte das Ölzeug zu und setzte den Südwester auf. »Und wonach soll ich schauen?«

»Die Karte zeigte einige Klippen vor der Hafeneinfahrt. Sie sollten eigentlich backbord in sicherer Entfernung von unserem Bug stehen, aber es ist besser, du überzeugst dich selbst davon. Wäre doch schade, wenn wir jetzt noch Bruch machen, nachdem wir den Kahn fast bezahlt haben.«

Jeff wurde vor dem Steuerhaus vom Wind fast umgeweht. Er griff nach den Sicherungstauen, die über die ganze Schiffslänge liefen, und arbeitete sich vorsichtig zum Bug vor. Angestrengt spähte er durch das trübe Nachmittagslicht über das Wasser. Sein Magen zog sich zusammen bei dem Gedanken, eine Klippe zu übersehen.

Und plötzlich sah er sie. Wie Finger stachen die Felszacken aus dem Wasser, bereit, jeden zu fassen, der auch nur einen Augenblick lang unvorsichtig war. Doch noch bevor Jeff durch Handzeichen Max warnen konnte, spürte er, wie die ›Osprey‹ leicht nach Steuerbord abdrehte. Max hatte die Gefahr offensichtlich noch vor ihm erkannt. Er sah, wie das Wasser wild gegen die Klippen brandete und tückische Strudel bildete. Erst als die Gefahr schon lange hinter ihrem Heck lag, ging er zurück ins Steuerhaus. Max nahm gerade den letzten Schluck Kaffee, lässig das Steuer mit einer Hand haltend. Er grinste Jeff triumphierend entgegen.

»Du hättest ruhig ein wenig mehr Platz zwischen ihnen und uns lassen können!« meinte Jeff fast vorwurfsvoll.

»Ein Meter ist so gut wie eine Meile – Hauptsache, du schaffst es«, lachte Max. »Willst du sie reinbringen?«

»Du machst das ganz gut. Ich bereite alles zum Anlegen vor.« Kurz darauf schob sich der Trawler in einen freien Liegeplatz. Jeff sprang auf den Kai und machte das Schiff fest. Max stoppte die Maschine.

Jeff war mit seiner Arbeit fast fertig, als er plötzlich ganz in der Nähe jemand bemerkte. Er blickte auf und nickte zur Begrüßung. »Ganz schöner Sturm«, versuchte er ein Gespräch.

»Wollt ihr die Nacht hier verbringen?« fragte Mac Riley.

»Ja, an Bord«, erwiderte Jeff.

»Der Sturm wird noch zulegen, bevor es wieder besser wird«, meinte Riley mürrisch, »glaub' nicht, daß das geht.«

»Daß was geht?«

»Daß ihr die Nacht an Bord verbringen könnt. Wir haben da eine Vorschrift; ist zu gefährlich.«

Max trat gerade aus dem Ruderhaus und hörte die letzten Worte. Er sprang an Land und mischte sich ein.

»Was soll das heißen – zu gefährlich? Ihr habt doch einen recht geschützten Hafen hier.«

»Das ist schon richtig«, Riley ließ sich nicht aus der Ruhe bringen. »Aber bei einem solchen Sturm weiß man nie. Es ist also besser, ihr schlaft nicht an Bord.«

Max warf dem alten Mann einen wütenden Blick zu. »Ich kann auch in die Hafenmitte fahren und dort Anker werfen.«

»Sie können sie auch an Ort und Stelle versenken, aber auch das halte ich für unwahrscheinlich...«

Max warf einen Blick auf die windgepeitschten Wellen mit den Schaumkronen in der kleinen Bucht. Die sicher vertäuten Boote entlang des Kais zerrten an den Leinen und knarrten in allen Fugen, als ob sie sich über ihre Gefangenschaft beklagen wollten.

»Und – können Sie uns etwas vorschlagen?«

»Das Gasthaus ist gleich dort oben«, knurrte Riley und wies die Richtung.

Jeff und Max tauschen einen Blick aus und nickten ihr Einverständnis. Und während Max die Luken sicherte gegen den Sturm, gingen Jeff und Riley über den Kai; der Wind fuhr ihnen unter die Kleidung, und sie beschleunigten die Schritte, um rasch ins Trockene zu gelangen. Kurz vor der Harbor Inn zuckte ein gleißender Blitz über den dunklen Himmel, gefolgt vom wütenden Rumoren des Donners, der von der See hereinrollte.

Der Empfang des Gasthauses war verwaist. Erst als Jeff ungeduldig auf die Klingel drückte, erschien Merle Glind in der Tür zum Speisezimmer. Nervös musterte er den Unbekannten über seine Halbbrille hinweg.

»Kann ich etwas für Sie tun?« fragte er fast verängstigt.

»Ein Zimmer«, herrschte Jeff ihn an, »ich brauch' ein Zimmer für die Nacht.«

Merle trippelte hastig hinter seinen Tresen und schlug das

Reservierungsbuch auf. Er studierte es sorgfältig, bevor er wieder zu dem jungen Mann aufblickte.

»Ich hab' ein Zimmer für Sie«, verkündete er dann triumphierend, als ob zufälligerweise gerade eine Reservierung rückgängig gemacht worden wäre.

»Für eine Nacht?«

»Kommt drauf an, wie lange der Sturm dauert«, erklärte Jeff. »Mein Bruder und ich wollten eigentlich nach Grays Harbor, aber dann wurde es so schlimm, daß wir lieber hier an Land gingen. Sofern es sich bis morgen ausgestürmt hat, fahren wir wieder raus.«

Merle Glind schob ihm das Anmeldebuch hin, strich das Geld ein und gab ihm den Schlüssel.

»Kein Gepäck?«

»Wir machen keine Urlaubsreise«, brauste Jeff auf. »Alles was wir wollen, ist ein Platz zum Übernachten.«

Glind nickte verständnisvoll, während der Fischer die Treppe hinaufging. Dann kehrte er ins Speisezimmer zurück und setzte sich wieder auf seinen Barhocker, von dem ihn die Klingel vertrieben hatte.

»Gäste?« fragte Chip Connor.

»Ein paar Fischer, die ins Trockene wollen«, antwortete Glind. Er versuchte einen Blick aus dem Fenster zu werfen, doch die dichten Wasserrinnsale reflektierten lediglich die Lampen des Speisezimmers. »Das kann man verstehen«, grinste Glind, »heute abend würde man keinen Köter vor die Tür jagen. Einer von ihnen ist noch auf dem Boot...«

Chip rutschte vom Hocker und legte zwei Dollar auf die Bar. »Bestellen Sie mir noch einen – in Ordnung? Ich will nur rasch Harn anrufen – Sie wissen ja, wie er ist.«

»Nehmen Sie den Apparat hinter der Theke«, sagte Glind großzügig. »Sparen Sie Ihr Geld.«

Chip mußte ein Grinsen unterdrücken; er hatte sowieso nicht vorgehabt, ein anderes Telefon zu benützen. Er ging ans andere Ende der Bar und fischte den Apparat unter dem Tresen hervor. Zuerst wählte er das Revier, und als sich dort niemand meldete, rief er bei Whalen zu Hause an. Er ließ es mindestens zehnmal klingeln, bevor er den Hörer wieder auf die Gabel legte.

»Zumindest hab' ich's versucht«, murmelte er, während er nach dem neuen Drink griff, »zumindest hab' ich's versucht.« Dann erinnerte er sich an Harns Verhalten heute morgen, als er ihm die dürftigen Informationen über Glen Palmer vorlegte, und nahm sich vor, es später noch einmal zu versuchen.

»So, jetzt weißt du alles«, sagte Glen. Er hatte Rebecca gerade die Geschehnisse des Tages erzählt – zuerst die Befragung durch Chip Connors, die fast in Handgreiflichkeiten ausgeartet wäre, dann Whalens Versuch, seine Bilder zu zerstören, und schließlich Chips überraschende Hilfe in der Galerie.

»Zuerst dachte ich, er will nur von Whalens Übergriff ablenken«, erklärte Glen. »Er gab natürlich nicht zu, daß sein Boß das alles mit Absicht getan hatte. Also meinte ich, er wolle nur eine Weile rumhängen, bis ich mich beruhigt hätte. Doch wenn ich ihn nicht gezwungen hätte, würde er immer noch in der Galerie wüten.« Glen grinste. »Ich hatte den Eindruck, er empfand meine Arbeit als persönliche Beleidigung, obwohl er kein Wort darüber verloren hat, sondern nur verbissen vor sich hinschuftete. Ich glaube, den kriegen wir jetzt öfter zu sehen. O ja – wir haben jetzt übrigens ein Konto bei Blake's.«

Als Rebecca nicht reagierte, warf Glen ihr einen besorgten Blick zu. Gedankenverloren starrte sie vor sich hin, als ob sie auf irgend etwas lauschen würde. Ihm hatte sie bestimmt nicht zugehört.

»Rebecca!«

Sie zuckte zusammen und lächelte ihn schuldbewußt an. »Ich hab' nicht zugehört«, sagte sie, »tut mir leid.« Dann murmelte sie: »Es muß der Sturm sein, ich fühle mich wieder so nervös. Immer wenn wir Sturm haben, geschieht irgend etwas Schreckliches...«

»Aber das stimmt doch gar nicht – und das weißt du

auch«, widersprach Glen. Heute wollte er sich auf keinen Fall von ihr seine gute Laune verderben lassen.

»Ja, ja, ich weiß«, versuchte Rebecca ihn zu beruhigen, »aber da ist noch etwas anderes.«

»Was denn noch?« fragte Glen, und eine Vorahnung sagte ihm, daß es nichts Gutes sein konnte.

»Es dreht sich um Missy. Sie behauptet, heute nachmittag sei jemand in dem alten Baron-Haus gewesen... Im Randalls-Haus...«

»Woher will sie das wissen?«

»Frag mich nicht«, meinte Rebecca und hob hilflos die Schultern. »Robby sagt, sie seien überhaupt nicht in die Nähe des Hauses gekommen, aber Missy läßt sich nicht von ihrer Behauptung abbringen.«

Glen wurde sehr nachdenklich und rief dann nach den Kindern. Robby trug Scooter an sich gepreßt. Das Hündchen winselte und wand sich, bis es auf den Boden gesetzt wurde. Sofort sprang es Glen auf den Schoß und begann ihm das Gesicht zu lecken.

»Was soll das heißen, daß jemand im Haus der Randalls war?« fragte Glen und versuchte der eifrigen kleinen Zunge des Hündchens auszuweichen.

»Ich hab' das ja auch nicht behauptet«, kam es selbstgerecht von Robby. »Missy hat das gesagt, aber woher soll die das wissen?«

»Ich weiß es aber«, ereiferte sich das kleine Mädchen. Ihr Gesicht verzog sich, als ob sie gleich losweinen wollte. »Ich hab's ja auch bei Snooker gewußt. Ich hab' gesagt, er kommt nicht wieder, und er ist nicht wiedergekommen – oder?« Sie blickte zu Glen auf.

»Ja, da hast du recht«, beruhigte sie ihr Vater. »Ich will ja auch gar nicht behaupten, daß niemand im Haus der Randalls war, ich will nur wissen, warum du so sicher bist?«

Missy schien durch dieses Zugeständnis Glens besänftigt. Angestrengt dachte sie nach. Als sie dann antwortete, wirkte sie gar nicht mehr so bestimmt. »Ich weiß nicht, warum«, schmollte sie, »ich weiß es eben.«

»Nichts weißt du«, parierte Robby verächtlich.

»Robby, halt dich zurück«, wies Glen ihn zurecht, »warum soll ihr nicht irgend etwas aufgefallen sein, das sie inzwischen wieder vergessen hat.«

»Rauch«, sagte Missy unvermittelt, »ich sah Rauch aus dem Kamin kommen.«

»Das kannst du doch gar nicht«, kam es hitzig von Robby, »Rauch hat dieselbe Farbe wie Regenwolken; selbst wenn welcher dagewesen wäre, hättest du ihn nicht sehen können.«

Missy wollte ihm widersprechen, aber Rebecca brachte sie jetzt beide zum Schweigen: »Das reicht jetzt! Nehmt Scooter, und dann marsch zurück ins Bett!«

»Kann er heute nacht bei uns bleiben?« bettelte Robby wie jeden Abend, seitdem der Welpe ins Haus gekommen war. Bis jetzt hatte er immer damit Erfolg gehabt. Nicht nur wegen der Sache mit Snooker, sondern auch weil er so mitleidsheischend klein und hilflos wirkte. Weder Glen noch Rebecca hätten es ausgerechnet an einem solchen Abend übers Herz gebracht, ihn vor die Tür zu setzen.

»Sorgt aber dafür, daß er in seiner Kiste bleibt«, meinte Rebecca resignierend, »ich will nicht, daß er auch noch die Betttücher beschmutzt!«

»Er ist fast schon stubenrein«, behauptete Robby eifrig und hoffte seine Mutter zu überzeugen, daß sein Schützling ein idealer Bettgefährte sei. Doch unglücklicherweise wählte Scooter ausgerechnet diesen Augenblick, um sich hinzuhokken und Wasser zu lassen. Als sich unter seinem Bäuchlein eine kleine Pfütze bildete, konnten Glen und Rebecca nur mit Mühe ein Grinsen unterdrücken. Robby aber nahm das Hündchen hoch und schimpfte es energisch aus. Scooter schien das alles nicht zu kümmern; seine nasse Zunge leckte begeistert Robbys Gesicht.

»Raus jetzt mit ihm«, rief Rebecca lächelnd, und die Kinder verschwanden in ihrem Zimmerchen. Als sie gerade dabei war, Scooters Bescherung verschwinden zu lassen, bemerkte sie, daß Glen den Regenmantel anzog.

»Wo willst du hin?«

»Ich mache einen kleinen Strandspaziergang und werf' mal einen Blick ins Haus der Randalls. Sollte wirklich jemand dort sein, melde ich es Chip Connor.«

»Bei diesem Regen?« protestierte sie! »Liebling, du wirst naß bis auf die Haut – du hörst doch, daß der Wind fast das Dach runterreißt!«

»Soll das heißen, daß du nicht mitkommen willst?« fragte Glen ganz unschuldig. Rebecca blitzte ihn an. Rasch trat er auf sie zu und küßte sie auf die Nase.

»Das soll heißen, daß ich nicht will, daß du gehst!«

»Ich werde aber gehen, es muß einfach sein«, beharrte Glen. »Wenn wir mal weg sind, hoffe ich auch, daß die Randalls ein Auge auf unser Häuschen haben. Deshalb scheint es mir nur recht und billig, wenn ich jetzt dasselbe tue. Und wenn Missy denkt, sie hätte jemand gesehen...«

»Sie hat nicht gesagt, daß sie jemand gesehen hätte.«

»Sie sagt, sie hätte Rauch gesehen.«

»Das sagt sie jetzt«, argumentierte Rebecca, »heute nachmittag war davon keine Rede. Sie wollte uns nur irgendwie davon überzeugen, daß sie nicht geschwindelt hat.«

»Aber sie könnte durchaus Rauch gesehen haben«, meinte Glen, »und falls es stimmt, möchte ich wissen, was dort los ist.«

Rebecca wußte, daß sie keine Chance mehr hatte. »Also gut«, seufzte sie, »aber sei vorsichtig!«

»Mach dir keine Sorgen«, beruhigte Glen sie. »In einer halben Stunde bin ich zurück, wenn nicht schon früher.«

Rebecca sah noch durchs Fenster, als er aus der Tür trat, doch dann hatten die Nacht und der Sturm ihn verschlungen, und sie blieb allein mit ihren Ängsten.

16

Max Horton schaute sich noch einmal in der Kabine des Trawlers um. Er hatte sich eine gute halbe Stunde Zeit gelassen, um alles für die Nacht in Ordnung zu bringen. Natürlich hätte er das Ganze auch in zehn Minuten erledigen können, doch er genoß das Alleinsein mit ›seinem‹ Boot. Aber jetzt wurde es Zeit, nach dem kleinen Bruder im Gasthaus zu schauen – und für einen dampfenden Punsch. Ein Lächeln der Vorfreude erhellte sein Gesicht.

Plötzlich war da noch ein Geräusch. Trotz des Tosens von Wind und und Wellen meinte er das Geräusch einer sich schließenden Luke zu hören.

Ein Gefühl der Bedrohung ließ ihn erstarren. Doch dann hastete er auf die Treppe nach oben zu.

Er kam zu spät.

Die ›Osprey‹ trieb im offenen Wasser.

Sie hatte sich bereits so weit von den Kaianlagen entfernt, daß ein Sprung in die aufgewühlten Wasser viel zu riskant war. Als ein Blitz den Himmel zerriß, sah Max auf dem Kai eine Gestalt. Sie stand mit zurückgeworfenem Kopf und in die Seiten gestemmten Fäusten völlig bewegungslos. Dann erkannte Max, daß sie lachte. Unbändig lachte. Und dieses im Toben der Elemente untergehende, scheinbar lautlose Lachen erschreckte Max bis in die tiefste Seele.

Dann erschütterte ein gewaltiger Donnerschlag den schlingernden Trawler. Max tastete sich ins Ruderhaus und suchte verzweifelt nach dem Zündschlüssel. Doch als er ihn endlich mit zitternden Händen ins Zündschloß steckte und auf den Anlasser der Backbordmaschine drückte, geschah gar nichts.

Er betätigte den zweiten Anlasser. Wieder nichts.

Ein Blick aus dem Fenster zeigte ihm, daß die einsetzende Ebbe das Boot bereits weit vom Kai abgetrieben hatte. Sie zog ihn auf die Hafenausfahrt zu – und auf die wartenden Felsen.

Noch einmal drückte er verzweifelt die beiden Starterknöpfe und legte dann den Schalter für den Hauptanker um. Als auch dieser versagte, hastete er aus dem Ruderhaus, so rasch es ging, zum Heck. Er riß den Ankerkasten auf und warf den Anker über die Reling. Er sah noch ungefähr drei Meter Leine an sich vorbeizischen, bevor das ausgefranste Ende im schwarzen Wasser verschwand...

Wer immer da seine Hand im Spiel hatte – er verstand seinen Job.

Max öffnete die Luke über dem Maschinenabteil und ließ sich flink zwischen die beiden mächtigen Chrysler hinab. Auf den ersten Blick schien alles in Ordnung. Doch als er dann mit der Taschenlampe die beiden Maschinen ableuchtete, sah er es.

Die Kabel!

Erst vor ungefähr einer Woche hatte er zusammen mit Jeff die meisten Kabel ausgetauscht. Aber jetzt hingen die Isolierungen herunter, als ob das System total überlastet gewesen oder vom Blitz getroffen worden wäre. Im Schein der Lampe sah er die bloßen Kupferdrähte blinken.

Er kroch hastig wieder an Deck und schloß die Luke über den beiden Maschinen. Im Steuerhaus versuchte er mühsam, seine Gedanken zu ordnen. Auf keinen Fall durfte er jetzt in Panik geraten! Er zog eine verknüllte Zigarettenpakkung aus der Tasche und steckte sich eine an. Äußerlich ruhig saß er am Steuer, zog tief den Rauch ein und versuchte seine Lage zu analysieren. Was konnte er jetzt noch tun, um sich und das Boot zu retten? Vor sich sah er die gezackten Felsfinger, die am Hafenausgang auf ihn lauerten...

Vorsichtig näherte sich Glen Palmer dem alten Baron-Haus. Ursprünglich hätte er am Strand entlanggehen und sich ihm von der Seeseite her nähern wollen. Doch der Sturm trieb ihn rasch in den Schutz des Wäldchens zurück. Der aufgeweichte Boden blieb ihm an den Schuhen hängen, während er unter den im Sturm ächzenden Wipfeln voranhastete und die kalte Nässe ihn schaudern ließ.

Schließlich stieß er auf den Pfad, der ihn zurück zum Strand bringen würde – derselbe, den auch seine Kinder heute nachmittag benützt hatten –, und trat kaum fünfzehn

Meter vom Haus entfernt unter den Bäumen hervor. Hätte nicht ab und zu ein Blitz die Nacht erhellt, würde man es überhaupt nicht bemerkt haben, so perfekt verschmolz es mit der Düsternis seiner Umgebung – eine stumme Schildwache am Strand, wie ein letztes Zeugnis der lange dahingegangenen Wesen, die es einmal erbaut und bewohnt hatten. Die Fenster schienen schwarze Höhlen, und nichts ließ ahnen, was sich dahinter verbergen mochte. Unwillkürlich schauderte Glen, als er um die Hausecke bog; weniger wegen der Kälte als wegen der tödlichen Stille, die durch seine Wände zu dringen schien.

Als er die Küchentür verschlossen fand, blieb er einen Augenblick verwirrt stehen. Doch dann trat er leise ein und ließ den Schein seiner Taschenlampe durch den Raum huschen – Spülbecken, Eisschrank, die Tür zum Speisezimmer. Plötzlich war er sicher, daß sich niemand im Haus befand.

Entschlossen ging er durch das Speisezimmer und dann weiter zum Wohnzimmer. Hier sah er, daß vor nicht allzu langer Zeit jemand da gewesen sein mußte.

Ein Beweis dafür war die sehr viel wärmere und trockenere Luft als in den übrigen Räumen des Hauses. Außerdem roch man deutlich den leicht süßlichen Duft eines Holzfeuers. Er trat an den Kamin und knipste die Stablampe aus. In der plötzlichen Dunkelheit sah man es unter der Asche noch sanft glimmen. Als er mit dem Schuh die Asche zur Seite schob, züngelte sogar wieder eine kleine Flamme empor. Glen schüttelte verwundert den Kopf. Vielleicht hatte Missy vor einigen Stunden tatsächlich Rauch aus dem Kamin steigen sehen. Das war jetzt gar nicht mehr so unwahrscheinlich...

Auch die übrigen Teile des Hauses unterzog er einer sorgfältigen Prüfung – nirgends Spuren eines gewaltsamen Eindringens oder sonstiger Zerstörungen. Wer immer im Haus gewesen sein mochte, er hatte sich absolut korrekt verhalten.

Glen kehrte ins Wohnzimmer zurück. Das Feuer war inzwischen wieder voll aufgeflackert, und er suchte nach einem Schürhaken, um es unter Kontrolle zu halten. Er ließ sich auf den Stuhl am Kamin fallen und überlegte, ob er sich sofort wieder auf den Rückweg machen sollte. Doch hier war es warm und gemütlich – und vielleicht flaute der Sturm inzwischen ab. Zumindest wollte er das Feuer nützen und sich ein wenig trocknen. Er stand auf und trat an das Nordfenster. In regelmäßigen Abständen ließ er die Stablampe fünfmal aufblitzen; sofern Rebecca am Fenster stand, wußte sie jetzt, daß bei ihm alles in Ordnung war.

Max Horton wollte noch einen letzten, verzweifelten Versuch mit den Maschinen machen. Vielleicht ließ sich der Schaden doch noch reparieren? Es würde schon reichen, wenn er auch nur eine der Chrysler wieder in Gang bekommen würde. Doch er mußte rasch erkennen, daß seine Hoffnung vergebens war und kletterte an Deck zurück. Als er den Strahl seiner Stablampe nach vorn richtete, sah er, daß sich die ›Osprey‹ gedreht hatte und mit dem Heck voran auf den Hafenausgang zusteuerte. Er griff nach einem großen Eimer und rannte zum Bug, wo er ihn an einer der Ankerleinen befestigte. Diesen primitiven Treibanker warf er weit über Bord in der Hoffnung, daß die Strömung sich darin verfing und das Boot wieder in die normale Richtung drehte. Wenn auch das nicht gelang, wäre es wohl besser, er verließe das Boot...

Der Wind schien noch immer aufzufrischen – und er hielt auf die Küste zu. Falls es ihm gelang, das kleine Beiboot zu takeln, brachte er ihn vielleicht zum Strand zurück. Sollte das aber fehlschlagen, würde ihn die Ebbe auf das offene Meer hinausziehen...

Blieb er aber an Bord, und der Treibanker funktionierte, hatte er eine Chance, den Sturm auf See zu überstehen; vorausgesetzt er kam an den Klippen am Hafeneingang vorbei. Die Gefahr des Kenterns war mit dem Beiboot viel zu groß. Und in dem eisigen Wasser würde er in spätestens zehn Minuten bewußtlos und in zwanzig Minuten tot sein. Bei Tageslicht hätte er immerhin noch die schwache Chance gehabt, von jemand entdeckt zu werden; doch in dieser Nacht konnte er sich nur auf sich allein verlassen.

Als er zu dieser Entscheidung gekommen war, zerriß erneut ein Blitz den düsteren Himmel. Er sah, daß der Treibanker tatsächlich seinen Zweck erfüllt hatte. Der Trawler lag nun wieder mit dem Bug voraus in der Strömung – und Max hatte plötzlich die Hoffnung, die weit voraus erkennbaren Felsklippen steuerbord umfahren zu können. Er ging zurück ins Ruderhaus und zündete sich eine neue Zigarette an. Jetzt konnte er nur noch hoffen...

Harney Whalen parkte den Streifenwagen vor seinem Haus und eilte die Stufen zur Vordertür hinauf. Erst nachdem er sie hinter sich wieder ins Schloß gedrückt hatte, knipste er das Licht an. Seine Uniform war völlig durchweicht, und er spürte die Kälte bis ins Mark. Auch sein Herz schlug mit ungewohnt hoher Frequenz.

Er riß sich die klammen Kleider vom Leib und schlüpfte in den Bademantel. Dann drehte er nicht nur die Heizung auf, sondern zündete auch noch den Kamin an; und schließlich mixte er sich einen besonders starken Brandy mit Soda. Erst als er den zweiten auch schon fast hinuntergekippt hatte, stellte er sich unter die heiße Dusche. Langsam begann die Kälte aus seinen Knochen zu weichen. Und dann saß er abgetrocknet und mit dem Glas in der Hand vor dem Feuer und grübelte erneut über das Geschehen dieses Tages nach. Er erinnerte sich, an der Sod Beach draußen gewesen zu sein, wo er in seinem alten Haus vor dem Kamin gesessen war und den Regen und das Alleinsein genossen hatte. Über ihm war der Sturm die Küste heruntergebraust, und wenn er ans Fenster trat, konnte er sehen, wie die Blitzbündel über Clark's Harbor zündeten. Vor dem anheimelnden Feuer war er ins Tagträumen gekommen – oder war es wieder einer seiner ›Anfälle‹ gewesen? Denn danach kam er erst wieder zu sich, als er im Streifenwagen nach Hause fuhr. Warum aber war seine Uniform in diesem Zustand? Der Wagen war nur zehn oder zwanzig Schritte vom Baron-Haus entfernt abgestellt gewesen. Selbst wenn er auf allen vieren durch den Dreck zu ihm hingekrochen wäre, dürfte sie nicht so aussehen...

Für den Bruchteil einer Sekunde durchzuckte eine andere Erinnerung sein Bewußtsein. Er sah sich im Sturm am Strand entlanggehen und aufs Meer hinausstarren. Und da war noch etwas – Schatten, auf seltsame Weise vertraute Schatten, die ihm etwas zuriefen. Doch er konnte sich den Kopf noch so sehr zerbrechen, mehr gab seine Erinnerung einfach nicht her.

Er mixte sich seinen dritten, diesmal aber bedeutend schwächeren Drink. Vielleicht sollte er sich wegen dieser ›Anfälle‹ mal an Dr. Phelps wenden? Aber er verwarf den Gedanken sofort wieder. Der Doktor würde auf einer Gesamtuntersuchung bestehen, und die wollte Whalen auf jeden Fall vermeiden. Schließlich wußte man nie, was der Arzt fand, und er wollte die wenigen Jahre bis zur Pensionierung noch im Dienst bleiben. Besser, man weckte keine schlafenden Hunde!

Das Klingeln des Telefons riß ihn aus seinem Sinnieren.

»Whalen«, meldete er sich automatisch.

»Harn? Wo steckst du bloß?« Chip Connors Stimme klang fast anklagend, was Whalen gar nicht gefiel.

»Weg«, sagte er brüsk. Es gab eine Pause, und Whalen freute sich, als er die Betroffenheit seines Stellvertreters am anderen Ende der Leitung spürte.

»Ich hab' den ganzen Abend versucht, dich zu erreichen«, erklärte Chip sehr viel verbindlicher. »Dachte, es interessiert dich, daß ein paar Fischer im Gasthaus eingetroffen sind.«

»Fischer?« vergewisserte sich Whalen.

»Ja, Jungs aus Port Angeles. Merle sagt, sie wollten nach Grays Harbor, aber der Sturm hat sie bei uns an Land gezwungen.«

Whalen schien nicht weiter interessiert. »Hatten sie Probleme?«

»Probleme? Nein, nicht daß ich wüßte. Ich dachte nur, du würdest es gerne wissen.«

»Ja, ist gut«, sagte Whalen, »danke für den Anruf.« Er wollte schon wieder auflegen, als ihm noch ein Gedanke kam. »Chip! War sonst heute noch was?«

»Nein, nichts«, erwiderte Chip, »still wie auf dem Friedhof.«

»Und wie hast du meine Lektion für Palmer gefunden?«

Längere Zeit blieb es still, und Whalen dachte schon, Chip hätte ihn nicht verstanden. Doch dann räusperte sich sein Stellvertreter.

»Ich tu' so, als ob ich es für einen unglücklichen Zufall halten würde, Harn«, kam es zögernd.

»Das war's aber nicht«, knurrte Whalen.

»Nein, vermutlich nicht.« Wieder diese betretene Stille, als ob jeder dem anderen den Vortritt lassen wollte. Schließlich rührte sich Chip zuerst. »Ich erklärte Palmer, es wäre ein Versehen, Chief.«

»Mir wäre es lieber, du hättest das nicht getan«, meinte Whalen fast empört, »ich wollte, daß er anfängt, sich Gedanken zu machen!«

Chip zog es vor, das Thema fallenzulassen. »Also, dann bis morgen«, verabschiedete er sich.

»Ja, gut«, sagte Whalen kurz, »bis morgen.« Er legte den Hörer zurück auf die Gabel, griff nach seinem Glas und trat ans Fenster. Geistesabwesend starrte er in das Unwetter hinaus. Das war ein Tag gewesen, den man am besten sofort wieder vergaß. Allerdings hätte er sich an ein, zwei Dinge, die heute geschehen waren, zumindest im Augenblick gern zurückerinnert. Aber es gelang ihm einfach nicht. Amüsiert lachte er in sich hinein – Dinge, an die man sich nicht erinnern konnte, waren es höchstwahrscheinlich auch nicht wert...

Jeff Horton warf einen Blick auf seine Uhr und trat dann ans Fenster des Gasthofzimmers. Die vom Wind gepeitschten Regenfluten verwehrten ihm den Blick auf den Kai, obwohl dieser keine hundert Meter entfernt war. Er überprüfte noch einmal die Zeit. Es war bereits eine Dreiviertelstunde vergangen, seit er aufs Zimmer gekommen war, und Max konnte kaum mehr als zehn Minuten brauchen, um ihr Boot zu sichern.

Er zog die Windjacke über und ging hinunter. Doch auch in der Bar saß der Bruder nicht. Dafür sah er Merle Glind, der sich mit einem netten jungen Polizisten unterhielt.

Auch als er sich dem Kai näherte, hielt er vergeblich Ausschau nach ihrem Boot. Hastig schritt er die Reihe der einheimischen Boote ab, bis er plötzlich vor einem leeren Liegeplatz stand. Jeff starrte auf das schwarze Meer, auf dem noch vor kurzem die ›Osprey‹ geschaukelt hatte. Hatten sie etwa doch weiter draußen angelegt? Er kämpfte sich mit gekrümmtem Oberkörper weiter bis ans Ende des Kais. Alle Plätze waren belegt, aber keine ›Osprey‹! Vielleicht hatte er sie doch übersehen? Als er sich gerade umwenden wollte, erhellte wieder einer dieser mächtigen, blau-weißen Blitze den Horizont. Und weit draußen im Hafen, fast an der Ausfahrt, sah er die Silhouette eines Trawlers. Für Jeff gab es überhaupt keinen Zweifel. Es war die ›Osprey‹ – und sie hatte Kurs auf die Klippen. Auch als alles ringsum wieder in Dunkelheit versunken war, stand er noch immer wie gebannt. Seine Augen bohrten sich in die undurchdringliche Schwärze, und er flehte um einen neuen Blitz, um sehen zu können, ob sie die Klippen inzwischen passiert hatte...

Max Horton starrte wie gelähmt durch die Frontscheibe des Ruderhauses. Im gleißenden Licht des aufzuckenden Blitzes, der für einen Augenblick den Vorhang der Nacht aufriß, sah er die bizarr drohenden Felsfinger. Er wußte, das war das Ende. Nur wenige Meter vor dem Bug des Boots brachen sich die Schaumkronen an den Klippen.

In einem letzten Aufbäumen vor dem drohenden Tod griff er nach der Schwimmweste und hastete aufs Deck hinaus, um das Beiboot zu Wasser zu lassen. Er riß die Persenning ab und löste die Sicherungsleinen der Davits.

Doch es war zu spät.

Als das winzige Boot die tosenden Wasser berührte, begann es sich sofort wie rasend zu drehen und vollzuschlagen. Gleich darauf schaute gerade noch die Reling aus dem Wasser. Und dann geriet auch die ›Osprey‹ in den Mahlstrom, und ihr Heck schwenkte nach vorn. Mit der Breitseite schlug sie gegen die Felsen und erzitterte bis zum Kiel, als die Planken mittschiffs splitterten. Rasch sackte sie ab, während die unbarmherzige See sie trotz ihres Stöhnens und Ächzens immer wieder gegen die Klippen schleuderte und langsam zermalmte. Unter Deck riß sich einer der Brennstofftanks los und platzte, wodurch sich der Schiffsrumpf rasch mit Dämpfen füllte. Sekunden später explodierte die ›Osprey‹.

Max Horton wurde über Bord geschleudert und schlug ins eisige Wasser. Es gelang ihm, sich noch einmal an die Oberfläche zurückzukämpfen und mit verzweifelten Schwimmbewegungen einige Augenblicke zu halten. Doch dann faßte ihn die Strömung und zog ihn weg von dem brennenden Wrack und weg von den Felsen, wo er vielleicht noch einen rettenden Halt gefunden hätte. Sobald er merkte, was mit ihm geschah, drehte er sich auf den Rücken und überließ sich dem Meer. Er sah, wie ihr Trawler rasch von den Flammen verzehrt wurde und spürte die rasch bis in sein Inneres vordringende Kälte.

Alles in ihm schien zu erstarren; jeder Lebensmut und jede Todesangst schwanden. Und während das Wrack seinem Gesichtsfeld entglitt, dachte er an den jüngeren Bruder und bat ihn um Vergebung, falls er doch etwas versäumt hätte, ihren gemeinsamen Besitz zu retten. Seine Augen schlossen sich, und der Sturm verlor jede Bedrohlichkeit. Die aufgewühlten Wellen wiegten ihn sanft in den Schlaf. Er freute sich auf ihn, obwohl er wußte, daß er nie mehr daraus erwachen würde...

Der Feuerball draußen an der Hafenausfahrt wurde von Jeff erst richtig registriert, als die donnernde Explosion an sein Ohr schlug. Erst jetzt wurde ihm bewußt, was geschehen war. Er starrte mit Tränen in den Augen auf das schreckliche Leuchtfeuer, dieses Inferno aus hoch aufschlagenden Flammen und öligem schwarzen Rauch. Dann explodierte auch der zweite Tank und schickte einen weiteren Feuerball in den Nachthimmel. Jeff Hortons Tränen vermischten sich mit den niederprasselnden Regentropfen und der sich am Kai brechenden Gischt.

Glen Palmer schreckte erst auf, als die Schockwelle der Explosion das alte Haus am Strand erreichte. Als er zum Fenster lief, sah er noch den roten Feuerschein, der die Nacht erhellte, bevor der zweite Tank in die Luft ging. Er griff nach der Taschenlampe und stürzte aus dem Haus. Erst als er an jenen Punkt kam, wo die Sod Beach in jenen felsigeren Küstenabschnitt überging, der sich bis Clark's Harbor erstreckte, wurde ihm bewußt, daß die Explosion nicht am Kai, sondern weit draußen in der Hafeneinfahrt stattgefunden haben mußte. Und er wußte auch den Grund dafür: die Klippen.

Er hastete über das letzte Stück bis zum Beginn des Kais, während Merle Glind und Chip Connor gerade aus dem Gasthaus traten. Zuerst wollte er ihnen entgegengehen, doch dann sah er am äußersten Ende der Mole eine männliche Silhouette, die unverwandt aufs Meer hinausstarrte. Rasch schritt er auf sie zu.

Harney Whalen sah von seinem Fenster aus das brennende Inferno im Hafen.

»Verdammt«, murmelte er wütend, »da dürfte heute nacht noch einer ganz schön in Schwierigkeiten kommen!«

Er ging ins Schlafzimmer, warf den Bademantel ab und schlüpfte in eine saubere Uniform. Er ließ sich Zeit. Er hatte lange genug in Clark's Harbor gelebt, um zu wissen, daß er immer noch rechtzeitig kam – gleichgültig, was da draußen geschehen war. Und heute nacht ließ sich sowieso nichts mehr unternehmen. Und morgen vielleicht auch noch nicht. Nicht solange dieser Sturm tobte.

Manchmal hatte Harney Whalen das Gefühl, als ob die Stürme über Clark's Harbor nie zur Ruhe kamen...

Er wollte gerade das Haus verlassen, als das Telefon klingelte. Doch er ging nicht zurück. Er wußte auch so, warum es klingelte.

17

Glen Palmer tippte Jeff Horton auf die Schulter. Der fuhr herum, und Glen erschrak über das wie erstarrte, ausdruckslose Gesicht.

»Was ist geschehen?« fragte er leise.

Jeffs Gesichtszüge begannen zu arbeiten; er hatte Mühe, die Antwort zu formen.

»Mein Bruder...«, setzte er an. »Mein Bruder..., das Boot...« Jetzt erst schien ihm die schreckliche Realität voll zu Bewußtsein zu kommen. Er schlug die Hände vor dem Gesicht zusammen, und seine Schultern zuckten krampfhaft unter dem fassungslosen Schluchzen.

Glen musterte ihn hilflos. Vielleicht war es besser, rauf zum Gasthof zu gehen und Whalen anzurufen. Aber er konnte den jungen Mann doch hier nicht einfach alleinlassen. Dann hörte er rasche Schritte über den Kai kommen.

Er faßte Jeff an der Schulter.

»Ist Ihr Boot da draußen?«

Jeff nickte, unfähig zu sprechen.

»Und Ihr Bruder...?«

Jeff nahm die Hände vom Gesicht, und Glen blickte in von Schmerz und Verwirrung gezeichnete Züge.

»Er wollte sie nur noch sichern und ein paar Dinge rausnehmen«, versuchte Jeff zu erklären. »Er meinte, daß er gleich nachkommen würde... Aber er kam nicht...« Das Schluchzen ließ ihn wieder verstummen.

»Glen?« hörte er hinter sich eine Stimme und wandte sich um.

Es war Chip Connor. »Was, zum Teufel, ist denn los?«

Glen schüttelte bekümmert den Kopf. »Weiß ich auch noch nicht; bin auch eben erst gekommen.«

»Ich habe Merle Glind gesagt, er solle Harn Whalen rufen«, erklärte Connor und wandte sich dann an Jeff.

»Ist das Ihr Boot da draußen?«

Jeff nickte voller Schmerz, während Chip zur Hafeneinfahrt starrte, wo das brennende Wrack im strömenden Regen noch mit den Wellen kämpfte. Aber in wenigen Minuten schon würde nichts mehr zu sehen sein. »Lassen Sie uns ins Gasthaus zurückgehen«, sagte er dann leise, »hier können wir nichts mehr tun.«

Chip und Glen nahmen Jeff Horten in die Mitte und strebten zurück ins Trockene. Nach ein paar Schritten schien der junge Mann wieder zum Leben zu erwachen und machte sich los. Immer wieder blieb er stehen und wandte den Blick hinaus in den Hafen. Kurz bevor sie das Ende des Kais erreichten, war dort nichts mehr zu sehen. Nur noch schwarze Nacht. Die ›Osprey‹ war verschwunden. Und Jeff blickte sich nicht mehr um.

Als sie das Gasthaus betraten, kam ihnen Merle Glind aufgeregt entgegen. »Ich habe Harney angerufen, aber er war nicht da!«

»Machen Sie sich darüber keine Sorgen«, sagte Chip, »wahrscheinlich hat er von seinem Haus aus die Explosion gesehen und sich bereits auf den Weg gemacht. Geben Sie dem hier lieber einen kräftigen Schluck Brandy, der könnte ihn bestimmt brauchen.«

Jeff war auf einen Stuhl gesunken. Hier im Licht sah man erst, daß er aschfahl im Gesicht war, und zusammen mit dem unrasierten Kinn und den rotgeränderten Augen ließ ihn das sehr viel älter aussehen. Die Augen starrten ins Leere, und er schien nichts von seiner Umgebung wahrzunehmen.

»Ich glaube, wir rufen besser den Arzt«, meinte Glen, »er hat offensichtlich einen Schock.«

»Rufen Sie Phelps an«, riet Chip.

Als Glen in die Lobby zurückkam, schob sich gerade Harney Whalen durch die Tür. Finster blickte er sich einen Augenblick um und wandte sich dann an seinen Stellvertreter. »Was, zum Teufel, ist denn los?« polterte er und benützte genau dieselben Worte wie dieser auf dem Kai. »Ist jemand zu Schaden gekommen?«

»Das wissen wir noch nicht so genau«, erwiderte Chip. »Ich saß mit Merle in der Bar, als wir die Explosion hörten. Zuerst dachte ich, es wäre der Donner, doch dann sahen wir den Feuerschein. Merle hat dich angerufen, konnte dich aber nicht erreichen. Und als ich dann auf den Kai rausging, stieß ich auf Glen Palmer und den hier.« Er machte eine Kopfbewegung zu Jeff Horton, der mit starr auf den Boden fixierten Augen sein Brandy-Glas umklammerte. Es sah nicht so aus, als ob er merkte, daß man über ihn sprach. Whalen musterte ihn einen Augenblick prüfend und trat dann auf ihn zu.

»Können Sie mir sagen, was es gegeben hat?« fragte er mit seiner professionellen, neutralen Stimme.

»Ich weiß nicht, was geschehen ist«, erwiderte Jeff wie abwesend und ohne den Blick vom Boden zu heben.

»Mein Stellvertreter sagte mir, Sie wären draußen auf dem Kai gewesen, als das Boot in die Luft ging.«

Jeff nickte und trank einen kleinen Schluck.

»Würde es Ihnen was ausmachen, mir zu sagen, was Sie dort machten?«

Jeff runzelte die Stirn, als ob er sich nur mühsam erinnern könnte. »Ich suchte meinen Bruder... Ich hab' nach Max gesucht...« Er schien nicht weitersprechen zu können; statt dessen nahm er einen langen Schluck aus dem Glas. Whalen zog sich einen Stuhl heran.

»Warum erzählen Sie nicht von Anfang an?«

»Da gibt's nichts zu erzählen«, meinte Jeff langsam und hatte Mühe, sich unter Kontrolle zu halten. »Ich wartete droben in unserem Zimmer auf Max. Er wollte das Boot für die Nacht sichern – das dauert normalerweise zehn Minuten. Als er nach einer Dreiviertelstunde noch immer nicht kam, schaute ich nach ihm, in der Bar und dann drunten am Kai. Das Boot war verschwunden... Ich konnte es zuerst nicht glauben. Aber dann beleuchtete ein Blitz das ganze Hafenbecken, und ich sah die ›Osprey‹ mit Kurs auf die Ausfahrt – und die Felsen...« Er brach ab; wieder sah er die Explosion vor sich und hörte das dumpfe Bersten des Schiffsleibs. Als er sich wieder einigermaßen gefangen hatte, stieß er verzweifelt hervor: »Ich muß wieder raus! Ich muß raus und nach Max suchen!«

»Heute nacht werden Sie nirgendwo mehr hingehen, mein

Junge«, meinte Whalen, »Sie nicht und auch sonst niemand! Ein Boot auf den Klippen reicht völlig!«

In diesem Augenblick traf Dr. Phelps ein und beugte sich sofort über Jeff Horton. Das gab Whalen Gelegenheit, sich an Glind zu wenden.

»Wer ist er?« fragte er brüsk.

»Sein Name ist Jeff Horton«, beeilte sich Glind. »Er kam zwischen halb sechs und sechs. Stammt aus Port Angeles.« Glind schien plötzlich ein Gedanke zu kommen. »Hat Chip es Ihnen denn nicht gesagt?«

»Doch, er hat mich angerufen«, erklärte Whalen geduldig, »aber der hier muß ja nicht unbedingt einer von den beiden sein, von denen er mir erzählt hat. Haben Sie gehört, was Horton mir gerade gesagt hat?«

Glind nickte. »Nicht daß ich lauschen wollte, Sie kennen mich schließlich, Harney – ich interessier' mich nicht für Dinge, die mich nichts angehn. Aber er ist mein Gast, und da muß ich doch…« Whalen unterbrach ihn verärgert.

»Merle, schon gut! Ich will lediglich wissen, ob Sie bestätigen können, was er gerade erzählt hat.«

Glind dachte angestrengt nach und nickte dann. »Ich kann auf jeden Fall die Zeit bestätigen, zu der er das Haus verließ. Chip und ich saßen der Bar, und ich habe gesehen, wie er kurz den Kopf reinsteckte. Dann ging er raus, und ungefähr fünf Minuten später hörten wir dann die Explosion. Er kann also nichts damit zu tun haben, Harn. Die Zeit reichte unmöglich dafür. Ein Boot braucht sehr viel länger, um vom Kai bis zu den Felsen zu kommen.«

»Was Sie nicht sagen!« knurrte Whalen den kleinen Mann an. Glind wurde rot, und sein Blick huschte zur Bar.

»Ich muß mich jetzt wieder um mein Geschäft kümmern«, sagte er verängstigt, »heute abend dürfte hier ganz schön was los sein. Nicht jeden Tag passiert hier schließlich so etwas.« Er trippelte davon und zählte im Geist bereits den zu erwartenden Umsatz. Whalen blickte ihm noch einen Augenblick kopfschüttelnd nach. Der kleine Bursche tat ihm fast leid. Keiner hier mochte ihn besonders leiden, obwohl er es jedem recht machen wollte. Aber man mußte ihm vergeben. Schließlich waren sie zusammen aufgewachsen.

Er wollte sich gerade bei Dr. Phelps nach Jeff Hortons Zustand erkundigen, als Chip Connor ihm ein Zeichen gab. Er und Glen Palmer hatten sich in der Nähe des Empfangstresens unterhalten.

»Brauchen Sie mich noch hier?« wollte Connor wissen. »Falls nicht, könnte ich doch Glen heimfahren. Er meint, seine Frau würde sich Sorgen wegen seines langen Ausbleibens machen.«

»Da wird sie sich eben noch ein bißchen länger sorgen müssen, tut mir leid«, sagte Whalen fast rücksichtslos. »Ich hab' da ein paar Fragen an Sie, Palmer.«

Glen konnte sich gerade noch zügeln. Widerspruch hätte bestimmt nichts genützt, sondern ihn eher noch länger hier festgehalten. Statt dessen wandte er sich an Chip.

»Ich weiß, es ist verdammt viel verlangt, aber könnten Sie nicht trotzdem raus fahren und sie kurz wissen lassen, daß es mir gut geht?«

»Kein Problem«, meinte Chip, »außer, Harn hat was besonders Dringendes für mich.« Er lächelte seinen Chef an. Whalen wirkte fast verbissen, nickte dann aber abrupt.

»Geh schon! Bleib aber nicht die ganze Nacht. Vielleicht brauch' ich dich später noch.«

»Ich bin in einer halben Stunde zurück«, versprach er und ging in die Bar, um seinen Regenmantel zu holen.

»Wollen Sie, daß ich ihr etwas Bestimmtes ausrichte?« fragte er beim Zurückkommen Glen. Dieser schüttelte den Kopf.

»Sagen Sie ihr nur, was geschehen ist, und daß sie sich nicht zu sorgen braucht. Und sagen Sie ihr, daß ich heimkomme, sobald ich kann.«

Chip nickte und trat ins Unwetter hinaus. Glen ging zu Whalen hinüber, der sich mit dem Arzt unterhielt.

»Können wir jetzt anfangen?« fragte er so liebenswürdig wie möglich. »Ich möchte nicht gern die ganze Nacht hier verbringen. War ein anstrengender Tag.«

»Das mag schon sein«, knurrte Whalen, »und wahrscheinlich ist er noch lange nicht zu Ende. Warum setzen Sie sich nicht irgendwohin und warten, bis ich Zeit für Sie habe?«

»Geht es in Ordnung, wenn ich in der Bar warte?« fragte Glen.

»Das können Sie halten, wie Sie wollen, solange Sie das Gasthaus nicht verlassen.«

Glen ignorierte die verschleierte Drohung und verabschiedete sich mit einem angedeuteten Nicken. An der Bar bestellte er ein Bier und nahm sich vor, es langsam zu trinken. Bestimmt würde das Warten eine Weile dauern...

Rebecca saß vor dem Kamin und versuchte, sich auf ihre Strickarbeit zu konzentrieren. Aber schon nach wenigen Augenblicken stand sie wieder auf und trat erneut ans Fenster. Ohne Erfolg versuchten ihre Augen die regendurchtoste Dunkelheit zu durchdringen.

Es war schon fast anderthalb Stunden her, seit Glen sie alleingelassen hatte. Das bedeutete, daß er schon seit einer Stunde überfällig war. Sie war nach seinem Verschwinden noch eine Zeitlang am Fenster gestanden und hatte sein Taschenlampensignal gesehen und richtig gedeutet. Aber dann – sie wußte nicht genau, wieviel Zeit inzwischen vergangen war – ließ sie die Explosion erneut ans Fenster hasten, von wo sie weit jenseits des Strands den Feuerball am Nachthimmel stehen sah. Und dann war die zweite Explosion erfolgt...

Und danach nichts mehr als ihre innere Unruhe und Angst. Mehrfach war sie in Versuchung gewesen, ebenfalls an den Strand zu laufen und nach Glen zu suchen. Vergeblich hatte sie versucht, sich durch Stricken abzulenken.

Irgend etwas hielt Glen auf. Und ihr Gefühl sagte ihr, daß es mit der Explosion zu tun hatte.

Wenn sie nur ein Telefon gehabt hätten! Wenn nur die Kinder etwas älter gewesen wären, damit sie sie eine Weile alleinlassen konnte! Wenn nur der Sturm endlich nachlassen würde!

Aber sie hatten nun mal kein Telefon, und die Kinder

konnte sie unmöglich alleinlassen... Und der Sturm schien noch lange nicht nachzulassen!

Sie wollte gerade wieder ans Fenster treten, als sie meinte, eine Autotür ins Schloß fallen zu hören. Sie erstarrte und lauschte angestrengt. Ein Klopfen an der Tür.

Mit pochendem Herzen ging sie schnell zur Tür, zögerte aber dann, sie zu öffnen. Irgend etwas schien sie warnen zu wollen. »Wer ist da?« fragte sie gedämpft, um die Kinder nicht zu wecken.

»Chip Connor«, klang es herein. Rebecca riß die Tür auf und starrte dem Polizisten voller Angst entgegen.

»Was ist geschehen?« fragte sie erschrocken, »ist etwas passiert?«

»Nein, es ist nichts passiert, Mrs. Palmer. Zumindest ist Glen nichts passiert. Darf ich reinkommen?«

Rebecca spürte, wie ihre innere Spannung plötzlich abebbte; ihre Knie drohten nachzugeben. »Natürlich«, sagte sie und trat zur Seite, um ihm Platz zu machen. Sie schloß hinter ihm die Tür und trat dann ans Feuer, um es zu schüren.

»Was ist geschehen? Wo ist Glen?«

»Alles in Ordnung, Mrs. Palmer. Er bat mich, zu Ihnen rauszufahren und Sie zu beruhigen. Er kommt, sobald er kann.« Er sah den fragenden Blick auf Rebeccas Gesicht und entschloß sich zu einer Erklärung. »Es gab einen Unfall. Wir wissen aber noch nicht genau, was geschehen ist«, begann er, aber Rebecca unterbrach ihn.

»Ein Unfall?« fragte sie wie benommen. »Was für ein Unfall? Ich habe die Explosion auf dem Wasser draußen gesehen, hat es damit zu tun?«

Chip nickte. »Ja, das hat es. Ein Boot, von außerhalb, das über Nacht am Kai festgemacht hatte, hat sich losgerissen und ist auf die Klippen gelaufen, wo es explodierte.«

»Mein Gott«, stöhnte Rebecca, »ist jemand verletzt?«

»Kann sein, daß jemand auf dem Boot war, das wissen wir noch nicht genau. Und als ich dann zum Hafen runterkam, stieß ich auf Glen, der alles beobachtet hatte. Deshalb hat

Whalen ihn gebeten, sich noch zur Verfügung zu halten.« Chip hielt es für überflüssig, in diesem Punkt genau zu sein. Rebecca würde noch früh genug erfahren, daß Whalen nicht bat, sondern befahl.

»Gott sei Dank«, meinte Rebecca erleichtert, »Sie haben keine Ahnung, welche Sorgen ich mir machte. Er sollte schon lang zurücksein – und dann diese Explosionen und...« Sie bemerkte Chips erstaunten Gesichtsausdruck und brach ab.

»Sie meinen, er war nicht hier, als das Boot explodierte?« fragte er.

»Nein, natürlich nicht«, erwiderte Rebecca, »hat er Ihnen das nicht erzählt?«

»Er hat mir nicht viel erzählt«, meinte Chip, »aber wo war er denn dann?«

»Er war runter an den Strand gegangen, um einen Blick in das alte Haus zu werfen – das, das die Randalls gemietet haben. Missy – unsere Tochter – hat behauptet, heute nachmittag wäre jemand in dem Haus gewesen, und Glen wollte mal nachschauen. Wahrscheinlich hat er die Explosionen von dort aus gesehen und ist dann zum Hafen gelaufen.«

»Wie lange war er schon weg? Ich meine, vor den Explosionen?«

»Ich weiß nicht so genau«, erwiderte Rebecca. Dann erkannte sie, was Chip beabsichtigte. »Mein Gott, Sie denken doch nicht, daß Glen etwas mit den Explosionen zu tun hat – oder?«

»Natürlich nicht«, erwiderte Chip rasch, »aber ich möchte, daß Sie mir genau erzählen, was passiert ist.« Er schlug sein Notizbuch auf und wartete. Dann sah er, daß Rebeccas Züge dieselbe Angst widerspiegelten, die er schon früher bei Glen bemerkt hatte. Er warf ihr ein beruhigendes Lächeln zu. »Mrs. Palmer, Sie brauchen meine Fragen nicht zu beantworten, wenn Sie nicht wollen. Aber ich hoffe, Sie tun es trotzdem. Ich werde alles in meinem Notizbuch festhalten, was sich zwischen Ihnen und Ihrem Mann ereignet hat, bevor er das Haus verließ. Ich bin absolut sicher, daß Ihre Aussage völlig mit dem übereinstimmen wird, was Glen meinem Chef erzählt. Auf diese Weise hat er einen sicheren Zeugen, da Sie sich gegenseitig nicht abgesprochen haben können, verstehen Sie?«

Rebecca überlegte krampfhaft, was Glen wohl in dieser Situation von ihr erwartete. Sie erinnerte sich daran, wie er über diesen Mann gesprochen hatte – den ganzen Nachmittag über hatte er ihm in der Galerie geholfen, hatte er *ihnen* geholfen. Und auch jetzt wieder wollte er ihnen helfen – wirklich? Sie musterte ihn scharf. War das wirklich sein Motiv?

Unbekümmert erwiderte er ihren Blick.

»Mein Vorname ist Rebecca«, sagte sie schließlich leise. »Mein Mann hat mir erzählt, was Sie heute für uns getan haben. Ich möchte Ihnen dafür danken.«

Chip senkte den Blick verlegen auf seinen Block. »Nicht der Rede wert«, sagte er, »mir hat's Spaß gemacht.« Dann blickte er sie an.

»Und was ist mit den Fragen? Wollen Sie sie beantworten?«

»Natürlich«, erwiderte Rebecca, »schießen Sie los!«

Das dritte Bier stand noch unberührt vor Glen, als Harney Whalen endlich in die Bar kam und ihn rief.

»Palmer, würden Sie jetzt rüberkommen?«

Glen rutschte von seinem Hocker und ging rüber in die Lobby. Dr. Phelps hatte bei Jeff Horton einen leichten Schockzustand diagnostiziert, der sich bis morgen wahrscheinlich lösen würde. Whalen konnte ihn ruhig befragen. Und genau das hatte der Polizeichef inzwischen getan. Als Glen erschien, blickte er ihm entgegen. »Ich möchte, daß Sie und Horton mit aufs Revier kommen. Wir können dann dort gleich die Protokolle fertig machen. Heute nacht ist Ihnen alles noch frisch im Gedächtnis...«

Glen grinste leicht ironisch. »Da bin ich mir gar nicht so sicher. Schließlich trinke ich schon seit mehr als einer Stunde Bier.« Sein Blick schweifte durch den Raum, und er wurde plötzlich ernst. »Wo ist Connor?«

»Ist bis jetzt noch nicht zurück«, informierte Whalen ihn. »Also, kommen Sie!«

Glen zuckte mit den Schultern und folgte dem Polizisten und Jeff Horton zu dem schwarz-weißen Streifenwagen. Minuten später waren sie auf dem Revier.

»Also, Palmer«, drängte Whalen ohne jede Vorbereitung, »lassen Sie hören!«

»Was hören?« fragte Glen. »Ich glaube, Sie haben mich die halbe Nacht für nichts festgehalten. Ich habe keine Ahnung, was da geschehen ist.«

»Vielleicht erzählen Sie mir mal, wieso Sie unmittelbar nach den Explosionen auf dem Kai waren!«

»Ich sah die Explosionen und lief zum Hafen. Dort sah ich diesen Burschen hier und dachte, ich könnte ihm irgendwie helfen. Das ist alles.«

Whalen musterte ihn mit zusammengekniffenen Augen. »Da müssen Sie aber verdammt rasch gerannt sein. Der Kai ist ganz schön weit weg von Ihrem Haus.«

»Ich war nicht zu Hause«, erwiderte Glen, ohne sich weiter zu erklären.

»Und warum sagen Sie mir nicht, wo Sie waren?« knurrte Whalen.

»Um die Wahrheit zu sagen – ich war in Ihrem Haus am anderen Ende der Sod Beach. Und von dort ist es nicht so weit bis zum Hafen, wie Sie ja wissen.«

Whalens Finger trommelten auf der Schreibtischplatte. Irgend etwas schien ihn zu beschäftigen.

»Wieso sind Sie als einziger auf den Kai rausgerannt? Merle und Chip waren doch auch am Hafen...«

»Wahrscheinlich sahen sie keinen Grund dazu. Von ihrer Position aus konnten sie Jeff nicht bemerken. Auch ich sah ihn nur, weil er zwischen mir und dem Feuerschein stand. Wäre es anders gewesen, wäre ich bestimmt rauf zum Gasthaus.«

»Und was, zum Teufel, trieben Sie in meinem Haus?« fragte Whalen plötzlich so abrupt, daß Glen fast aus der Fassung kam.

»Man könnte sagen, ich tat Ihnen einen Gefallen«, erklärte er dann mit gezwungener Ruhe. Was bildete dieser Whalen sich eigentlich ein? Wer gab ihm das Recht, ihn so anzufahren? »Meine kleine Tochter hat gemeint heute nachmittag jemand in Ihrem Haus gesehen zu haben, und ich wollte mal nachsehen. Oder ist es Ihnen egal, was sich auf Ihrem Grund und Boden herumtreibt?«

»Wie ich's mit meinem Eigentum halte, ist meine Sache, verstehen Sie, Mister! Wenn Sie wieder mal meinen, jemand in meinem Haus zu sehen, verständigen Sie mich und schnüffeln nicht einfach auf eigene Faust herum!«

Glen spürte, wie ihm die Wut den Hals zuschnürte, aber er behielt die Kontrolle über sich. »In Ordnung, Mister«, sagte er, »aber falls es Sie interessieren sollte – es war jemand in Ihrem Haus heute nachmittag. Und er war noch nicht lange weg, bevor ich hinkam. Im Kamin glomm noch das Feuer.«

»Schon möglich«, sagte Whalen völlig unbeeindruckt, »ich war heute nachmittag in meinem Haus.« Dann wies er mit dem Daumen auf Jeff Horton. »Haben Sie ihn schon früher mal gesehen?«

»Nein.«

»Und wie steht's mit Ihnen, Horton? Haben Sie ihn schon mal gesehen?«

»Ich hab' Ihnen doch schon gesagt, Chief, daß ich noch niemand aus dem Ort hier je begegnet bin. Weder Ihnen noch ihm noch sonst jemand! Wann, zum Teufel, werden Sie sich jetzt endlich um meinen Bruder kümmern?«

»Das hab' ich Ihnen doch schon gesagt, Horton«, erwiderte Whalen, als ob er den Unglücklichen nachäffen wollte. »Wir können im Augenblick nichts für Ihren Bruder tun. Falls er auf dem Boot war, ist er sofort bei der Explosion umgekommen. Ist er aber über Bord gegangen, war er nach zwanzig Minuten tot. In zehn Minuten wird man da draußen ohnmächtig und nach weiteren zehn Minuten ist man tot. Beten Sie also, daß Ihr Bruder nicht auf dem Boot war. Aber das scheint recht unwahrscheinlich, weil Sie ja aussagten, es hätte direkten Kurs auf die Felsen gehalten.«

»Was, zum Teufel, wollen Sie damit sagen?« schrie Jeff.

»Ich sage damit nicht mehr und nicht weniger, als daß einer von euch beiden lügt! Könnte doch sein, daß Ihr Bruder das Boot aus irgendeinem Grund ganz bewußt auf die Klippen gesteuert hat.«

»Das ist eine verdammte Lüge!« schrie Jeff. »Er wollte das Boot für die Nacht sichern. Max hätte nie so etwas getan! Nie!«

Ein böses Lächeln trat in Whalens Gesicht. »Wie war's dann Ihrer Meinung nach? Hat dann ein anderer das Boot losgemacht und auf das Riff gesteuert? Meinen Sie, daß Ihr Bruder von jemand getötet wurde?«

»Irgend so etwas«, erwiderte Jeff. »Woher soll ich das denn wissen? Das erfahren wir nur, wenn wir rausfahren und uns am Unfallort umsehen – stimmt doch?«

»Ja«, stimmte Whalen zu, »vorher nicht. Und deshalb wäre es für Sie, Horton, und auch für Sie, Palmer, besser, wenn Sie in meiner Nähe blieben, falls ich noch weitere Fragen habe.«

Jetzt war es um Glens Selbstbeherrschung endgültig geschehen. »Sind Sie denn noch bei Trost!« schrie er. »Wollen Sie damit andeuten, daß ich festgenommen bin, Whalen?«

»Nein, das sind Sie nicht«, erwiderte Whalen fast sanft und genoß offensichtlich den Ausbruch seines Gegenübers. »Noch nicht...«

»Und das wird, verdammt, auch nicht geschehen!« wütete Palmer. »Ich habe kein Motiv, und ich war auch nicht am Tatort. Verdammt, Whalen, ich weiß nicht mal, um was für ein Boot es sich überhaupt handelt. Alles, was ich wollte, war, Ihnen einen Gefallen tun.« Und damit kehrte er dem Polizisten einfach den Rücken und stampfte aus dem Revier, wobei er fast erwartete, von diesem aufgehalten zu werden. Doch nichts geschah.

Als sie allein waren, wandte sich Whalen an Jeff Horton. »Ich mag überhaupt nicht, was heute abend hier geschehen ist«, sagte er leise und mit bedrohlichem Unterton, »nein, ganz und gar nicht. Ich werde rausfinden, was es damit auf sich hat, und dafür sorgen, daß es nie wieder geschieht. Und sobald ich die Sache aufgeklärt habe, will ich, daß Sie aus Clark's Harbor verschwinden. Ich mag keine Fremden; sie bringen nichts als Scherereien. Das gilt für Sie und das gilt für diesen Palmer. Sie bleiben also hier, bis ich Ihnen das Gegenteil sage – und dann verschwinden Sie, verstanden?«

Jeff Horton, der noch immer unter dem Schock des schrecklichen Geschehens stand, nickte eingeschüchtert, obwohl er meinte, seinen Ohren nicht trauen zu können. Was waren das hier nur für Leute? Als er wie in Trance zum Gasthof zurückging, verfluchte er im stillen diesen Sturm, der sie nach Clark's Harbor verschlagen hatte. Wäre es nicht doch besser, sofort diesen ungastlichen Ort und seinen brutalen Polizeichef hinter sich zu lassen, rauf an den Highway zu gehen und per Autostopp zurückzufahren? Trotz der Warnungen des Polizisten? Er wußte, daß das nicht ging.

Er mußte in Clark's Harbor bleiben; und er mußte Max finden. Während der Regen ihm ins Gesicht schlug, versuchte er sich zum wiederholten Male einzureden, daß Max vielleicht doch nicht an Bord der ›Osprey‹ war, und er ihn unversehrt wiedersehen würde. Aber in seinem Innern wußte er, daß das nicht stimmte. Max war nicht unversehrt – es gab keine Hoffnung mehr.

Glen Palmer zitterte innerlich noch vor Wut, als er in den Regen hinaustrat. Auf dem Weg zum Hafen hinab kam ihm plötzlich der Gedanke, daß Rebecca ihn vielleicht abholen kommen könnte – aber nein, sie würde die Kinder bestimmt nicht alleinlassen. Dann kam ihm Chip Connor in den Sinn. Wenn er an der Straße entlangging, würde er ihm vielleicht entgegenkommen und ihn nach Hause fahren. Er drehte wieder um und ging die Hafenstraße hinauf zum Highway. Als er die Kreuzung fast erreicht hatte, kamen ihm aus nördlicher Richtung zwei Scheinwerfer entgegen. Glen trat auf die Straße und winkte. Der Wagen kam neben ihm zum Stehen.

»Steigen Sie ein«, forderte Chip ihn auf, »ich bin so spät

dran, daß es auf ein paar Minuten auch nicht mehr ankommt. Hat Harn schon nach mir gefragt?«

Nachdem Glen eingestiegen war, machte Chip eine Wendung von hundertachtzig Grad und fuhr zurück nach Norden. Glen bat den Polizisten um eine Zigarette.

»Ich hab's vor ein paar Jahren aufgegeben, aber nach dem, was heute geschehen ist, brauch' ich einfach eine«, erklärte er, während er sie ansteckte.

Chips Blick streifte ihn von der Seite.

»Falls Sie sich über Whalen auslassen wollen, wäre ich Ihnen dankbar, wenn Sie das erst daheim bei Ihrer Frau tun würden«, meinte er mit Nachdruck.

»Was soll das heißen?« wollte Glen wissen.

»Ach, verdammt, weiß ich auch nicht!« erwiderte Chip mit einem Grinsen. »Sie hätten sich viel ersparen können, wenn Sie heute abend nicht den guten Nachbarn markiert hätten«, meinte er dann versöhnlicher.

»Rebecca hat Ihnen gesagt, wo ich war?«

»Ich habe Sie gefragt – aber brausen Sie nicht gleich wieder auf, ich hab' ihr gesagt daß es ihr freisteht, meine Fragen zu beantworten.«

»Und warum haben Sie sie überhaupt befragt?«

»Nur für den Fall der Fälle«, sagte Chip, während er vom Highway auf den schmalen Pfad zum Häuschen der Palmers abbog. Er fuhr so nahe heran, wie es ging, und stellte den Motor ab. »Ich komm' nicht mehr mit rein. Ich muß so rasch wie möglich zurück in den Ort, um Harn zu besänftigen.« Er schwieg einen Augenblick, und Glen wollte sich gerade verabschieden, als er erneut ansetzte. »Glen?« Der Angesprochene wandte sich wieder dem Polizisten zu. »Ich weiß nicht, wie ich es sagen soll, aber ich mag Sie und Ihre Frau. Deshalb wollte ich auch nicht, daß Sie Harney vor mir bloßstellen. Ich kann mir vorstellen, was es gegeben hat, und ich fürchte, es ist auch noch nicht vorbei.« Er schien sich seiner Sache plötzlich doch nicht mehr so sicher zu sein, fuhr dann aber fort. »Deshalb wollte ich auch Rebeccas Darstellung hören, bevor Sie mit ihr sprechen konnten. Versuchen Sie vernünftig zu sein! Ich weiß, daß Harney ein schwerer Brocken ist, vor allem, wenn er einen nicht schon seit Jahren kennt. Aber er ist trotzdem fair. Ich weiß, daß Sie das nicht glauben können – aber es ist so. Zumindest gibt er sich Mühe...«, schloß Chip, während er die beschmutzten Bilder von heute morgen vor sich sah.

Glen hatte fast unbewußt den Atem angehalten, als er dem anderen zuhörte. Jetzt klang es fast wie ein Seufzer, als er antwortete. »Ich weiß einfach nicht...« Ein etwas erzwungenes Auflachen. »Aber wahrscheinlich bleibt mir sowieso keine andere Wahl.« Er streckte dem Polizisten die Hand hin. »Ich verhalte mich ruhig und gesittet und warte ab, was passiert, versprochen. Und vielen Dank fürs Absetzen – und für alles andere.«

Die beiden Männer schüttelten sich die Hände, und Glen stieg aus.

Der Regen hatte etwas nachgelassen. Er blickte noch einen Augenblick den Schlußlichtern des Polizeiautos nach, bevor er ins Haus trat.

Rebecca sprang auf und warf ihm die Arme um den Hals. »Was war denn nur los? Großer Gott, Glen, was ist denn geschehen?«

»Wenn ich das wüßte«, meinte Glen leise, während er sie an sich drückte. »Aber was es auch sein mag, es hat nichts mit uns zu tun, nicht das Geringste!«

Er wünschte, sich dessen so sicher zu sein. Vielmehr verstärkte sich jenes Gefühl, das ihm sagte, daß er und seine Familie von unheimlichen Dingen umgeben waren, die sie immer enger in ihren Bann zogen. Ohne seiner Frau etwas zu sagen, entschloß er sich, am nächsten Morgen Brad Randall anzurufen.

Im winzigen Schlafzimmer der Kinder nebenan lagen Missy und Robby wach in ihren Betten. Missy starrte mit weit aufgerissenen Augen nach oben auf das Bett des Bruders. Ihr Stimmchen klang irgendwie hohl in der Dunkelheit.

»Wie fühlst du dich?« fragte sie flüsternd.

Einen Augenblick lang blieb es still, dann flüsterte Robby zurück. »Ich weiß nicht, ich fühl' mich schon eine Zeitlang so seltsam...«

»Ich weiß«, sagte Missy, »ich habe geträumt...« Ihr Stimmchen schien zu zittern, als sie weitersprach. »Es war unheimlich, ich glaub' gar nicht, daß ich wirklich geschlafen habe...«

Robby kroch aus dem Bett und setzte sich neben seine kleine Schwester. »Wie meinst du das?«

»Weiß ich auch nicht«, erwiderte das kleine Mädchen verwirrt. »Ich habe dich in meinem Traum gesehen – aber nicht wie du bist. Du warst erwachsen, irgendwie ganz anders...«

Robby wartete mit gerunzelter Stirn. Als Missy schwieg, fragte er ängstlich: »War ich..., war ich in Ordnung? Oder war ich wieder krank?«

»Du warst...«, setzte Missy an, schien dann aber nicht die richtigen Worte zu finden. Sie versuchte es erneut: »Du hast Dinge geschehen lassen. Du hast ein Boot sinken lassen – und dazu gelacht. Er hat ausgesehen wie du, vielleicht war es aber auch ein anderer...«, schloß sie, und man hörte, daß ihr diese Möglichkeit viel besser gefallen würde.

Robby schüttelte verwundert den Kopf. »Ich kann mich an nichts erinnern«, sagte er kaum weniger verwirrt. »Ich wollte raus, da ich nicht schlafen konnte.«

»Und warum hast du's nicht getan?« wollte Missy wissen.

»Du hättest es ja wieder Mami und Papi gesagt, wie immer«, erwiderte Robby fast verächtlich und kletterte in sein Bett zurück.

Eine Weile blieb es still; beide Kinder schienen auf den draußen tobenden Sturm zu lauschen.

»Ich möchte, daß es aufhört«, sagte Missy plötzlich.

»Ich auch«, pflichtete Robby ihr bei.

Und ganz abrupt, ohne jeden Übergang, stoppte der Regen und erstarb der Wind.

Stille legte sich auf Sod Beach.

BUCH III

Sturmtänzer

18

Elaine Randall warf einen verzweifelten Blick auf die vielen Teller und Tassen vor sich. Sollte sie sie wirklich alle verpakken und mit nach Clark's Harbor nehmen oder doch lieber einen Teil davon in dem Abstellraum im Untergeschoß wegschließen, bis sie wiederkamen? Bei den Töpfen und Pfannen war die Entscheidung einfacher. Die älteren und zum Teil etwas verbeulten Exemplare kamen mit, die anderen blieben hier. Als sie gerade den ungefähr neunundfünfzigsten Karton füllen wollte, klingelte das Telefon. Dankbar für die Unterbrechung richtete sie sich auf und griff nach dem Hörer.

»Ich geh' schon ran«, rief Brad aus dem Wohnzimmer, wo er Bücher verpackte.

»Manche Leute reißen sich sämtliche Pausen unter den Nagel«, maulte sie so laut, daß Brad es hören mußte.

»Hallo?« fragte Brad und preßte den Hörer ans Ohr.

»Brad? Sind Sie's? Hier ist Glen Palmer.«

»Hallo!« rief Brad freudig überrascht. »Wo brennt's denn?«

Am anderen Ende der Leitung gab es eine Verzögerung, dann hörte man wieder Glens Stimme.

»Hören Sie – haben Sie noch immer vor, hierher zu ziehen?«

»Wir sind gerade dabei«, erwiderte Brad. »Ich packe Bücher ein, und Elaine macht sich auf dieselbe Art in der Küche nützlich. Die letzten Reste von Sexismus, verstehen Sie?« Als der kleine Scherz keinerlei Reaktion hervorrief, fragte Brad besorgt: »Stimmt irgend etwas nicht bei euch da draußen?«

»Schwer zu sagen«, kam es unschlüssig von Glen. »Gestern nacht ist hier ein Boot auf die Klippen gelaufen.«

»Gestern nacht? Aber es war doch ganz klar und windstill gestern nacht!«

»Nicht in Clark's Harbor. Wir hatten hier einen höllischen Sturm.«

Brad war überrascht, doch dann meinte er achselzuckend: »Nun, wenn einer bei einem ›höllischen Sturm‹ rausfährt, verdient er es wohl nicht anders.«

»Mag sein. Aber niemand weiß, wie das Boot dort hinkam. Ihr Vermieter scheint zu denken, daß ich etwas damit zu tun hätte.«

»Sie? Wie kommt er denn auf diese Idee?«

»Woher soll ich das wissen. Langsam weiß ich überhaupt nichts mehr.«

Erneut Schweigen, bis Glen sich wieder zögernd, fast entschuldigend bemerkbar machte. »Deshalb hab' ich Sie auch angerufen. Hier draußen scheinen alle verrückt zu spielen – keiner, mit dem man vernünftig reden könnte. Bis wann werden wir denn mit Ihnen rechnen können?«

»Bald schon«, erwiderte Brad, »um die Wahrheit zu sagen: noch heute!«

»Heute noch?« fragte Glen voll freudiger Erregung, die Brad fast schon wieder etwas störte.

»Wir packen gerade die letzten Reste hier zusammen. Der Möbelwagen wird gegen Mittag kommen, so daß wir zwischen vier und fünf bei Ihnen draußen sein müßten.«

»Bis dahin werd' ich's gerade noch aushalten können«, scherzte Glen, um dann sofort wieder ernst zu werden. »Ich weiß nicht, wie ich es sagen soll, Brad, aber hier draußen geht irgend etwas Schreckliches vor...«

»Das klingt ja, als ob sich die ganze Welt gegen Sie verschworen hätte«, meinte er nicht ohne Ironie, obwohl seine Neugier sofort geweckt war. »Sind Sie sicher, daß Ihnen Ihre Einbildungskraft nicht einen Streich spielt?«

»Ich sag' Ihnen doch, daß ich mir über nichts mehr sicher bin«, erwiderte Glen kläglich. »Darf ich Sie um einen großen Gefallen bitten? Kommen Sie unbedingt heute nachmittag noch bei mir vorbei! Wenn ich nicht in der Galerie bin, finden Sie mich zu Hause.«

»Das hatte ich sowieso vor«, beruhigte ihn Brad. »Und hören Sie – machen Sie sich nicht selbst verrückt. Was immer auch geschehen mag, es gibt bestimmt eine rationale Erklärung dafür.«

»Schön, daß Sie sich wenigstens noch sicher sind. Doch ich glaube, wir sollten uns im Augenblick noch höhere Telefongebühren sparen. Dann also bis später!«

Als auch Brad sich verabschiedete, sah er Elaine im Türbogen zwischen Wohn- und Speisezimmer stehen.

»Was gibt's? Wer war das denn?« fragte sie neugierig.

»Glen Palmer.«

»Und was wollte er?«

»Wenn ich das so genau wüßte«, meinte Brad nachdenklich. »Er scheint ganz schön durcheinander zu sein. Gestern nacht ist ein Boot auf die Klippen gelaufen, und Harney Whalen scheint zu denken, daß Glen was damit zu tun haben könnte.«

»Ich wußte gar nicht, daß Glen ein Boot besitzt.«

»Es handelt sich auch nicht um sein Boot«, erklärte Brad und begann wieder Bücher in die Kartons zu stapeln. »Ich sagte ihm, daß wir heute nachmittag noch zu ihnen rauskommen werden. Deshalb hat er sich die Details erspart; doch das alles ging ihm zweifellos recht nahe.«

Elaine schaute ihrem Mann kurz bei seiner Arbeit zu. Dann trat sie ans Wohnzimmerfenster und blickte auf Seward Park und den jenseits davon liegenden See hinaus. »Ich frage mich, ob wir nicht doch einen Fehler machen«, meinte sie schließlich, ohne sich umzudrehen.

»Einen Fehler?« fragte Brad verständnislos und besorgt zugleich.

Elaine wandte sich ihm jetzt zu, und er konnte die Besorgnis in ihrem Gesicht erkennen. »Ich habe noch immer das Gefühl, daß wir vielleicht doch nicht nach Clark's Harbor ziehen sollten. Schließlich gibt es keinen wirklich zwingenden Grund, weshalb du dein Buch nicht auch hier schreiben könntest. Und ganz sicher ist unser Ausblick hier kaum weniger schön als der über die Sod Beach. Eine Menge Leute wohnen mitten in der Großstadt wie Eremiten. Warum also nicht auch du?«

»Vielleicht könnte ich das sogar«, erwiderte Brad, »aber ich möchte es eben nicht. Und vielleicht geht da draußen wirklich etwas Interessantes vor sich...«

»Ich lege keinen besonderen Wert darauf, es zu erfahren«, meinte Elaine mit einem leichten Schauder.

»Aber ich! Wer weiß? Vielleicht finde ich dort den Stoff für einen echten Bestseller?«

»Oder jede Menge Schwierigkeiten«, wandte Elaine ein. Aber sie wußte, daß ihre Einwände keinen Sinn mehr hatten. Brad hatte sich entschlossen, und sie mußte sich damit abfinden. Resigniert ging sie an ihre Arbeit zurück.

Sie war fast zur selben Zeit mit dem Geschirr fertig wie Brad mit seinen Büchern. Und wie aufs Stichwort bog in diesem Augenblick der Möbelwagen in die Zufahrt ein, um ihre Habe nach Clark's Harbor zu bringen.

Jeff Horton blieb an diesem Morgen im Bett, so lange es ging. Gegen zehn Uhr fühlte er sich dann endlich bereit, dem neuen Tag zu begegnen. Immer wieder war er nachts aus dem Schlaf geschreckt, gepeinigt von Alpträumen, in denen ihr Schiff wieder und wieder im roten Feuerschein draußen im Hafen versank. In den frühen Morgenstunden war er dann nur noch wach gelegen und hatte versucht, sich das Geschehene auf irgendeine Weise begreiflich zu machen. Das hätte ihm vielleicht etwas Trost gespendet. Doch alles vergeblich. Max hatte nur vorgehabt, ihr Boot zu sichern. Bestimmt war er nicht allein ausgelaufen. Ohne ihn und bei einem solchen Sturm!

Aber er mußte auf dem Boot gewesen sein. Sonst wäre er schon lange in den Gasthof zurückgekehrt.

Doch wenn er an Bord war, warum hatte er dann nicht mit Hilfe der Maschinen das Boot um die Klippen herumgesteuert? Eigentlich gab es nur eine logische Antwort auf diese Überlegungen: die Maschinen hatten nicht funktioniert. Jemand mußte sie präpariert haben. Aber wer? Und warum? Sie waren hier völlig fremd. Niemand hatte einen Grund, sie zu sabotieren.

Alles Grübeln ergab keinen Sinn. Fest stand nur, daß sein Bruder verschwunden und ihr Boot zerstört war. Jeff hatte sich noch nie so allein und hilflos gefühlt.

Mehrmals war er in der Nacht ans Fenster getreten und hatte auf den Kai hinuntergespäht. War alles nichts als ein Alptraum gewesen und lag die ›Osprey‹ friedlich dümpelnd im Hafen vor Anker? Gegen Morgen dann mied Jeff das Fenster. Ihm graute vor dem Augenblick, wenn er im Tageslicht den verwaisten Liegeplatz zu Gesicht bekommen würde. Dann konnte er der schrecklichen Wahrheit nicht mehr ausweichen...

Merle Glind warf ihm einen fast anklagenden Blick zu, als er die Treppe herunterkam; ohne diesen Fremden hätte man die unerfreulichen Ereignisse der letzten Nacht sehr viel rascher vergessen können. Jeff hastete an dem kleinen Mann vorbei, ohne sich auf ein Gespräch einzulassen. Auf dem Vorbau blieb er stehen und zwang sich, den Blick von dem leeren Liegeplatz bis hinaus zur Hafeneinfahrt mit ihren Riffen schweifen zu lassen.

Nicht eine Spur des Trawlers, der erst vor wenigen Stunden dieselbe Fahrt gemacht haben mußte...

Doch die nackten Felsen gaben Jeff zugleich auch wieder ein bißchen Hoffnung. Mit gesenktem Kopf schritt er zum Hafen hinab und stand dann lange Zeit vor dem leeren Liegeplatz der ›Osprey‹. Plötzlich wurde er von hinten angesprochen.

»Sie ist verloren, mein Junge«, sagte Mac Riley leise. Jeff fuhr herum und musterte den Alten.

»Ich habe Sie gewarnt«, meinte Riley ohne jede Spur von Schadenfreude, »bei Sturm ist hier nichts sicher.«

»Es war nicht der Sturm«, erwiderte Jeff, »es gibt keinen Sturm, der unsere Taue hätte zerreißen können. Jemand muß sie gekappt haben.«

Riley ließ sich auf keine Diskussion ein. Sein Blick löste sich von Jeff und wanderte zur Hafeneinfahrt hinaus. »Eigentlich müßte man da draußen doch Wrackteile sehen, nicht wahr?« sinnierte er. Bevor Jeff sich dazu äußern konnte, fuhr er fort:

»Aber so ist die See hier eben. Anderswo wirft sie Schiffe auf die Klippen und läßt sie dort jahrelang hängen wie zur Warnung für die andern. Aber bei uns verschlingt sie ihre Beute und gibt sie nicht mehr her. Schätze, das wird auch bei eurem Boot so sein. Vielleicht taucht nie mehr auch nur eine Planke davon auf.«

»Das gibt es nicht«, widersprach Jeff, »irgendwo wird bestimmt etwas an Land gespült.«

»Wenn ich in Ihrer Haut steckte, würde ich mich davonmachen und die Dinge auf sich beruhen lassen«, wechselte der Alte abrupt das Thema. »Hier können Sie nichts mehr tun, mein Junge. Clark's Harbor ist nun mal anders. Hier laufen die Dinge nach einem anderen Schema ab.«

»Das hat euer Polizeichef letzte Nacht auch gesagt«, brauste Jeff auf, »aber was soll das heißen? Ist das etwa eine Drohung?«

»Es ist die See hier – und der Strand«, erklärte der Alte wie abwesend. »Die Indianer wußten das. Für sie war das hier ein heiliger Ort. Und vielleicht ahnen wir auch noch etwas davon. Fremde müssen sich hier vorsehen. Wenn sie das nicht beachten, kann es schreckliche Folgen haben. Hoffentlich merken Sie sich meine Worte!«

»Was hat das mit mir zu tun«, wehrte sich Jeff, »mein Bruder ist verschwunden, und unser Boot ist zerstört, was interessieren mich da Ihre Indianer!«

»Er ist tot, mein Junge. Wenn er auf dem Boot war, ist er tot.« Es war eine nüchterne Tatsachenfeststellung.

»Erst wenn ich seine Leiche vor mir sehe, glaube ich, daß er tot ist«, erwiderte Jeff. »Bis dahin ist er für mich verschwunden.«

»Das können Sie halten, wie Sie wollen«, meinte Riley gelassen. »Aber wenn ich Sie wäre, würde ich so rasch wie möglich nach dort zurückkehren, von wo ich gekommen bin, und versuchen, einen neuen Anfang zu machen. Und machen Sie in Zukunft um Clark's Harbor einen weiten Bogen!«

Er klopfte Jeff vertraulich auf die Schulter, doch der Jüngere drehte sich verärgert zur Seite.

»Ich werde herausfinden, was hier geschehen ist«, sagte er.

»Vielleicht werden Sie das, mein Junge«, meinte Riley fast heiter, »aber verlassen würde ich mich darauf nicht. Am besten lernen Sie mit dem Unerklärlichen zu leben – wie wir alle hier.«

»Das kann ich nicht«, sagte Jeff fast unhörbar, »ich muß einfach wissen, was meinem Bruder zugestoßen ist.«

»Manchmal ist es besser, man kennt die Hintergründe nicht«, sagte der alte Mann. »Aber ich vermute, das begreifen Sie noch nicht – oder täusche ich mich?«

»Nein...«

»Sie werden es lernen, vielleicht schon sehr bald...«

Der alte Mann klopfte ihm noch einmal auf die Schulter und entfernte sich. Plötzlich wandte er sich um, und Jeff dachte schon, er wolle noch etwas sagen. Aber dann schien er seine Meinung erneut zu ändern und stapfte über den Kai davon.

Jeff machte sich kurz darauf ebenfalls auf den Weg. Er verfolgte den schmalen Strandstreifen, der den Hafen säumte. Vielleicht stieß er doch auf ein Wrackteil der ›Osprey‹, das ihm einen Hinweis auf das Vorgefallene geben konnte.

Der Sturm hatte eine Schlickschicht an Land geworfen, vermengt mit Auswaschungen aus dem Strandwald. Jeffs Stiefel wurden immer schwerer, während er sich dem südlichen Hafenausläufer näherte. Hier etwas zu finden, war recht unwahrscheinlich. Sofern es überhaupt Wrackteile gab, waren sie mit der Ebbe hinausgetragen und dann von der Strömung vor der Küste nach Norden getrieben worden. Aber von der Landspitze aus würde er einen besseren Blick auf die Klippen haben. Vielleicht ließ sich von dort aus etwas erkennen, was vom Kai nicht zu sehen war.

Doch er sah nichts als die schwarz glänzenden Granitfinger, die in der jetzt ruhigen See jede Bedrohlichkeit verloren hatten. Keine Spur ihres Opfers der vergangenen Nacht; ruhig und heiter stießen sie in die strahlende Vormittagssonne.

Jeff starrte lange Zeit bewegungslos auf sie hinaus, als ob die Nähe des Unglücksortes ihm Aufschluß über das Geschehen geben könnte. Endlich wandte er sich wieder um und ging über den sandigen Untergrund ein Stück zurück. Dann folgte er dem ausgetretenen Pfad, der quer über den Fuß der Landspitze zu der kleinen Felsküste führte. Sorgfältig untersuchte er die offensichtlich erst letzte Nacht angeschwemmten Treibholzstücke, doch er fand nichts, was vielleicht einmal Teil ihres Trawlers hätte gewesen sein können.

Und dann stand er plötzlich am Südende der Sod Beach. Unwillkürlich lösten sich seine Augen vom Boden und umfaßten die schier überirdische Schönheit dieses Ortes. Unbegreiflich, daß in seiner Nähe so schreckliche Dinge geschehen konnten! Weiß glänzte der Sand im Sonnenlicht, der hier durch das sanfte Spiel der Wellen vom Schlick bereits wieder befreit war. Die vom Sturm an Land gespülten Treibholzhaufen schienen die friedliche Heiterkeit des Ortes nur noch zu betonen.

Jeff schlenderte, angesteckt von der Schönheit dieser Umgebung, selbstvergessen den Strand entlang. Für Augenblicke dachte er nicht mehr an die Schrecken der vergangenen Nacht. Er hob einen kleinen Kiesel auf und zielte mit ihm geschickt auf ein Treibholzstück an der Wassergrenze. Laut lachte er auf, als der braune Schatten eines winzigen Otternjungen dahinter auftauchte, das ihn erschrocken anstarrte, bevor es sich Richtung Wäldchen davonmachte.

Er verfiel in Trab. Das Laufen tat ihm gut. Es nahm die innere Spannung und ließ ihn wieder freier atmen. Erst als er spürte, daß seine Herzfrequenz zu hoch wurde, mäßigte er das Tempo und setzte sich dann schwer atmend auf einen der angeschwemmten Stämme.

Er hatte den im Wasser treibenden Gegenstand bestimmt schon einige Sekunden angestarrt, bevor er ihm wirklich zu Bewußtsein kam. Die gräuliche, naß glänzende Masse dümpelte vielleicht dreißig Meter vor der Küste im Wasser und schien halb untergetaucht. Zuerst hielt Jeff es für ein Stück Treibholz, doch als es langsam näherkam, erkannte er seinen

Irrtum. Es mußte ein Stück Segeltuch sein. Jeff sprang auf und lief bis zum Wasser vor. Plötzlich war er sich sicher, auf ein Teil der ›Osprey‹ gestoßen zu sein.

Der Segeltuchballen rollte mit der See unschlüssig hin und her, bis ihn dann eine größere Welle aufnahm und Richtung Küste schwemmte.

Jeff trat einige Schritte ins Wasser hinein und packte ihn.

Es war Max.

Sein lebloser, schlaffer Körper hing hilflos in der Schwimmweste. Jeff ergriff den Bruder unter den Armen und zog ihn die wenigen Meter an Land, wo die sanfte Brandung ihn nicht mehr erreichen konnte. Als er ihn behutsam auf den Rücken legte, sah er erschüttert in weit aufgerissene Augen.

Es dauerte eine Weile, bis er die aufgeweichten Bänder der Schwimmweste lösen und Max aus ihr herausschälen konnte. Verzweifelt preßte er beide Hände gegen die Brust des Bruders, worauf ein dünner Wasserstrahl aus dem Mund des Leichnams trat. Als er den Druck seiner Hände wieder lockerte, hörte man, wie die Luft mit leisem Gurgeln den Platz des Wassers einnahm.

Obwohl er wußte, daß sein Bruder tot war, unternahm er fieberhafte Wiederbelebungsversuche. Er wollte es einfach nicht wahrhaben. Doch schließlich gab er auf.

Er hockte neben dem Leichnam im Sand und blickte in die gebrochenen Augen. Schließlich fand er die Kraft, sie sanft zuzudrücken. Für den Rest seines Lebens würde er mit dieser Erinnerung leben müssen. Nie könnte er diese Augen vergessen, die wie mit leisem Vorwurf zu ihm hochstarrten...

Und endlich konnte Jeff weinen. Sein Schluchzen erfaßte den ganzen Körper, während ihm die Tränen über die Wangen liefen und im Sand versickerten.

Schließlich richtete er sich mühsam auf, den toten Bruder in den Armen. So schritt er schwerfällig über die Sod Beach zurück nach Clark's Harbor.

Kurz darauf war der Strand wieder leer. Nur die Möwen

tanzten am tiefblauen Himmel, und zwischen den Treibholzstämmen spielte das Otternjunge.

Aber weit draußen, jenseits des Horizonts, versammelte der auffrischende Wind erneut dunkle Sturmwolken. Schon bald würden sie die Küste herabfegen.

19

»Wie weit noch?« fragte Elaine.

»Zehn, fünfzehn Kilometer«, meinte Brad. »Und registrier bitte, daß es nicht regnet.«

»Registriert«, sagte Elaine. Ihrer Meinung nach hätten sie in die Ausläufer des nächtlichen Sturms über Clark's Harbor geraten müssen, doch Brad hatte ihr optimistisch widersprochen, worauf sie ihm eine Wette angeboten hatte. Und tatsächlich – als sie Olympia hinter sich gelassen und Richtung Westen weitergefahren waren, hatte es zusehends aufgeklart. Und seit zwei Stunden nun konnten sie die warme Frühlingssonne genießen. In den Tälern lag vereinzelt noch etwas Bodennebel über den Moosen und Farnen, aus denen die braunen Stämme gigantischer Zedern ragten. Die Espen standen teilweise schon im Schmuck weiß-silberner Knospen, und hier und dort war auch schon ein Rhododendron aufgeblüht.

»Willst du deine Schulden gleich bezahlen oder erst am Ziel?«

»Ich warte noch ein bißchen«, lächelte Elaine. »Vielleicht stoßen wir doch noch auf ein paar Regenwolken. Und ein einziger Tropfen genügt, um mich gewinnen zu lassen.«

Brad warf einen Blick auf den strahlend blauen Himmel und grinste. »Keine Chance!« Dann schwenkte sein Blick wieder auf den Rückspiegel, den er während der letzten dreieinhalb Stunden kaum aus den Augen gelassen hatte. Zufrieden stellte er fest, daß der Möbelwagen ihnen dichtauf folgte. »Kaum zu glauben, was alles in so einen Wagen reinpaßt«, meinte er.

»Kaum zu glauben, wieviel wir mitschleppen«, erwiderte Elaine noch immer lächelnd. »Soweit ich mich erinnere, haben wir doch möbliert gemietet...«

Brad zuckte gleichgültig mit den Schultern, als ob ihn das nichts anginge. Doch er war es gewesen, der immer neue Dinge herbeigeschleppt und zum übrigen gestellt hatte. Zuerst waren es sein Schreibtisch und der dazugehörende Stuhl, dann ein alter ledergepolsterter Clubsessel, der nach Elaines Meinung vortrefflich zu ihrer neuen Bleibe paßte, da er genauso heruntergekommen war. Doch er hatte ihre Proteste einfach ignoriert.

Erst als er auch noch den Fernseher und die Stereoanlage mitnehmen wollte, wurde sie energisch und erinnerte ihn daran, daß sie ohne Strom wohl etwas überflüssig wären.

Als sie dann alles verladen hatten, war der riesige Möbelwagen fast voll und ihr Abstellraum im Untergeschoß so gut wie leer. Immerhin kamen sie so voll auf ihre Kosten, verteidigte sich Brad grinsend, denn der Möbelwagen war nicht gerade billig gewesen.

Und dann umrundeten sie die letzte Kurve vor Clark's Harbor. Vor sich sahen sie die Einmündung der Harbor Road und gleich dahinter Glens Galerie.

»Halten wir kurz bei Glen?« fragte Elaine, während Brad den Fuß vom Gaspedal nahm.

»Ich dachte, ich fahre zuerst zum Revier und hole mir den Schlüssel«, meinte Brad. »Dann kannst du mit dem Möbelwagen gleich zum Haus rausfahren, während ich kurz bei Glen reinschaue.«

»Kommt ja gar nicht in Frage«, empörte sich Elaine. »Wenn du denkst, ich schleppe ohne dich den ganzen Kram ins Haus, irrst du dich gewaltig! Außerdem möchte ich auch gern Glen sehen.«

»Schon gut, schon gut!« beschwichtigte Brad sie, während sie die leichte Steigung zum Ort hinabfuhren. »Man kann sagen, was man will – vom äußeren Anschein her kann man sich nichts Friedlicheres vorstellen.«

Elaine konnte dem nur zustimmen. Clark's Harbor badete

still im Sonnenlicht, und die bunten Fassaden seiner kleinen Häuser hoben sich anheimelnd vom Blau des Himmels und des Wassers ab. Wieder fühlte sie sich an ein Fischerdorf in Neuengland erinnert, dessen kleine Flotte sauber aufgereiht am Kai lag.

Sie hielten vor dem Revier, und Brad wies den Fahrer des Möbelwagens an, irgendwo zu parken, wo er den übrigen Verkehr nicht behinderte.

Als sie Harney Whalens Büro betraten, war dieser beim Telefonieren. Als er aufblickte, verriet sein Blick größtes Erstaunen. Doch dann konzentrierte er sich wieder auf sein Gespräch. Elaine zündete sich eine Zigarette an und versuchte möglichst unbeteiligt aus dem Fenster zu blicken. Brad dagegen machte keinerlei Versuch, sein Interesse für Whalens Gespräch zu verbergen.

»Ich sag' Ihnen doch – es hat keinerlei Zweck, hierherzukommen. Es war ein Unglücksfall. Auch nicht die geringste Spur des Wracks ist aufgetaucht, lediglich die Leiche.«

Er hörte einen Augenblick zu; dann wanderten seine Augen zur Decke, als ob ihn das alles nur noch langweilte.

»Hören Sie«, sagte er dann mit Nachdruck, wobei er offensichtlich seinen Gesprächspartner am anderen Ende der Leitung unterbrach, »ich habe den Leichnam untersucht, und Dr. Phelps hat ihn untersucht. Nein, ich bin kein Experte, aber Dr. Phelps ist es. Und wir sind beide der Meinung, daß der Bursche ertrunken ist. Alles deutet darauf hin, daß er über Bord ging, als das Boot an den Klippen zerschellte. Und niemand hält es zu dieser Jahreszeit lange im Wasser aus!«

Er schien noch etwas sagen zu wollen, überlegte es sich dann aber anders. Brad nahm an, daß der andere irgendwelche Einwände gegen Whalen vorbrachte.

»So oder so – ich lasse den Leichnam morgen nach Port Angeles verschiffen. Der Bruder des Toten hängt hier noch herum und geht allen auf die Nerven; ich habe langsam von dieser Sache genug! Wenn Sie also die Leiche doch noch ansehen wollen, dann sollten Sie das noch heute tun!«

In diesem Augenblick öffnete sich die Tür und ein junger

Mann, den Brad nicht kannte, trat ein. Wie ein Einheimischer kam er ihm nicht vor. In seinem Gesicht stand die Wut. Sein Blick streifte Brad und Elaine, dann wandte er sich an den Polizisten, der noch immer den Hörer ans Ohr drückte. Harney Whalen ließ den Eindringling keinen Moment aus den Augen, während dieser unruhig auf- und abging. Das mußte der Bruder des Verunglückten sein; er mußte mit dem ›Schrecklichen‹ zu tun haben, von dem Glen Palmer heute morgen gesprochen hatte.

»Also gut, in Ordnung«, sagte Whalen abschließend, »ich warte, bis Sie hier sind.« Dann legte er unwirsch den Hörer auf und starrte finster den jungen Mann an.

»Was gibt's denn schon wieder, Horton?« knurrte er.

Jeff Horton blieb breitbeinig vor dem Schreibtisch des Polizisten stehen.

»Für wen, zum Teufel, halten Sie sich eigentlich?« bellte er.

»Ich bin hier der Polizeichef«, sagte Whalen völlig gelassen und genoß offensichtlich die Feindseligkeit des jungen Mannes. »Etwas dagegen?«

»Und das gibt Ihnen das Recht, darüber zu entscheiden, was mit meinem Bruder geschehen soll?«

»Sie wissen es also?«

»Ja, ich weiß es. Und ich würde außerdem gern wissen, warum Sie mir nicht gesagt haben, daß Sie ihn freigeben? Ich kann ihn selbst heimbringen!«

»Sehr schön«, erwiderte Whalen und stand auf. »Ich wollte Ihnen lediglich die Mühe ersparen.«

»Mir die Mühe ersparen!« schrie Jeff mit hochrotem Gesicht und am ganzen Körper zitternd. »Ich brauch' niemand, der mir irgendwas erspart, ich brauch' jemand, der mir hilft, herauszufinden, was mit Max geschehen ist.« Ebenso schnell wie sein Gesicht sich gerötet hatte, verfärbte es sich jetzt aschfahl. Brad trat an den jungen Mann heran.

»Setzen Sie sich«, befahl er ihm leise, aber bestimmt. Als Jeff sich dagegen wehren wollte, griff er nach seinem Arm. »Wenn Sie sich nicht setzen, werden Sie ohnmächtig werden«, sagte er und drückte ihn auf einen Stuhl. Er überredete ihn, den Kopf zwischen die Knie zu stecken. »Wenn es noch nicht besser wird, legen Sie sich flach auf den Boden. Auch wenn es Ihnen komisch vorkommt – ist immer noch besser, als sich zu übergeben. Atmen Sie tief und ruhig durch!«

Brad wandte sich an Whalen. »Was ist hier eigentlich los?« wollte er wissen.

»Eine Sache, die nur uns beide angeht«, erklärte Whalen. »Sie haben damit nichts zu tun.«

»Ich bin Arzt, und dieser Bursche ist nicht gerade in bester Form; ich frage mich, warum.«

»Und ich sage Ihnen, daß dies hier Sie nichts angeht«, brauste Whalen auf.

»Wen geht was nicht an?« mischte sich Jeff jetzt ein, der sich offensichtlich wieder gefangen hatte. Er blickte Brad an. »Wer sind Sie?«

»Brad Randall«, sagte Brad und streckte die Hand aus. »Ich bin Arzt und komme aus Seattle. Ich nehme an, Sie sind der Bruder des Verstorbenen?«

Jeff nickte. »Hier wird mir dauernd erzählt, es habe sich um einen Unfall gehandelt, aber ich glaube das nicht. Und jetzt hat er eigenmächtig entschieden, daß Max nach Hause geschickt wird, ohne mir auch nur einen Ton davon zu sagen.«

»Würde es Ihnen etwas ausmachen, mir Ihren Namen zu sagen?«

»Jeff. Jeff Horton.«

»Also, Jeff, was genau ist passiert?«

Aber bevor der junge Mann auch nur den Mund aufmachen konnte, mischte sich Whalen ein.

»Ist das jetzt plötzlich Ihr Büro, Dr. Randall?« fragte er bitter. »Hört sich ganz so an.«

»Tut mir leid«, entschuldigte sich Brad, »natürlich geht es mich eigentlich nichts an. Aber Jeff scheint recht durcheinander zu sein, und es gehört nun mal zu meinem Beruf, solchen Leuten zu helfen.« Als Jeff ihm einen überraschten Blick zuwarf, erklärte er augenzwinkernd: »Ich bin Psychiater.«

Plötzlich stand Elaine auf, und Brad wandte sich ihr zu, genau wie sie es beabsichtigt hatte.

»Ich könnte doch mit Jeff eine Tasse Kaffee trinken gehen, solange du mit Mr. Whalen hier das Geschäftliche erledigst«, schlug sie vor.

Brad wußte, daß sie lediglich die Situation entschärfen wollte. Er warf ihr ein dankbares Lächeln zu. »Wenn es dir nichts ausmacht«, meinte er und wußte, daß sie wieder einmal die Zügel übernommen hatte.

»Im Gegenteil«, lächelte sie und wandte sich dann an Whalen. »Gibt es noch irgend etwas, was ich unbedingt über das Haus wissen müßte?«

Whalen schüttelte langsam den Kopf, wobei sein Blick fast verwirrt zwischen den beiden hin- und herwanderte.

»Also, fein«, meinte Elaine. »Wir sehen uns dann später«, wandte sie sich an Brad und griff nach Jeff Hortons Arm. Leicht verwundert stand dieser auf und folgte ihr aus dem Büro. »Haben Sie die Schlüssel bei sich?« hörte sie noch ihren Mann fragen, während sie auf die Vordertür zugingen. Sie konnte sich gratulieren – wahrscheinlich war das falsche Mitglied der Familie Psychiater...

»Man hat es Ihnen hier nicht gerade leicht gemacht, stimmt's?« fragte Elaine über der zweiten Tasse Kaffee.

»Das ist milde ausgedrückt«, meinte Jeff voller Bitterkeit. »Und das Schlimmste ist, daß ich nicht mehr länger hierbleiben kann. Bin ich aber erst fort, läßt dieser Polizist das Ganze einfach fallen. Das hat er jetzt schon fast getan!«

»Vielleicht war es aber wirklich ein Unfall«, wandte Elaine ein.

»Das könnte ich mir bei jedem andern vorstellen, aber nicht bei Max! Er gehörte zu den Leuten, die nichts dem Zufall überlassen. In allem ging er überlegt und methodisch vor. Für ihn gab es einfach keine Nachlässigkeiten. Genau wie in der Nacht zuvor, als dieser Sturm uns überraschte. Die meisten anderen hätten trotzdem versucht, nach Grays Harbor zu kommen, und wäre es dann schief gegangen, hätte alle Welt von einem Unfall gesprochen. Für Max aber wäre das nichts als Dummheit gewesen, für die der Skipper die Verantwortung zu tragen hat.«

»Womit er recht gehabt hätte«, pflichtete Elaine bei.

»Leider ist es ihm schlecht bekommen«, meinte Jeff. »auf jeden Fall konnte sich die ›Osprey‹ nicht einfach losreißen. Jemand muß die Taue gekappt haben. Aber ich kann diesen Polizisten nicht dazu bringen, irgend etwas zu unternehmen. Es ist, als ob es ihn überhaupt nichts anginge.«

»Vielleicht kümmert es ihn wirklich nicht«, sagte Elaine nachdenklich. Aber bevor Jeff sie fragen konnte, was sie damit meinte, wechselte sie das Thema. »Und was haben Sie nun vor?«

»Ich gehe zurück in den Norden und beginne von vorn! Aber ohne Max wird das recht schwer sein.«

»Können Sie nicht noch eine Weile hierbleiben?«

»Ich bin pleite. Ich kann gerade noch für eine weitere Nacht im Hotel bezahlen – und damit hat sich's. Ich würde gern noch bleiben und herausfinden, was Max wirklich zugestoßen ist.« Seine Augen bohrten sich in die von Elaine.

»Jemand hat Max getötet, Mrs. Randall«, sagte er mit einer Intensität, die ihr ein Schaudern über den Rücken jagte. »Ich muß einfach rausfinden, wer es war und warum.«

Elaine musterte den jungen Mann betroffen. Sagte er die Wahrheit, oder stand er noch immer unter Schock? Doch seine Argumente waren nicht einfach von der Hand zu weisen. Sofern sein Bruder wirklich so vorsichtig und zuverlässig war, wie Jeff behauptete –, und es gab keinen begründeten Zweifel daran –, war es höchst unwahrscheinlich, daß sich der Trawler aus eigener Kraft losgerissen hatte. Hatte aber jemand die Taue gekappt, dann... »Hören Sie«, sagte sie aus einem plötzlichen Entschluß heraus, »wenn es für Sie so wichtig ist, noch eine Weile hierzubleiben, können Sie bei uns unterkommen. Es ist etwas primitiv, aber dafür kostet es auch nichts.«

»Bei Ihnen?« Jeff schien die Welt nicht mehr zu verstehen. »Aber Sie kennen mich doch überhaupt nicht...«

Elaine schenkte ihm ein warmes Lächeln. »Sehen Sie, damit ist alles in schönster Ordnung – Sie kennen uns ja auch nicht! Aber das wird sich rasch ändern. Das Haus, das wir gemietet haben, ist nicht besonders groß, und es hat keinen Strom. Dafür gibt es fließendes Wasser, wie mir versichert wurde. Im oberen Stock sind ein, zwei Gästezimmer – und Sie werden unser erster Gast sein.« Bevor sich Jeff bedanken konnte, stand Elaine nach einem raschen Blick auf die Uhr auf. »Kommen Sie, wir haben jetzt lange genug gewartet. Falls Brad mit Whalen noch nicht fertig ist, muß irgend etwas passiert sein. Die Möbelpacker werden uns wahrscheinlich für verschollen halten.«

»Möbelpacker?«

»Ja. Ich hab' ganz vergessen, Ihnen zu sagen, daß wir gerade erst beim Umziehen sind. Tatsächlich sind wir erst vor einer guten halben Stunde hier angekommen.«

Sie nahm Jeff wieder beim Arm und zog ihn aus dem Café.

Als sie auf die Hauptstraße einbogen, stießen sie fast mit Brad zusammen. Elaine sah sofort, daß etwas geschehen war. »Was ist los?« wollte sie wissen.

Brad starrte sie einen Augenblick verständnislos an, dann lachte er etwas gekünstelt auf. »Du wirst es nicht glauben«, sagte er, »Whalen wußte überhaupt nichts davon, daß er uns das Haus vermietet hat.«

»Wußte nichts davon? Ist das dein Ernst?«

Brad nickte. »Deshalb wirkte er auch so erstaunt, als wir in sein Büro kamen. Er hatte gemeint, er würde uns nie wiedersehen. Ich mußte ihm zuerst den Mietvertrag zeigen, bevor er die Schlüssel rausrückte. Offensichtlich war er damals wirklich in einer Art Trance, als er ihn unterschrieb.« Er sah, daß Elaine erschrocken darauf reagierte und ließ das Thema lieber fallen. Mit freundlichem Lächeln wandte er sich an den jungen Mann. »Ich nehme an, meine Frau hat Sie zu uns eingeladen?«

»Ist Ihnen das recht, Mr. Randall?«

»Ich heiße Brad – und natürlich ist es mir recht. Hätte sie es nicht getan, hätte ich Sie eingeladen. Aber wir sollten uns jetzt beeilen, sonst stellen sie uns die Möbel noch auf die

Straße. Whalen wird uns übrigens rausbegleiten, um nachzuschauen, ob alles in Ordnung ist.«

Wie aufs Stichwort trat er in diesem Augenblick aus dem Revier und musterte die drei ohne große Sympathie.

»Ich dachte, Sie hätten sich inzwischen auf den Weg gemacht?« Zweifellos bezog sich das auf Jeff.

»Ich bleibe noch ein bißchen«, erwiderte Jeff beherrscht, »bis ich herausgefunden habe, was meinem Bruder zugestoßen ist.«

Whalen schien bestürzt. »So, Sie bleiben also noch im Hotel?« fragte er schließlich.

»Nein, er wohnt bei uns«, mischte sich Elaine mit Nachdruck ein, als ob damit alles gesagt wäre.

»Ja, wirklich?« mokierte sich Whalen. »Nun, ich schätze, das ist Ihre Sache. Wollen Sie mir jetzt folgen?«

»Gern«, sagte Brad. Er machte den Möbelpackern ein Zeichen, die etwas weiter unten gegen ihren Laster gelehnt standen. Sie drückten ihre Zigaretten aus und kletterten in die Fahrerkabine. »Wir halten uns direkt hinter Ihnen«, rief er Whalen zu, der bereits hinter dem Steuer des Streifenwagens saß. Mit der schwarz behandschuhten Hand machte er eine zustimmende Geste und startete den Motor. Sein Gesicht war völlig ausdruckslos, als er langsam an ihnen vorbeifuhr. Brad schloß auf, gefolgt von dem Möbelwagen.

Harney hielt gemächlich die Spitze. Doch obwohl er die Augen starr auf die Straße richtete, schien er nicht allzuviel wahrzunehmen. Seine Bewegungen erfolgten automatisch. Es war, als ob sein Unterbewußtsein den Wagen steuerte...

Jeff Horton würde also nicht verschwinden, sondern in Clark's Harbor weiterhin Unruhe stiften.

Und diese Randalls – wieso waren die zurückgekommen? Vergeblich versuchte er sich an jenen Tag zu erinnern, an dem er angeblich diesen Mietvertrag unterschrieben hatte.

Daß er ihnen das Haus gezeigt hatte, das wußte er noch. Alles andere jedoch war wie ausradiert aus seinem Gedächtnis.

Das bedeutete noch mehr Unruhe.

Harney Whalen mochte keine Unruhe – doch was konnte er dagegen tun?

Wirklich seltsam, daß immer wieder Fremde nach Clark's Harbor kamen, obwohl das nie ein guter Ort für sie gewesen war – und auch nie sein würde.

20

Es war eine seltsame kleine Prozession, die sich durch Clark's Harbor bewegte. Voran der schwarz-weiße Streifenwagen mit dem wie geistesabwesend wirkenden Harney Whalen am Steuer. Dann der Wagen der Randalls, auf dessen Rücksitz Jeff Horton Platz genommen hatte, und schließlich der Möbelwagen als Nachhut. Elaine hatte es nach einigen mühsamen Versuchen aufgegeben, eine Unterhaltung in Gang zu bringen. Jeder der drei hing seinen eigenen Gedanken nach. Sie warf einen Blick durchs Seitenfenster. Gemessen an den Gesichtern der Leute sieht das Ganze wohl wie eine bizarre Leichenprozession aus, dachte sie. Einerseits spiegelten die Mienen der Einheimischen völlige Gleichgültigkeit gegenüber den Neuankömmlingen. Doch gleichzeitig meinte Elaine darin noch etwas anderes zu entdecken – eine heimliche Angst, die Ahnung unheilvoller Geschehnisse, die irgendwie in Verbindung mit den Fremden standen. Ihr Blick streifte Brad, doch der schien völlig auf den Wagen konzentriert. Spürte er nicht, mit welchen Gefühlen sie hier empfangen wurden?

Sie kamen an Glens Galerie vorbei und waren gleich darauf auf der Highway. Nachdem sie den Ort hinter sich gelassen hatten und nordwärts parallel zur Küste fuhren, beschleunigte Whalen das Tempo. Sie näherten sich der zugelassenen Höchstgeschwindigkeit, als der Polizist plötzlich vor sich zwei Kinder auf der Straße sah. Noch einige Sekunden lang drückte er das Gaspedal durch, und der Streifenwagen schoß direkt auf sie zu. Whalen saß wie erstarrt hinter dem Steuer, unfähig einen klaren Gedanken zu fassen. Erst als er sie fast erreicht hatte, riß er endlich den rechten Fuß vom Gas und trat mit aller Kraft auf die Bremse. Gleichzeitig betätigte er die Hupe.

Noch fast bevor der Klang der Hupe sie erreicht hatte, war Missy zur Seite gesprungen und hatte sich im Straßengraben in Sicherheit gebracht. Robby dagegen drehte sich wie benommen um und starrte dem heranrasenden Wagen entgegen, als ob er nichts von ihm zu befürchten hätte.

»Robby!« schrie Missy in größter Panik. Mit kreischenden Reifen, deren Belag sich unter der Gewalt des Bremsversuchs zu lösen begann, kurvte der Polizeiwagen auf ihn zu. Er kam immer stärker ins Schleudern, und erst im allerletzten Augenblick machte Robby einen Schritt zur Seite. Wie ein Matador, überlegt und methodisch – und genau in die richtige Richtung.

Unberührt sah er dem allmählich langsamer werdenden Wagen nach, der jetzt über den Gehweg schlitterte und nach einer Drehung um einhundertachtzig Grad auf der gegenüberliegenden Straßenseite endlich stehenblieb. Harney Whalen sprang heraus und rannte wütend auf Robby zu.

Auch Brad Randall hatte seinen Wagen inzwischen zum Stehen gebracht. Ihm saß noch der Schreck in den Knochen. Fast wäre er in Whalen hineingeknallt. Zu spät erst hatte er auf die aufleuchtenden Bremslichter reagiert und dann mit größtem Entsetzen beobachtet, wie der Wagen auf die Kinder zugerast war.

»Mein Gott«, stöhnte er, »er hätte sie um ein Haar zusammengefahren. Er muß sie doch gesehen haben!«

»Natürlich hat er das«, meinte Elaine schwer atmend. Dann, mit einem seltsamen Unterton in der Stimme: »Das sind doch die Palmers-Kinder! Hoffentlich ist ihnen nichts geschehen!«

Bevor Brad etwas sagen konnte, war sie ausgestiegen und kniete neben dem kleinen Mädchen. Es schluchzte kläglich, und Elaine drückte es an sich.

»Ist ja schon gut, niemand ist verletzt, ist ja alles wieder gut!«

»Das hat er absichtlich gemacht«, schluchzte Missy. »Er hat versucht uns zu überfahren!«

»Aber nein«, versuchte Elaine sie mit sanfter Stimme zu beruhigen, »niemand hat versucht euch zu überfahren, niemand!« Und dann baute sich drohend Harney Whalen neben ihnen auf. Bleich und mit zitternden Händen fuhr er sie an. »Was, zum Teufel, soll das heißen?«

Elaine zog das weinende Mädchen noch enger an sich und starrte wütend zu dem Polizisten hoch.

»Haben Sie denn die Kinder nicht gesehen? Sie waren doch direkt vor ihnen!« Mit einem raschen Blick suchte sie Brad. Sie brauchte jetzt Unterstützung. Sie sah, daß er sich zu dem Jungen hinunterbeugte und ihn offensichtlich untersuchte.

»Ist er in Ordnung?« rief sie.

»Völlig in Ordnung«, rief Brad zurück. »Nicht ein Kratzer. Nur etwas erschrocken.«

»Ich bin nicht erschrocken!« protestierte Robby.

»Du solltest es aber sein«, meinte Brad und fuhr dem kleinen Jungen durchs Haar. »Hat dir niemand verboten, mitten auf der Straße zu gehen?«

»Haben Sie die beiden denn nicht gesehen?« wollte dann auch er von dem Polizisten wissen.

»Alles geschah so rasch«, versuchte Whalen eine müde Entschuldigung. »Sie tauchten ganz plötzlich vor meinem Wagen auf...«

»Sie müssen sie schon lange vorher gesehen haben«, wies ihn Brad zurecht.

Whalen schien sich in die Brust zu werfen. »Ich hab' sie nun mal nicht gleich gesehen!« erwiderte er hart. »Aber immer noch früh genug. Schließlich ist niemand etwas geschehen. So wild ist also die ganze Sache nicht!«

»Ist Ihr Wagen in Ordnung?« fragte Brad.

»Ja, soweit schon«, knurrte Whalen, »nur das Profil auf dieser Seite dürfte total abgerieben sein.« Er wollte sich schon wieder in seinen Wagen setzen, als Brad ihn zurückhielt.

»Finden Sie nicht, wir sollten die Kinder nach Hause bringen?«

Whalens Blick wanderte zwischen den beiden kleinen Gestalten hin und her.

»Nun – wie ist's damit? Wollt ihr im Streifenwagen nach Hause fahren?«

Robby nickte strahlend, aber Missy meinte abweisend: »Nein, wollen wir nicht!«

»Wir können euch ja mitnehmen«, bot Elaine an.

»Ist schon in Ordnung«, meinte Missy, »wir gehen zu Fuß.«

»Wollt ihr das wirklich?« fragte Elaine etwas verwirrt und musterte das kleine Mädchen. Missy machte sich frei von ihr. »Wir dürfen nicht zu Fremden ins Auto steigen«, erklärte sie dann bestimmt.

»Wir sind doch keine Fremden«, wandte Elaine ein. Missy schaute sie nachdenklich an, schüttelte dann aber den Kopf.

»Wir wollen nicht mitfahren«, sagte sie mit etwas kläglicher Stimme, und es hörte sich an, als ob sie gleich wieder in Tränen ausbrechen wollte.

Elaine stand auf, hob die Schultern und meinte dann mit einem kleinen Seufzer: »Nun, wenn ihr es unbedingt so wollt...«

Sie blickte sich wie hilfesuchend nach Brad um. Aber dieser schien sich lediglich über ihr kleines Scharmützel mit Missy zu amüsieren. Whalen, der Missys Entscheidung nur zu gern als endgültig akzeptierte, stieg in seinen Streifenwagen und manövrierte ihn vorsichtig zurück auf die Straße.

Widerwillig folgte Elaine Brad zu ihrem Wagen, in dem Jeff Horton vom Rücksitz aus alles beobachtet hatte. Sie blickte sich noch zweimal um, aber die Kinder machten keinerlei Anstalten, ihr zu folgen. Robbys Aufmerksamkeit wurde von dem Polizeiauto gefesselt, während Missy völlig in sich versunken schien. Elaine hatte das Gefühl, sie würde auf irgend etwas warten... Sie setzte sich neben Brad, und einen Augenblick später machte sich die kleine Prozession erneut auf den Weg.

»Er wollte uns überfahren!« sagte Missy, während die beiden Personenwagen und der Laster sich entfernten.

»Das tat er nicht!« widersprach Robby. Er warf seiner kleinen Schwester einen wütenden Blick zu und wünschte sich wieder einmal, sie hätte keinen so schrecklichen Dickkopf. »Wieso konnten wir nicht mit dem Polizeiauto heimfahren?«

»Ich mag diesen Mann nicht. Er will uns Böses tun.«

»Das ist doch Unsinn, warum sollte er das wollen?«

»Weiß ich nicht«, sagte Missy bockig, »aber er tut's!«

Robby ließ das Thema fallen. »Aber dann hätten wir doch mit den Randalls fahren können.«

»Mami und Papi wollen nicht, daß wir mit Fremden fahren.«

»Das sind doch keine Fremden. Er war doch mein Arzt, und sie ziehen in das Haus am Strand.«

»Aber *ich* kenn' sie nicht!« beharrte Missy, »also sind sie Fremde.« Sie warf ihrem Bruder einen fragenden Blick zu. »Warum bist du mitten auf der Straße stehengeblieben?«

»Bin ich nicht«, widersprach Robby.

»Bist du doch! Ich hab' dich gewarnt, und du bist trotzdem stehengeblieben.«

Robby wirkte plötzlich sehr nachdenklich. »Ich kann mich nicht so recht daran erinnern«, sagte er zögernd. »Alles ging so schnell. Aber dann bin ich doch ausgewichen – stimmt's? Allerdings bin ich nicht wie ein Angsthase in den Straßengraben gesprungen wie andere Leute... Laß uns durch den Wald abkürzen und über den Strand heimgehen«, schlug er plötzlich vor.

»Das möcht' ich nicht«, protestierte Missy, »ich mag den Strand nicht.«

»Nie magst du was«, maulte Robby verächtlich. »Wenn du nicht mit zum Strand magst, kannst du allein über die Straße heimgehen.«

Missy starrte ihn vorwurfsvoll an. »Du kannst mich doch nicht alleinlassen. Mami sagt, wir sollen immer zusammenbleiben!«

»Aber sie hat nicht gesagt, daß wir immer nur das tun sollen, was du willst! Komm schon!« Er überquerte die Straße, aber Missy blieb, wo sie war. Robby drehte sich auf der anderen Straßenseite um und rief hinüber: »Kommst du jetzt oder nicht?«

Missy war unschlüssig. Sie wollte weder durch den Wald, noch hatte sie Lust, am Strand entlang zu gehen. Aus irgendeinem Grund machte ihr das Angst. Ganz im Gegensatz zu Robby. Aber auf keinen Fall wollte sie allein über die Straße heimgehen. Was würde wohl ihre Mutter sagen, wenn sie allein ankommen würde? Vielleicht wurde dann Robby bestraft, vielleicht aber auch sie. Schließlich kam sie zu einem Entschluß: es war immer noch besser, ein bißchen Angst zu ertragen als bestraft zu werden.

»Also gut«, sagte sie und lief über die Straße, um Robby einzuholen, der bereits im Unterholz des Wäldchens zu verschwinden begann.

Harney Whalen fuhr die enge Zufahrt so weit hinein, wie es nur ging, ohne daß er dem Möbelwagen den Platz versperrte. Als die Randalls und der Laster an ihm vorbei waren, stellte er den Motor ab, stieg aber noch nicht gleich aus.

Noch immer waren seine Gedanken bei dem eben Geschehenen. Er wußte genau, daß nicht die Kinder achtlos gewesen waren, sondern allein er.

Aber er hatte wie erstarrt am Steuer gesessen und nicht reagiert.

Um ein Haar hätte er sie beide überfahren.

Und er hatte keine Ahnung, was mit ihm los gewesen war.

Einen Augenblick lang hatte er sich gefühlt wie bei seinen ›Anfällen‹. Die Zeit schien stillzustehen, und irgend etwas schien sich seiner Muskeln zu bemächtigen. In diesen Augenblicken hatte er das Gefühl, sein Körper löse sich von ihm und funktioniere nach seinem eigenen Willen.

Aber in allen Situationen dieser Art war er bisher allein gewesen. Niemand hatte also dabei Schaden nehmen können...

An diesem Nachmittag jedoch wären zwei Kinder fast von

ihm getötet worden. Es schien höchste Zeit, daß er endlich mal mit Dr. Phelps sprach, was er immer wieder vor sich hergeschoben hatte!

Schwerfällig stieg er aus dem Streifenwagen und gesellte sich zu den Randalls, die mit Horton auf ihn warteten.

»Etwas nicht in Ordnung?« fragte Brad Randall.

»Doch, doch. Ich meinte nur ein seltsames Geräusch im Motor zu hören.«

Ohne ein weiteres Wort schlug er den Pfad ein, der aus dem Wäldchen herausführte. Er öffnete die Küchentür, offensichtlich überrascht, sie unverschlossen zu finden. Dann überreichte er Brad den Schlüssel.

»Ich kann Ihnen nur einen Schlüssel geben«, sagte er, »er paßt für beide Türen. Ich habe noch ein Exemplar davon. Falls Sie selbst noch einen wollen, müssen Sie sich bei Blake einen anfertigen lassen.«

»Ich glaube nicht, daß wir das Haus je abschließen werden«, meinte Brad.

»Machen Sie das, wie Sie wollen«, erwiderte Whalen neutral. »Stadtleute meinen immer, daß es hier draußen auf dem Land sicherer sei als bei ihnen. Aber das ist absoluter Unsinn.« Dabei schweiften seine Augen zu Jeff Horton, der sich aber nicht provozieren ließ.

Mit dürren Worten der Entschuldigung über die allgemeine Unordnung führte Whalen seine neuen Mieter durchs Haus. Mit keinem Wort deutete er an, daß er es auf seine Kosten reinigen lassen wollte. »Manchmal denke ich, ich sollte es einfach abreißen«, murmelte er wie für sich selbst.

»Und warum tun Sie's dann nicht?« wollte Brad wissen. Harney blickte ihn erstaunt an, überrascht, daß der andere ihn verstanden hatte.

»Weiß ich auch nicht«, bequemte er sich schließlich zu einer Antwort, »wahrscheinlich finde ich einfach nie die Zeit dafür. Vielleicht will ich es aber auch nicht wirklich. Ab und zu komm' ich ganz gern hier raus, ist doch eine kleine Abwechslung...« Er wollte sich schon zum Gehen wenden, als ihm noch etwas einfiel.

»Ich muß Ihnen noch etwas sagen«, wandte er sich erneut an die Randalls. »Clark's Harbor ist eine Stadt der Inzucht, wenn Sie so wollen. Wir alle hier sind irgendwie miteinander verwandt – und wir haben für Fremde nicht viel übrig. Das heißt nicht, daß wir unfreundliche Menschen sind. Es liegt an etwas anderem – immer wenn Fremde hier auftauchen, scheint der ganze Ort außer Rand und Band zu geraten, wenn Sie verstehen, was ich meine. Erwarten Sie also nicht, daß das hier ein Honigschlecken für Sie wird – ganz bestimmt nicht!«

»Wenn wir keine Probleme machen, werden uns die Probleme hoffentlich auch in Ruhe lassen«, meinte Brad.

»So, meinen Sie?« funkelte Whalen ihn an. »Da würde ich mich an Ihrer Stelle mal umhören, Randall. Was ist beispielsweise mit Horton hier? Er und sein Bruder waren kaum eine Stunde hier, als es schon losging. Bei den Shellings hat es allerdings fünfzehn Jahre gedauert – und dann Ihre Freunde, die Palmers! Vor einer knappen Stunde hätte es auch sie fast erwischt. Aber ich weiß, daß ich Sie durch nichts überzeugen kann.« Er warf einen Blick auf seine Uhr. »Ich muß in die Stadt zurück. Hier kann ich sowieso nichts mehr tun. Das gehört jetzt Ihnen. Miete ist pünktlich an jedem Ersten fällig.«

Er stieg ein und fuhr davon.

»Dieser Bastard!« fluchte Elaine fast flüsternd.

»Spricht man so von seinem Hausherrn?« lächelte Brad. »Ich habe den Eindruck, er spielt gern den Propheten des Unheils.«

Jeff Horton schüttelte den Kopf. »Ich muß Ihrer Frau rechtgeben«, sagte er. »Er ist ein Bastard!«

Bevor die Diskussion fortgesetzt werden konnte, erschien eine schwer beladene Gestalt in der Küchentür.

»Wollen Sie, daß wir jetzt endlich ausladen – oder sollen wir das Zeug wieder mit nach Seattle nehmen?«

Verborgen im Unterholz, beobachteten Robby und Missy, wie Brad das Haus verließ. Sie waren schon eine ganze Zeitlang da und hatten gesehen, wie Karton um Karton in das alte Haus getragen wurde. Schließlich war der Laster leer, und die Möbelpacker hatten sich einige Zeit später wieder auf den Weg zurück nach Seattle gemacht.

»Ich dachte, er würde hier wohnen«, meinte Missy fast vorwurfsvoll, als Brad mit dem Wagen davonfuhr. »Du hast das doch behauptet!«

»Das hat doch nichts zu bedeuten«, meinte Robby. »Wahrscheinlich fährt er nur in die Stadt. Warum gehen wir nicht rein und schauen, was Mrs. Randall macht?«

»Ich möchte nicht«, quengelte Missy, »ich mag dieses Haus nicht!«

»Das sagst du immer«, fuhr Robby sie an, »was ist denn mit ihm?«

»Weiß ich nicht. Böse Sachen geschehen da. Wie an dem ganzen Strand hier. Ich möchte nach Hause! Komm mit.«

»Ich will nicht. Ich mag den Strand.«

»Es ist schon spät«, änderte Missy ihre Taktik. »Mami wird uns ausschimpfen.«

»Glaub' ich nicht«, erwiderte Robby. Allerdings war er sich keineswegs sicher. Ihre Mutter hatte sich in letzter Zeit recht merkwürdig verhalten, ohne daß er einen Grund dafür hätte sagen können. Er wußte nur, seit wann: seit diese alte Frau sich aufgehängt hatte... Vielleicht war es doch besser, der kleinen Schwester nachzugeben.

»Also gut«, sagte er, »komm.«

Er wollte Richtung Strand gehen, aber Missy hielt ihn zurück.

»Laß uns noch ein Stückchen durch den Wald gehen«, bat sie.

»Warum?«

»Hier am Strand ist doch dieser Mann gelegen«, sagte sie.

»Woher weißt du das?«

»Ich weiß es eben, das ist alles!«

»Du kannst das nicht wissen«, wies Robby sie zornig zurecht.

»Doch, das kann ich!« beharrte Missy und entfernte sich

von dem Bruder. »Du kannst ruhig diesen Weg gehen, wenn du willst. Aber ich geh' durch den Wald.«

Robby empfand seine kleine Schwester in diesem Augenblick als echte Nervensäge, trotzdem folgte er ihr. Sollten die Ermahnungen ihrer Mutter doch etwas genützt haben? Gleich darauf schob sich ihre kleine Hand in die seine.

»Was hast du denn?« fragte Robby recht ungnädig.

»Ich habe Angst. Laß uns rennen.« Sie zerrte an seinem Arm, und die beiden setzten sich in Trab. Als sie in unmittelbarer Nähe der Hütte waren, wurde Missy plötzlich langsamer.

»Jetzt ist alles wieder in Ordnung, ich habe keine Angst mehr.«

»Wir sind ja auch gleich daheim«, meinte Robby, und tatsächlich sahen sie zwischen den Bäumen jetzt ihr Zuhause. Wenige Meter davor preßte Missy noch einmal die Hand des Bruders.

»Wir wollen nie mehr an den Strand gehen – bitte?« flehte sie. Robby warf ihr einen überraschten Blick zu, sagte aber nichts.

Brad hielt vor der Galerie und vergewisserte sich, daß auch nicht ein Millimeter seines Wagens über den Gehweg ragte. Whalen sollte ihm nicht noch einmal zehn Dollar abnehmen können. Er öffnete die Tür zur Galerie und trat ein.

»Glen? Sind Sie da?«

»Hier, im Hinterzimmer«, kam die Antwort.

Als er den Vorraum durchschritt, sah er erstaunt die Fortschritte, die die Einrichtung inzwischen gemacht hatte. Sein Erstaunen wuchs, als er sah, daß Glen nicht allein war.

»Haben Sie endlich etwas Hilfe bekommen?« fragte er.

Glen richtete sich von dem Tisch auf, wo er an einer Skizze gearbeitet hatte.

»Kennen Sie schon Chip Connor?« stellte er den andern vor.

Whalens Stellvertreter legte die Säge zur Seite und streckte Brad die Hand hin. »Freut mich, Sie kennenzulernen«, sagte er mit freundlichem Lächeln, »Sie müssen Dr. Randall sein.«

»Brad«, wurde er korrigiert. »Seit wann tragen Polizisten im Dienst Sägen?«

»Mein Dienst ist seit einer Stunde vorüber«, lächelte Chip. »Trotzdem würden vielleicht einige im Ort mir das hier als Dienstvergehen auslegen.«

Brad wandte sich noch immer recht verwirrt an Glen. »Ich verstehe das nicht«, meinte er. »Heute morgen klang es, als ob hier alles drunter und drüber ginge. Und jetzt werkeln Sie hier glücklich und zufrieden mit dem stellvertretenden Sheriff.« Sein Blick schweifte zu Chip. »Das sind Sie doch – oder?«

»Das und dazu auch noch sein Verwandter«, erwiderte Chip amüsiert. Als Brad den Ton nicht aufnahm, fragte er zuvorkommend: »Sie scheinen mit Glen allein sein zu wollen.«

»Das hängt von Glen ab«, meinte Brad.

»Von mir aus geht das in Ordnung«, lächelte Glen. »Chip weiß, wie es um mich steht. Um ehrlich zu sein – er hat mir in mehr als einer Weise geholfen.«

Brad ließ den Blick noch einmal durch die fast fertige Galerie schweifen. »Sieht ganz so aus, als ob es wirklich vorangeht«, meinte er dann. »Warum sagen Sie mir nicht endlich, was sich sonst so getan hat?«

Glen öffnete drei Dosen Bier, und sie machten es sich bequem. Brad hörte aufmerksam zu, als ihm Glen und Chip abwechselnd erzählten, was sich in den vergangenen Tagen zugetragen hatte. Vor allem erregten sie sich über Harney Whalens Unterstellungen, daß Glen nicht nur mit dem Tod von Max Horton, sondern vielleicht sogar mit dem von Miriam Shelling etwas zu tun haben könnte. Als sie fertig waren, schüttelte Brad ungläubig den Kopf.

»Ich verstehe diesen Mann einfach nicht«, meinte er nachdenklich. »Zuerst dachte ich, daß er lediglich auf Fremde nicht gut zu sprechen ist. Aber langsam sieht es so aus, als ob mehr dahintersteckt. Etwas sehr viel Komplizierteres...«

»Etwas Komplizierteres?« fragte Chip. »Was wollen Sie damit andeuten?«

Brad gab keine Antwort; es schien, als habe er Chips Frage gar nicht gehört. Statt dessen stellte er Glen eine in diesem Zusammenhang offensichtlich unpassende Frage.

»Wie steht es eigentlich um Robby?«

»Robby? Was hat er mit all dem zu tun?«

»Weiß ich auch noch nicht«, meinte Brad und versuchte es so beiläufig wie möglich klingen zu lassen. »Aber wir haben erlebt, daß hier draußen eine Art Verwandlung mit ihm vorgegangen ist – und jetzt bemerken wir seltsame Veränderungen an anderen Leuten...«

Glens Augen verengten sich, als er die damit angedeuteten Zusammenhänge begriff. »Wollen Sie etwa behaupten, daß Robby irgendwas mit diesen Dingen zu tun hat?«

»Ich behaupte gar nichts«, erwiderte Brad, »aber häufig stößt man auf Zusammenhänge, wo man sie nicht erwartet hat. Ich sollte mir Robby besser mal genauer anschauen.«

21

Chip Connor saß an diesem Abend an der Bar der ›Harbor Inn‹ und nippte genüßlich an seinem Bier, während er Ordnung in seine Gedanken zu bringen versuchte. Doch er wurde eher noch verwirrter, zu vieles wollte einfach nicht zusammenpassen. Mit einem letzten, großen Schluck leerte er das Glas, knallte es auf den Tresen und bestellte ein neues. In diesem Augenblick trat Merle Glind an ihn heran.

»Wie wär's mit ein bißchen Gesellschaft?« fragte er und rieb sich, wie es seine Art war, die Hände. Chip warf dem kleinen Mann ein Lächeln zu.

»Warum nicht? Darf ich Sie zu einem Bier einladen?«

Glind kletterte auf den Hocker neben Chip. Sorgfältig würzte er das frisch gezapfte Bier mit einer Prise Salz, kostete davon und nickte dann zufrieden.

»Nichts versüßt den Feierabend mehr als ein gut gesalzenes Bier«, grinste er. Plötzlich ernst werdend, musterte er Chip. »Wollen Sie mir nicht sagen, was Sie auf dem Herzen haben?«

»Was soll ich auf dem Herzen haben«, wich Chip aus. Aber der Wirt ließ nicht locker. »Ihr Gesicht spricht Bände – ich kenne Sie doch, Chip. Also, warum sprechen Sie nicht darüber?«

»Da gibt's nicht viel zu sagen«, erwiderte Chip sichtlich nervös. »Irgendwie ist alles ein großes Durcheinander. Vor allem mache ich mir Sorgen um Harn...«

»Harn? Harn Whalen?« Merle Glinds Stimme verriet sein ungläubiges Staunen. Noch nie hatte sich jemand um den Polizeichef des Orts Sorgen gemacht.

»Genau das habe ich gesagt«, reagierte Chip etwas ungnädig, aber Glind schien es zu überhören.

»Aber das kann ich mir einfach nicht vorstellen«, kicherte er, »es ist doch alles mit ihm in Ordnung – oder etwa nicht?«

Chip machte eine abwehrende Bewegung mit den Schultern. »Es ist auch nichts Bestimmtes«, meinte er dann nachdenklich, »nur eine Reihe seltsamer Details...«

»Was für Details denn?« wollte der kleine Wirt mit neugierig glitzernden Augen wissen. Chip entschied sich plötzlich, den andern doch lieber nicht ins Vertrauen zu ziehen.

»Nichts, woran man sich festhalten könnte«, sagte er abweisend, trank sein Bier aus und erhob sich. »Ich mach' noch einen kleinen Spaziergang. Wahrscheinlich spielen mir nur meine Nerven einen Streich.«

»Es wird gleich wieder regnen«, versuchte Glind ihn von seinem Vorhaben abzubringen. Er haßte es, wenn man Geheimnisse vor ihm hatte.

»Hier draußen beginnt es doch dauernd zu regnen«, erwiderte Chip, »wenn es nicht ausnahmsweise gerade einmal zu regnen aufhört. Also, dann bis später!« Er warf ein paar Dollarscheine auf den Tresen und mußte unwillkürlich grinsen, als der kleine Mann sie mit unglaublicher Geschwindigkeit ergriff. Wie zum Trost verabschiedete er sich von ihm mit einem freundschaftlichen Klaps auf die Schulter.

Und tatsächlich – es regnete bereits wieder. Ein leichter Nieselregen, der die Luft reinigte und für den man keinen Regenschirm brauchte. Er kühlte Chips Gesicht und machte ihn ruhiger. Fast wie Gischt, doch sanfter, milder, fast wie eine Liebkosung. Er schlug die Richtung zum Kai ein, wollte die Verankerung der Boote überprüfen. Dann sah er, daß er nicht allein auf dem Kai war. Vor ihm tanzte ein schmaler Lichtschein durch die Dunkelheit.

»Hallo!« rief Chip, und der Lichtschein schwenkte herum, um ihn zu erfassen. Instinktiv deckte er die Augen ab.

»Chip? Bist du das?« Er erkannte die heisere Stimme sofort.

»Großvater?«

»Auf jeden Fall nicht der Klabautermann, wenn du das meinst!«

Chip ging mit raschen Schritten auf ihn zu. »Was tust du denn hier draußen bei diesem Wetter, du holst dir noch eine Lungenentzündung!«

»Wenn ich so anfällig wäre, hätte ich die schon vor Jahrzehnten bekommen müssen«, brummte Mac Riley. »Ich überprüf' nur mal die Boote.«

Chip grinste ihn an. »Genau das hatte ich auch vor.«

»Die Mühe kannst du dir sparen. Alles niet- und nagelfest.«

Sein Blick wurde plötzlich mißtrauisch. »Wie kommt's, daß du plötzlich hier nachsehen willst? Das hast du doch noch nie getan.«

»Ich war im Wirtshaus und dachte, ein kleiner Spaziergang würde mir guttun...«

Riley unterbrach ihn. »Hast du einen besonderen Grund, hierher zu kommen?«

»Ich weiß nicht.«

»Natürlich weißt du es«, brauste der Alte auf. »Du fährst mich jetzt nach Hause, und dann unterhalten wir uns mal darüber. Ich hab' noch einen Scotch da, der für ein solches Gespräch genau das Richtige ist.«

»Warum bist du so scharf auf ein Gespräch?« wollte Chip wissen.

»Nur so – außerdem sehe ich in letzter Zeit verdammt wenig von dir. Aber so sind die Enkel eben. Kommen nur, wenn sie Probleme haben Ich sitz' dafür tagelang rum und muß mich mit diesen Einfaltspinseln Tad und Clem unterhalten, die mich für senil halten...«

»Du und senil?« Chip lachte laut heraus. »Der Tag, an dem du senil wirst, wird auch dein Todestag sein!«

»Herzlichen Dank«, knurrte der Alte. »Willst du die Nacht hier im Regen verbringen, oder können wir endlich gehen?« Seite an Seite gingen sie zum Gasthof zurück, wo Chip den Streifenwagen geparkt hatte. Gleich darauf hielten sie vor Mac Rileys Haus. »Du solltest das Haus verkaufen, damit du dir selbst einen Wagen leisten kannst«, meinte Chip mit einem Lächeln, als sie die Halle des verhältnismäßig großen viktorianischen Baus betraten. Der alte Mann hatte ihn vor mehr als sechzig Jahren für seine Braut errichtet.

»Dafür bin ich jetzt zu alt«, meinte Riley bekümmert. »Sie geben mir keinen Führerschein mehr, und außerdem könnte ich nirgendwo sonst wohnen. Weißt du, ich fühle mich hier nie einsam. Deine Großmutter lebt noch immer in diesem Haus.« Als Chip ihn etwas zweifelnd anschaute, wurde der Alte ungehalten.

»Ich spreche nicht von Geistern!« knurrte er, »sondern von Erinnerungen. Wenn du in mein Alter kommst, wirst du begreifen, wovon ich rede. Jedes Zimmer hier ist für mich voller Erinnerungen. An deine Großmutter, deine Mutter, ja sogar an dich...«

Sie begaben sich ins Wohnzimmer neben der Halle. Chip warf einen langen Blick auf das Porträt seiner Großmutter über dem Kamin.

»Sie sieht Harney Whalen recht ähnlich«, kommentierte er.

»Warum auch nicht?« erwiderte der Alte, »sie war schließlich seine Tante.«

»Weiß ich doch. Aber aus irgendeinem Grund vergesse ich das immer wieder. Ich halte Harn immer nur für einen alten Bekannten der Familie, nie für einen Blutsverwandten.«

»Das macht in dieser Gegend sowieso keinen großen Unterschied«, meinte der Alte. Er stellte den Scotch auf den Tisch und goß zwei große Gläser ein – pur. Eines davon reichte er Chip.

»Macht er dir Probleme – Harn Whalen?«

Chip nickte und nahm einen kleinen Schluck von seinem Scotch. Angenehm prickelnd lief er ihm durch die Kehle. »Ich mach' mir Sorgen über ihn«, erklärte er zögernd und schwieg dann nachdenklich. »Da sind eine Reihe seltsamer kleiner Dinge... Vor allem aber wird sein Verhalten Fremden gegenüber immer unerklärlicher.«

»Keiner hier mag Fremde so gern«, wies Riley ihn zurecht, »das hat lange Tradition.«

»Aber dafür gibt es doch gar keine Gründe«, wehrte sich Chip.

»Das mag dir heute so erscheinen«, erwiderte der Alte, »doch ich sage dir, es gibt bestimmt Gründe dafür – weit in der Vergangenheit. Und jetzt sag mir, was mit Harney los ist!«

»Er hat es auf Glen Palmer abgesehen.«

»Palmer? Ich wußte gar nicht, daß du ihn persönlich kennst.«

»Das tat ich auch nicht bis vor einigen Tagen«, antwortete Chip, »bis zum Tag nach dem Trauergottesdienst für Miriam und Pete Shelling.«

Riley nickte kurz. »Ich war auch dort, zusammen mit Tad und Clem. Ich hab' die Palmers dort gesehen.«

»Und deshalb hat mich Harney zu ihnen rausgeschickt. Er wollte wissen, warum sie den Gottesdienst besuchten.«

»Das scheint mir doch eine gewisse Berechtigung zu haben«, meinte der alte Mann, »und hast du herausgefunden, warum?«

»Sicher, war sowieso nichts Geheimnisvolles. Glen allerdings war der Ansicht, daß es uns nichts anginge.«

»In einer Kleinstadt wie dieser geht alle alles an«, grinste Riley.

»Wie dem auch sei«, fuhr Chip fort, »Glen sagte mir, daß seine Frau unbedingt den Gottesdienst besuchen wollte, das war alles. Ich habe es Harney gesagt, aber dieser hat sich damit nicht zufrieden gegeben. Im Gegenteil – er hat versucht, Glens Arbeiten zu vernichten.«

»Was soll das heißen?«

Chip erzählte seinem Großvater, was er beobachtet hatte. »Ich fühlte mich beschissen dabei«, erklärte er. »Deshalb hab' ich auch Clen geholfen, den Schaden zu beheben – er ist ein wirklich netter Bursche. Inzwischen haben wir schon einige Zeit zusammen verbracht. Das ist wirklich komisch – er kann alles malen und zeichnen, aber kaum hat er eine Säge in der Hand, ist er verloren.« Chip lächelte seinen Großvater an. »Wart, bis du die Galerie gesehen hast. Seine Einfälle und meine Handarbeit, das ist wirklich sehenswert!

»Wirst du dafür bezahlt?«

Chip wand sich ein wenig. »Nicht mit Geld, Glen hat im Augenblick sowieso keins. Aber trotzdem hab' ich etwas davon. Ich lerne viele Dinge kennen, von denen ich keine Ahnung hatte. Nichts Weltbewegendes, natürlich. Immerhin ist es das erste Mal, daß ich jemand näher kennenlerne, der nicht von hier ist. Und je besser ich Glen kennenlerne, desto weniger verstehe ich Harneys Verhalten. Würde auch er ihn etwas genauer kennen, würde sich das bestimmt ändern.«

»Wetten würde ich darauf nicht«, meinte der Alte.

»Ich kann ja verstehen, daß er Fremden gegenüber mißtrauisch ist. Aber inzwischen übertreibt er es! Er hat keinen Finger gerührt, um herauszufinden, was diesem Horton zugestoßen ist – außer daß er durchblicken ließ, Glen habe etwas damit zu tun. Der Himmel weiß, was ihn dazu bringt. Das regt mich wirklich auf! Immer wieder sage ich mir, daß ich ihn zu negativ sehe, aber ich hätte große Lust, ihm meinen Job vor die Füße zu schmeißen!«

Riley musterte seinen Enkel überrascht. Schließlich schien er zu einem Entschluß gekommen zu sein.

»Vielleicht sollte ich dir mal ein paar Dinge über Harney erzählen«, setzte er an. »Das Leben war ihm nicht immer wohlgesonnen, und viele seiner Probleme hatte er nun mal Fremden zu verdanken. Es ist alles schon sehr lange her, aber Dinge, wie sie Harney als Junge geschehen sind, vergißt man auch als Mann nicht. Und manchmal sind die alten Erinnerungen sehr viel stärker als alle neuen Erfahrungen, wenn du verstehst, was ich meine.« Er lehnte sich vertraulich vor. »Sag's bitte niemand, aber oft erinnere ich mich besser an Ereignisse von vor sechzig Jahren als an das, was gestern war.«

Er schob sein Glas zu Chip rüber und bat ihn, nachzugießen. Während der junge Mann seiner Bitte nachkam, schweifte sein Blick nachdenklich durch den Raum und schien sich dann irgendwo jenseits dieser Regennacht und jenseits von Raum und Zeit festzusaugen. Als Chip ihm das Glas reichte, sah er, daß seine Augen fast geschlossen waren. Doch dann fuhr er fort.

»Als Junge lebte Harney bei seinen Großeltern. Seine Mutter – die Schwester deiner Großmutter – starb bei seiner Geburt, und sein Vater verschwand kurz darauf. Er kam später wohl wieder zurück, doch er hatte sich völlig verändert. So kam es, daß Harneys Großeltern sich praktisch um beide kümmern mußten. Harns Großvater besaß eine Menge Land hier in der Gegend, das meiste davon Wald. Er hat nicht viel damit anzufangen gewußt, bis dann einige der Holzbosse aus Seattle hier auftauchten und es ihm abkaufen wollten. Der alte Whalen wollte aber nicht verkaufen, und so versuchten sie, zumindest die Nutzungsrechte von ihm zu pachten. Aber auch das wollte er nicht, und damit hätte die Sache eigentlich beendet sein können. Aber dann geschah etwas.«

Der alte Mann schwieg plötzlich und schloß die Augen einige Sekunden lang. Chip dachte schon, sein Großvater wäre eingeschlafen, als er unvermittelt weiterredete.

»Ich bin mir nicht sicher, ob man diese so lange zurückliegende Geschichte wieder aufwärmen soll, aber vielleicht hilft sie dir, Harns Gefühle Fremden gegenüber besser zu verstehen«, meinte der Alte nachdenklich.

»Erzähl schon!« drängte ihn Chip.

»Also gut – es war in einer Nacht wie dieser«, begann Riley erneut. »Ein Sturm braute sich zusammen, aber als der kleine Harney – er war damals erst sieben oder acht Jahre alt – ins Bett ging, tobte er noch weit draußen auf dem Meer. Erst mitten in der Nacht erreichte er die Küste. Niemand hat je erfahren, was in dieser Nacht wirklich geschah. Erst am nächsten Morgen wurde das Schreckliche entdeckt. Als Harney erwachte, war das Haus leer. Keine Spur von seinem Vater oder den Großeltern...«

Der Alte schloß wieder die Augen, als ob er sich damit die Szene besser vergegenwärtigen könnte. Dann fuhr er fort.

»Der Junge machte sich auf die Suche; dabei kam er auch an den Strand – die Sod Beach, ungefähr in der Mitte zwischen der Hütte dieser Palmers und dem alten Baron-Haus... Natürlich standen beide damals noch nicht. Und dort fand er die Großeltern, eingegraben bis zum Hals und ertrunken. Genau wie in den alten Indianer-Geschichten, aber diesmal war es Wirklichkeit, schreckliche Wirklichkeit. Ich habe sie kurz darauf mit eigenen Augen gesehen, genau wie die ganze Stadt. Erst danach haben sie sie ausgegraben. Schrecklich! Ihre Augen waren aus den Höhlen getreten, die Gesichter fast schwarz. Sie müssen furchtbar gelitten haben, bevor sie jämmerlich erstickt sind...«

»Mein Gott«, sagte Chip leise, »hat man je herausgefunden, wer es getan hat?«

»Nie«, sagte Riley und man konnte hören, wie sehr ihn das so lange Zurückliegende noch immer bewegte. »Jeder hatte irgendeinen Verdacht, wie üblich, aber nichts ließ sich beweisen. Und dann geschah noch etwas, das alles noch verworrener machte.«

»Noch ein Verbrechen?« staunte Chip.

»Ungefähr eine Woche nach der Beerdigung gab Harneys Vater nach und unterzeichnete einen Vertrag mit den Holzleuten. Der alte Whalen hatte sich vergeblich gesträubt...

Und dann verpachtete sein Erbe noch den Strand an diesen Baron, der das Haus darauf baute, das heute Harney gehört.«

»Wie kam Harney dran?«

»Indem er abwartete und älter wurde«, lächelte Riley. »Der Pachtvertrag war auf zehn oder fünfzehn Jahre abgeschlossen. Als die Zeit abgelaufen war, war auch Harneys Vater schon tot, und er hatte das Land geerbt. Er weigerte sich, den Pachtvertrag zu verlängern. Baron war darüber natürlich außer sich, behauptete, es gäbe eine Absprache, eine Art Option. Aber Harney nahm sich einen Anwalt aus Olympia, und Baron hatte keine Chance. Er versuchte danach noch eine Weile, sich mit Fischfang über Wasser zu halten, doch ohne Erfolg. Und eines Tages ertrank er. Selbstmord. Niemand hier hat ihm eine Träne nachgeweint. Alle waren der Ansicht, er habe bei der Ermordung der beiden alten Whalens die Finger mit im Spiel gehabt.«

Der Alte lachte in sich hinein. »Seltsam – ich spreche immer vom alten Whalen, dabei war er bei seinem Tod zwanzig Jahre jünger als ich heute...«

Er schwieg minutenlang, dann wandte er sich noch immer lächelnd wieder an seinen Enkel. »Als ich gestern Tad und Clem die alte Geschichte erzählte, ist mir einfach der Name dieses Barons nicht mehr eingefallen, dabei kenne ich ihn so gut wie meinen eigenen. Sei's drum! Auf jeden Fall erlitt nicht lange darauf Barons Frau dasselbe Schicksal wie Miriam Shelling. Auch sie erhängte sich im Strandwald. Vielleicht war es sogar derselbe Baum...«

Chip starrte seinen Großvater an. »Sie erhängte sich? Und ihr Mann ist ertrunken?«

»Genau – wie bei Pete und Miriam. Seltsam, wie sich die Dinge gleichen. Ich glaube, der Bursche, der die Meinung vertrat, daß sich alles im Leben wiederhole, hatte gar nicht so unrecht.«

»Seltsam, daß Harney mir nie davon erzählt hat«, sinnierte Chip.

Riley machte eine unwillige Geste. »Warum sollte er auch? Was den Barons geschah, liegt fünfunddreißig, vierzig Jahre zurück, lange bevor du geboren wurdest. Auf jeden Fall liegt hier die Ursache für Harneys Haß auf Fremde. Sie haben seine Großeltern ermordet, auch wenn das niemals bewiesen wurde.«

Chip trank gedankenverloren den restlichen Whisky, während sein Blick wieder hinaufwanderte zum Porträt der Großmutter. Das dunkle, verschlossene Gesicht strahlte stoische Gelassenheit aus. Man sah, daß das Leben dieser Frau hart zugesetzt hatte, doch sie hatte es gemeistert. Die Ähnlichkeit zwischen ihr und Harney, ihrem Neffen, beruhte auch weniger auf physischer als auf innerer Übereinstimmung. Beide schienen durch nichts von ihren Überzeugungen abzubringen zu sein.

Chip begann Harney jetzt besser zu verstehen. Aber das verstärkte eher noch seine Besorgnis.

Missy lag schlafend im Bett, die kleinen Hände zu zitternden Fäusten geballt und das Gesichtchen vor Angst verzerrt. Der Regen hämmerte aufs Dach, und Missy wurde zusehends unruhiger. Das Geräusch eines knackenden Astes ließ sie aufschrecken. Mit angstgeweiteten Augen starrte sie in die Dunkelheit, noch immer in den Fängen ihres Alptraums.

»Robby?« flüsterte sie nach oben.

Doch über ihr rührte sich nichts.

Das kleine Mädchen versuchte seine innere Unruhe zu meistern, aber das Herz schlug ihm bis zum Hals. Und wieder knackte draußen ein Ast.

Ihr Blick zuckte zum Fenster, und die Angst drohte sie zu ersticken.

Stand da nicht jemand vor dem Fenster und beobachtete sie? Wieder holte der Alptraum sie ein. Sie wurde gejagt – und es war ein Wesen wie das am Fenster... Robby war bei ihr, und sie waren am Strand. Zusammen rannten sie ins Wäldchen, um sich zu verbergen. Aber es folgte ihnen, kam näher und näher. Und ihre Füße wurden immer schwerer, versagten schließlich den Dienst...

Sie fiel zu Boden, und der Verfolger stand groß und drohend über ihr, griff nach ihr.

Sie schrie.

Dann spürte sie den Arm der Mutter um sich und begann laut zu schluchzen.

»Ist ja schon gut, ist ja schon gut«, versuchte Rebecca sie zu trösten. »Es war doch nur ein Traum, nichts als ein böser Traum.«

»Aber da draußen war jemand«, schluchzte Missy. »Er hat uns zu fangen versucht. Robby und ich sind davongelaufen, aber er war immer dicht hinter uns. Und dann bin ich hingefallen...« Wieder schluchzte sie herzzerreißend, und Rebecca strich ihr tröstend übers Haar.

Robby, der natürlich inzwischen aufgewacht war, beugte sich mit verschlafenem Gesicht aus dem oberen Bett.

»Was ist denn los?« wollte er wissen.

»Nichts«, versicherte Rebecca, »Missy hat einen Alptraum gehabt, das ist alles. Schlaf weiter!«

Dann erschien Glen in der Tür.

»Hat sie sich wieder beruhigt?« fragte er besorgt.

»Ja, ist schon wieder gut«, lächelte sie zu ihm hoch. »Nichts als ein Alptraum.«

Missys verweintes Gesichtchen drehte sich dem Vater zu. »Es war kein Traum!« protestierte sie, »es war wirklich da! Dort ist er gestanden, ich hab' ihn am Fenster gesehen!«

»Wen hast du gesehen, Liebling?« fragte Glen.

»Einen Mann!« antwortete Missy, »aber ich hab' sein Gesicht nicht erkannt.«

»Du hast geträumt«, widersprach Rebecca, »da draußen ist niemand.«

»Doch, da ist jemand!« beharrte Missy.

»Ich werde nachsehen«, sagte Glen.

Er warf seinen Regenmantel über den Pyjama und öffnete die Hüttentür. Mit dem Strahl seiner Taschenlampe leuchtete er die Bäume rundum ab. Niemand zu sehen.

Als er gerade wieder die Tür schließen wollte, versuchte Scooter aufgeregt bellend zwischen seinen Beinen hindurch in die Nacht hinauszurasen. Das kleine Schwänzchen zuckte aufgeregt hin und her. Ganz offensichtlich witterte der kleine Hund etwas. Glen packte ihn im letzten Augenblick beim Nackenfell und hob ihn hoch.

»Ist ja gut, mein Kleiner«, beruhigte er ihn und kraulte ihm den Bauch. »Heute jagen wir keine Ratten mehr.«

Scooter gab wirklich Ruhe, aber Missy brauchte lange, bis sie wieder eingeschlafen war.

Und während der Wind immer unheimlicher zu heulen begann, sprang nur wenige Kilometer entfernt die Tür zu Glen Palmers Galerie auf. Der Horror begann.

22

Schon früh am nächsten Morgen zog Glen Palmer die Windjacke über, öffnete die Hüttentür und ließ Scooter hinaus. Der kleine Hund preschte um die Ecke und war verschwunden. Als Glen ihm rasch nachging, sah er ihn unterm Fenster der Kinder herumschnüffeln. Er ging in die Hocke und bemerkte eine leichte Vertiefung, die aber durch den noch immer fallenden Nieselregen schon recht verwischt war. Es konnte ein Fußabdruck sein, mußte aber nicht.

Glen sah sich nach anderen Spuren um, aber der mit Fichtennadeln übersäte und völlig aufgeweichte Boden ließ kein sicheres Urteil zu.

»Schwer zu sagen, ob hier wirklich jemand herumgeschlichen ist«, unterhielt er sich mit dem kleinen Hund. Doch der hatte inzwischen jedes Interesse an seiner aufregenden Entdeckung verloren und trottete auf die Bäume zu. Immer wieder blieb er stehen und schaute zurück, um Glen nicht aus den Augen zu verlieren. Dann hob er an einem ihm passend erscheinenden Busch das Bein und lief laut kläffend zur Hütte zurück. Offensichtlich war es ihm draußen doch zu feucht.

Rebecca schaute ihnen vom Herd her neugierig entgegen; sie war gerade dabei, Spiegeleier zu braten.

»Irgendwas gefunden?«

»Wieso meinst du, daß ich etwas gesucht habe?«

»Das hast du! Und – war etwas?«

»Nur wenn man über jede Menge Einbildungskraft verfügt. Vor dem Fenster der Kinder ist ein leichter Abdruck. Es könnte vielleicht der Abdruck eines Schuhs sein. Aber beschwören möchte ich das auf keinen Fall...«

Rebecca legte den Spachtel zur Seite und begann den Tisch zu decken. »Meinst du nicht, daß die Kinder langsam los sollten?«

»Laß sie noch ein paar Minuten schlafen. Ich nehme sie im Wagen mit und setze sie an der Schule ab.«

»Warum willst du heute morgen schon so früh rein?«

»Ach, nichts Besonderes, aber vielleicht taucht Chip auf...«

»Ich mag ihn.«

»Ich auch«, grinste Glen. »Vor allem mag ich seine Art zu arbeiten. Bis Ende der Woche können wir die Galerie eröffnen. Ich will ihm dieses Bild schenken.«

»Welches Bild?«

»Das von dem alten Haus, in dem die Randalls jetzt wohnen. Er scheint es zu mögen. Ich glaube, er hat es sich verdient.«

Sie schwiegen, doch irgend etwas stand noch im Raum. »Du hast etwas auf dem Herzen«, sagte Glen, und Rebecca nickte.

»Ich habe das Gefühl, als ob heute nacht irgend etwas geschehen ist – oder daß uns etwas bevorsteht.«

Glen lachte. »Vielleicht solltest du auch Dr. Randall konsultieren und nicht nur Robby.«

»Robby?« fragte Rebecca verständnislos. »Was ist mit Robby?«

»Nichts Besonderes«, erwiderte Glen und ärgerte sich, das Thema überhaupt angeschnitten zu haben. »Er hat mich nur gefragt, ob er sich Robby nicht mal genauer ansehen könnte.

Wahrscheinlich will er herausfinden, was ihn so verändert hat. Aber wenn du mich fragst, ist das reine Zeitverschwendung.« Dann wurde er ernster. »Aber was ist mit dir? Woher dieses seltsame Gefühl?«

»Oh, wahrscheinlich hat es nicht viel zu bedeuten«, versuchte Rebecca abzuwiegeln, »wahrscheinlich nur wieder meine Nerven...« Sie verfiel in nachdenkliches Schweigen. »Wann hat Missy das letzte Mal einen solchen Alptraum gehabt?«

Glen dachte angestrengt nach. Dann begriff er plötzlich, worauf seine Frau abzielte. »Noch nie, soweit ich weiß. Aber das hat nichts zu bedeuten.«

»Außer daß sie behauptet, daß jemand letzte Nacht da draußen war – und du hast einen Fußabdruck gefunden.«

»Ich hab' was gesehen, was einem Fußabdruck ähnlich sieht«, korrigierte Glen sie. »Mach bitte aus einer Mücke keinen Elefanten. Ein solcher Alptraum beweist doch überhaupt nichts!«

»Immerhin war sie sich aber sicher, daß jemand vor dem Fenster stand...«

»Kinder haben nun mal eine lebhafte Einbildungskraft, das weißt du so gut wie ich.«

Rebecca mußte widerwillig nachgeben. »Das läßt sich kaum abstreiten.« Dann zwang sie sich zu einem Lächeln. »Ich seh' wahrscheinlich Gespenster – willst du nicht die Kinder jetzt wecken?«

Glen ließ die beiden vor der kleinen Schule von Clark's Harbor aussteigen und fuhr weiter zur Galerie. Sobald er die Tür öffnete, spürte er, daß etwas nicht stimmte.

Die Schaukästen, die erst am Tag zuvor fertig geworden waren, lagen in einem wüsten Durcheinander von Holzteilen und Glassplittern zertrümmert am Boden. Die von Chip vor wenigen Tagen fest in den Wänden verdübelten Regale waren herausgerissen und zu Kleinholz zerschlagen.

Im hinteren Raum sah es noch schlimmer aus. Rebeccas Töpferarbeiten waren offensichtlich gegen die Wände geschleudert worden und lagen als Scherben fast eine Handbreit hoch davor auf dem Boden. Und seine Bilder...

Sie hingen wohl noch in den Rahmen, jemand mußte sie mit dem Messer zerfetzt haben. Das einzige, was noch zu erkennen war, waren die Rahmen.

Glens Schock verwandelte sich rasch in Wut und Empörung. Wild entschlossen verließ er die Galerie – jetzt brauchte er sie nicht mehr hinter sich zuzusperren – und schritt mit energischen Bewegungen und starrem Blick geradeaus durch den Ort. Einige der Einheimischen traten verwundert zur Seite.

Kurz darauf stapfte er durch die Tür des Reviers. Chip Connor blickte ihm erstaunt entgegen. Der Gruß erstarb ihm auf den Lippen. Rasch stand er auf.

»Die Galerie...«, stieß Glen hervor. Am ganzen Körper zitternd stand er vor dem Hilfssheriff. Nur mit größter Mühe gelang es ihm, nicht einfach herauszubrüllen. Er holte tief Luft und rang nach Worten.

»Jemand ist letzte Nacht in die Galerie eingebrochen«, brachte er schließlich stockend heraus. »Sie haben alles kurz und klein geschlagen.«

»Kommen Sie«, sagte Chip und wollte ihn hinausziehen.

»Wohin wollen Sie?« wollte Glen wissen.

»Ich will es mir ansehen«, sagte Chip. Seine Stimme war von eisiger Schärfe, wie es Glen noch nie gehört hatte.

»Nicht gleich«, bat Glen. »Lassen Sie mich einen Augenblick ausruhen.« Er ließ sich auf einen Stuhl fallen. »Haben Sie nicht einen Kaffee für mich? Oder besser noch etwas Alkoholisches?«

Chip ließ die Tür wieder zufallen und holte Glen einen Becher Kaffee aus der großen Maschine, die Tag und Nacht in Betrieb war. Dann ging er zurück hinter den Schreibtisch.

»Entschuldigen Sie meine Hast«, sagte er. »Vermutlich nicht besonders professionell von mir. Also – was ist geschehen?«

»Wenn ich das wüßte. Als ich hinkam, fand ich nur noch ein Chaos vor. Sogar die Regale sind aus den Wänden gerissen – Rebeccas Sachen sind völlig zertrümmert, meine Bilder ruiniert.«

»Verdammt«, zischte Chip zwischen den Zähnen hervor. »Wie hoch dürfte der Schaden sein?«

»Was die Einrichtung betrifft, können Sie das wahrscheinlich sogar besser schätzen. Um ehrlich zu sein – so genau hab' ich es mir noch nicht angesehen. Ich war viel zu wütend und bin sofort hierher marschiert.«

»Zu Fuß?«

»Ich hab' gar nicht ans Auto gedacht. Im übrigen war ich so durcheinander, daß ich bestimmt gegen den nächsten Baum gefahren wäre.« Plötzlich schien ihm etwas aufzufallen. »Wo ist denn Whalen?«

»Er ist heute morgen rüber zu Dr. Phelps.«

»Vielleicht ganz gut so«, meinte Glen erschöpft. »Wahrscheinlich hätte ich jede Kontrolle verloren, wenn er mir auf seine übliche Art entgegengetreten wäre. Gibt es vielleicht noch etwas Kaffee?«

»Bedienen Sie sich«, antwortete Chip und beobachtete den anderen besorgt, während dieser sich einen neuen Becher holte. Als Glen wieder saß, fragte er ihn unvermittelt: »Sind Sie eigentlich hierhergekommen, um eine Anzeige zu machen oder um Harney Whalen zu beschuldigen?«

Glen schien überrascht. Er überlegte sich seine Antwort genau. »Wenn ich ehrlich bin – ich weiß es nicht«, meinte er schließlich. »Beides wahrscheinlich. Natürlich wollte ich Anzeige erstatten, aber ich war auch voller Wut auf diesen Whalen.« Er zwang sich ein leichtes Lächeln ab. »Wie ich schon sagte – gut, daß er nicht da ist.«

»Scheint mir auch so«, stimmte Chip zu. »Fühlen Sie sich jetzt wieder stark genug, um rüber zur Galerie zu gehen? Ich kann dann alles gleich aufnehmen, und wir können überlegen, was wir unternehmen wollen.«

»Unternehmen? Was gibt es da noch zu unternehmen! Alles hin!«

»Schauen wir es uns zuerst mal an«, meinte Chip wie tröstend. »Vielleicht läßt sich doch noch etwas machen...«

»Großer Gott!« stieß Chip hervor, als er das Chaos sah. »Sieht aus, als ob eine ganze Elefantenherde hier gehaust hätte!« Er zog sein Notizbuch heraus und begann Aufzeichnungen zu machen. Zuerst im vorderen und dann im hinteren Raum.

»Hier sind sie reingekommen«, deutete er auf die Hintertür, die ziemlich schief im Rahmen hing.

Glen starrte mit ausdruckslosem Gesicht die zerfetzten Bilder an.

»Lassen sie sich wirklich nicht mehr reparieren?« fragte Chip voller Mitgefühl.

Glen schüttelte den Kopf. »Kleinere Risse kann man schon flicken – aber nicht so etwas.«

Chip hätte ihm gern etwas Tröstliches gesagt. »Ich weiß ja nicht, ob das für Sie überhaupt noch von Interesse ist. Aber die Einrichtung ließe sich schon wieder herrichten. Nur, was verkaufen Sie dann?«

»Nichts mehr zu machen«, seufzte Glen mutlos.

»So würde ich das nicht sehen«, meinte Chip. »Natürlich müßte man das Glas ersetzen, aber die Kästen selbst lassen sich reparieren.« Er lächelte. »Schließlich wurden die Regale ja nicht zum erstenmal aus der Wand gerissen.«

»Es würde wieder passieren«, meinte Glen düster.

»Nicht, wenn wir eine Alarmanlage einbauen – und nicht, wenn wir herausfinden, wer es getan hat.«

»Oh, kommen Sie, Chip, wir werden nie herausfinden, wer es war, und das wissen Sie!«

»Warum sollten wir nicht?« fragte Chip; doch er wußte, daß es keinen Sinn hatte, sich etwas vorzumachen. »Wahrscheinlich haben Sie recht... Verdammt, wir haben schließlich noch nicht einmal ein Motiv dafür.«

»Vermutlich wissen Sie, wie ich darüber denke?« meinte Glen.

»Darf ich einen Vorschlag machen?« fragte Chip und ignorierte absichtlich die Anspielung des anderen. »Nehmen Sie sich den Tag frei und gehen Sie heim, um Rebecca von dem Vorgefallenen zu unterrichten. Sie können dann zusammen entscheiden, was weiter geschehen soll, und wir beginnen dann morgen mit dem Aufräumen. Mein dienstfreier Tag.«

»Also gut. Aufgeräumt werden muß auf jeden Fall.« Glens Gesicht wirkte plötzlich bestürzt. »Es ist gerade eine Stunde her, als Rebecca meinte, daß sich irgendwas zusammenbraut... Ich habe noch darüber gelacht. Leider hatte sie recht...«

Sie waren inzwischen wieder nach vorn gegangen, als Glen ganz unvermittelt noch einmal in den hinteren Raum zurückeilte. »Sie haben doch nicht alles erwischt«, strahlte er beim Zurückkommen und schwenkte ein Bild. »Das hier hatte ich zur Seite gestellt – für einen besonderen Zweck.«

Chip warf einen neugierigen Blick darauf. Es war das alte Haus an der Sod Beach mit dem seltsamen Schatten im Fenster.

»Ich freu' mich, daß es ausgerechnet dieses hier ist«, meinte Glen, »ich habe es nämlich für Sie zur Seite gelegt Chip. Bitte, nehmen Sie es, ich möchte es Ihnen schenken.«

»Mir schenken? Aber warum denn?«

»Sie haben es sich verdient. Am Tag der Fertigstellung der Galerie sollten Sie es bekommen. Sie nehmen es besser gleich mit – vielleicht ist es sonst nicht mehr da.«

»Aber das geht doch nicht«, protestierte Chip, »es ist das einzige, das Ihnen geblieben ist!«

Doch wenig später verließ er mit dem Bild unter dem Arm die Galerie und überlegte, wo er es aufhängen sollte.

Harney Whalen saß in Dr. Phelps nicht gerade ordentlichem Sprechzimmer und beschrieb, was am vorausgegangenen Nachmittag geschehen war. Der alte Arzt hörte geduldig zu, zuckte aber dann etwas ungehalten mit den Schultern.

»Ich versteh' nicht, was Sie bei mir wollen«, meinte er, »Sie haben vielleicht etwas langsam reagiert, aber schließlich hat jeder seine Schrecksekunde.«

»Aber es war mehr als das«, beteuerte Whalen; »es war...«, er zögerte, »eher wie eine Art Anfall.«

»Ein Anfall? Was soll das heißen? Klingt wie bei einer wehleidigen alten Dame.«

»Ich kann es nicht anders beschreiben. Ich habe das öfter. Als ob ich für eine Weile weggetreten bin. Geschieht nicht oft, zumindest kommt es mir so vor... Meine Hände beginnen zu zittern, und ich habe ein ganz seltsames Gefühl... Und dann komme ich irgendwann wieder zu mir und kann mich an nichts mehr erinnern.«

Jetzt horchte der alte Arzt doch auf. »Und wann hatten Sie zuletzt einen solchen Anfall?«

»Letzte Nacht«, sagte Whalen. »Ich saß vor dem Fernseher und bekam plötzlich dieses Gefühl... Erst heute morgen wachte ich wieder auf. Ich lag in meinem Bett, weiß aber nicht, wie ich dort hingekommen bin.«

»Hm«, meinte Dr. Phelps unverbindlich, »ist doch besser, wir schauen mal etwas genauer nach.« Er maß Whalens Puls und Blutdruck, überprüfte seine Reflexe und hörte ihn mit dem Stethoskop ab. Dann nahm er auch noch eine Blut- und Urinprobe.

»Ich muß das jetzt ins Labor nach Aberdeen schicken. In ein paar Tagen wissen wir, was mit Ihnen los ist. Aber nun mal abgesehen von Ihren ›Anfällen‹ – wie fühlen Sie sich sonst?«

»Gut, wie immer. Wann war ich schon mal krank?«

Phelps nickte. »Nun, bis jetzt sieht alles völlig normal aus. Falls sich aus den Proben nichts ergibt, würden Sie dann mal zu einer noch gründlicheren Untersuchung für ein paar Tage in eine Klinik gehen?«

»Vergessen Sie's!« sagte Whalen, »ich hab' zu viel um die Ohren.«

Phelps warf ihm einen belustigten Blick zu. »Hören Sie schon auf, Harn. Wir beide sind doch so gut wie die beiden einzigen Arbeitslosen in der Stadt. Zumindest bis vor kurzem...«

»Liegt an den Fremden«, knurrte Whalen, »jedesmal wenn Fremde hier auftauchen, gibt es Probleme.«

»Sie meinen die Palmers?« fragte Phelps.

»Sie und diese neuen – Randall heißen sie. Sie sind in mein altes Haus an der Küste gezogen.«

Jetzt war die Neugier des Arztes endgültig geweckt. »Das Baron-Haus? Ich hätte nie gedacht, daß Sie das je vermieten würden.«

Whalen lächelte pikiert. »Wollte ich auch nicht. Aber jetzt ist es doch geschehen.« Er runzelte die Stirn und suchte nach einer glaubwürdigen Erklärung für diesen Widerspruch. »Ich glaube, ich hatte einen meiner Anfälle, während ich diesem Randall und seiner Frau das Haus zeigte. Auf jeden Fall standen sie dann plötzlich mit einem Mietvertrag in der Hand vor mir. Ich habe keine Ahnung, wann und wie ich den unterschrieben haben soll.« Er stand auf und knöpfte sich das Hemd zu. »Also – wie steht's nun? Werd' ich's überleben?«

»Soweit ich sehen kann – ja!« meinte Phelps bedächtig. »Aber wegen dieser Anfälle würde ich Sie am liebsten sofort nach Aberdeen überweisen.«

Whalen schüttelte den Kopf. »Keine Chance. Wenn Sie nichts finden können, ist die Sache für mich erledigt. Ich war noch nie in einer Klinik und habe nicht vor, auf meine alten Tage das noch zu ändern.«

»Ganz wie Sie wollen«, erwiderte Phelps, »aber wenn Sie nicht auf meinen Rat hören, dürfen Sie mich auch nicht fragen, was es mit diesen Anfällen auf sich hat.«

»Vielleicht bin ich völlig in Ordnung«, meinte Whalen, »vielleicht werde ich einfach nur alt.«

»Ja, vielleicht«, sagte Phelps scharf, »aber vielleicht sind Sie auch alles anderes als in Ordnung und wollen es nur nicht wissen.«

»Was man nicht weiß, macht einen nicht heiß.«

»Mag sein – aber man kann dann auch nichts dagegen tun«, konterte der Arzt. »Und was ist mit den anderen? Was ist, wenn sie wegen Ihnen zu Schaden kommen? Gestern war es fast soweit...«

»Aber nur fast«, meinte Whalen unwillig, »und ich werde dafür sorgen, daß es nicht mehr geschieht!«

Nachdem Harney Whalen die Praxis verlassen hatte, starrte Dr. Phelps noch eine Zeitlang gedankenverloren vor sich hin. Er teilte die Zuversicht des Sheriffs keineswegs. Ein Polizeichef, der unter ›Anfällen‹ litt? Keine besonders beruhigende Vorstellung...

Glen Palmer fand zu Hause eine Notiz von Rebecca; sie war zu den Randalls rübergegangen, um ihnen ihre Hilfe anzubieten. Er sollte sich selbst etwas zu essen machen oder sie dort abholen. Da er noch keinen Hunger verspürte, entschied er sich für einen kleinen Strandspaziergang.

Der bleifarbene Himmel zeigte nirgends auch nur die geringste Aufheiterung. Im Westen jagten schwarze Sturmwolken knapp über dem Horizont hin und her, als ob sie sich zu einem Angriff auf die Küste formierten. Noch immer fiel ein leichter Regen und machte den Sand zu einer festen, kompakten Masse. Die Ebbe hatte das Wasser weit hinausgezogen, und der flache Strand war mit kleinen Tümpeln durchsetzt.

Glen ging bis zur Wasserlinie hinaus und wandte sich dann südwärts. Er bewegte sich langsam, fast widerwillig. Wie sollte er das Geschehene Rebecca nahebringen, ohne sofort wieder größte Ängste bei ihr auszulösen?

Wahrscheinlich würde sie Clark's Harbor sofort und endgültig den Rücken kehren wollen, überwältigt von hilfloser Wut gegen diesen Akt der Barbarei. Vielleicht aber auch würde sie sich dem Kampf stellen, um aller Welt zu zeigen, daß sie nicht so leicht einzuschüchtern war. Letzteres wäre vielleicht sogar noch wahrscheinlicher...

Er täuschte sich. Er war noch rund fünfzig Meter vom Haus entfernt, als Rebecca ihn bemerkte und ihm entgegenkam.

»Es ist geschehen, habe ich recht?« fragte sie leise.

Glen blickte ihr überrascht entgegen und nickte stumm.

»Und was war es?«

»Die Galerie ist völlig zerstört«, berichtete Glen.

»Zerstört – du meinst, es ist jemand eingebrochen?«

»Jemand ist eingebrochen und hat alles kurz und klein geschlagen, die Einrichtung, deine Töpfereien, meine Bilder – bis auf eines...«

»Und welches?« wollte Rebecca wissen, als ob alles andere, verglichen damit, keine Rolle spielte. Glen merkte, daß sie sich über die Tragweite des Geschehens zumindest im Augenblick keine Rechenschaft ablegen wollte. Ganz offensichtlich kannte er seine Frau lange nicht so gut, wie er gedacht hatte.

»Das, das ich Chip schenken wollte«, antwortete er leise.

Rebecca wandte sich nach dem alten Haus um, dem Motiv für Glens Gemälde.

»Irgendwie paßt das«, meinte sie. Dann schob sie ihren Arm unter den ihres Mannes und blickte ihm aufmunternd in die besorgten Augen. »Laß es uns zumindest für den Augenblick vergessen. Wenn wir jetzt sofort eine Entscheidung fällen, wird sie bestimmt voreilig sein. Warten wir also noch ein bißchen damit – in Ordnung? Unterhalten wir uns darüber zuerst mit Brad und Elaine, und tun wir so, als ob das alles nicht so wichtig wäre. Im Bett ist dann immer noch Zeit, sich über alles klarzuwerden...«

Glen zog sie an sich und küßte sie zärtlich. »Wenn wir unsere Entscheidung im Bett fällen, weiß ich jetzt schon, daß wir hierbleiben. Dort scheinen uns die unmöglichsten Dinge möglich zu sein!«

»Warten wir's ab«, murmelte Rebecca. »Aber für den Augenblick wollen wir's vergessen – ja?«

Das Chaos im Haus der Randalls war kaum geringer als das in der Galerie. Glen hatte es mit erzwungener Heiterkeit bemerkt. Als Brad dann hörte, was in der vorausgegangenen Nacht geschehen war, wollte er wissen, ob Robby die ganze Zeit über sein Bett nicht verlassen hatte. Die Verwüstungen glichen allzusehr denen, die der Junge bei seinen früheren Anfällen verursacht hatte. Als dann die Kinder endlich von der Schule heimkamen, nahm er den Jungen unter einem Vorwand zu einem Strandspaziergang mit.

»Es ist wirklich schön hier draußen«, sagte er beiläufig, als sie außer Hörweite der anderen waren. Robby nickte nicht gerade begeistert.

»Dein Vater sagte mir, daß du gern hier draußen bist«, bohrte er vorsichtig weiter.

»Ja, das stimmt, aber ich mag's am liebsten, wenn es regnet.«

»Warum denn das?«

Robby schien darüber nachzudenken. Niemand hatte ihn das je gefragt, und für ihn war es immer selbstverständlich gewesen. Es war, als ob er laut überlegte. »Ich glaube, es regt mich irgendwie auf, wenn sich ein Sturm zusammenbraut«, begann er. »Aber nicht so eine Aufregung wie am Geburtstag oder an Weihnachten, wenn man etwas geschenkt bekommt. Es ist ein anderes Gefühl. Ich werde nervös, und es kribbelt mich überall, und manchmal kann ich mich irgendwie nicht mehr so bewegen, wie ich will. Aber es ist ein schönes Gefühl. Es ist aufregend und beruhigend zugleich. Wenn ich bei solchem Wetter am Strand bin, würde ich mich am liebsten einfach in den Sand legen und den Regen auf mich herabprasseln lassen...«

»Du gehst bei Sturm an den Strand?« fragte Brad und versuchte möglichst ruhig zu klingen. Aber Robby schien sofort zu spüren, daß ihm Gefahr drohte. Erschrocken starrte er den Erwachsenen mit weit aufgerissenen Augen an.

»Sagen Sie nichts davon Mami und Papi«, bettelte er, »sie dürfen es nicht wissen. Sie würden denken, ich sei noch immer krank, aber die Stürme tun mir gut...«

»Ich werde niemandem davon erzählen«, beruhigte Brad den Jungen. »Aber ich würde gern wissen, was geschieht, wenn du im Sturm hier draußen bist.«

»Nichts Besonderes. Missy meint immer, sie sieht irgendwelche Dinge, wenn wir zusammen draußen sind, aber eigentlich geschieht nichts. Manchmal geh' ich allein raus, und manchmal kommt sie mit«, erklärte er hastig, als ob er Brads Frage vorwegnehmen wollte. »Aber sie will eigentlich gar nicht mit raus, ich muß sie immer überreden; sie ist eben ein alter Angsthase!«

»Und was war in jener Nacht, als wir uns am Strand begegnet sind? Missy war da nicht dabei.«

»Ich habe Snooker gesucht, und sie wollte nicht mitkommen. Sie sagte, er wäre für immer verschwunden, und es hätte keinen Sinn, ihn zu suchen.« Robby wirkte plötzlich sehr traurig. »Ich glaube, sie hatte sogar recht...«

»Hast du noch andere Leute gesehen, wenn du bei Sturm hier draußen bist?«

Robby dachte angestrengt nach. Der einzige, den er wirklich gesehen hatte, war dieser alte Mann vor ein paar Wochen. »Einmal haben wir den alten Mac Riley gesehen. Er hat uns Geschichten über die Indianer erzählt, und wie sie hier Opfer getötet haben und solche Dinge. Sonst niemand...«

Brad versuchte, das eben Gehörte zu ordnen. Alles klang absolut normal. Doch seine Ahnungen und seine Neugier waren stärker. »Hast du eigentlich nie Angst, wenn du bei Sturm allein hier draußen bist?«

Robby blickte verwundert zu ihm auf. »Nein«, meinte er dann wie selbstverständlich, »warum sollte ich Angst haben, ich gehöre hierher.« Bevor Brad die Bedeutung dieser Antwort richtig begriffen hatte, machte der Junge kehrt und rannte zum Haus zurück. Was hatte er wohl damit gemeint? Er ›gehörte hierher‹? Er war doch genauso ein Fremder hier wie seine Eltern und seine Schwester. Und wie er und Elaine...

Als Brad kurze Zeit später ins Haus zurückkehrte, nahm ihn Glen sofort zur Seite. Gespannt und besorgt fragte er: »Und – was meinen Sie?«

»Ich habe mir noch kein richtiges Urteil bilden können«, antwortete Brad langsam. Wie gern hätte er eine einfache Lösung für all die unheimlichen Geschehnisse gefunden, die Clark's Harbor heimgesucht hatten. »Es muß irgend etwas mit den Stürmen hier draußen zu tun haben. Robby sagt, sie würden ihn erregen. Und wenn das bei ihm so ist, kann es auch noch bei andern der Fall sein. Doch seine ›Erregung‹ empfindet er offensichtlich zugleich als entspannend, beruhigend. Andere jedoch verlieren dadurch vielleicht jede Kontrolle über sich, und sie tun Dinge, die sie sonst nicht tun würden. Aber das alles sind wirklich nur Vermutungen...«

Brad behielt vorläufig für sich, was der Junge ihm über Missy und ihre Ahnungen gesagt hatte. Zuerst einmal wollte er selbst noch mit dem kleinen Mädchen sprechen.

Während das Licht des Nachmittags dahinzuschwinden begann, starrte er, innerlich aufs höchste beunruhigt, hinaus auf den Stillen Ozean.

Er spürte, daß hier Dinge geschahen, die sich mit den ihm vertrauten rationalen und analytischen Kriterien nur unzulänglich beschreiben ließen. Trotzdem mußte es Erklärungen dafür geben – und er wollte sie finden.

Doch was nützten ihm Erklärungen, wenn die Therapie fehlte? Handelte es sich hier um Phänomene, vor denen seine psychiatrische Schulweisheit die Waffen strecken mußte? Waren er und alle andern hier dem neu heraufziehenden Sturm und seinen unkalkulierbaren Wirkungen hilflos ausgeliefert?

23

Elaine Randall hatte sehr unruhig geschlafen. Es war nicht nur die ungewohnte neue Umgebung, sondern das, was Brad gestern abend gesagt hatte. Zunächst hatte sie es nicht so recht glauben wollen, aber dann erinnerte auch sie sich an Beispiele für die Auswirkungen des Wetters auf das Fühlen und Verhalten von Menschen – die Ionisierung der Atmosphäre, die Santa-Ana-Winde, der Föhn in den Alpen... Warum sollte es so etwas nicht auch hier in Clark's Harbor geben? Aber noch nie hatte sie gehört, daß Wetterlagen Menschen zu Bestien machen. Immer wieder war sie aufgeschreckt und lag dann lange schlaflos neben Brad, grübelte vor sich hin und lauschte der regelmäßig und schwer gegen das Land schlagenden Brandung.

Zweimal war sie leise aufgestanden und ans Fenster getreten. Es hatte etwas aufgeklart, und sie sah den Großen Wagen droben am Nachthimmel stehen. Im Licht des Halbmonds schimmerte der Strand wie matt poliertes Zinn.

Erst gegen Morgen verfiel sie dann in einen unruhigen Schlummer, bevor es Zeit wurde, wieder den Kampf mit dem widerwilligen Holzherd aufzunehmen. Rebecca hatte ihr gezeigt, wie man die Glut über Nacht konservieren konnte, aber sie war sich nicht sicher, ob es tatsächlich funktionieren würde. Für alle Fälle lag ein kleiner Blasebalg bereit. Vorsichtig stocherte sie in der Asche herum und stieß dabei auf ein halb verkohltes Scheit. Als es entzweibrach, sah sie zu ihrem Erstaunen, daß sein Inneres noch glomm. Sie griff nach dem Blasebalg und begann hektisch zu pumpen. Die ungewohnte Tätigkeit nahm sie so sehr in Anspruch, daß sie Brads Eintreten und seinen Gutenmorgengruß völlig überhörte.

Brad beobachtete sie einen Augenblick und nahm ihr dann den Blasebalg aus der Hand.

»Du bist viel zu hektisch«, sagte er, »du bläst ja das Feuer sofort wieder aus, wenn es gerade aufflammen will. Du mußt das behutsamer machen.« Er zeigte es ihr, und gleich darauf züngelte eine kleine Flamme auf. Brad legte einige kleine Späne nach, und als auch diese zu brennen begannen, etwas größere Scheite.

»Die einfachste Sache der Welt!« sagte er.

»Anfängerglück«, lächelte Elaine, »es brannte schon fast, als du dich eingemischt hast. Gib mir bitte den Kaffee.«

Sie maß die Menge sorgfältig ab und hängte dann den Einsatz in die Aluminium-Kaffeemaschine, die bereits auf dem Herd stand.

»Wenn der immer so lange dauert, werd' ich in Zukunft auf Kaffee verzichten«, meinte sie. »Was meinst du, wann wir ihn endlich trinken können – vorausgesetzt, es klappt überhaupt?«

»Keine Ahnung, warten wir's ab«, antwortete Brad, als es an der Tür klopfte.

»Jemand da?« hörte man Rebeccas Stimme. Bevor sie antworten konnten, trat sie ein.

»Ich dachte, das hier könnten Sie gebrauchen«, meinte sie heiter und stellte eine Thermosflasche auf den Tisch. Sie schraubte sie auf, und sofort erfüllte der würzige Duft frischen Kaffees die Küche. Elaine goß drei Tassen ein. Gierig trank sie den ersten Schluck.

»Ah, das bringt mich wieder auf die Beine!« Dann wandte sie sich mit fragendem Blick an Rebecca. »Sind Sie vielleicht Jeff begegnet?«

»Jeff? Ist er denn nicht hier?«

»Ich dachte, ich hätte ihn weggehen gehört, kurz bevor ich aufstand«, erklärte Elaine. »Vielleicht will er noch mal nach Wrackteilen suchen.«

»Ich hab' ihn am Strand nicht gesehen«, sagte Rebecca.

»Wahrscheinlich ist er Richtung Süden gegangen«, vermutete Brad. »Allerdings glaube ich kaum, daß er noch etwas finden wird.«

Chip Connor traf Harney Whalen am Schreibtisch an. Finster saß er über dem Protokoll, das Chip ihm am Abend zuvor dagelassen hatte.

»Erwartest du, daß ich in dieser Sache irgendwas unternehme?« fragte er anklagend und schob die Blätter von sich.

»Gehört zu deinem Job«, erwiderte Chip.

»Irgendwas gestohlen?«

»Soweit mir Glen sagen konnte, nichts. Aber du solltest dir die Galerie mal ansehen«, meinte Chip, »ein heilloses Durcheinander.«

»Nun, so Dinge geschehen eben«, reagierte Whalen völlig unbeeindruckt. »Wenn nichts gestohlen wurde, was soll dann die ganze Aufregung?«

»Du meinst, du wirst überhaupt nichts unternehmen?« Chip meinte, seinen Ohren nicht trauen zu können.

»Nein«, sagte Wahlen schwer, »nichts.«

Chips Augen verengten sich. »Ich weiß nicht, was mit

dir los ist, Harn. In letzter Zeit sieht es so aus, als ob dich alles hier nicht mehr kümmert.«

»Nicht, wenn es sich dabei um Fremde handelt«, gab ihm Whalen zu verstehen, »und ich habe meine Gründe dafür.«

»Ich kenne diese Gründe«, erwiderte Chip, »Großvater hat mir davon erzählt. Aber das ist doch alles Vergangenheit, Harney. Das alles liegt doch viele Jahre zurück. Die Welt hat sich verändert.«

»Manches verändert sich, manches nicht. Manche Dinge kann man vergeben, andere nicht. Ich hab' nicht vergessen, was meinen Großeltern zugestoßen ist – das werde ich nie! Und soweit es mich betrifft, mag ich keine Fremden in dieser Stadt. Sie bringen Unheil.«

»Sieht mir ganz so aus, als ob unsere Stadt für sie gefährlicher ist als sie für uns«, widersprach Chip.

»Das ist hier eben nun mal so!« Whalens Stimme war von einem solchen Haß erfüllt, wie Chip ihn noch nie erlebt hatte. »Als meine Großeltern hierherkamen, lauerten überall Gefahren. Die Indianer hätten die verdammten Weißen am liebsten ins Meer geworfen. Aber meine Großeltern ließen sich nicht einschüchtern und kamen schließlich ganz gut hier zurecht. Mein Vater hat sogar ein Mädchen geheiratet, das Indianerblut in den Adern hatte. Aber das alles weißt du ja...«

Chip nickte und fragte sich, worauf Whalen hinauswollte.

»Die Indianer sind später dann nach Norden verschwunden und ließen uns hier allein. Aber sie sagten uns, daß der Platz hier nicht gut sei für Fremde – und das stimmte auch. Das begann mit diesen Holzleuten, die sich schließlich doch geschlagen geben mußten.«

»Woran du nicht ganz unbeteiligt warst«, wandte Chip ein, »zuerst dein Großvater und dann du selbst...«

»Ich habe lediglich einen Mietvertrag nicht verlängert, das war alles«, widersprach Whalen sanft. »Wären sie dann sofort verschwunden, wär' ihnen auch nichts geschehen. Aber sie blieben und versuchten es mit Fischfang – und dabei geschah es...«

»Ich weiß«, sagte Chip dumpf.

»Und seitdem ist es immer so gewesen«, fuhr Whalen fort. »Immer wenn Fremde auftauchen, gibt es Schwierigkeiten. Und dann geschieht das, was die Indianer voraussagten: Das Unheil schlägt auf die Fremden zurück. Und weißt du, was, Chip? Wir können auch nicht das Geringste dagegen tun!«

»Aber du versuchst es ja nicht mal.«

»Nicht mehr, nein«, nickte Whalen, »früher hab' ich's versucht, aber es hat nie was genützt. Deshalb finde ich mich eben damit ab – und es bereitet mir keineswegs schlaflose Nächte, das nicht!« Er griff wieder nach Chips Protokoll. »Also erwarte nicht, daß ich mir deswegen ein Bein ausreiße. Ich bin sicher, daß alle Nachforschungen erfolglos blieben – jeder hätte es tun können, und es gibt keinerlei Anhaltspunkte. Wenn ich du wäre, würde ich die ganze Sache vergessen. Und sag Palmer, daß er immer auf solche Dinge gefaßt sein muß, solange er meint, in Clark's Harbor bleiben zu müssen.«

Chip nickte wie abwesend und war bereits am Gehen, als ihm noch etwas einfiel.

»Bist du gestern bei Dr. Phelps gewesen?«

»Ja«, sagte Whalen in einem Ton, der alles zu erklären schien. Aber Chip ließ nicht locker.

»Irgendwas nicht in Ordnung?«

»Nichts, soweit er feststellen konnte. Muß wohl eine Magenverstimmung gewesen sein, die mich in jener Nacht nicht schlafen ließ.«

Whalen fragte sich kurz, warum er Chip belog, warum er ihm nichts von seinen ›Anfällen‹ erzählte. Aber schließlich ging das Chip nichts an. Und wenn der Arzt nichts finden konnte, war es auch nicht der Rede wert.

»Also, wenn du mich brauchen solltest, kannst du mich über Funk jederzeit erreichen. Ich werde mich bei Glen Palmer ein wenig nützlich machen, halte aber das Gerät empfangsbereit.«

Whalen warf seinem Stellvertreter einen finsteren Blick zu. »Was du an deinen freien Tagen tust, geht mich nichts an, aber ich glaube, du vergeudest deine Zeit. Und wenn du dich mit Palmer einläßt, kannst auch du leicht in Schwierigkeiten kommen.«

»Das verstehe ich ganz und gar nicht«, sagte Chip voller Ärger über Whalen.

»Das dürfte einfach unvermeidlich sein«, fügte dieser fast bedrohlich hinzu. Er zog eine Akte aus der oberen Schreibtischschublade, wie um anzudeuten, daß Chip entlassen sei.

Als sich die Tür hinter dem Hilfssheriff schloß, hob Harney Whalen den Blick und starrte gedankenverloren hinter ihm her. Irgend etwas in Chips Gesicht war ihm heute verändert erschienen.

Dieses Gesicht, das er schon seit Jahrzehnten kannte, war ihm plötzlich fremd geworden.

Ja, das war es, sinnierte Whalen: Chip hatte sich in einen Fremden verwandelt.

Er konzentrierte sich mit Gewalt auf seine Arbeit und beugte sich wieder über die Akte.

»Ein Bier?« fragte Glen, als Brad die Galerie betrat. Er und Chip lehnten gegen ein Regal und bewunderten die geleistete Arbeit. Das Chaos war verschwunden, die Regale wieder fest verdübelt und alle Schaukästen bis auf einen repariert.

»Ich dachte, hier läge alles in Trümmern«, meinte Brad nicht wenig verwirrt.

»Es war offensichtlich doch nicht ganz so schlimm, wie ich gedacht habe«, erwiderte Glen etwas verlegen. »Natürlich hätte ich es allein auch nie so gut wiederherrichten können.«

»Er hat mir den ganzen Tag nur im Weg rumgestanden«, grinste Chip. »Ich hab' ihm geraten, lieber inzwischen ein Bild zu malen, aber er wollte nicht.«

»Nun, wenn Sie Probleme mit ihm haben, dann nehme ich ihn mit in die Bibliothek.«

»Die Bibliothek?« fragte Chip erstaunt. »Wieso die Bibliothek?«

Brad warf Glen einen fragenden Blick zu. Dieser nickte ihm aufmunternd zu. »Wenn er mich nicht für verrückt hält, wird er es bei Ihnen erst recht nicht tun.« Dann wandte er sich erklärend an Chip. »Brad hat eine Theorie über die Ursachen der geheimnisvollen Unfälle während der letzten Zeit.«

»Ich denke dabei an die Stürme«, meinte Brad, »sie scheinen einen wohltuenden Einfluß auf Glens Sohn zu haben. Warum also sollten sie nicht auch auf andere Leute einwirken – und nicht unbedingt positiv...«

Chip wirkte verwirrt. »Das verstehe ich nicht.«

»Ich verstehe auch noch nicht alles«, gab Brad zu. »Aber es scheinen mir in letzter Zeit ein paar ›Unfälle‹ zu viel hier passiert zu sein. Vielleicht war es etwas ganz anderes. Und das möchte ich herausfinden.«

»Sie meinen die beiden Ertrunkenen?« wollte Chip wissen.

»Nicht nur das, sondern auch das, was Miriam Shelling zugestoßen und was hier geschehen ist.«

»Ich weiß ja nicht, was Sie herauszufinden hoffen«, sagte Chip, »aber Harney Whalen scheint das alles bereits zu den Akten gelegt zu haben.«

»Und wie erklärt er sich diese Vorkommnisse?« fragte Glen mit größter Vorsicht, da er wußte, wie empfindlich Chip in bezug auf seinen Chef reagieren konnte.

»Er sieht irgendwelche Schicksalsmächte am Werk, die auf einen alten Fluch der Klickashaw zurückgehen. Für ihn bringen nun einmal Fremde das Böse mit nach Clark's Harbor, das sich dann gegen sie selbst kehrt.«

»Das macht die Dinge natürlich sehr einfach«, meinte Brad nicht ohne Sarkasmus.

»Ja, schon«, mußte Chip verlegen zugeben. Mit einem Blick über die Galerie setzte er seine leere Bierdose ab. »Was meinen Sie?« wandte er sich an Glen, »wenn Brad Sie mitnehmen will, warum lassen wir es dann nicht für heute gut sein? Ich geh' noch runter zu Blake's und besorge, was wir noch brauchen, und wir erledigen dann morgen den Rest hier.«

Als sie vor die Galerie hinaustraten, war der Himmel schwarz geworden. Nach einem Blick auf den Horizont im

Westen meinte Chip: »Sieht ganz so aus, als ob wir es mit einem neuen Sturm zu tun bekommen werden.«

Keiner der drei fühlte sich bei dieser Aussicht besonders wohl in seiner Haut. Jeder von ihnen wußte, was die Stürme in Clark's Harbor anzurichten vermochten.

Horton war den ganzen Tag ziellos in nördlicher Richtung den Strand entlanggeschlendert. Auch wenn er sich einreden wollte, hier nach Wrackteilen der ›Osprey‹ zu suchen, wußte er doch, daß er in Wirklichkeit Ordnung in seine Gedanken bringen wollte.

Er war die ganze Nacht wach gelegen, und manchmal war ihm, als ob noch jemand im Haus nicht schlafen konnte. Nur schwer konnte er der Versuchung widerstehen, einfach hinabzugehen und an die Tür der Randalls zu klopfen. Wie gern hätte er ein wenig Gesellschaft gehabt; und vielleicht wäre es ihm dann auch leichter gelungen, seine Verwirrung und Angst besser unter Kontrolle zu bekommen.

Am frühen Morgen schon hatte er leise das Haus verlassen, ohne jemand über seine Absicht zu informieren. Doch was hätte er auch sagen sollen? Er wußte ja selbst noch nicht, wohin er gehen wollte und wonach er wirklich suchte. Schon immer hatten Stürme Menschen getötet, vor allem auf See. Sie stürzten sich auf dich, schüttelten dich durch und jagten dich in Angst und Schrecken. Und wenn sie wollten, überrollten sie dich mit einer haushohen Welle und zerstörten dich.

Aber auch an Land waren sie gefährlich. Ein Sturm konnte dein Haus zertrümmern, dich mit einer Hochspannungsleitung oder durch einen Blitz töten. Aber konnte ein Sturm die Taue eines fest verankerten Boots lösen? Oder konnte er eine alte Frau an einen Ast knüpfen?

Als der Wind immer mehr auffrischte und der Himmel sich immer dunkler herabsenkte, kehrte Jeff Horton um und ging hastig zurück in Richtung Clark's Harbor. Die Brandung wurde zusehends stärker mit der hereinkommenden Flut. Und ihr auf den Fersen folgte der Sturm.

Missy und Robby waren noch am Strand, als das Unwetter losbrach. Schon bei den ersten Tropfen gab Missy ihre Suche nach dem perfekten ›Stranddollar‹ auf und rief nach dem Bruder.

»Es fängt an zu regnen.«

»Na und?« meinte Robby, ohne sich bei seiner Suche stören zu lassen. Bis jetzt hatte er schon fünf makellose Muscheln gefunden, und Missy keine. Bestimmt wollte sie ihm wieder einmal nur den Spaß verderben. Außerdem spürte er wieder diese wundervolle Erregung. Die dunklen Wolken und die tosende Brandung machten ihm alles andere als Angst. Missy sollte ruhig weiterquengeln.

»Ich möchte heim«, jammerte sie, »ich will nicht bis auf die Haut naß werden!«

»Daheim ist niemand«, argumentierte Robby, »Papi ist noch bei der Arbeit, und Mami ist bei den Randalls.«

»Dann laß uns dorthin gehen«, bettelte Missy. »Wir können durch das Wäldchen.« Sie stapfte über den Sand davon, fest entschlossen, auch nicht einen Blick zurückzuwerfen. Auf keinen Fall wollte sie sich von ihrem Bruder umstimmen lassen. Als sie über das Treibholz kletterte, wäre sie ihrem Vorsatz fast untreu geworden. Doch erst als sie im Schutz der ersten Bäume war, drehte sie sich um.

Robby war verschwunden. Einen Augenblick lang drohte die Panik sie zu überwältigen, doch dann sagte sie sich, daß ihr Bruder ihr lediglich Angst einjagen wollte und sich versteckt hatte. Aber das sollte ihm nicht gelingen! Sie würde einfach hier im Schutz des Wäldchens warten, bis er kommen und sie suchen würde...

Jeff Horton erreichte die Nordspitze der Sod Beach im früh hereinbrechenden Dämmerlicht. Heftige Sturmböen fegten über den verödeten Strand. Als Jeff an der Hütte der Palmers vorbeikam, beschlich ihn ein unheimliches Gefühl. War er doch nicht allein hier draußen? Seine Beine verfielen unwillkürlich in Trab, doch er zwang sich, ruhig weiterzugehen. Welche Gefahr konnte ihm hier schon drohen? Es waren schließlich nur wenige hundert Meter bis zum Haus der Randalls...

Doch dann wurde dieses Gefühl immer stärker. Es war wie in einem Alptraum: Die ringsum zuckenden Blitze schienen ihn zu lähmen, ihm die Energie zu rauben. Seine Beine wurden immer schwerer, bis er sich nur noch mühsam dahinschleppen konnte.

Er nahm alle seine Kraft zusammen, um rascher auszuschreiten, aber es war vergeblich. Und plötzlich wußte er, daß er nicht allein an diesem Strand war. Irgend etwas war ganz in seiner Nähe, etwas Bedrohliches, Schreckliches, das aus dem Sturm gekommen war...

Missy sah von ihrem geschützten Platz unter den Bäumen gerade noch die Umrisse einer Gestalt, die sich fast taumelnd über den Strand bewegte. Zuerst dachte sie an Robby, doch dieser war viel kleiner. Die rasch fortschreitende Dunkelheit ließ kein sicheres Urteil zu. Und gleich darauf hatte sie die Gestalt auch schon verschluckt. Jetzt zitterte der ganze Strand unter den gewaltigen Entladungen des Himmels. Missy fühlte sich nun keineswegs mehr so sicher und hielt verzweifelt nach dem Bruder Ausschau. Doch er war nirgendwo zu sehen.

Sie verkroch sich noch etwas tiefer in das Wäldchen, als ein besonders grelles Lichtbündel das Strandstück vor ihr für einen kurzen Augenblick beleuchtete. Plötzlich sah sie zwei Gestalten dicht hintereinander, die gleich darauf zu einer zu verschmelzen schienen...

Jeff Horton spürte den Angriff, bevor er wirklich kam. Die Härchen in seinem Nacken richteten sich auf, und er wußte plötzlich, daß dieses unheimliche Gefühl von einer tatsächlichen Gefahr herrührte. Er wollte sich umdrehen, um ihr ins Gesicht zu sehen, als sich ein eisenharter Arm um seinen Hals legte und gleichzeitig sein Kopf mit unwiderstehlicher Gewalt nach vorn gedrückt wurde. Während ihm langsam die Luft ausging, schlug er hilflos mit den Armen um sich.

Einmal gelang es ihm sogar, irgendein Kleidungsstück des Angreifers zu packen, doch er war bereits zu kraftlos, um sich aus dessen Griff zu befreien. Bevor er das Bewußtsein verlor, hörte er noch ein seltsames Knackgeräusch, das seinen Ursprung in seinem Nacken zu haben schien. Doch dann kamen alle Gefühle und Gedanken abrupt zu einem Ende.

Gleich darauf lag ein regloser Körper am regengepeitschten Strand. Die Ausläufer der Brandung leckten an ihm wie Hyänen am Aas.

Missy rannte mit pochendem Herzen über den Waldpfad und jammerte nach dem Bruder. Plötzlich stand dieser ganz ruhig vor ihr und fragte sie vorwurfsvoll: »Wo warst du denn? Hast du dich versteckt? Ich habe überall nach dir gesucht!«

Missy starrte ihn noch immer atemlos an. Sie wollte antworten, doch Angst und Erschöpfung schnürten ihr die Kehle ab. Trotz des strömenden Regens ließ sie sich auf den Boden fallen und begann hemmungslos zu schluchzen. Robby legte verwirrt den Arm um sie.

»Ich – ich hab' was gesehen«, stammelte das kleine Mädchen. »Ich hab' auf dich gewartet, aber du bist nicht gekommen. Und dann hab' ich es gesehen. Da war jemand am Strand – und dann noch jemand – und ... Oh, Robby, laß uns schnell heimlaufen«, flehte sie mit tränenüberströmtem Gesicht.

Robby zog sie hoch. »Du kannst doch gar nichts gesehen haben«, versuchte er sie zu beruhigen, »es ist doch viel zu dunkel.« Ohne die geringste Nervosität oder gar Angst führte er sie den Pfad entlang. Über ihnen bog der Sturm die Wipfel der Bäume, und Robby wünschte sich insgeheim, daß er ewig dauerte.

Um neun Uhr an diesem Abend tippte die Bibliothekarin der winzigen Stadtbücherei von Clark's Harbor – zwei Räume im kleinen Rathaus – Brad Randall auf die Schulter. Brad blickte von seinem Notizbuch auf, das in den fünf Stunden, die er schon hier zusammen mit Glen zugebracht hatte, fast voll geworden war.

»Wir schließen«, flüsterte die grauhaarige, ältere Dame, obwohl kein anderer Besucher zu sehen war. »Sie müssen am Montag weitermachen.«

»Geht in Ordnung«, meinte Brad, »ich bin so gut wie fertig.« Er warf der Bibliothekarin ein verzeihungheischendes Lächeln zu. »Ich hoffe, wir haben Ihnen nicht zu viele Umstände gemacht.«

»Oh, das macht doch nichts«, erwiderte sie. »Die meiste Zeit sitze ich hier allein herum. Da ist es ganz schön, ab und zu etwas zu tun zu haben. Aber was Sie mit all den Zeitungen hier wollen, ist mir völlig unerklärlich.«

»Ich hab' nur ein paar Dinge nachgesehen«, erklärte Brad vage. »Es handelt sich um eine Art Forschungsprojekt zur Geschichte der Stadt.«

»Geschichte dürfte wohl etwas übertrieben sein«, mokierte sich sein Gegenüber. »Man kommt hier zur Welt, versucht zu leben und stirbt. Das ist alles.«

»Und genau das interessiert mich«, meinte Brad lächelnd. Die Augen der Grauhaarigen weiteten sich erstaunt, doch bevor sie weitersagen konnte, kam Glen Palmer aus dem Nebenraum.

»Ich glaube, das genügt«, sagte er. »Wir haben sämtliche Berichte bis zum Anfang zurückverfolgt.«

»Ja, ich glaube auch. Unsere Informationen dürften völlig ausreichen.«

Nachdem Brad und Glen gegangen waren, stellte die Bibliothekarin die Zeitungsbände zurück in die Regale. Sie mußte unbedingt mit Merle Glind über diese Sache sprechen. Wenn irgend etwas Interessantes vorging, wußte er bestimmt davon. Die beiden hasteten durch den sintflutartigen Regen auf Brads Wagen zu. Als sie auf den Highway einbogen, hatte Brad Mühe, den Volvo unter dem Ansturm der orkanartigen Böen in der Spur zu halten.

»Wollen Sie Ihren Bus nicht lieber bei der Galerie stehenlassen?« schlug Brad vor; aber Glen schüttelte den Kopf.

»Nicht bei einem solchen Sturm. Falls Ihre Theorie stimmt, ist das wieder eine dieser Nächte, in der alles mögliche geschehen kann.«

Brad lachte zustimmend in sich hinein. Es hielt direkt neben dem verbeulten Volkswagenbus. »Wollen Sie nicht noch kurz bei uns reinschauen? Würde mich gar nicht wundern, wenn Rebecca und die Kinder Elaine Gesellschaft leisten.«

»Ja, gut«, sagte Glen. »Dann bis gleich.«

Als sie eintraten, blickten ihnen die beiden Frauen mit besorgten Gesichtern entgegen.

»Alles in Ordnung«, beruhigte Brad sie. »Wir sind heil und sicher zurück; keinerlei tragische Zwischenfälle.«

Aber sein aufmunterndes Grinsen wirkte keineswegs ansteckend. Die beiden Frauen tauschten nervöse Blicke, bis Elaine herausplatzte.

»Die Kinder sind heute am Strand gewesen. Sie kamen ungefähr eine halbe Stunde, nachdem das Unwetter einsetzte, zurück. Missy ist fest davon überzeugt, daß sie jemand am Strand gesehen hat, weiß aber nicht, wen.«

»Wo sind sie?« fragte Brad.

»Wir haben sie ins Bett gesteckt«, erklärte Rebecca. »Sie waren bis auf die Haut durchnäßt, und Missy war völlig verängstigt.«

Missy denkt, sie sieht Dinge – Robbys Worte kamen Brad in den Sinn, aber er behielt das im Augenblick wohl besser für sich.

»Habt ihr irgendwas in der Bibliothek gefunden?« fragte Elaine fast zögernd, als ob sie vor der Antwort Angst hätte.

Brad nickte. »Irgend etwas geht hier vor«, meinte er. »Wir sind heute abend jede Menge Zeitungen durchgegangen. Jedesmal, wenn hier einer dieser ›Unfälle‹ geschah, tobte ein Unwetter wie heute nacht. Und je schrecklicher die Unwetter sind, desto schrecklicher sind auch die Unfälle – ist das nicht seltsam?« Er ließ sich durch den betroffenen Gesichtsausdruck der beiden Frauen nicht mehr bremsen. »Wußtet ihr zum Beispiel, daß die Shellings nicht die ersten waren, die auf diese Weise hier umgekommen sind?«

»Was soll das heißen?« fragte Rebecca und wurde blaß.

»Die Leute, die dieses Haus hier gebaut haben, erlitten dasselbe Schicksal«, sagte Glen leise. »Baron wurde von seinen eigenen Netzen unter Wasser gezogen, und ein paar Tage danach erhängte sich seine Frau. Damals tobte ein dreitägiges Unwetter.«

»Ich wünschte, Sie hätten uns das nicht erzählt«, seufzte Elaine, »solche Dinge machen mir angst.« Brad wollte tröstend seinen Arm um ihre Schultern legen, als sie plötzlich zurückzuckte. »Wo ist Jeff?«

Die beiden Männer schauten sich verständnislos an. »Jeff? Er war nicht mit uns zusammen. Wir haben ihn den ganzen Tag nicht gesehen...« Glen brach ab, als er die Tragweite seiner Worte begriff.

Jeff konnte nur irgendwo am Strand sein.

Und draußen tobte ein Sturm.

Ein schrecklicher Sturm.

Er griff nach seinem Mantel und zog ihn wieder über. »Kommen Sie«, forderte er Brad auf, während er nach einer auf dem Tisch stehenden Stablampe griff. Als dieser hinter ihm her in die Dunkelheit hinausstürzte, war ihr Licht im herabprasselnden Regen nicht mehr als ein Glimmen, das ihm den Weg wies.

24

Sie stolperten fast über Jeff.

Der junge Fischer lag seltsam verkrümmt im Sand, direkt an der Wasserlinie.

»Oh, mein Gott«, flüsterte Glen, als das Licht der Stablampe auf sein Gesicht fiel. Der Mund war zu einer Grimasse des Schmerzes verzerrt. Tot, dachte Glen. Mein Gott, er ist tot. Aber dann sah er, daß die Lider des am Boden Liegenden flatterten und kniete sich neben ihn. Als er Jeffs Arm berührte, öffnete er die Augen.

Sein Mund begann zu arbeiten, aber kein Ton kam zustande. Dann wurde sein Körper von neuen Schmerzen durchzuckt, und er preßte krampfhaft die Augen zu.

Brad wollte ihn weiter den Strand hinaufschaffen, damit er außerhalb der Reichweite der Brandung kam. Aber als er das Licht der Lampe über seinen Körper gleiten ließ, machte er eine schreckliche Entdeckung. Jeffs Kopf lag in einem völlig unnatürlichen Winkel zum Rumpf...

Sein Genick war gebrochen.

Daß überhaupt noch Leben in ihm war, grenzte an ein Wunder. Wieder begannen seine Lider zu flattern, und er wollte etwas sagen. Glen beugte sich dicht an seine Lippen.

»Was wollen Sie, Jeff? Was ist geschehen?«

Jeff nahm seine letzten Kräfte zusammen, atmete tief ein und setzte erneut an. Aber dann ging sein Atem plötzlich in ein herzzerreißendes Röcheln über und verströmte sich in einem langen, letzten Seufzer.

Jetzt lag auch Jeff Horton, genau wie zwei Tage zuvor sein Bruder, tot im Sand der Sod Beach.

Elaine Randall ging unruhig zwischen Küche und Wohnzimmer hin und her. Immer wieder starrte ihr Blick in die Schwärze der Nacht hinaus. Es war ihr einfach unmöglich, sich ruhig vors Feuer zu setzen. Zu sehr war ihr Inneres aufgewühlt, ihre Nerven zitterten, und ihr Magen krampfte sich zusammen.

Dann schweifte ihr Blick wie suchend durch den Raum – was suchte sie eigentlich? Dann kam es ihr plötzlich zu Bewußtsein.

Den japanischen Schwimmer. Jene schimmernde blaue Glaskugel, die sie bei ihrer Quartiersuche an der hiesigen Küste am Strand gefunden hatte – das ›glückliche Omen‹, durch das sie auf Clark's Horbor gestoßen waren.

Wie lange war das schon her?

Sie hatte den Schwimmer vom Kaminsims genommen und starrte ihn an. Eigentlich hatte er bis jetzt nur Böses gebracht, und irgendwie hatte sie das Gefühl, es wäre besser, ihn dem Meer zurückzugeben.

Ohne weiteres Überlegen zog sie ihren Wettermantel über und lief aus dem Haus. Sie rannte auf kürzestem Weg zur Wasserlinie, warf noch einen letzten Blick auf das blau schimmernde Strandgut und schleuderte es dann mit aller Kraft hinaus ins Meer. Als es ihre Hand verließ, durchzuckte es sie wie ein elektrischer Schlag. Plötzlich wurde ihr bewußt, daß sie mitten in der Nacht mutterseelenallein an diesem schrecklichen Strand war. Panikerfüllt hetzte sie ins Haus zurück.

Kurz darauf kam Glen Palmer totenbleich und am ganzen Leib zitternd durch die Küchentür.

Elaine bereitete gerade auf dem Herd heißen Apfelwein. Sie ahnte sofort, was geschehen war.

»Ihr habt ihn gefunden, nicht wahr?« fragte sie leise.

Glen nickte stumm und ließ sich schwer auf einen Stuhl fallen.

Missy hat es gesehen, dachte Elaine, sie hat gesehen, was geschehen ist. Sie streichelte Glens Schulter. »Ruhen Sie sich aus. Ich hole nur Rebecca.« Dann fiel ihr etwas ein. »Wo ist denn Brad?«

»Er ist in die Stadt gefahren«, murmelte Glen, »er ist zur Polizei.«

Elaine ging rasch ins Wohnzimmer hinüber und winkte Rebecca herbei. »Ich schau' inzwischen mal nach den Kindern«, meinte sie, während Rebecca zu ihrem Mann ging.

Die beiden Kinder lagen zusammen in ihrem Bett. Robby schlief ganz ruhig, aber Missy war hellwach.

»Wo ist Papi?« fragte sie ängstlich.

»Er wird gleich zu dir reinkommen«, flüsterte Elaine. »Er mußte noch mal zum Strand raus.«

Das kleine Mädchen schien zu Tode erschrocken. »Das hätte er nicht tun sollen«, flüsterte sie, »der Strand ist ein böser Ort.«

Der Ton ihrer Stimme jagte Elaine einen Schauer über den Rücken, aber sie ließ sich nichts anmerken. Sie drückte sorgsam die Decke über dem kleinen Körper zurecht und küßte Missy leicht auf die Stirn. »Schlaf jetzt wieder, sonst wird dein Papi noch böse mit dir, und das willst du doch nicht – oder?«

Missy verkroch sich noch tiefer unter die Decke und schloß gehorsam die Augen.

Hat sie es wirklich beobachtet? fragte Elaine sich selbst. Großer Gott, hoffentlich nicht!

Sie überprüfte noch einmal sorgfältig das Fenster. Ja, es war fest verschlossen. Dann zog sie leise die Schlafzimmertür hinter sich zu und ging hinüber in die Küche, um sich von Glen genauer berichten zu lassen, was geschehen war.

Merle Glind goß Chip Connor gerade das dritte Bier ein, als das Telefon unter dem Tresen klingelte.

»Nie hat man seine Ruhe«, meckerte der kleine Mann und stellte die halbleere Flasche neben Chips Glas. »Immer ist irgendwas los!«

Chip konnte ein leichtes Grinsen über die gespielte Geschäftigkeit des Alten nicht unterdrücken. Es verschwand, als dieser den Hörer hochhielt und erklärte: »Ist für Sie! Weiß aber nicht, wer dran ist.«

»Hallo?« fragte Chip, nachdem er widerwillig seinen Barhocker verlassen hatte.

»Chip? Hier ist Brad Randall. Sind Sie noch nüchtern?«

»Sitz' vor meinem dritten Bier«, grinste der Hilfssheriff. »Was gibt's denn so Dringendes?«

»Jeff Horton. Glen und ich fanden ihn vor einer halben Stunde am Strand. Er ist tot.«

»Verdammt!« stieß Chip hervor. »Haben Sie schon Harn informiert?«

Am anderen Ende der Leitung war es einen Augenblick still. »Ich wollte es Ihnen sagen«, kam es dann zögernd.

»Auch gut«, meinte Chip, »wo ist er?«

»Noch am Strand. Wir wollten keine Spuren verwischen.«

»Gut. Ich komme sofort.« Dann überlegte er einen Augenblick. »Wo sind Sie denn, Brad?«

»Bei Pruitts Tankstelle. Wollen Sie, daß ich hier auf Sie warte?«

»Nicht nötig, wir treffen uns dann bei Ihnen. Ich muß zuerst Harn anrufen und ihm sagen, was geschehen ist.«

»Ich weiß«, meinte Brad, »hätte ich Sie nicht erreicht, hätte ich das schon getan.«

»Also gut«, wollte Chip das Gespräch beenden, »fahren Sie jetzt zurück nach Hause. Ich komme, so schnell es geht.« Dann fiel ihm noch etwas ein. »Ist Glen in Ordnung?«

»Er steht noch etwas unter Schock, aber das wird sich gelegt haben, bis Sie auftauchen.«

»Wird er fähig sein, ein paar Fragen zu beantworten?«

Jetzt trat eine längere Pause ein, und als Brad endlich antwortete, klang seine Stimme sehr reserviert. »Hängt davon ab, was Sie ihn fragen wollen. Deshalb hab' ich auch Sie und nicht Whalen angerufen, Chip.«

Chip fragte sich, ob er es riskieren konnte, auf eigene Faust zu handeln und Harn erst am Morgen zu informieren. Nein, sein Chef würde ihm das Fell über die Ohren ziehen...

»Ich muß ihn anrufen, Brad, er ist der Boß!«

»Ich weiß«, meinte Brad etwas enttäuscht, »also, dann bis später.«

Chip war keineswegs erstaunt, daß Merle Glind mit großen, neugierigen Augen hinter ihm stand, als er den Hörer auflegte.

»Was ist los?« fragte er gespannt. »Was ist geschehen?«

»Jeff Horton. Liegt draußen an der Sod Beach. Tot.«

»Mein Gott!« stieß Glind hervor. Dann meinte er fast vorwurfsvoll: »Ich hab' ja gesagt, er sollte nicht länger hierbleiben, ich hab' so was geahnt.«

Aber Chip hörte ihm nicht mehr zu. Er wählte Harney Whalens Nummer. Erst nach dem zehnten Klingeln, als er schon aufgeben wollte, wurde am anderen Ende abgenommen.

»Hab' ich dich aus dem Bett geklingelt?« fragte Chip.

»Nein«, erwiderte Whalen mit etwas unsicherer Stimme. »Ich hab' vor dem Fernseher gesessen und war wohl ein bißchen eingenickt.«

»Es wäre gut, wenn du so schnell wie möglich zur Sod Beach rauskommen würdest. Da draußen liegt Jeff Horton. Tot.«

Einen Augenblick lang kam keine Reaktion, und Chip dachte schon, sein Chef habe ihn nicht richtig verstanden. Er wollte seine Meldung gerade wiederholen, als Whalens Stimme wieder laut wurde.

»Ich habe diesen Hundesohn gewarnt«, sagte er wütend, »niemand kann sagen, ich hätte ihn nicht gewarnt! Du nimmst die Sache in die Hand – in Ordnung, Chip?«

Dann knackste es am anderen Ende der Leitung. Harney Whalen hatte einfach aufgelegt.

Gegen Mitternacht war alles vorüber. Chip Connor und Brad Randall hatten Jeff Hortons Leiche vom Strand ins Wohnzimmer des alten Baron-Hauses getragen. Mit einem Laken bedeckt, wartete sie auf ihren Abtransport durch die Ambulanz. Elaine und Rebecca saßen verängstigt in der Küche, während Brad noch einmal den Leichnam untersuchte. Nachdem er das Laken wieder über Jeffs Gesicht gezogen hatte, wandte er sich an den neben ihm hockenden Chip.

»Das Genick ist gebrochen, da gibt es keinen Zweifel. Mehr kann ich im Augenblick nicht feststellen. Natürlich wird man eine Autopsie vornehmen müssen, um Genaueres zu erfahren. Ich zweifle allerdings, ob sie etwas finden werden. Wirklich unglaublich, daß er noch lebte, als wir ihn fanden.«

»Warum?«

»Er hätte bei dieser Art der Verletzung in spätestens ein, zwei Minuten tot sein müssen.«

»Und warum war er es nicht?«

Brad wiegte nachdenklich den Kopf. »Weiß ich auch nicht so recht. Offensichtlich funktionierte die Luftröhre noch, obwohl das Genick völlig verrenkt war.«

»Könnte Glens Berührung ihm geschadet haben?«

»Kaum möglich – gestorben wäre er auf jeden Fall. Glen hätte also lediglich sein Leiden verkürzt. Völlig unvorstellbar, daß er den Angriff überlebt hätte.«

»Was meinen Sie, wie es geschehen ist?« fragte Chip. »Haben Sie davon eine Vorstellung?«

»Jemand muß ihn von hinten angefallen haben. Vielleicht hat er ihm mit einem harten Gegenstand einen Schlag ins Genick versetzt und ihm anschließend noch den Kopf verrenkt, um sicherzustellen, daß er wirklich tot war.«

»Mein Gott«, stöhnte Chip und spürte, wie es ihm flau im Magen wurde. »Wer mag wohl so etwas Schreckliches getan haben?«

»Ich würde das auch gern wissen«, meinte Brad und warf dann dem Hilfssheriff einen fragenden Blick zu. »Kommt Whalen noch raus?«

»Nein, er sagte, ich solle mich um alles hier kümmern. Wahrscheinlich fühlt er sich noch immer nicht so recht wohl.«

»Was soll das heißen?«

»Er hat gestern blaugemacht«, erwiderte Chip. »Als ich ihn nach dem Grund fragte, hat er irgendwas von Magenverstimmung gesprochen. Wahrscheinlich hat er heute nacht wieder Probleme damit.«

»Magenprobleme?« wunderte sich Brad, »danach sieht er wirklich nicht aus. Trotz seines Alters scheint er noch recht gut in Form zu sein.«

»Ist er auch«, stimmte Chip zu, »aber mit achtundsechzig ist man nun mal nicht mehr der Jüngste.«

»Achtundsechzig? Ich hab' ihn für Ende fünfzig gehalten.«

»Falsch geraten. Er wird im August neunundsechzig.«

Brad schüttelte bewundernd den Kopf. »Ich kann nur hoffen, auch noch so gut in Schuß zu sein, wenn ich so alt bin.« Aber seine Gedanken waren längst von Whalens Äußerem zu etwas anderem geschweift. Der Hinweis auf das wirkliche Alter des Sheriffs hatte eine Assoziation bei ihm ausgelöst. Doch dann traf plötzlich die Ambulanz ein, und bis sie

Jeff Hortons Leichnam versorgt hatten, war die flüchtige Gedankenverbindung wieder verflogen.

Brad schloß die Küchentür, während die Rücklichter der Ambulanz im noch immer dichten Regen zu verschwimmen begannen.

»Kann ich Ihnen einen Drink anbieten, oder sind Sie noch im Dienst«, fragte er den Hilfsheriff.

»Lieber nicht«, meinte dieser, »ich muß zurück aufs Revier und ein Protokoll anfertigen. Harney wird es morgen früh sofort haben wollen.« Er klappte sein Notizbuch zu und stand auf. Unter der Tür wandte er sich noch einmal zu Brad um. »Noch eine letzte Frage – haben Sie eine Erklärung, Brad, für das, was hier draußen vorgeht?«

Brad schüttelte bekümmert den Kopf. »Ich wünschte, ich hätte eine. Bis jetzt habe ich nicht mehr als die Vermutung, daß es etwas mit diesen Stürmen zu tun hat.«

»Mit den Stürmen?« fragte Chip erstaunt. »Aber die hatten wir hier draußen doch schon immer.«

»Das weiß ich«, meinte Brad leise, »und es sieht ganz so aus, als ob ihr auch schon immer etwas seltsame ›Unfälle‹ gehabt hättet...«

Chip starrte ihn an und entschied sich dann, seine Betroffenheit mit einem etwas gekünstelt wirkenden Lachen zu kaschieren. »Vielleicht liegt das an diesen Indianern. Immerhin haben sie einige recht scheußliche Dinge angestellt.«

Energisch setzte er seine Mütze auf und trat in die Dunkelheit hinaus.

25

Der Sturm tobte auch am nächsten Morgen noch mit unverminderter Stärke.

Als Brad und Glen nach Clark's Harbor hineinfuhren, ließen die Böen den Wagen schlingern, und der Regen überflutete die Frontscheibe, so daß die Wischer mit ihrer Arbeit kaum nachkamen.

»So etwas habe ich noch nie erlebt«, meinte Glen. »Ich dachte immer, die schlimmsten Stürme gäbe es im Winter.«

»Offensichtlich nicht«, antwortete Brad, während sie vor dem kleinen Rathaus hielten. »Manchmal denke ich, sie haben dem Pazifik einen falschen Namen gegeben; es sieht aus, als ob das noch tagelang so weitergehen würde.«

Die wenigen Leute in der Vorhalle blickten mit unverhohlener Neugier auf, als sie eintraten. Das ist ganz neu für Clark's Harbor, dachte Brad amüsiert. Ohne sich weiter um sie zu kümmern, gingen sie mit raschen Schritten auf das Büro des Sheriffs zu.

Harney Whalen empfing Glen mit einem bösen Blick. Bevor sie etwas sagen konnten, fuhr er ihn an.

»Sieht ganz so aus, als ob Sie immer mittendrin wären, wenn es im Ort Probleme gibt, Palmer!«

Glen spürte, wie die Empörung seinen Magen zusammenschnürte, doch er ermahnte sich, ruhig zu bleiben. Ein Wutausbruch würde alles nur noch schlimmer machen.

»Für mich sieht es so aus, als ob alle Schwierigkeiten hier auf irgendeine Weise mit Sod Beach zu tun hätten«, konterte er.

Harney Whalen schnaubte unwillig und schob das Protokoll über den Schreibtisch. »Schauen Sie das an, und sagen Sie mir, ob es so stimmt.«

Glen überflog den Bericht und reichte ihn dann Brad. Nachdem auch er ihn geprüft hatte, gab er ihn Whalen zurück.

»Ja, so ungefähr war es«, meinte Brad.

»Wollen Sie mir mehr darüber erzählen?« fragte Whalen Glen, und ignorierte Brad.

»Da gibt es nicht mehr zu erzählen. Wir sind raus, um Jeff zu suchen – und da fanden wir ihn. Gleich darauf ist er gestorben.«

»Aber warum gingen Sie auf die Suche nach ihm?« Die

Feindseligkeit in Whalens Stimme war unüberhörbar. »Er ist ein erwachsener Mann – er war ein erwachsener Mann.«

»Es war spät, und der Sturm wurde immer heftiger. Wir hatten einfach Angst um ihn«, erwiderte Glen.

»Ich glaube, es war etwas anderes«, sagte Whalen eisig.

»Etwas anderes – was?«

»Ich glaube, Sie haben ihn getötet«, sagte Whalen kalt, »vielleicht einer allein oder Sie beide zusammen. Ich lasse mir doch nicht einreden, daß Sie beide einfach an den Strand gingen und dort einen sterbenden Mann fanden. Jeder Tod hat eine Ursache, und nicht selten stirbt ein Mensch durch einen anderen.«

Brad und Glen starrten den Sheriff ungläubig an; sie meinten, sich verhört zu haben. Brad fing sich als erster.

»Ich würde mir meine Worte sehr genau überlegen, wenn ich Sie wäre, Whalen!«

»So, würden Sie?« Es war mehr als Verachtung in Whalens Stimme – eine Herausforderung. Aber bevor einer der beiden darauf reagieren konnte, fuhr der Sheriff fort. »Wie wär's denn damit? Sie beide waren gestern abend in der Bibliothek, richtig? Also, nehmen wir mal an, während Sie weg waren, blieb Horton zu Hause und kümmerte sich um Ihre Frauen wie ein guter Gast – oder vielleicht auch mehr, vielleicht verwöhnte er sie auf eine Art, wie man es als Ehemann nicht so unbedingt mag – und in diesem Augenblick kamen Sie dazu ...« Sein Blick ging lauernd von Glen zu Brad, während er auf ihre Reaktion wartete.

Glen Palmer zitterte innerlich und starrte krampfhaft in den Regen hinaus. Brad Randall dagegen erwiderte Whalens eisigen Blick. Als er sprach, klang seine Stimme beherrscht und ruhig, wie Whalen es nicht erwartet hatte.

»Beschuldigen Sie uns etwa?«

»Darüber denke ich noch nach«, knurrte der Sheriff.

»Dann gehen wir jetzt«, sagte Brad fest, »kommen Sie, Glen.«

Er wandte sich ab, und Glen folgte ihm. Doch an der Tür wurden sie von Whalens Stimme gestoppt.

»Ich bin noch nicht fertig mit Ihnen.«

Brad drehte sich langsam und gelassen um. Fast spöttisch meinte er: »So, sind Sie nicht? Ich denke doch, Whalen. Sie wollen von uns keine Aussagen zu dem Fall, sondern äußern Mutmaßungen und Verdächtigungen. Ich bin wohl kein Anwalt, aber ich weiß verdammt gut, und Sie wissen das vermutlich auch, daß Sie uns nicht zwingen können, mit Ihnen zu sprechen, wenn wir nicht wollen. Vor allem, solange kein Anwalt hier ist.«

Energisch öffnete er die Tür, und diesmal hielt Whalen sie nicht zurück. Haßerfüllt starrte er ihnen nach und wünschte erneut, sie wären nie nach Clark's Harbor gekommen. Wie friedlich wäre der Ort ohne diese verdammten Fremden...

Seine innere Unruhe ließ ihn nach dem Regenmantel greifen. Als er durch die Tür seines Büros trat, wichen die in der Vorhalle Herumlungernden scheu vor ihm zurück. Sie wußten, wozu Harney Whalen in einem solchen Zustand fähig war.

Er ging zum Kai hinunter, unschlüssig, wohin er sich wenden sollte. Schließlich schlug er den Weg entlang dem Strand nach Norden ein. Das Wasser hatte seinen Höchststand überschritten und ging zurück. Der ihm ins Gesicht schlagende Regen und der frische Wind schienen seine Wut zu besänftigen.

Fast ohne es zu merken, verbrachte er den Rest der Morgens am Strand; und auch am Nachmittag ging er noch nicht nach Hause.

Niemand sah ihn da draußen, er war ganz für sich allein.

Und während Whalen am Strand war, schwoll der Sturm weiter an.

Robby und Missy saßen auf dem Boden ihres winzigen Schlafzimmers über einem Damebrett... Robby blickte recht finster auf die Figuren. Was er auch probierte, Missy war ihm einfach überlegen. Jetzt war er in Gefahr, auch noch seinen letzten Stein zu verlieren und damit das dritte Spiel hintereinander.

»Ich möchte nicht mehr spielen«, schmollte er.
»Du mußt ziehen«, drängte Missy.
»Ich möchte nicht, ich gebe auf.«
»Zieh!« beharrte Missy, »ich möchte deinen Stein überspringen.«
»Du gewinnst doch sowieso«, meinte er barsch und stand auf. Er warf einen Blick durchs Fenster. »Laß uns rausgehen«, sagte er plötzlich. Missy starrte mit angstvoll geweiteten Augen zu ihm hoch.
»Das dürfen wir nicht. Mami hat gesagt, wir müssen heute im Haus bleiben. Es regnet doch.«
»Ich mag es, wenn es regnet.«
»Ich nicht, nicht, wenn es so stark regnet und stürmt. Dann geschehen böse Dinge.«
»Ach, komm doch«, versuchte Robby sie zu überreden. »Es ist noch nicht einmal sechs Uhr. Wir klettern durchs Fenster wie letztes Mal. Wir gehen rüber zu den Randalls und kommen mit Daddy zurück.«
»Ich möchte nicht.«
»Angsthase!«
»Ja, ich habe Angst«, erwiderte Missy kläglich, »und du solltest auch Angst haben!« Sie zitterte, innerlich erregt durch das Eingeständnis.
»Ich hab' aber keine, ich mag es da draußen!« triumphierte Robby und zog ihre Regenmäntel aus dem Schrank.
»Ich geh' nicht mit«, beharrte Missy, während er den seinen anzog.
»Wen interessiert das schon«, erwiderte Robby, »dann geh' ich eben allein.«
»Ich sag's Mutter«, drohte Missy.
»Dann verhau' ich dich«, drohte Robby zurück.
»Das traust du dich nicht!«
Robby zog die Gummistiefel an. »Kommst du jetzt, oder nicht?«
»Nein«, sagte Missy fest.
»Auch gut!« Er öffnete das Fenster und kletterte hinaus. Sobald er verschwunden war, lief Missy zum Fenster, schloß

und verriegelte es. Dann ging sie ins Wohnzimmer, wo Rebecca strickend am Feuer saß.

»Robby ist rausgegangen«, sagte sie.

»Raus? Was soll das heißen?«

»Er hat seinen Regenmantel angezogen und ist aus dem Fenster geklettert«, erklärte Missy.

Rebecca ließ das Strickzeug fallen und lief in das Zimmer der Kinder hinüber. Vielleicht hatte das kleine Mädchen nur einen Scherz gemacht...

»Robby, Robby, wo bist du?«

»Ich hab' dir doch gesagt, daß er raus ist«, erklang hinter ihr Missys Stimmchen.

Rebecca lief zur Haustür und riß sie auf. Der Sturm warf ihr den Regen ins Gesicht, und sie versuchte vergeblich in der rasch wachsenden Dunkelheit etwas zu erkennen.

»Robby, Robby!« rief sie verzweifelt, »Robby, komm sofort ins Haus zurück!« Aber das Heulen des Windes und der Brandung übertönten ihre Stimme.

Fieberhaft überlegte sie, was zu tun sei. Sie mußte raus und ihn finden, das war ihr klar. Wenn nur Glen nicht zu den Randalls gegangen wäre, dachte sie fast ärgerlich. Sie mußte ganz allein eine Entscheidung fällen.

»Ich geh' raus und such' ihn«, sagte sie zu Missy, »du bleibst hier.«

»Allein?« fragte das kleine Mädchen erschrocken.

»Ich werd' nicht lange weg sein«, versuchte Rebecca sie zu beruhigen, »Robby ist bestimmt noch in der Nähe.«

»Ich möchte nicht allein bleiben«, jammerte Missy, »ich möchte mitkommen.«

Rebecca war unschlüssig, doch die angsterfüllten Kinderaugen sagten ihr, daß sie Missy nicht allein lassen durfte, auch wenn sie sie bei der Suche nach Robby nur behindern würde.

»Also gut«, willigte sie ein, »zieh deinen Regenmantel über und deine Stiefel, beeil dich!

Missy rannte nach nebenan und kam gleich darauf angezogen zurück. Rebecca griff nach der schweren Stablampe und öffnete dann die Tür. Ein Windstoß blies die auf dem Tisch stehende Laterne aus. Sie griff nach Missys Händchen und stemmte sich gegen den Wind. Bevor sie hundert Schritt von der Hütte entfernt waren, waren sie durchnäßt bis auf die Haut.

»Ich möchte ins Haus zurück«, quengelte Missy.

»Wir müssen zuerst Robby finden«, schrie Rebecca. »Wohin wollte er?«

»Er sagte, er würde an den Strand gehen.« Missy mußte laufen, um mit Rebecca Schritt zu halten.

Sie hasteten direkt am Wasser entlang über den Strand. Die Stablampe war so gut wie nutzlos. Ihr Strahl wurde durch den schwer niederstürzenden Regen in Tausende wirbelnder Pünktchen gebrochen, die das Sehen eher noch erschwerten.

Plötzlich blieb Missy stehen und zog an Rebeccas Hand. »Da ist jemand«, sagte sie fast tonlos.

Rebecca schwenkte die Lampe nach allen Richtungen; ihre Hand zitterte. »Robby?« fragte sie. »Robby?«

Sie drehte sich so, daß der Wind von hinten kam und rief erneut nach ihrem Sohn. Doch wieder keine Antwort. Dann zerriß ein greller Blitz die Schwärze des Himmels und zuckte in das nahe Wäldchen. Und plötzlich spürte sie, daß etwas hinter ihr war.

Es war nicht ihr Sohn.

Sie gab Missys Hand frei.

»Lauf, Missy, lauf so schnell du kannst zurück ins Haus!«

Und während sie Missy davonstürzen sah, fühlte sie, wie sich etwas von hinten um ihren Hals legte. Es war ein Arm, ein starker Arm, und er drückte ihr die Luft ab. Sie versuchte zu schreien, aber ihre Stimme gehorchte ihr nicht mehr. Verzweifelt schlug sie mit der Stablampe nach dem Arm, doch der Druck nahm unbarmherzig zu.

Nein, dachte sie, nein, das nicht! Bitte – o Gott – nein...

Missy lief völlig verwirrt durch die tosende Dunkelheit. Sie hatte keine Ahnung, wohin sie lief.

Nur weg, weg von ihrer Mutter!

Und von diesem anderen, das bei ihrer Mutter war...

Sie stolperte und fiel hilflos weinend in den klammen Sand.

»Missy, bist du das?« Sie erkannte die Stimme.

»Robby? Wo bist du?«

»Hier drüben, komm her.«

Sie kroch auf die Stimme zu und stieß gegen einen angeschwemmten Baumstamm.

»Kletter rüber«, forderte Robby sie auf.

Dann duckte sie sich neben ihn und spähte über den Stamm hinweg in die Dunkelheit hinaus. Dort tanzte der Strahl der Stablampe unstet auf und ab, fiel dann zu Boden und erlosch.

»Was ist passiert?« fragte Robby.

»Es ist Mami«, schluchzte das kleine Mädchen. »Irgend jemand ist bei ihr...«

Ein neues Blitzbündel zerriß den Himmel, und die beiden Kinder konnten die Umrisse ihrer Mutter am Strand erkennen. Sie war in die Knie gesunken, überragt von einer massigen Gestalt, die sich von hinten über sie beugte und ihren Kopf nach vorn zwang...

Robby fühlte, wie die Erregung ihn zittern ließ; jeder Muskel des kleinen Körpers spannte sich.

Die Dunkelheit schloß sich wieder, als der Donner über sie hinwegrollte und Missys Aufschrei übertönte. Robby dagegen war wie gelähmt.

»Laß uns heimgehen, Missy«, flüsterte er schließlich, wie aus einem Traum erwachend. Benommen stand er auf und nahm die kleine Schwester an der Hand. Er zog sie durchs Unterholz und begann dann mit ihr auf die Hütte zuzulaufen.

Rebeccas verzweifelte Bewegungen wurden schwächer, während ihr Bewußtsein sie verließ. Die Zeit schien sich zu dehnen, und sie meinte noch zu spüren, wie ihr Blut mit letzter Kraft Sauerstoff aus den Lungen zu saugen versuchte.

Dann hörte sie dicht neben dem Ohr ein seltsames Knacken und sank in sich zusammen. Es war, als ob sie jeden Kontakt mit ihrem Körper verloren hätte.

Mein Genick, dachte sie wie verwundert, mein Genick ist gebrochen...

Einen Augenblick später lag Rebecca Palmer tot im Sand der Sod Beach.

26

Die Petroleumlampe auf dem Eßzimmertisch flackerte, und Glen Palmer streckte die Hand aus, um den Docht hochzudrehen. In diesem Augenblick tauchte ein Blitz das Haus der Randalls in grelles Licht, nur knapp hundert Meter von der Stelle entfernt, an der Rebecca den Tod fand. Erschrocken zuckte Glen zurück und lachte dann leicht verlegen auf. Brad hob den Kopf und schaute über die zwischen ihnen liegende Karte hinweg zu ihm hinüber.

»Vielleicht sollten wir für heute Schluß machen«, meinte er. »Ich weiß nicht, wie es mit Ihnen ist, aber meine Augen beginnen zu brennen. Ich bin dieses Licht nicht gewöhnt.«

Sie hatten den Nachmittag damit verbracht, die verschiedenen Unglücksfälle, die sich in Clark's Harbor ereignet hatten, geographisch zu erfassen. Seit dem ebenso unheimlichen wie unerklärlichen Ableben von Frank und Myrtle Baron bis zum Schicksal von Pete und Miriam Shelling und den beiden Brüdern hatte es immer wieder ähnliche Unglücksfälle gegeben. Alle hatten sich in unmittelbarer Nähe der Sod Beach zugetragen und immer in Nächten wie dieser, wenn der Sturm die Wellen gegen den Strand warf... Und immer waren die Opfer Fremde in Clark's Harbor gewesen.

»Wie in den indianischen Legenden«, meinte Glen mit einem abschließenden Blick auf die Karte. »Es ist fast, als ob der Strand sie zuerst anlockt, dann die Kräfte der Natur gegen sie aufwiegelt und sie schließlich verschlingt.«

»Hört sich fast poetisch an«, meinte Brad mit einem kleinen Lächeln, »aber die Natur tötet ihre Feinde nicht auf diese Weise. Hier sind andere Kräfte am Werk, und ich würde vieles dafür geben, ihnen auf die Spur zu kommen.«

Glen schien irgend etwas zu bewegen. Schließlich sagte er fast widerwillig: »Was ist mit Robby?«

»Robby?«

»Sie sagten, der Strand übe eine starke Wirkung auf ihn aus. Wenn das stimmt – könnte er dann nicht auch andere beeinflussen?«

Brad erwiderte mit resigniertem Lächeln: »Ja, schon, aber das hilft uns auch nicht weiter. Solange wir nicht wissen, *wie* der Strand auf Robby einwirkt, erfahren wir auch nicht, wie er andere beeinflußt. Bis jetzt habe ich keine Ahnung, wo der gemeinsame Nenner zu suchen ist.«

Elaine erschien in der Tür. »Na, kommt ihr voran?« Auch sie wirkte müde und erschöpft.

»Ich wünschte, wir könnten das behaupten«, antwortete Brad, »aber bis jetzt landen wir immer wieder in der Sackgasse – der Sturm scheint die Leute zu töten, was natürlich lächerlich ist.«

»Was ist mit Missy? Habt ihr schon mit ihr geredet?«

Die beiden Männer blickten Elaine verständnislos an. Doch plötzlich durchzuckte Brad eine Erinnerung – was hatte Robby damals am Strand erklärt?

»Missy behauptet, Dinge zu sehen.«

Wußte etwa auch Elaine davon?

»Was ist mit Missy?« fragte er eindringlich. Glen schien noch immer nicht zu wissen, worüber die beiden sprachen. Gespannt wanderte sein Blick zwischen ihnen hin und her. Elaines Antwort ließ ihn zusammenzucken.

»Ich glaube, daß Missy gesehen hat, wie Jeff Horton ums Leben gekommen ist«, meinte sie fast tonlos, wodurch die Wirkung ihrer Worte aber eher noch unterstützt wurde. »Ich habe sie nicht danach gefragt, aber sie sagte gestern abend etwas Seltsames. Als ich ihr erklärte, daß ihr Daddy an den Strand gegangen sei, meinte sie, das hätte er nicht tun sollen, denn dort geschähen schlimme Dinge... Das war alles, aber ich hatte das Gefühl, daß sich das auf Jeffs Tod bezog, daß sie irgend etwas davon mitbekommen hat.«

Glen saß wie erstarrt, während Brad besorgt nickte. »Robby hat mir schon vor einiger Zeit erklärt, daß seine Schwester ›Dinge‹ sehe.«

Glen fuhr hoch. »Was für Dinge?« fragte er fast hysterisch, »was denn nur für Dinge?«

»Darüber hat er nicht gesprochen«, erwiderte Brad beruhigend, »ich wollte sie schon immer danach fragen, aber dann überstürzten sich die Ereignisse und...« Er brach ab.

Glen war aufgestanden und zog den Mantel über.

»Dann werden wir sie jetzt fragen. Ich geh' und hol' Rebecca und die Kinder her.«

Brad warf einen Blick in die Schwärze der Sturmnacht hinaus. »Soll ich Sie nicht besser fahren? Draußen ist es mehr als ungemütlich.«

»Nein, danke«, meinte Glen. »Ich geh' am Strand entlang, wird schon nicht so schlimm sein.« Er hatte den Mantel zugeknöpft und machte die Tür auf. Der Wind knallte sie gegen die Wand.

»Sind Sie sicher, daß Sie zu Fuß gehen wollen?«

Glen grinste ironisch. »Sie meinen, wegen gestern nacht? Wenn man vom Pferd gestürzt ist, muß man sofort wieder aufsteigen, heißt es doch. Wenn ich mich heute nicht an den Strand traue, tue ich es nie mehr.«

Er zog die Tür hinter sich ins Schloß und stapfte davon.

Glen stemmte sich gegen den Wind. Seine rechte Hand versuchte vergeblich den Kragen des Mantels so zusammenzupressen, daß er den Regen abhielt. Die Linke steckte zur Faust geballt in der Tasche, während sich die Augen gegen den peitschenden Regen zu Schlitzen verengt hatten.

Er kam nur mühsam voran, wobei er sich mit gesenktem Kopf dicht an der Wasserlinie hielt. Doch immer wieder schaute er auf und suchte in der Dunkelheit nach dem

Schein der Lampe in der Hütte. Eigentlich müßte er schon zu sehen sein... Besorgt beschleunigte er seine Schritte.

Nachdem er noch einmal fast hundert Meter gegangen und noch immer nichts zu sehen war, blieb er stehen und versuchte mit größter Anspannung die Schwärze der Nacht zu durchdringen. Nichts! Seine Besorgnis verwandelte sich in Angst.

Er begann mit aller Kraft gegen den Sturm anzurennen. Gleich würde er das Licht sehen und dann die Hütte, wo Rebecca und die Kinder auf ihn warteten.

Er stolperte und fiel der Länge nach in den aufgeweichten Sand. Das alles ging so schnell, daß er sich mit der Rechten nur ungenügend abbremsen konnte, während die Linke vergeblich versuchte, sich aus der Tasche zu befreien.

Sandkörner klebten und kratzten an seinem Gesicht, und er hatte den ekelerregenden Geschmack von Salzwasser auf der Zunge. Als er sich aufrichtete und mit dem Ärmel übers Gesicht wischte, spürte er plötzlich etwas neben sich.

Etwas Weiches.

Wieder überkam ihn dieses Gefühl der Benommenheit wie in der Nacht zuvor. Seine Bewegungen erfolgten fast widerwillig.

Er streckte die Hand aus und betastete vorsichtig Rebeccas Gesicht. Obwohl es sich warm anfühlte, wußte er, daß sie tot war.

Kopf und Rumpf bildeten im Sand genau denselben unnatürlichen Winkel wie bei Jeff Horton...

Sein Bewußtsein wehrte sich noch gegen diese Einsicht. Glen kniete geduckt neben Rebecca im Sand und spürte nicht mehr, wie ihm der Regen in den Kragen lief.

»Rebecca«, flüsterte er und wiederholte ihren Namen: »Rebecca!« Dann überflutete ihn der Schmerz wie eine Sturmbö. Er riß sie in seine Arme und preßte sie gegen seine Brust.

»Rebecca«, schluchzte er, »o Gott, Rebecca, verlaß mich nicht!«

Ihr Kopf pendelte unkontrolliert hin und her, während sie

schlaff in seinen Armen lag und die weit aufgerissenen Augen ausdruckslos in den Nachthimmel starrten.

Glens Bewußtsein wurde jetzt von einem dumpfen Gefühl der Sinnlosigkeit überschwemmt, von dem er wußte, daß es sein ganzes künftiges Leben bestimmen würde.

Warum war Rebecca eigentlich hier allein am Strand gewesen? Und wo waren die Kinder?

Die Kinder – er mußte sich sofort um sie kümmern! Vielleicht waren sie aus der Hütte geschlüpft, und Rebecca war sie suchen gegangen? Sie würde sie nie allein gelassen haben, da war er sich sicher.

Er richtete sich auf und blickte hinüber zu der dunklen Masse der Bäume. Falls sie sich wirklich draußen herumtrieben, würden sie wahrscheinlich im Strandwäldchen sein.

Aber er konnte Rebecca nicht hier liegenlassen, in der Kälte dieser Sturmnacht... Bevor er sich um die Kinder kümmern konnte, mußte er seine tote Gefährtin hier wegbringen.

Er hob sie hoch und trug sie mit gesenktem Kopf den Strand hinauf. Wo Rebecca gelegen hatte, war nur noch eine im Regen rasch flacher werdende Mulde zu sehen und ein Schwimmer aus blauem Glas.

Als er vor der Tür der Hütte stand, hielt er inne. Irgend etwas sagte ihm, daß es besser wäre, Rebecca unter das Vordach zu betten.

Dann öffnete er die Tür.

»Robby? Missy? Ich bin's, Daddy!«

Er hörte kleine, aufgeregte Schritte auf sich zukommen, und dann umschlangen ihn die Kinder.

»Daddy, Daddy«, schluchzte Missy, »etwas Schreckliches ist geschehen!«

Glen sank in die Knie und zog sie an sich. »Tut mir so leid, Daddy, tut mir so leid«, wiederholte Robby unaufhörlich.

»Da ist nichts, wofür ihr etwas könntet«, versuchte Glen seinen Sohn zu trösten. »Nichts, was geschehen ist, hat etwas mit euch zu tun...«

»Aber ich bin doch rausgegangen«, jammerte Robby, »und Mami hatte es verboten. Sie haben mich gesucht und dann ...« Seine Worte gingen in einem Tränenausbruch unter.

»Wir waren am Strand«, sagte Missy. »Irgend etwas griff nach Mami, und Mami sagte, ich solle davonlaufen, und dann bin ich gelaufen ...«

»Ist ja gut«, flüsterte Glen mit zugeschnürter Kehle, »du brauchst es mir nicht zu erklären. Ich muß mich jetzt um Mami kümmern und möchte, daß ihr inzwischen etwas für mich tut.«

Er löste sich von den Kindern und zündete die kleine Lampe an, bei deren Schein Rebecca sonst auf seine Heimkehr gewartet hatte. Als die kleine Flamme den Raum erleuchtete, schienen Robby und Missy etwas ruhiger zu werden.

»Robby, ich möchte, daß du mit Missy jetzt in euer Zimmer gehst und saubere Sachen für euch beide einpackst, kannst du das?«

Robby nickte ernst.

»Gut. Und dann wartet ihr dort auf mich. Ihr kommt erst wieder heraus, wenn ich euch rufe, verstanden?«

»Gehst du weg?« fragte Missy ängstlich.

»Nein, Liebling, natürlich nicht. Ich bleibe bei euch.«

Missy wollte noch weiterfragen, aber ihr Bruder packte sie bei der Hand und zog sie mit sich. »Komm jetzt«, befahl er.

»Hör auf, so zu ziehen«, jammerte das kleine Mädchen, »Papi, sag ihm, er soll damit aufhören!«

»Laß sie los, Robby«, mischte Glen sich ein. »Und du bleibst bei deinem Bruder!«

Sobald sich die Tür hinter den Kindern geschlossen hatte, klappte Glen das Schlafsofa auf, das er und Rebecca benützt hatten. Er nahm eines der Bettücher heraus, klappte es sorgfältig wieder zu und trat vor die Tür.

Er trug Rebecca bis ans äußerste Ende des Vorbaus, wo er sie mit Tränen in den Augen in das Tuch schlug. Von der Tür aus blickte er noch einmal zurück. Wenn es ihm gelang, die Kinder rasch über den Vorbau zu bringen, würden sie nicht sehen, was da nur wenige Schritte von ihnen entfernt lag.

Dann nahm er alle Kraft zusammen und ging wieder in die Hütte.

Robby und Missy saßen dicht nebeneinander auf dem unteren Bett, zu ihren Füßen eine braune Tasche. Ihre traurigen Gesichtchen blickten zu ihm auf.

»Mami ist tot?« fragte Robby, als ob er die Antwort schon kennen würde.

»Ja, sie ist tot«, sagte Glen tonlos.

»Warum?« wollte Missy wissen. In ihrer Stimme war nichts als kindliche Neugier, und Glen wurde jetzt erst bewußt, daß Rebeccas Tod für sie noch gar nicht faßbar war...

»Ich weiß nicht«, sagte er leise, »ich weiß nicht, wie es geschehen konnte.«

»Müssen wir von hier weg?« wollte Robby wissen.

»Weg?«

»Weil wir unsere Kleider eingepackt haben.«

»Ich bringe euch für die Nacht zu Brad und Elaine«, erklärte Glen, »ich werde später auch dort schlafen, nachdem ich noch einige Dinge hier erledigt habe.«

»Gehen wir jetzt sofort?« fragte Missy.

»Ja, sofort.« Glen gelang sogar ein kleines Lächeln. »Draußen regnet es noch immer schrecklich, deshalb möchte ich, daß ihr ganz rasch zum Auto lauft – ja?«

Die beiden Kinder nickten eifrig.

»Ich gehe voraus und öffne die Tür – und dann lauft ihr um die Wette. Der Sieger bekommt eine Überraschung.«

»Was denn?« wollte Robby wissen.

»Wenn ich es dir sagen würde, wäre es doch keine Überraschung mehr!«

Er führte sie zur Vordertür und öffnete sie. Dann kommandierte er: »Auf die Plätze, fertig, los!«

Die Kinder liefen mit aller Kraft auf den alten VW-Bus zu. Er griff nach der Tasche, schloß die Tür und folgte ihnen.

»Oh, mein Gott!« entfuhr es Brad Randall, als er Glen Palmer mit den Kindern vor sich stehen sah. Ein Blick in Glens Augen und auf die tränenverschmierten Gesichter von Robby und Missy genügte, um ihm zu sagen, daß etwas Schreckliches geschehen sein mußte.

Elaine hatte seinen Ausruf gehört und kam aus dem Wohnzimmer.

»Glen? Was ist denn los?« Doch auch sie wußte Bescheid, nachdem sie die drei kurz angeschaut hatte. Impulsiv kniete sie sich zu den Kindern und nahm sie in die Arme. Das kleine Mädchen konnte die Tränen nicht mehr zurückhalten, und gleich darauf ließ auch Robby seinem Schmerz freien Lauf. Elaine drückte die Kinderköpfe an sich und flüsterte immer wieder: »Tut mir ja so leid, mein Gott, wie mir das leid tut...«

Glen räusperte sich mühsam. »Können Sie... können Sie...?«

Elaine verstand sofort.

»Ich kümmere mich um sie, natürlich, und Brad wird Sie begleiten.«

Brad, der bis jetzt wie erstarrt dabeigestanden hatte, schien plötzlich zum Leben zu erwachen. Er griff nach seinem Mantel und schob dann Glen Palmer zur Tür.

Elaine brachte die beiden Kinder ins Wohnzimmer und setzte sie aufs Sofa. Dann ging sie rasch durchs ganze Haus und überprüfte alle Fenster. Schließlich verriegelte sie auch noch die beiden Türen und vergewisserte sich, ob sie wirklich verschlossen waren.

Als sie ins Wohnzimmer zurückkam, starrte Missy gedankenverloren ins Feuer und schien sie zunächst überhaupt nicht zu bemerken. Aber als sich Elaine neben ihr niederließ, griff das kleine Mädchen plötzlich nach ihrer Hand, drückte sie und lächelte zu ihr auf.

»Alles wird gut werden«, sagte sie leise, »wirklich, ich weiß das.«

Elaine brach in Tränen aus und drückte das tapfere kleine Wesen an sich.

Glen und Brad trugen Rebecca in die Hütte und legten sie vorsichtig auf den Boden. Glen fachte das Feuer an, während Brad eine erste Untersuchung des Leichnams vornahm.

»Sie wurde erwürgt«, sagte er kurz aufblickend und dann, fast unhörbar, »ihr Genick ist gebrochen.«

»Oh, großer Gott«, schluchzte Glen, »es muß furchtbar für sie gewesen sein.«

»Das können wir nicht wissen«, versuchte Brad ihn zu trösten. »Der Körper hat ganz bestimmte Methoden, um mit Schmerz und Schock fertig zu werden. Und ganz bestimmt auch mit dem Tod. Ich glaube, daß unser Bewußtsein in solchen Fällen von ihm so gesteuert wird, daß all das Schreckliche uns gar nicht mehr persönlich zu betreffen scheint...«

»Wie lange ist sie denn schon tot?« fragte Glen.

»Nicht lange. Eine, höchstens zwei Stunden.«

»Wenn ich nur nicht so lange weggeblieben wäre«, meinte Glen, »wenn ich nur ein paar Minuten früher aufgebrochen wäre...«

»Aber nein«, versuchte Brad ihn zu beschwichtigen, »das dürfen Sie nicht! Sie dürfen sich keine Vorwürfe machen. Das konnte doch niemand ahnen! Sie haben keine Schuld an ihrem Tod!«

»Ich habe sie hierhergebracht«, sagte Glen, »und ich zwang sie, zu bleiben.«

»Nein, sie war in letzter Zeit so voller Optimismus... Aber wir müssen jetzt rein in die Stadt und Meldung machen, kommen Sie!«

Glen blickte in Rebeccas stilles Gesicht. »Ich kann sie doch hier nicht einfach allein lassen.«

»Aber ja, ihr kann nichts mehr geschehen. Aber Ihnen! Sie kommen jetzt mit mir.«

Sie waren im Begriff zu gehen, als aus dem Zimmer der Kinder ein Winseln zu hören war. Als sie die Tür öffneten, kroch Scooter ihnen mit eingezogenem Schwanz entgegen. Glen beugte sich zu dem kleinen Kerl hinab und nahm ihn auf den Arm. Sofort ging das Winseln in freudige Erkennungslaute über. Kaum saßen sie im Wagen, war der Welpe auch schon friedlich in Glens Armen eingeschlafen.

Chip Connor war allein im Büro, als Brad und Glen hereinstürmten.

»Es handelt sich um Rebecca«, sagte Brad.

Chips Gesichtsmuskeln schienen sich plötzlich zu straffen. »Ist sie tot?«

»Ja.«

»Und wo geschah es?«

»Am Strand.«

»Oh, mein Gott! – Ich muß Harn benachrichtigen!«

»Ich weiß«, sagte Brad, »aber ich möchte Ihnen gleich sagen, daß Glen heute nacht nicht mehr befragt werden kann. Ich bin Arzt und will nicht, daß er unter Schock verhört wird, verstehen Sie?«

»Natürlich«, erwiderte Chip, »das ist doch ganz selbstverständlich.«

»So, meinen Sie? Ich weiß nicht, ob Ihr Chef derselben Meinung ist.«

Chip ließ sich nicht anmerken, ob er Brads Spitze registriert hatte. Kurz und präzise unterrichtete er Whalen über das Vorgefallene. »Wir treffen uns dann bei den Palmers«, sagte er abschließend.

Nachdem er aufgelegt hatte, wandte er sich mit ernstem Gesicht Glen zu, der bis jetzt noch keinen Ton gesagt hatte.

»Glen – darf ich Sie als Freund etwas fragen?«

»Sicher.«

»Haben Sie es getan?«

Brad wollte ihn wütend zurechtweisen, aber Glen hielt ihn zurück.

»Nein, Chip, ich war es nicht.« Einen Augenblick noch starrte der Hilfssheriff den anderen an, dann stand er auf und kam um den Schreibtisch herum.

»Es tut mir wirklich leid, Glen«, sagte er und streckte die Hand aus, »ich werde ihren Mörder finden, das versichere ich Ihnen!«

Glen ergriff die Hand, und Chip wandte sich an Brad. »Können Sie ihm nicht etwas geben, damit er schlafen kann?«

Brad schien nachzudenken. »Ich glaube nicht, daß ihm Pillen viel helfen können.«

»Trotzdem – ich könnte es Harney dann leichter erklären. Er will ihn nämlich sprechen. Ihre Vermutung vorher war leider zutreffend ...«

»Ja, wahrscheinlich haben Sie recht – was dieser Mann braucht, ist vor allem Schlaf. Ich werde ihm etwas verschreiben müssen!«

Doch es wurde trotzdem alles andere als eine gute Nacht für Glen. Schon lange vor Morgengrauen erwachte er aus unruhigem Schlaf und tastete aus alter Gewohnheit nach Rebecca. Aber das Kissen neben ihm war leer. Nie mehr würde sie mit ihm zusammen erwachen.

Glen Palmer begann leise vor sich hin zu weinen.

27

Die Luft am nächsten Morgen war von eisiger Frische. Wie unsichtbarer Nebel umhüllte sie das Städtchen und legte sich lähmend auf jede Bewegung.

Die Einwohner von Clark's Harbor gingen wie jeden Tag ihren kleinen Geschäften nach, öffneten ihre Läden, pflegten ihre Vorgärten, strichen ihre Boote. Als das Gerücht von Rebecca Palmers ›Unfall‹ die Runde machte, sprach man darüber mit den wissenden Mienen und Gesten jener, die das alles schon lange vorhergesehen hatten.

Als Glen Palmer am späten Vormittag das kleine Rathaus betrat, wurde er im besten Fall von neugierigen Blicken gestreift. Keine Feindseligkeit und schon gar kein Mitgefühl – nichts als Gleichgültigkeit. Es war, als ob das Vorgefallene in einer völlig anderen Welt stattgefunden und nichts mit Clark's Harbor zu tun hätte ...

Diese fast surrealistische Atmosphäre war wie weggewischt, als er das Büro von Harney Whalen betrat, der ihm von seinem Schreibtisch aus entgegenstarrte.

»So – sind Sie jetzt bereit, mir ein paar Fragen zu beantworten?« Glen nahm sich vor, sich durch keine Unverschämtheit des Sheriffs aus der Fassung bringen zu lassen.

In dem alten Haus an der Sod Beach tat Elaine Randall ihr Bestes, um Missy und Robby zu beschäftigen. Nachdem Glen das Haus verlassen hatte, wollten die Kinder unbedingt zum Spielen an den Strand. Aber Elaine hatte sich widersetzt. Nicht so sehr aus Angst vor einem neuen Unglück, sondern weil sie sich selbst nicht stark genug fühlte, heute dorthin zu gehen, wo all diese schrecklichen Dinge geschehen waren. Für sie schien dieses wunderschöne Fleckchen Erde für immer befleckt.

Schließlich gelang es ihr gegen Mittag, die Kinder mit einem Puzzle zu beschäftigen, während sie sich an die Zubereitung des Lunch machte.

»Schau ein bißchen nach ihnen, Liebling«, sagte sie zu Brad, der im Wohnzimmer wieder über seinen Aufzeichnungen saß.

»Hm?«

»Die Kinder«, erklärte Elaine, »paß auf sie ein bißchen auf, solange ich den Lunch vorbereite.«

»Natürlich«, murmelte Brad pflichteifrig. Unwillkürlich mußte Elaine lächeln. Wenn er sich auf etwas konzentrierte, konnte das Haus über ihm zusammenstürzen, ohne daß er es bemerkte.

Als sie das fast ganz herabgebrannte Feuer in dem alten Herd sah, entschloß sie sich zu einfachen Sandwiches. Gleich darauf stand Robby unter der Tür und fragte: »Wann gibt es etwas zu essen?«

»In zwei Minuten. Sind deine Hände sauber?«

Robby musterte sie feierlich, dann hielt er sie Elaine unter die Nase.

»In Ordnung«, lächelte sie. »Nimm das hier mit ins Wohnzimmer und sag Brad, er soll für uns Platz machen.«

Gleich darauf folgte sie dem Jungen mit der großen Platte belegter Brote. Wie durch ein Wunder war der Tisch gedeckt, und Brad sowie die Kinder blickten ihr erwartungsvoll entgegen.

»Kommt Papi auch?« fragte Missy, während Elaine sich setzte.

»Natürlich, wenn er in der Stadt alles erledigt hat«, beruhigte sie Elaine.

»Kann ich mein Brot für ihn aufsparen?«

»Und was ißt du?«

»Ich hab' keinen Hunger«, sagte Missy leise, »ich trink' nur etwas Milch.«

»Ich bin sicher, deine...« Elaine konnte gerade noch abbrechen. Rasch korrigierte sie sich. »Dein Vater möchte bestimmt, daß du etwas ißt.«

»Nein, will er nicht«, widersprach Missy fast trotzig.

»Will er doch«, mischte sich Robby ein. »Er würde dasselbe sagen, was Mutter immer sagt – ›du ißt, was auf den Tisch kommt!‹ Selbst wenn es Spinat ist«, fügte er dann noch unhörbar hinzu und biß entschlossen in sein Brot. Gleich darauf tat Missy es dem großen Bruder nach. Einige Augenblicke lang mampften die beiden Kinder vor sich hin. Dann legte Robby plötzlich sein Brot auf den Teller und wandte sich überaus ernst an Elaine.

»Müssen wir jetzt von hier weg?«

»Von hier weg? Was meinst du damit?«

»Müssen wir hier weg, nachdem das mit Mami geschehen ist?«

»Nun – ich weiß nicht«, erwiderte Elaine vorsichtig, »das hängt von eurem Papi ab, denke ich.«

»Wollt ihr denn von hier weg?« fragte Brad interessiert. Robby verneinte energisch, aber Missy war anderer Ansicht.

»Ja! Ich hasse es hier! Mr. Riley hat uns schon vor langem gesagt, daß es hier Geister gibt – und er hat recht. Ich habe sie gesehen. Sie haben Mami getötet und Mr. Horton und alle andern auch!«

Elaine wollte das kleine Mädchen beruhigen, aber Brad gab ihr mit einer Geste zu verstehen, daß sie sie weitersprechen lassen sollte.

»Geister?« fragte er, »was denn für Geister?«

»Indianer«, erwiderte Missy fast beleidigt, weil das doch eigentlich jeder wissen mußte. »Mr. Riley hat uns erzählt, daß sie am Strand Leute umgebracht haben, und manchmal kommen sie zurück und töten sie auch heute noch. Und ich habe sie gesehen. Ich habe sie an dem Tag gesehen, als Mr. Riley uns davon erzählt hat, und ich habe sie in der Nacht gesehen, als Mr. Horton getötet wurde, und ich habe sie gestern nacht gesehen.« Während ihrer letzten Worte war sie schluchzend vom Tisch aufgestanden und davongestürzt. Elaine eilte ihr besorgt nach.

Robby schien durch Missys Ausbruch völlig unberührt. Er hatte wieder nach seinem Brot gegriffen und kaute nachdenklich vor sich hin. Brad beobachtete ihn verstohlen. Er war sicher, daß der Junge etwas auf dem Herzen hatte.

»Vielleicht sieht sie wirklich Dinge«, begann Robby zögernd und legte das Brot zurück auf den Teller.

»Ja, könnte sein«, bestätigte Brad.

»Ich meine, der Strand ist wirklich unheimlich während dieser Stürme.«

»Ja?« Brad spürte, daß Robby noch mehr sagen wollte.

»Ich mag die Stürme«, fuhr Robby fort, »aber es ist irgendwie seltsam. Ich kann mich danach nicht mehr erinnern, was am Strand gewesen ist. Das hat Spaß gemacht – bevor all diese schrecklichen Dinge geschehen sind. Es war, als ob ich ganz allein auf der Welt sei, das war ein wirklich schönes Gefühl. Auch wenn es ganz heftig geregnet hat, hab' ich das kaum gespürt. Ich hab' eigentlich überhaupt nichts gespürt – außer in mir drin...« Er verstummte ganz plötzlich, als ob seine eigenen Worte ihn in Erstaunen setzen würden.

»Und was hast du da gespürt?« fragte Brad vorsichtig.

»Es war seltsam«, meinte Robby, »ich kann mich erinnern, daß ich etwas spürte, aber nicht, was ich tat. Ich meine, ich weiß nicht, ob ich irgendwohin gegangen bin oder sonst etwas getan habe...« Seine Stimme wurde immer leiser, und er schien den Tränen nahe. »Ich wünschte, ich wäre letzte Nacht nicht rausgegangen. Dann wäre das nicht geschehen...«

»Robby«, versuchte Brad ihn zu trösten, »das konntest du doch nicht wissen, du bist nicht schuld daran.«

Aber Robby schien davon nicht überzeugt.

Glen Palmer kam erst nachmittags zurück. Als Brad ihn fragte, wie seine Unterhaltung mit Whalen verlaufen sei, blieb er recht wortkarg.

»Ich will in die Hütte zurück«, erklärte er, »ist es möglich, daß ich die Kinder hierlasse?«

»Natürlich«, nickte Elaine mit besorgtem Blick. »Aber wäre es nicht besser, wenn jemand von uns Sie begleiten würde?«

»Ich gehe lieber allein. Ich muß mir einige Dinge durch den Kopf gehen lassen, und das kann ich wahrscheinlich dort am besten.«

Brad nickte verständnisvoll und brachte Glen zur Tür. Als er sicher war, daß die Kinder sie nicht mehr hören konnten, legte er Glen die Hand auf die Schulter und sagte leise: »Vielleicht ist es ein Trost für Sie – aber wer immer Rebecca und Jeff getötet hat, wußte nicht, was er tat.«

Glen wurde bleich und starrte Brad verständnislos an.

»Ich habe vorher mit Robby gesprochen«, erklärte Brad. »Er erinnert sich überhaupt nicht daran, was er gestern nacht am Strand getan hat, dafür erzählte er mir, wie wohl er sich bei dem Unwetter gefühlt hat.«

»Was hat das alles zu bedeuten?« fragte Glen noch immer irritiert.

»Nun – was Robby geschieht, kann auch andern geschehen, vielleicht mit genau dem entgegengesetzten Effekt: Robby fühlt sich wohl, ein anderer dreht durch. Und auch er weiß nicht, ob und was er getan hat. Das würde bedeuten, daß Jeff und Rebecca einfach deswegen sterben mußten, weil sie zufällig am Strand waren...« Brad war zu dem Schluß gekommen, daß Missys Hinweise und Vermutungen lediglich ihrer kindlichen Phantasie entstammten.

»O Gott«, stöhnte Glen, »das macht alles so völlig – sinnlos!«

»Ich weiß«, erwiderte Brad mitfühlend, »aber wir werden herausfinden, was geschehen ist – und wir werden es zu einem Ende bringen!«

»Ich frage mich«, meinte Glen tonlos, »ob das alles überhaupt noch von Bedeutung ist.« Er ging Richtung Strand davon, aber Brad hielt ihn noch mal auf.

»Seien Sie vor Einbruch der Dunkelheit zurück, ja? Wir wollen nicht, daß noch ein Unglück geschieht.«

»Ist gut«, rief Glen und machte sich endgültig auf den Weg. Als er mit hängenden Schultern um die Hausecke verschwunden war, ging Brad zurück an seine Arbeit.

Gegen halb sechs erschien Chip Connor vor dem Haus der Randalls. Er schien recht nervös und zögerte lange, bevor er an die Tür klopfte. Als Elaine öffnete, drehte er verlegen die Mütze in der Hand.

»Chip«, empfing sie ihn freundlich, »kommen Sie doch rein.«

»Danke«, sagte der Hilfssheriff automatisch, »ist Ihr Mann zu sprechen?«

»Ja, natürlich«, sagte Elaine, und ihr Lächeln verschwand. »Ist etwas passiert?«

»Läßt sich schwer sagen, aber gerade darüber muß ich mit Brad reden.«

»Er ist im Wohnzimmer, kommen Sie.«

Brad saß am Eßtisch, umgeben von Bücherstapeln, in denen er eine Erklärung für die unheimlichen Dinge der letzten Tage zu finden hoffte. Als Elaine eintrat, blickte er geistesabwesend auf. Doch dann sah er, wer bei ihr war, und schob das Buch, in dem er gerade gelesen hatte, zur Seite.

»Was bringt Sie hierher?« begrüßte er Chip. »Falls Sie Glen suchen – der ist in seiner Hütte.«

»Ich muß mit Ihnen sprechen«, erwiderte Chip und ließ sich auf einen der Stühle am Tisch fallen. Elaine ließ die Männer allein, da sie spürte, daß der Hilfssheriff Brad unter vier Augen sprechen wollte.

»Was gibt's denn?« fragte Brad neugierig, »schon wieder ein neues Unglück?«

»Wenn ich das wüßte«, meinte Chip unbehaglich, »ich bin mir nicht einmal sicher, ob es richtig ist, mit Ihnen darüber zu reden. Aber ich habe sonst niemand, dem ich mich anvertrauen könnte...«

»Worum handelt es sich?« Brad war wirklich gespannt. »Hat es mit Glen zu tun?«

»Nur indirekt«, erwiderte Chip, »eigentlich geht es mehr um Harn – Harney Whalen.«

»Was ist mit ihm?«

»Das weiß ich eben nicht«, sagte Chip und wand sich auf seinem Stuhl. Als ob er das Thema wechseln wollte, fragte er plötzlich: »Hat Glen Ihnen erzählt, was heute geschehen ist?«

»Nein, er ist vor ein paar Stunden zurückgekommen und dann sofort wieder verschwunden. Er sagte, er müßte über einige Dinge in Ruhe nachdenken.«

»Ich denke, er hat allen Grund dazu«, meinte Chip.

Brad warf ihm einen aufmerksamen Blick zu. »Ich dachte, Sie wollten über Whalen sprechen?« mahnte er ihn vorsichtig.

Chip nickte düster. »Irgend etwas stimmt in letzter Zeit nicht mehr mit ihm...«

»Wie meinen Sie das – körperlich?«

»Wenn es so einfach zu erklären wäre«, antwortete Chip ausweichend.

Brad trommelte ungeduldig mit den Fingern auf der Tischplatte, aber er wollte, daß Chip von sich aus fortfuhr. Dieser stand plötzlich auf und begann nervös im Zimmer hin- und herzugehen. »Schon seit längerer Zeit erscheint mir einiges an Harns Verhalten recht seltsam«, erklärte er schließlich, als ob er die Flucht nach vorn antreten wollte.

»Sie sprechen von seiner Einstellung gegenüber Fremden?«

»Ja, das ist es«, meinte Chip. »Bis heute konnte ich mich immer damit beruhigen, daß das eben so eine Schrulle von ihm ist, nichts wirklich Schlimmes.«

»Und heute ist etwas geschehen, das Sie jetzt anders denken läßt?«

»Ja – Glen Palmer! Er wollte Harn erklären, was letzte Nacht passiert ist.«

»Und?«

»Und Harn gab ihm überhaupt keine Gelegenheit dazu. *Er* war es, der Glen erzählte, was geschehen ist...«

»Das verstehe ich nicht.«

»Es war gespenstisch«, erwiderte Chip, »ich denke dauernd noch darüber nach, aber mir fällt kein besseres Wort dafür ein. Harn stellte Glen noch nicht einmal Fragen. Statt dessen klagte er ihn an, Rebecca ermordet zu haben.«

»Einfach so?« fragte Brad verblüfft und wütend zugleich.

»Seine genauen Worte sind unwichtig, aber er beschuldigte ihn. Er hat sich irgendeine Geschichte ausgedacht, nach der Jeff Horton und Rebecca von Glen im Bett ertappt wurden, worauf dieser zunächst Jeff und gestern nacht dann Rebecca umgebracht hat. Sie spielen in seiner Geschichte offensichtlich keine Rolle mehr...«

Brad ignorierte diesen fast sarkastischen Hinweis.

»Und was hat Glen dazu gesagt?«

»Was hätte er schon sagen sollen? Er meinte natürlich, das alles sei mehr als lächerlich, aber Harn hörte gar nicht hin. Er gab ihm keine Chance, wirklich zu erklären, was letzte Nacht passiert ist. Wie besessen wiederholte er seine Version des Geschehens, und ich hatte den Eindruck, er wartete auf ein Geständnis von Glen.«

»Ich hoffe, Glen hat keine Dummheiten gesagt?«

»Nein, das hat er nicht«, beruhigte ihn der Hilfssheriff, »und selbst wenn er es täte, Harney würde mit seiner Art der Beweisführung sowieso bei keinem Gericht durchkommen.«

»Aber was hat er für einen Grund? Warum will er Glen die Schuld an allem zuschieben?«

»Ich glaube nicht, daß er persönlich etwas gegen Glen hat«, meinte Chip. »Zuerst war ich mir da nicht so sicher, aber nachdem ich mich vor einigen Tagen mit meinem

Großvater unterhalten habe, bin ich anderer Meinung. Er hat mir ein paar Sachen erzählt, die mich stutzig machten.«

»Und was war das?«

»Alte Geschichten, die sich hier vor langer Zeit ereignet haben. Lange bevor ich auf die Welt gekommen bin. Beispielsweise hat er mir gesagt, warum Harn die Fremden so sehr haßt.«

»Sagen Sie es mir auch?«

»Es ist eine ziemlich üble Geschichte.« Er legte eine Pause ein und sprach dann wie unter Anspannung weiter.

»Harney mußte als kleiner Junge zusehen, wie seine Großeltern umgebracht wurden.«

Brad glaubte nicht richtig gehört zu haben. »Was sagen Sie da?«

»Als Harn noch ein kleiner Junge war, so sieben bis acht Jahre alt, fanden seine Großeltern am Strand den Tod. Und Harney sah sie sterben.«

»Großer Gott«, murmelte Brad, »und wer hat sie umgebracht?«

»Bewiesen werden konnte nie etwas, aber alle im Ort waren der Meinung, die Täter seien unter einer Gruppe Fremder zu suchen, die in der Gegend eine Holzindustrie aufziehen wollten. Vielleicht gehörte auch dieser Mann dazu, der das Haus hier gebaut hat.«

»Baron? Ich dachte, der sei Fischer gewesen. Er wurde doch beim Fischen von seinem eigenen Netz über Bord gezogen...«

»Ja, genau wie Pete Shelling«, stimmte Chip zu. »Aber er verlegte sich erst aufs Fischen, nachdem Harn seinen Holzpachtvertrag nicht mehr erneuert hat. Auf jeden Fall waren die Mörder von Harns Großeltern Fremde. Harn hat also durchaus Grund für sein Mißtrauen, aber in letzter Zeit scheint er mir doch jede Kontrolle über sich verloren zu haben.«

»Und was kann ich dabei tun?« wollte Brad wissen.

»Ich dachte, daß Sie vielleicht mit ihm reden könnten«, erwiderte Chip.

»Ich? Aber haben Sie dabei nicht etwas übersehen? Schließlich bin ich auch ein Fremder. Und gestern erst hat er mich noch als Mörder bezeichnet. Wie können Sie da annehmen, Whalen würde sich mit mir unterhalten?«

»Ich hoffe es eben«, meinte Chip unsicher, »ich dachte, Sie könnten ihn aufsuchen, sagen wir, unter dem Vorwand, es sei irgendwas mit dem Haus hier nicht in Ordnung, und ein bißchen ausfragen. Vielleicht kriegen Sie heraus, was mit ihm los ist.«

Brad überdachte den Vorschlag; vielleicht gelang es ihm wirklich, dem Sheriff auf den Zahn zu fühlen. Falls er allerdings an Obsessionen litt, wie Chip anzunehmen schien, würde er bestimmt nicht offen mit ihm sprechen. Andererseits könnte ihm die Art der Verweigerung auch schon einiges über den Sheriff sagen.

»Nun, ich könnte es ja mal versuchen«, meinte er schließlich nicht sehr überzeugt. »Aber ich kann Ihnen natürlich nichts versprechen. Man kann einfach nach einem einzigen Gespräch nicht sicher sagen, ob eine Person tatsächlich geistig verwirrt ist. So einfach sind diese Dinge nicht. Im übrigen kann es sehr wohl sein, daß er mich einfach rauswirft.«

»Aber Sie können doch feststellen, inwieweit er noch vernünftig reagiert, oder nicht?«

»Das kann ich Ihnen auch jetzt schon sagen. Ich habe Whalens Verhalten noch nie für vernünftig gehalten. Aber das hat weder medizinische noch juristische Beweiskraft. Es bedeutet lediglich, daß ich ihn für einen unflexiblen Charakter mit einigen höchst problematischen Vorurteilen halte. Dadurch wird er noch nicht zum Geisteskranken – sondern lediglich zum Problem für seine Umwelt.«

»Aber was ist mit Glen? Was ist mit alledem, was Harney ihm antut?«

»Bis jetzt hat er noch nichts Entscheidendes getan, außer mit wilden Beschuldigungen um sich geworfen. Und auch die stehen noch in keinem Protokoll. Ich meine, er hat Glen noch nicht offiziell angeklagt – oder?«

Chip schüttelte den Kopf. »Nein, aber ich denke, das wird noch kommen.«

»Meinen Sie? Das glaube ich nicht. Ich denke, Whalen versteht überhaupt nicht mehr, was um ihn vorgeht, und er hat nichts in der Hand, was er gegen Glen Palmer oder einen andern verwenden könnte. Und ich sage Ihnen noch etwas – ich glaube nicht, daß er auch nur den Versuch unternehmen wird, diese schrecklichen Dinge wirklich aufzuklären – sofern sie überhaupt erklärbar sind. Bis jetzt weiß auch ich nur, daß die Stürme hier einen seltsamen Einfluß auf Robby Palmer ausüben, woraus ich schließe, daß auch noch andere darunter leiden könnten...«

In Chip stieg eine Ahnung auf, eine vage Erinnerung an bestimmte Vorfälle, die bis jetzt aber noch keinen Sinn ergab.

»Was geschieht denn nun wirklich mit Robby?«

»Da bin ich mir eben noch nicht sicher«, mußte Brad zugeben. Er deutete auf die Bücherstapel. »Ich bin immer noch auf der Suche nach vergleichbaren Fällen, aber bis jetzt ohne Erfolg. Robby selbst drückt sich sehr unklar aus. Einerseits geben ihm die Stürme ein erregendes Hochgefühl, andererseits kann er sich danach nicht mehr erinnern, was er unter diesem Einfluß getan hat.«

Jetzt nahmen die undeutlichen Erinnerungen in Chips Bewußtsein klare Umrisse an. Beispielsweise Whalens Besuch bei Dr. Phelps. War der Grund dafür wirklich nur eine Verdauungsstörung gewesen? Und noch einige andere, an sich unwichtige Dinge. So jener Tag, an dem er gänzlich ungestört durch seinen Chef mit Glen gearbeitet hatte. Es hatte gestürmt, und Whalen war den ganzen Tag über verschwunden gewesen. Und dann jene Nacht, in der das Boot der Hortons auf die Klippen lief... Fieberhaft versuchte er sich zu erinnern, wo sich Harney Whalen in jedem dieser Fälle eigentlich befunden hatte. Angeblich bei sich zu Hause... Doch dafür gab es natürlich keine Zeugen.

Chip nahm sich vor, mit Dr. Phelps zu sprechen. Im Augenblick behielt er seinen Verdacht aber noch für sich. Schließlich war Brad Randall ein Fremder – und Harney Whalen sein Onkel. Trotz allem schien es ihm auch jetzt noch selbstverständlich, daß die Einheimischen in Clark's Harbor zusammenhielten.

28

Ein leichter Nieselregen fiel vom Himmel über der Olympic Halbinsel, als auf dem kleinen, Clark's Harbor überblickenden Friedhof Rebecca Palmer zur letzten Ruhe gebettet wurde. Keiner der Trauergäste schien ihn wahrzunehmen.

Lucas Pembroke schloß die Bibel und rezitierte die Gebete für die Dahingeschiedene aus dem Gedächtnis.

Er hatte die Augen geschlossen; nicht nur aus Ehrerbietung gegenüber der Toten, sondern um sich seine innere Erregung nicht anmerken zu lassen.

»Asche zu Asche und Staub zu Staub...«

Während die Worte monoton seine Lippen verließen, fragte er sich, wie lange er wohl noch die abweisende Kälte dieser kleinen Gemeinde ertragen könnte. Wie konnten soviel Unglück und so viele Tote völlig wirkungslos an den hier Lebenden vorübergehen? War seine ganze Arbeit hier nicht völlig sinnlos?

Glen Palmer stand barhäuptig im leichten Regen und drückte die beiden Kinder an sich, flankiert von Elaine und Brad Randall. Als der Sarg langsam ins offene Grab gesenkt wurde, begann Missy leise zu schluchzen. Elaine kniete sich sofort neben sie und nahm sie in die Arme. Robby stand zuerst noch wie erstarrt, doch als dann der Sarg in der Erde verschwand, stahl sich eine Träne aus seinem Auge und lief langsam über seine Wange.

Wenige Schritte vom Grab entfernt sah man den nervös an seinen Handschuhen fingernden Chip Connor mit seinem Großvater Mac Riley. Immer wieder blickte Chip unruhig zu seinem neuen Freund hinüber. Wie gern hätte er ihn getröstet. Glens Augen waren starr auf den Sarg seiner Frau gerichtet, das Gesicht gezeichnet von der Qual seines Verlustes.

Etwas abseits standen Merle Glind und die Bibliothekarin, die Köpfe eng unter einer auseinandergefalteten Zeitung zusammengedrängt. Neugierig registrierten sie die Reaktionen der kleinen Trauergemeinde – Stoff für den Klatsch der kommenden Tage in Clark's Harbor.

Nachdem Reverend Pembroke seine Gebete beendet hatte und die erste Schaufel Erde auf den Sarg hinabfallen ließ, meinte er in einem der Bäume hinter der Friedhofsmauer eine Bewegung zu sehen. Doch vielleicht hatte er sich auch getäuscht. Er trat zur Seite, um die Angehörigen ans offene Grab treten zu lassen.

Missys Schluchzen durchschnitt die kalte Luft; Elaine konnte nicht mehr tun, als das kleine Mädchen tröstend an sich zu drücken. Auch in ihren Augen standen Tränen. Robby blickte plötzlich zu seinem Vater auf und versuchte etwas zu sagen. »Ich..., ich...« Alles übrige ging in einem Tränenschwall unter. Glen beugte sich zu ihm hinab und drückte sein Gesicht gegen die feuchten Wangen seines Sohnes.

»Ist ja gut, mein Junge«, flüsterte er, »alles wird wieder gut...«

Er drückte ihm die kleine Schaufel mit der feuchten Erde in die Hand, und dann standen Vater und Sohn nebeneinander, um gemeinsam vom Liebsten, was sie hatten, Abschied zu nehmen.

»Mein tief empfundenes Beileid«, sagte Chip und drückte Glen lange die Hand. »Wenn ich irgend etwas für Sie tun kann – ich würde alles für Sie tun...«

»Finden Sie heraus, wer das getan hat«, murmelte Glen, »ich will wissen, wer sie getötet hat.«

Chip warf Brad einen raschen Seitenblick zu, aber dieser schüttelte unmerklich den Kopf. Es war besser, wenn sie vorläufig noch Brads Vermutungen für sich behielten.

»Wir geben uns alle Mühe«, versuchte Chip ihn zu beruhigen.

»Vielen Dank, daß Sie gekommen sind«, sagte Glen, ohne weiter darauf einzugehen, »ich hatte kaum damit gerechnet, nach dem, was Whalen sich gestern mir gegenüber geleistet hat.«

»Harney hat seine eigene Sicht der Dinge«, erwiderte Chip. »Ich habe Sie gefragt, was Sonntag nacht geschehen ist, und Sie haben es mir gesagt. Ich glaube Ihnen und habe keinen Grund, meine Meinung zu ändern.«

Es trat eine etwas peinliche Stille ein, die Elaine mit einem Lächeln zu durchbrechen versuchte. »Warum gehen wir nicht alle zu uns? Ich bin nicht sicher, was ich noch im Haus habe, aber irgend etwas werde ich schon zustande bringen.«

Mac Riley tat sein Bestes zu ihrer Unterstützung. »Kommen Sie denn mit dem alten Herd schon klar?«

»Ich hab' noch immer Probleme, aber es wird schon.«

»Also, dann wollen wir mal«, meinte Riley mit seiner heiseren Altmännerstimme und führte Elaine Richtung Ausgang, fest davon überzeugt, daß die anderen ihnen folgen würden.

»Wissen Sie«, plauderte er munter weiter, »ich habe mich mit einem solchen Monster mein Leben lang herumgeschlagen – der Trick dabei ist das Holz. Sie müssen ziemlich kleine Späne machen und dazu verschiedene Holzarten nehmen. Einige davon brennen leichter an als die anderen und wirken wie ein Fidibus...«

Gleich darauf standen sie vor den Wagen.

Als die kleine Prozession anfuhr, warf Glen Palmer noch einmal einen Blick zurück auf jene Stelle, wo Rebecca jetzt im Schutz der Erde ruhte. Und fast beneidete er sie – für sie war der Horror zu Ende...

Für ihn, das fühlte er, noch lange nicht.

Chip hatte sich sehr rasch wieder unter einem Vorwand verabschiedet, während Elaine Randall noch immer mit dem Herd kämpfte. Glen und Brad versuchten inzwischen, dem alten Mac Riley zu erklären, was sich ihrer Meinung nach in Clark's Harbor abspielte.

Riley hörte sich geduldig ihre Vermutungen an, doch überzeugen konnten sie ihn keineswegs. »Nun, ich weiß nicht so recht«, meinte er schließlich. »Das alles scheint mir ein wenig weit hergeholt. Es stimmt schon, dieser Strand hier war schon oft Schauplatz seltsamer und schrecklicher Ereignisse, nicht umsonst erzählt man sich noch immer die alten Indianerlegenden. Ich bin ein alter Mann und kann mit Ihren Erklärungen nicht viel anfangen. Für mich sind alle Opfer der See. Auch uns wird sie einmal holen, der Mensch ist ihr gegenüber machtlos...«

»Sie glauben im Ernst, daß die See Leuten das Genick bricht?« fragte Brad verblüfft.

Der Alte starrte ihn gleichgültig an. »Vielleicht... Vielleicht sind es aber auch die Indianer. Manche behaupten, sie seien noch immer hier an diesem Strand.«

»Ich habe noch keinen gesehen!« meinte Glen mit bitterem Sarkasmus.

»Sie vielleicht nicht«, erwiderte der Alte, »manche sehen sie, andere nicht.«

Brad entschloß sich, das Spiel des Alten mitzuspielen. »Missy scheint hier am Strand bestimmte seltsame Dinge gesehen zu haben.«

»Würde mich überhaupt nicht erstaunen«, meinte der Alte ruhig. »Kinder sehen häufig solche Dinge genauer als Erwachsene.«

»Genau wie sie sich auch mehr für die Geschichten alter Männer interessieren?« fragte Glen fast bösartig.

»Das können Sie sehen, wie Sie wollen. Vielleicht stoßen Sie eines Tages sogar auf die Wahrheit...« Er warf einen Blick aus dem Fenster. »Der Regen setzt wieder ein, ein neuer Sturm zieht herauf...«

Unwillkürlich zuckten die drei Fremden zusammen.

Chip Connor verbrachte zusammen mit Harney Whalen einen recht ungemütlichen Nachmittag im Büro des Sheriffs. Whalen spürte sofort, daß sein Gehilfe ihm heute verändert entgegentrat. Schließlich fragte er ihn direkt: »Was ist eigentlich los? Dauernd starrst du mich verstohlen an. Hab' ich vielleicht Tinte im Gesicht?«

»Was soll schon los sein«, versuchte Chip ihn zu beschwichtigen, »außer, daß du vielleicht etwas bleich bist.«

»Du solltest dir besser Sorgen um deinen neuen Freund Palmer machen«, fuhr der Sheriff ihn an. »Schließlich hat er eine ganze Menge Probleme am Hals.«

Chip ignorierte den hämischen Hinweis. »Im Ernst, fühlst du dich wirklich wohl?«

»So wohl wie immer«, knurrte Whalen, »nichts, was nicht durch ein paar ruhige Tage ohne jede Aufregung wieder in Ordnung gebracht werden könnte.« Es entstand eine ungemütliche Pause, bevor Whalen fortfuhr. »Weißt du was – du nimmst dir jetzt ein paar Stunden frei und löst mich dann gegen Abend wieder ab.«

Chip konnte das nur recht sein, schließlich wollte er sich schon seit einiger Zeit mit Dr. Phelps unterhalten; und er wußte auch schon, wo er ihn finden würde.

Er saß vor einem halbleeren Bierglas in Merle Glinds Bar. Als Chip neben ihn trat, wollte er aufstehen, da er dessen Stammplatz besetzt hielt, aber der Hilfssheriff drückte ihn auf den Hocker zurück.

»Bestellen Sie eins für mich, dann füll' ich Ihres auf«, sagte er grinsend, während er sich auf den Hocker neben den Arzt klemmte.

»Und wie steht's mit mir?« mischte sich aufgeregt Merle Glind ein, der Phelps auf der anderen Seite flankierte.

»Sie könnten sich ausnahmsweise mal selbst eins kaufen«, nahm Chip ihn auf den Arm, »aber was soll's, spiel' ich eben heut den Großzügigen!«

Bevor der Hilfssheriff den ersten Schluck nehmen konnte, fragte Phelps ihn bereits nach seinem Chef.

»Whalen?« wunderte sich Chip, »was soll mit ihm sein?«

»Nun, ich habe ihn für einige Tests zu mir bestellt, aber er ist nicht erschienen. Demnach scheint er sich besser zu fühlen.«

»Was für Tests?« fragte Chip und versuchte möglichst unbeteiligt zu klingen.

»Oh, ein paar Dinge, die ich mir genauer ansehen wollte«, erwiderte der Arzt vorsichtig, »er hatte da so einige Beschwerden, wie Sie vielleicht wissen.«

»Mir hat er etwas von Verdauungsstörungen erzählt.«

»Verdauungsstörungen?« Dr. Phelps gab seiner Frage einen höchst sarkastischen Unterton. Chip horchte auf. »Das wäre die seltsamste Störung dieser Art, die mir je untergekommen ist! Aber vielleicht hat er wieder mal was vergessen, scheint ja häufiger bei ihm vorzukommen...«

Chip spürte, wie sich sein Herzschlag beschleunigte; ganz offensichtlich war er auf der richtigen Spur.

»Sie meinen, er hat Probleme mit seinem Gedächtnis?«

»Zumindest hat er mir so etwas erzählt«, sagte Phelps. »Wollte natürlich, daß ich's für mich behalte, was ich auch vorhatte. Aber wenn er meine ärztlichen Anweisungen nicht befolgt, muß ich zu andern Mitteln greifen.«

Der Hilfssheriff hörte die letzten Worte des Arztes nicht mehr; seine Gedanken überschlugen sich.

»Dr. Phelps – hat er Ihnen Genaueres über diese Gedächtnislücken erzählt? Das ist von größter Bedeutung, glauben Sie mir!«

Phelps mochte es gar nicht, wenn man ihm die Würmer aus der Nase zu ziehen versuchte.

»Nun, ich weiß nicht«, zögerte er, »vielleicht hab' ich schon zuviel gesagt...«

»Zum Teufel mit Ihrer Schweigepflicht«, brauste Chip auf, »ich muß einfach wissen, was Harney Ihnen erzählt hat!«

»Nun, eigentlich weiß ich gar nicht viel«, lenkte Phelps ein. Er wußte, daß der junge Mann ihn nicht nur aus Neugier befragte. »Viel hat er mir nicht erzählt. Vor allem war er über einen Vorfall erschrocken, der sich einen Tag zuvor abgespielt hatte. Es war an dem Tag, als diese Fremden – heißen sie nicht Randall? – an die Sod Beach rauszogen, wobei Harn sie begleitet hat. Irgendwie scheint er dabei am Steuer kurz weggewesen zu sein – er nannte es, glaub' ich, ›erstarrt‹ – und dabei hätte er fast die beiden Kinder überfahren, die auch da draußen wohnen...«

»Robby und Missy, die Kinder der Palmers?«

»Ja, ich glaube, so heißen sie«, meinte der Arzt. »Harney nahm das auf jeden Fall so sehr mit, daß er mich aufsuchte. Dabei berichtete er mir von diesen ›Anfällen‹, wie er es nannte – seine Hände beginnen zu zittern, und dann scheint er sich für eine Stunde oder so nicht mehr erinnern zu können.«

»Haben Sie eine Erklärung dafür?« fragte Chip gespannt.

»Nicht die geringste«, erwiderte der Arzt. »Deshalb wollte ich, daß er nach Aberdeen geht und sich genauer untersuchen läßt. Aber Sie kennen ja Harn – stur wie ein Maulesel.«

»Und Sie haben ihn nicht gezwungen?« fragte Chip ungläubig. »Um Himmels willen, Doktor, er hätte jemand in diesem Zustand umbringen können!«

»Hat er aber nicht – oder?« fragte Phelps fast wütend.

»Wirklich nicht?« meinte Chip wie zu sich selbst. »Da bin ich mir nicht mehr so sicher...«

Entschlossen rutschte er von seinem Barhocker. Auf der Stelle wollte er seinen Chef mit diesen Informationen konfrontieren. Aber als er aufs Revier kam, war Whalen verschwunden.

Chip blickte sich überrascht um. Dabei sah er, daß Whalens Regenmantel noch am Haken hing. Und das bei diesem Wetter! Draußen tobte inzwischen wieder ein heftiger Sturm – und es wurde rasch dunkel.

Hochwasser würde heute ungefähr eine Stunde nach Einbruch der Nacht sein.

Draußen war es schon fast dunkel, als Elaine die beiden Kinder zu Bett brachte. Heftige Böen warfen den Regen gegen die Scheiben. Unwillkürlich schauderte Elaine, aber sie tat ihr Bestes, um die Kinder nichts merken zu lassen. Als sie die Decke glattstrich, warf ihr das kleine Mädchen plötzlich die Arme um den Hals.

»Warum müssen wir hier schlafen? Warum können wir nicht zu Hause schlafen?«

»Nur für diese Nacht, Liebes«, erwiderte Elaine. »Aber

mach dir keine Sorgen. Wir alle sind nebenan, dein Vater, Brad und ich. Alles wird gut werden...«

»Nein, wird es nicht«, widersprach Missy mit vor Angst fast schriller Stimme. »Nichts wird gut werden, ich weiß das!«

Elaine drückte das kleine Mädchen tröstend an sich und küßte es auf die Stirn. Dann verabschiedete sie sich auf dieselbe Weise von Robby und griff nach der Lampe neben dem Bett.

»Wenn ihr etwas wollt, braucht ihr nur zu rufen«, sagte sie, bevor sie leise die Tür hinter sich zuzog.

Lange lagen die beiden Kinder bewegungslos nebeneinander und lauschten auf den tosenden Regen. Plötzlich hörte man Missy.

»Schläfst du schon?«

»Nein – und du?«

»Ich kann nicht«, schluchzte Missy, »ich möchte zu Mami, ich möchte heim, ich mag dieses Haus nicht!«

»Das ist ein Haus wie jedes andere«, meinte Robby wegwerfend, »außer daß es größer und besser ist als unsres.«

»Nein, hier ist es unheimlich«, widersprach seine Schwester.

»Ach, schlaf doch endlich!« wies Robby sie ungeduldig zurecht und drehte ihr den Rücken zu. Er schloß die Augen und versuchte einzuschlafen. Aber draußen rauschte weiter der Regen herab, und er hörte das Pfeifen des Windes und die ständig wachsenden Wogen der hereindrängenden Flut...

»Wenn du wirklich heim willst«, wandte er sich plötzlich wieder an Missy, »gehen wir eben heim.«

Missy bewegte sich neben ihm; er war sicher, daß sie ihn verstanden hatte.

»Können wir durch den Wald gehen?« flüsterte sie zurück.

»Wenn du willst«, stimmte Robby zu. Ihm wäre der Weg über den Strand natürlich lieber gewesen, aber auch im Wald würde er dem Sturm nahe sein...

Nur wenige Augenblicke später schob Robby leise das Fenster hoch, und die beiden Kinder kletterten in die Nacht hinaus.

29

Harney Whalen saß angespannt in seinem Streifenwagen. Die Hände umklammerten das Steuer, ihre Knöchel traten weiß hervor. In seinem Gesicht schien es zu arbeiten. Die vor seinen starren Augen rhythmisch hin- und hertanzenden Scheibenwischer kämpften vergeblich mit den Regenfluten. Er beobachtete die Straße vor sich mit einer solchen Intensität, daß er nichts anderes mehr wahrzunehmen schien. Er fuhr nach Norden, Richtung Sod Beach.

Je näher er dem Strand kam, desto eindringlicher wurden die Stimmen in seinem Unterbewußtsein, Stimmen längst vergangener Jahre, Totenstimmen...

Und in der regendurchtosten Dunkelheit vor sich sah er ihre Gesichter – mitten unter ihnen die fein gezeichneten Züge seiner Großmutter, qualvoll verzerrt wie bei einem in der Falle sitzenden Tier. Sie schien ihm etwas zuzurufen, doch er verstand sie nicht. Dafür wurde trotz des Heulens des Sturms ein anderes Geräusch immer lauter. Es war ein hämisches, bösartiges Lachen, das die Verwirrung in Harney Whalens Geist in Haß verwandelte.

Er bog auf einen schmalen Seitenpfad ab und lavierte vorsichtig durch den Schlamm, bis das Unterholz ihm endgültig Halt gebot. Zuerst schaltete er die Scheinwerfer, dann den Motor ab. Lange Zeit saß er im Dunkeln, während der Regen aufs Dach prasselte und aus einiger Entfernung das Donnern der Brandung zu ihm herüberdrang. Doch auch das schien er kaum wahrzunehmen. Es waren die Stimmen und Gesichter in ihm, die ihn plötzlich die Tür öffnen und in den Sturm hinaustreten ließen...

Brad Randall zuckte erschrocken zusammen, als es heftig gegen die Tür pochte. Aber als er dann die Stimme draußen erkannte, öffnete er rasch.

»Ich kann ihn nirgends finden«, erklärte Chip außer Atem und wischte sich den Regen aus dem Gesicht. »Er ist verschwunden, und ich habe Angst, daß wieder etwas geschieht!«

»Wen können Sie nicht finden?« fragte Brad. »Um Himmels willen, beruhigen Sie sich doch! Ich verstehe nicht...«

»Harney Whalen«, keuchte Chip, »ich hab' einiges entdeckt, was Sie interessieren dürfte. Er hat sich in letzter Zeit nicht wohl gefühlt und ist deshalb zu Dr. Phelps gegangen. Und mit dem habe ich mich unterhalten.« Er ließ sich noch immer schwer atmend auf einen Stuhl fallen.

»Phelps?« fragte Brad erstaunt, »was hat denn der mit dem allem zu tun?«

»Er hat mir einiges über Harn erzählt«, erklärte Chip, »beispielsweise, daß er an Gedächtnisschwund leidet.«

»Gedächtnisschwund?« wunderte sich Brad, »was soll denn das nun wieder heißen?«

»Ja, genau wie bei Robby. Er kann sich einfach an bestimmte Dinge nicht mehr erinnern, wenn er einen seiner Anfälle hat...«

»Anfälle?«

»Ja, so nennt er es selbst – und sie scheinen ebenfalls wie bei Robby bei bestimmten Wetterlagen aufzutreten.«

Brad warf Glen einen beschwichtigenden Blick zu. »Und jetzt ist er verschwunden?« wandte er sich wieder an Chip.

»Ja, als ich aufs Revier kam, war er weg. Ohne Mantel!«

»Vielleicht ist er nach Hause«, meinte Glen, obwohl er es selbst für unwahrscheinlich hielt.

»Da bin ich natürlich zuerst gewesen«, erwiderte Chip. »Deshalb bin ich ja hier – um Sie zu warnen! Wenn unsere Vermutungen stimmen, treibt er sich bestimmt jetzt am Strand herum.«

»Mein Gott«, stöhnte Elaine, »ist alles am Haus verschlossen?«

»Ja, Liebes, alles in Ordnung«, beruhigte sie Brad.

»Ich will trotzdem noch mal nachsehen.« Sie griff nach der Taschenlampe und verschwand.

»Wir müssen ihn finden«, meinte Chip fast beschwörend. »Es darf kein neues Unglück geschehen!«

»Ich weiß nicht so recht«, überlegte Brad, »wenn wir alle hierbleiben, kann uns nichts geschehen. Und in einer solchen Nacht treibt sich außer einem Verrückten sowieso keiner draußen rum.«

Wie um seine Worte zu bekräftigen, zerriß ein gleißender Blitz die Nacht vor dem Fenster. Gleich darauf rollte der Donner über das alte Haus hinweg und ließ die Fensterläden klappern. Und dann hörte man den Schreckensruf Elaines. Totenblaß erschien sie in der Tür.

»Sie sind weg!« schluchzte sie, »die Kinder sind weg!«

Glen Palmer rannte hinüber ins Schlafzimmer. Durch das hochgeschobene Fenster schlug Regen ins Zimmer, dessen Luft eisig war.

Fast besinnungslos vor Angst und Sorge trat er an die Brüstung und flüsterte immer wieder in die Nacht hinaus: »Bitte laß mir meine Kinder, bitte nicht auch noch die Kinder...«

Im Wohnzimmer erwarteten ihn Chip und Brad im Mantel, Taschenlampen in den Händen. Mac Riley neben dem Kamin schien noch unschlüssig. »Ich glaube, ich gehe auch mit«, meinte er plötzlich. »Ich kenne Harney, seit er ein Baby war, und wenn er in Schwierigkeiten ist...«

»Nein, Großvater«, meinte Chip, »bleib hier. Du bist nicht mehr so gut auf den Beinen wie früher, und außerdem können wir Mrs. Randall nicht allein zurücklassen.«

»Bitte«, schluchzte Elaine, »bleiben Sie bei mir. Wenn ich hier ganz allein warten muß, werde ich verrückt.«

Brad wollte sie in die Arme nehmen, aber der Alte hob beruhigend die Hand.

»Gehen Sie«, sagte er, »finden Sie die Kinder, ich werde mich um sie kümmern, das verspreche ich Ihnen.«

Nachdem die drei das Haus verlassen hatten, schürte Mac Riley das Feuer und machte sich auf einen erneuten Rundgang durchs Haus. Alle Fenster und Türen waren fest verschlossen.

»Sie werden sie finden«, sagte er tröstend, als er ins Wohnzimmer zurückkam, »da bin ich ganz sicher...« Elaine blickte zweifelnd zu ihm auf.

Der alte Mann schämte sich fast, als er ihr dankbares Lächeln sah.

30

Der Mahlstrom der entfesselten Natur umtoste sie. Über ihnen kreischte der Wind wie von Sinnen durch die Baumwipfel und setzte einen schaurigen Kontrapunkt zum dumpfen Stampfen der steigenden Flut. Der Strand war zu einem schmalen Streifen zwischen den Ausläufern der Brandung und den Treibholzbarrieren geschrumpft.

»Ich kann nichts sehen«, schrie Missy, die blind an der Hand des Bruders über den Waldpfad stolperte.

Doch Robby ignorierte sie. Wieder hatte ihn die wilde Erregung ergriffen, die immer in solchen Nächten über ihn kam. Seine Sinne schienen zu vibrieren, doch zugleich fühlte er eine wunderbare Ruhe, ein Wohlgefühl, das unbeschreiblich war...

Ganz plötzlich blieb Missy stehen, wodurch er fast hingeschlagen wäre. Wütend wandte er sich nach ihr um.

»Da ist etwas«, flüsterte das kleine Mädchen und drückte sich verängstigt an den großen Bruder. Auf den Zehenspitzen versuchte sie sein Ohr zu erreichen. »Ich kann es fühlen, da ist etwas.«

»Unsinn«, sagte Robby, »da sind nur wir.«

»Doch, da ist was«, beharrte Missy, »irgendwo zwischen den Bäumen lauert es auf uns. Laß uns zurücklaufen, bitte!«

»Wir können jetzt nicht mehr zurück«, sagte Robby, »es ist doch nicht mehr weit.«

Entschlossen setzte er sich wieder in Trab und zog Missy

mit sich, die verängstigt in sich hineinschluchzte. Da draußen am Strand sah sie riesige Schatten. Ein seltsames Leuchten ging von ihnen aus, und Missy wußte, was das zu bedeuten hatte.

In ihrer Angst begann sie zu schreien.

Harney Whalen duckte sich hinter die Treibholzbarriere zwischen Bäumen und Strand. Das bösartige Lachen in seinem Kopf überdröhnte alles, auch die immer schwächer werdenden Hilferufe seiner Großmutter.

Ein Blitzbündel überstrahlte den Strand – und er sah zwei kleine Gestalten direkt auf sich zukommen. Er wußte, wer sie waren.

Fremde.

Sie hatten seine Großeltern getötet, und er hatte hilflos zusehen müssen.

Zuerst wollte er weglaufen wie damals, sich irgendwo verbergen... Doch das ging heute nicht. Etwas schien ihn hier festzuhalten. Er wandte den Kopf zur Seite und sah, was es war. Neben ihm stand eine dunkle Gestalt mit fein gezeichneten Zügen und dunkel lodernden Augen.

Während der Regen ihm ins Gesicht peitschte und der Wind ihn bis ins Mark erstarren ließ, hörte er ihr eindringliches Flüstern, das von der donnernden Brandung zurückgeworfen wurde.

Lauf nicht weg! Räche! Räche!

Und er lief nicht weg. Gleich mußten sie vor ihm stehen. Nur noch wenige Augenblicke, dann konnte er all das Unrecht sühnen, das einst den Klickashaw und dieser alten Frau angetan worden war, seiner Großmutter...

Sehr viel weiter unten am Strand kämpfte sich der kleine Suchtrupp durch den Sturm; die Taschenlampen in den Händen der Männer erwiesen sich wegen des heftigen Regens als so gut wie nutzlos.

»So finden wir sie nie«, schrie Brad den beiden andern zu, »nicht, wenn wir zusammenbleiben – wir sollten uns über den Strand verteilen!«

»Ja, gut!« schrie Chip zurück, »Sie gehen direkt am Wasser entlang, Glen bleibt in der Mitte, und ich gehe hoch zu den Bäumen! Und wir sollten ihre Namen rufen, dann wissen wir auch immer, wo wir sind! Auf keinen Fall dürfen wir uns zu weit voneinander entfernen!«

Gleich darauf sah man drei schwache Lichtpunkte sich über den Strand verteilen und hörte, wie abwechselnd die Namen der beiden Kinder gerufen wurden.

Robby sah nicht, was seine kleine Schwester sah: überlebensgroße Schattengestalten, die sie mit drohenden Gebärden umtanzten; mal näher, mal weiter entfernt streckten sie ihre langen Arme nach ihnen aus. Missy ließ sich trotzdem von ihm weiterschleppen und schluchzte nur noch ergeben vor sich hin. Plötzlich meinte sie, noch etwas anderes als den Sturm zu hören – ein ferner Schrei, dann noch einer...

Missy zwang den Bruder zum Stehenbleiben. »Ich höre etwas, jemand ruft uns, hörst du?«

Robby warf seiner Schwester einen fast drohenden Blick zu. »Ja, kann schon sein. Laß uns unter die Bäume gehen, dort sind wir sicher!« zischte er.

Wieder drang es, nun schon etwas näher, durch das Tosen: »Missy... Robby!«

Die Kinder waren unschlüssig, was sie tun sollten. Angestrengt lauschten sie in die Nacht. Der Sturm schien noch mehr aufzufrischen und trug den Salzgeruch der See weit ins Land hinein.

Schließlich begannen sie übers Treibholz zu klettern.

Auch Harney Whalen hörte die rufenden Stimmen. Aber sie kamen nicht gegen das eindringliche Flüstern seiner Großmutter an.

Wir sind bei dir! Wir helfen dir! Du bist wie wir ein Kind des Sturms! Du gehörst zu uns!

Hoch richtete er sich auf. Eine Art haßerfüllte Freude und Entschlossenheit durchflutete ihn, während die alte Indianerin ihm zurief:

Räche! Räche!

Über ihm zerriß ein Blitz den Himmel, und die gleißende Helle schien eine kleine Ewigkeit anzuhalten, während sich die drei erstarrten Gestalten über das Treibholz hinweg anstarrten.

Missy erkannte ihn sofort wieder.

»Er ist es!« schrie sie verzweifelt, »das ist er, Robby, er will uns töten!«

Harney Whalen zuckte beim Klang ihrer Stimme zusammen. Er blickte nicht in zwei angsterfüllte Kindergesichter, sondern in bösartige Fratzen der Vergangenheit, die seine Großeltern umtanzten und verhöhnten; seine hilflos im Sand eingegrabenen todgeweihten Großeltern...

Er mußte sie rächen!

Mit einem großen Schritt trat er über das Treibholz.

Die beiden Kinder wichen erschrocken zurück und begannen dann über den Sand um ihr Leben zu laufen.

Jetzt erst schloß sich wieder der Riß am Himmel, und der Donner grollte über das Wäldchen hinweg.

»Ich kann sie sehen!« schrie Brad mit ausgestreckter Hand, »dort, nördlich, direkt vor dem Wäldchen!«

Er lief auf die beiden andern zu, und zu dritt rannten sie in Richtung der verzweifelten Schreie von Missy.

Hinter sich hörten sie die dumpfen, raschen Schritte ihres Verfolgers. Robby wandte ängstlich den Kopf – und schlug in den Sand; Missy fiel über ihn.

Schwer atmend holte Harney Whalen die beiden ein und stand dann drohend über ihnen.

Missys Augen traten vor Angst fast aus den Höhlen, und ihr Schrei übertönte das Brausen des Sturms. Dann schloß sich eine schwere Hand über ihren Mund.

Robby versuchte auf die Beine zu kommen. Er schien noch immer nicht zu begreifen, was eigentlich vor sich ging. Warum mußten sie davonlaufen? Woher wußte Missy, daß sie in Gefahr waren? Fast erstaunt starrte er auf die im Griff von Whalen verzweifelt strampelnde Missy. Doch dann begann auch er voller Angst in die Nacht hinauszuschreien.

»Mein Gott, er hat sie gefaßt!« schrie Glen, als er das Schreien der Kinder hörte. Die drei Männer rannten mit äußerster Kraft. Im stillen beteten sie, daß es nicht zu spät sein möchte...

Dann erfaßte der Schein der Taschenlampe das schreckliche Geschehen. Chip Connor sprang seinen Chef von hinten an. Dieser mußte das kleine Mädchen freigeben, um sich gegen den unerwarteten Gegner wehren zu können.

Glen riß Missy in seine Arme und drückte tröstend ihr Köpfchen gegen seine Wange. Auch Robby schlang seine Arme um ihn und ließ den Tränen freien Lauf.

Brad betrachtete die beiden Kämpfenden unschlüssig. Es sah ganz so aus, als ob Chip mit dem Älteren mühelos fertig würde. Doch dann gelang es Whalen, sich durch einen heimtückischen Tritt aus Chips Griff zu befreien. Mit schwerfälligen, langen Sätzen lief er den Strand hinab.

Chip wollte ihm folgen, doch die Nacht hatte ihn schon verschlungen.

»Er läuft zum Meer, kommen Sie!« schrie Brad, und die beiden liefen los.

Dann sahen sie ihn vor sich.

Harney Whalen stapfte ins Meer hinaus. Schon stand ihm das Wasser bis zur Brust.

Chip rannte weiter, doch Brad rief ihm nach: »Lassen Sie ihn!«

Der Hilfssheriff blieb stehen und wandte sich erstaunt um.

In diesem Augenblick rollte eine riesige Woge gegen den Strand und brach sich über Harney Whalen. Man sah noch einige Sekunden seine verzweifelt durch die Luft schlagenden Arme, dann war er verschwunden. Die See hatte ihn für immer zu sich genommen.

Langsam ging Chip zurück zu Brad, der noch immer den Schein seiner Taschenlampe auf die Stelle gerichtet hielt, an der Whalen verschwunden war.

»Warum haben Sie mich zurückgehalten?« fragte er leise.

»Es ist besser so«, erwiderte Brad. »Auf diese Weise wissen wir, daß der Horror ein Ende hat.«

Als sie der See den Rücken kehrten, um zu Glen und den Kindern zu gehen, setzte hinter ihnen die Ebbe ein.

Eine Stunde später flaute auch der Sturm ab.

Sod Beach lag schimmernd im Mondlicht.

Epilog

»Es ist vorbei«, sagte Chip Connor und trat ins Wohnzimmer der Randalls, die ihm erwartungsvoll entgegenblickten.

Zwei Wochen waren vergangen, zwei Wochen, in denen das Schicksal Harney Whalens in Clark's Harbor von Haus zu Haus geflüstert worden war. Inzwischen schienen die Menschen des Orts das Geschehen akzeptiert zu haben.

Heute war es nun amtlich besiegelt worden. Bei der für nicht eindeutig auf natürlicher Ursache beruhende Todesfälle vorgeschriebenen Untersuchung hatte es wenig Fakten zu sichten gegeben. Dafür gab es eine ganze Reihe von Spekulationen, welche Motive hinter dem Verhalten des Sheriffs und damit seinem Tod gestanden haben mochten. Schließlich wurde auf Suizid entschieden. Über die anderen ›Unglücksfälle‹, die seine Amtszeit säumten, fiel kein Wort. Doch in der Öffentlichkeit wurde heftig darüber diskutiert. Plötzlich äußerten viele ihr Mitleid mit den armen Opfern – aber auch mit ihrem mutmaßlichen Mörder.

»Sie wollen, daß ich Harneys Job übernehme«, sagte Chip, nachdem er Elaine und Brad über die Ergebnisse der amtlichen Untersuchung informiert hatte.

»Und – werden Sie's tun?« wollte Brad wissen.

»Ich weiß nicht«, meinte Chip unsicher, »irgendwie wäre es ganz natürlich, aber ich weiß nicht, ob ich an seine Stelle will.«

»Sie wären ein guter Sheriff«, versuchte Brad ihm zuzureden.

»Das macht mir keine Sorgen«, erwiderte Chip, »es sind die Erinnerungen. Zu viele Erinnerungen – und keine besonders angenehmen ... Ich würde wahrscheinlich vieles anders machen als Harney.«

»Wäre das so schlimm?« fragte Elaine.

Chip schüttelte zweifelnd den Kopf. »Das ist auch eines

der Dinge – Harn war schließlich nicht durch und durch schlecht. Lange Zeit hat er sein Amt korrekt versehen. Wenn da nicht dieses schreckliche Kindheitserlebnis gewesen wäre…« Er schwieg nachdenklich und wandte sich dann an Brad. »Haben Sie inzwischen eine wirklich sinnvolle Erklärung für sein Verhalten?«

»Nicht mehr als eine Art Theorie«, meinte Brad, »aber ich werde sie wohl kaum beweisen können. Sie beruht auf der Verbindung zwischen Robby und Harney Whalen.«

»Wie meinen Sie das?« fragte Chip überrascht.

»Ich bin mir selbst noch keineswegs sicher«, erklärte Brad. »Meiner Meinung nach spielt bei den beiden der persönliche Biorhythmus eine ganz wichtige Rolle. Wir wissen nun leider aber sehr wenig über dessen Wirkungen. Jeder hat einen individuellen Rhythmus, der mit dem Tag seiner Geburt fixiert wird. Ganz offensichtlich bestehen bei Whalen und Robby gewisse Übereinstimmungen in den Biorhythmen, ja, man könnte Robby als eine Art ›Wiederholung‹ des genau achtundfünfzig Jahre und siebenundsechzig Tage älteren Whalen ansehen. Beide reagierten ganz besonders sensibel auf die Stürme hier. Auf Robby wirken sie allerdings positiv, auf Whalen dagegen war ihr Einfluß unheilvoll – wahrscheinlich als Folge dieses Kindheitstraumes…«

Chip starrte sein Gegenüber an. »Und wieso sind Ihnen diese Zusammenhänge erst jetzt klargeworden? Wenn Sie ahnten, daß die Stürme auf Harn in dieser Weise einwirken, hätte man…«

Brad unterbrach ihn. »Tut mir leid, Chip«, sagte er leise, »aber wir hätten trotzdem nichts tun können. Ich weiß ja nicht mal, ob meine Theorie richtig ist. Die Biorhythmen und ihre Folgen lassen sich nun mal nicht vorausbestimmen. Sie können lediglich theoretisch erklären, was geschehen ist. Aber hinterher sind wir alle immer klüger«, schloß er mit einem wehmütigen Lächeln.

Insgeheim allerdings bewegte ihn noch etwas ganz anderes. Sein Blick wanderte zum Fenster. Draußen sah man

Robby Palmer langsam über den Strand schlendern, die Augen aufmerksam auf den Boden geheftet.

Wie würde es weitergehen? fragte sich Brad. Harney Whalen war wohl tot – aber wie würde sich Robby entwickeln? Hatten dieser Strand und seine Stürme wirklich nur positive Auswirkungen auf ihn?

Chip Connor stand unvermittelt auf. »Ich glaube, ich mache einen kleinen Spaziergang«, sagte er fast entschuldigend. »Dieser Strand war schon immer ein guter Ort zum Nachdenken…«

Als er die Tür öffnete, lag die Sod Beach in ihrer ganzen Schönheit vor ihm. Allerdings schien sich hinter dem Horizont schon wieder etwas zusammenzubrauen. Aber jetzt würde ein neuer Sturm kein Unheil mehr über die Fremden bringen können…

Weiter unten am Wasser sah er Robby Palmer, der auf den sich rasch verdunkelnden Horizont hinausstarrte. Zu seinen Füßen spielte sein kleiner Hund.

Ein Schauder durchlief Chips Körper, und er knöpfte unwillkürlich den Kragen seines Mantels fester zu.

Er ging in nördlicher Richtung, bis er jenen Punkt erreichte, an dem Harney Whalen von der See verschlungen worden war. Sein Blick schweifte weit hinaus über die Wasserfläche.

Er war verschwunden geblieben. Nirgendwo war sein Leichnam an den Strand getrieben worden, der regelmäßig abgesucht worden war. Chip wandte sich vom Wasser ab und ging den Strand hinauf. Als er die Treibholzbarriere erreichte, begann der Wind aufzufrischen. Noch vor zwei Wochen hätte das neues Unheil bedeutet… Er setzte sich auf einen der Stämme und versuchte, etwas Ordnung in seine Gedanken zu bringen.

Am liebsten hätte er zwei Harney Whalen konstruiert: den einen, der sein Onkel war und den er von klein auf respektiert, wenn nicht bewundert hatte, und den andern der letzten Jahre, dessen Geist verwirrt war und der diese schrecklichen Dinge getan hatte. Vielleicht, sinnierte Chip, hatte sein

Großvater doch recht, und das Meer war für all dies Unheil verantwortlich, da es immer neue Opfer verlangte, bis es zuletzt auch noch sein Werkzeug verschlang...

Die Sonne stand nur noch knapp über dem Horizont, und der Wind blies immer heftiger.

Chip stand fröstelnd auf. Die Böen trieben Sandfahnen über den Strand. Plötzlich sah er etwas – eine kleine Erhebung im Sand. Neugierig trat er näher.

Es war Scooter, Missy und Robby Palmers kleiner Hund.

Er war noch warm, aber sein Genick war gebrochen.

Mit dem toten Hündchen auf dem Arm ging Chip rasch auf das Wäldchen zu. Er wollte so schnell wie möglich diesen Strand hinter sich lassen, über den jetzt ein neuer Gewittersturm hereinbrach.

Robby Palmer spürte, wie die ersten Tropfen sein Gesicht trafen. Den ganzen Nachmittag hatte er diesen Sturm herbeigesehnt. Jetzt war er endlich da und mit ihm wieder dieses wundervoll erregende Gefühl...

Er hatte niemand erzählt, was er jetzt am Strand sah – all diese Gestalten mit feierlichen Gebärden und Tänzen. Und sie sprachen zu ihm. Bestimmt hätte ihm niemand geglaubt. Außer vielleicht Missy.

Obwohl er nicht wußte, wer sie waren und was sie taten, fühlte er sich auf geheimnisvolle Weise mit ihnen verbunden. Ihre langen Tänze endeten meist damit, daß sie irgend etwas im Sand begruben. Etwas, das nicht hierher gehörte. Aber Robby hatte keine Angst. Er wußte, daß er hierher gehörte, an diesen Strand, den er so sehr liebte...

Aber die Fremden gehörten nicht hierher.

Die Fremden kamen und bemächtigten sich des Strandes, vertrieben die eigentlichen Besitzer, betrogen und bestahlen sie.

Robby sah ihnen vom Wäldchen aus bei ihrem Tanz zu. Der Sturm trug ihre Stimmen herüber. Sie forderten ihn auf, sich ihnen anzuschließen. Er zögerte, doch sie lockten immer wieder.

Komm zu uns! Komm zu uns!

Plötzlich sah Robby eine Gestalt sich dem Wäldchen nähern. Jetzt flüsterten die Stimmen: Verrat! Verrat!

Robby schien plötzlich genau zu wissen, was sie von ihm verlangten. Er griff nach einem dicken Ast am Boden und versteckte sich hinter einem Baum.

Während er dort lauerte, ergriffen die Stimmen völlig Besitz von ihm. Kaum spürte er noch, wie der Sturm jetzt voll über die Küste hereinbrach. Über den ächzenden Baumwipfeln zündeten die Blitze in schneller Reihenfolge, gefolgt von markerschütternden Donnerschlägen. Doch Robby konzentrierte sich jetzt nur noch auf eines...

Dann trat der Junge äußerlich völlig gelassen unter den Bäumen hervor, kletterte über das Treibholz und trat unter sie.

Während die Brandung tosend gegen den Strand schlug, umkreisten ihn die Sturmtänzer mit feierlichen Gebärden, die tonlosen Stimmen verzerrt vom Wind. Eindringlich beschworen sie ihn, sich ihnen gegen die Fremden anzuschließen...

Und Robby Palmer wurde einer der Ihren.